El otro lado del mundo

Berta Serra Manzanares

El otro lado del mundo

EDITORIAL ANAGRAMA
BARCELONA

Portada:
Julio Vivas
Ilustración: fotomontaje de Ángel Jové a partir de una figura central fotografiada por Gabriel Cualladó, Premio Nacional de Fotografía, a quien agradecemos su permiso para utilizarla

Pedró de la Creu, 58
08034 Barcelona

ISBN: 84-339-1070-1
Depósito Legal: B. 47302-1997

Printed in Spain

Liberduplex, S.L., Constitució, 19, 08014 Barcelona

El día 3 de noviembre de 1997, un jurado compuesto por Salvador Clotas, Juan Cueto, Luis Goytisolo, Miguel Sánchez-Ostiz, Esther Tusquets y el editor Jorge Herralde, otorgó el XV Premio Herralde de Novela, por unanimidad, a *La noche es virgen,* de Jaime Bayly.

Resultó finalista *El otro lado del mundo,* de Berta Serra Manzanares.

Aunque ya había amanecido, el mar seguía siendo una infinita superficie gris que apenas se distinguía del cielo. Lloviznaba y un golpe de viento helado estuvo a punto de arrancarle la manteleta de los hombros. Se abrigó y fijó la vista en un punto lejano en donde se intuía la intensidad del sol tras la bruma que velaba el horizonte. De repente, el círculo rojo, perfecto y poderoso, emergió del gris y las aguas cobraron reflejos caprichosos.

Durante la noche, la atmósfera de la enorme bodega donde se hacinaba el pasaje del barco se había ido corrompiendo. Desde las profundidades del oscuro aposento, la puerta abierta arrojaba al limpio frío de la mañana un hedor cálido de sudor, vómito y orines confundidos. Los pasajeros viajaban tendidos o sentados sobre el suelo, con los bultos del equipaje entre las piernas o al alcance de la mano. Conforme las horas y la fatiga los habían ido venciendo, los cuerpos se habían ido desparramando en busca de espacio para intentar dormir o acomodarse mejor. Los que llevaban animales sufrían un suplicio mayor pues añadían a su propio cansancio e incomodidad los de los pollos, pavos, conejos y gallinas, metidos en cestas cuyas tapaderas había que levantar periódicamente para que los pobres no se ahogaran.

Isabel respiró sintiendo que la frialdad del aire le descendía hasta el estómago. Pendiente de los hijos y los bultos, no había logrado dormir, sólo hacia las cuatro de la madrugada se sintió vencida por un sopor del que despertó sobresaltada por la horrible sensación de que caía, de golpe, en el vacío. Entonces se levantó angustiada y venciendo sus temores salió a la húmeda noche de la cubierta. Todo era negro alrededor del barco, sólo en un punto distante se intuía una ilusión de luz por donde irían surgiendo poco a poco el horizonte, el mar, el cielo y la vida.

Veinte años atrás, su padre y sus hermanos habían emprendido un viaje similar al que ella emprendía ahora con su propia familia.

Miguel Navarro oyó por primera vez en su vida hablar de Brasil en Los Alporchones. Había ido con tres vecinos a contratar unas hilas de agua, pero aquel día la subasta se retrasó por causa de un mulato bien vestido que pretendía informar a los hombres de las grandes oportunidades que el Brasil ofrecía a quienes tuvieran espíritu emprendedor y ganas de trabajar. Miguel tuvo que preguntar a su compadre Antonio, que sabía leer y escribir, dónde estaba el Brasil, y en vista de que la subasta no empezaba, se acercó al corro que se había formado alrededor del extranjero.

Don João Almeida se presentó como embajador de la República Federal Brasileña. Subido en un banco, hablaba con acento extraño y palpable entusiasmo de extensas tierras ricas desaprovechadas, de cosechas que se echaban a perder por falta de una mano que las recogiera, de ganancias sin límite, de riquezas seguras. Para lograr este mundo de abundancia sólo había que atreverse a abandonar la casa miserable que los cobijaba aquí, para construirla de nuevo en otra tierra mucho más rica, joven y generosa que la que los había visto nacer y pasar hambre. América los acogería como una madre cariñosa y les daría un nuevo hogar donde olvidar la miseria. Sólo había que firmar los documentos, ni siquiera importaba no saber firmar, bastaba con estampar la huella del pulgar o hacer una cruz. Miguel Navarro sonrió pensando que él, al menos, sabía escribir las letras de su nombre. No había que preocuparse de nada más, la República Federal Brasileña se haría cargo del coste del viaje. La República Federal Brasileña entregaría a los nuevos colonos extensas y ricas tierras de cultivo en los márgenes de la selva, un mundo verde cuyos árboles alcanzaban el cielo de tan inmensos como eran.

Entre los campesinos se formó una algarabía. Algunos tachaban al extranjero de embustero charlatán; otros, interesados por lo que acababan de oír, hacían preguntas que el brasileño respondía sonriente y sin titubear. Miguel se asombró al hallarse entre los interesados. Durante la cena trataría el asunto con Encarna y los hijos mayores.

Había oído hablar de huertanos emigrados a América que acumularon grandes fortunas en poco tiempo. Aunque él no conocía a nadie con tan buena suerte, esas historias circulaban por las tertulias nocturnas. Le venían a la mente su primo Juan, que marchó a Argentina el año ochenta y ocho, o su vecino Andrés Pérez, que marchó a Cuba en el noventa; pero nunca había vuelto a saber de ellos.

El día de la partida amaneció una mañana fría y gris, una de esas mañanas de invierno en que la huerta despierta bajo una densa capa de niebla y diríase que nunca más hubiera de verse el sol. La noche antes había quedado todo listo. Un vecino les había prestado el carro en que se amontonaban las pocas pertenencias de la familia. Los pequeños dormitaban sobre los colchones cuidadosamente enrollados y colocados; Encarna iba en el pescante; Miguel y los hijos mayores iban a pie, detrás del carro.

Isabel salió a esperarlos al Puente Pasico. La humedad del campo le trepaba por las piernas y, envuelta en un viejo manto de doña Ana, tenía frío. Vio el carro a través de la niebla y mientras lo miraba acercarse sintió, por primera vez, una profunda tristeza que le llegaba a los ojos sin avisar y las lágrimas le escocieron en las mejillas cortadas por el frío. Hizo el camino con ellos hasta la estación. Apenas hablaron.

A las doce llegó el único tren diario, que se detuvo entre bufidos, chirridos y nubes de vapor. Miguel y los hijos mayores subieron los bultos facturados con la ayuda de algunos viajeros que, a juzgar por el equipaje que llevaban, no parecían ir tan lejos. La familia se acomodó como pudo en un vagón repleto de gente, fardos y toda clase de cestos y paquetes. Viajarían en tren hasta Sevilla y allí embarcarían hasta el puerto de Río de Janeiro, en Brasil.

De pie en el andén, Miguel Navarro abrazó por última vez a la hija que no había querido acompañarlos y lloró al pensar en su primera mujer, muerta. El silbato del jefe de estación lo devolvió a la realidad, besó a Isabel con todas sus fuerzas y saltó al vagón. Ya desde arriba la miró de nuevo y, mientras el tren empezaba a moverse sonora y trabajosamente, Juan, Antonio, Anica y Encarna, esta última con el pequeño Miguel en brazos, se asomaron a una ventana agitando las manos y diciendo adiós. Isabel se quedó mirando fijamente aquellos rostros que se alejaban despacio y con todas sus fuerzas gritó ¡adiós! una y otra vez hasta que fue incapaz de distinguir la figura de su padre asomándose por la puerta abierta al exterior de aquel tren que se iba. Permaneció allí, en el andén, hasta que el tren y toda su humareda desaparecieron por completo de su vista.

Isabel abandonó aterida la cubierta del barco y regresó a la oscura fetidez de la bodega. Se acomodó con tiento en la esquina del colchón donde dormían las niñas como tres angelitos y no las besó para no despertarlas. En el otro colchón, Miguel estaba a punto de echar a José al suelo.

Confortada por la tierna seguridad que le producía el sueño de sus cinco hijos, comprendió por primera vez en la vida el desgarro que debió de sentir el padre al dejarla en Lorca cuando él emprendía un viaje sin retorno.

Isabel tenía dieciocho años cuando, haciendo acopio de todo su empeño, se negó a seguir a la familia en la imprevisible aventura que a Miguel Navarro se le antojó a las puertas de la vejez, alentado por la juventud y ambición de Juan y Antonio, sus hijos mayores. Los hermanos, que veían en Lorca un futuro huero para sus legítimas ansias de mejora, se entusiasmaron tanto con la idea de hacer las Américas que acordaron irse solos si el padre al final se desdecía. Pero ella, tras ocho años de servir en casa de doña Ana, no sentía apego a la familia, o no tanto como para abandonar todo lo conocido.

Al morir María, su primera esposa, Miguel Navarro se encontró demasiado solo con cuatro hijos a su cargo y pronto volvió a casarse. Encarna, la nueva mujer del padre, ocupó el vacío que llenaba la casa, pero nunca halló un lugar en el dolido corazón de Isabel. Desde el principio se trataron ambas como rivales y Encarna comprendió que si quería vivir en paz debía alejar a aquella hija, así que convenció al marido de que la niña era ya mayor para trabajar y la pusieron a servir en casa de don José Santiago, el administrador del conde. Tenía diez años.

Isabel recordaba con claridad la desazón que sintió en su primera visita a la casa paterna. Era primavera y acababa de nacerle un nuevo hermano al que también llamaron Miguel. Aquel jueves por la tarde se lavó, se puso un vestido limpio que había sido de una sobrina de doña Ana, se peinó muy bien peinada y con sus once años recién cumplidos subió a la calesa de don José, que muy amablemente se había ofrecido a llevarla. Sus hermanos quedarían asombrados al comprobar cómo había cambiado desde que no la veían.

Al llegar, padre, Juan y Antonio no estaban. Encarna amamantaba al bebé sentada en la cama. Anica corrió a abrazarla gritando, pero tras la alegría de la sorpresa regresó a sus juegos y desapareció. De repente, Isabel se vio sola en la diminuta cocina oyendo cómo la mujer festejaba al bebé en la otra habitación. No reconoció las sillas, ni los visillos de la ventana ni las fuentes que adornaban el tinajero. Tampoco el quinqué había estado nunca allí, madre decía siempre que los quinqués eran cosa de ricos y nunca tuvo ninguno. Todo había cambiado, hasta la casa era más pequeña y oscura que antes. Se quedó poco, aunque tenía permiso de doña Ana para pasar allí la noche.

El camino de regreso tuvo que hacerlo a pie y sola. Como oscureció antes de llegar al pueblo, empezó a correr y siguió corriendo hasta la casa del administrador. Llegó llorando de miedo, de cansancio y de pena. No contó nada, buscó su pequeña habitación del piso de arriba, se desnudó, se lavó y se acostó sintiendo que ya no tenía otra cama, ni otra casa, ni acaso otra familia que la de doña Ana.

Varios años después, el recuerdo de aquella aciaga tarde de

mayo la espoleó en su negativa de seguir al padre hasta un país lejano y desconocido que llamaban Brasil.

Aunque desde su ignorancia le costaba imaginar una tierra distinta a la de Lorca, al principio pensaba mucho en ella inventando el destino de los suyos. Mas luego, con el paso del tiempo y la ausencia de noticias, los emigrados se le fueron perdiendo en un lugar sombrío de la memoria. Bien hubieran podido escribir más, se decía, dos únicas y breves cartas en veinte años eran apenas nada para seguir el hilo de unas vidas tan lejanas.

La primera carta había llegado casi a los siete años de la partida, cuando ella y Pedro ya se habían casado y el pequeño José tenía un añito. La mandaba su hermano Antonio y se la había hecho leer a doña Ana una y otra vez hasta que acabó por aprendérsela de memoria.

Braganza,
a dieciocho de julio de mil novecientos diecisiete

Querida hija y hermana:

Te escribimos después de tanto tiempo para que sepas que estamos bien y esperamos de todo corazón que tú también lo estés.

Llegamos a Río de Janeiro en marzo de mil novecientos diez y por ley sanitaria estuvimos recogidos en una isla nombrada Ilha das Frores por cuarenta días.

Tal como decían los papeles que padre había firmado en España fuimos contratados por tiempo de dos años en una hacienda para cuidar el café, en una ciudad dicha Jaú donde todo el tiempo llovía y los lagartos entraban por las ventanas de la casa cuando dormíamos. Esta ciudad está a trescientos kilómetros de San Paulo y estuvimos allí dos años. Terminado el contrato nos vinimos a Braganza, donde había muchos españoles, a trabajar por cuenta propia y aquí estamos todavía. No somos muy afortunados, pero lo pasamos bien.

Juan se ha casado hace dos años con una española Juana Sala y tiene dos hijos muy preciosos María y Eulalio.

Tu hermana Anica te dice que te quiere mucho y se acuerda mucho de ti.

Padre, madre Encarna y Miguel te mandan muchos besos y cariños.

Recibe un fuerte abrazo de tu hermano, que lo será siempre.

Antonio Navarro

Aunque Bernarda le había enseñado con paciencia en un mapa dónde estaban esos lugares que el hermano nombraba, Isabel no se hacía una idea muy clara y la sensación de tener una familia creciendo al otro lado del mundo no le cabía en la cabeza.

La segunda carta llegó en mil novecientos veinticinco. En ella su hermano Antonio la informaba de la muerte de padre y de Juan, y de nuevos matrimonios y nacimientos. La familia se había trasladado a San Paulo, donde el padre había muerto en un desgraciado accidente. Mientras ayudaba a descargar un carro, uno de los barriles se había soltado cayéndole encima y aplastándole el pecho. Juan había muerto en Braganza de unas fiebres malas, después de esto su mujer se fue de vuelta a España con los hijos y Antonio ya no había vuelto a saber de ellos. Anica estaba casada con Lorenço Reis y tenía un hijo, César, y una hija, Adelaida. Anica era la que estaba mejor en finanzas y vivía en el barrio aristocrático de San Caetano en una casa muy grande y muy blanca llena de ventanas. Antonio también se había casado y vivía en el barrio de Moóca. Era zapatero y tenía tres hijos, Miguel, Isabel y Jerónimo. Su mujer era española de Elche y se llamaba Soledad Cano, era muy buena. Miguel seguía viviendo con madre Encarna que ya estaba muy viejita.

A Isabel le emocionaba que la hija de su hermano Antonio llevara su nombre.

Acarició a los niños que seguían durmiendo en los colchones y recordó con ternura la casa Barnés.

Cuando don Claudio Barnés les ofreció trabajo vivían en La Hoya, en una casilla que el primo Adolfo les cedió en el camino del Hinojar. Era muy pequeña. Apenas dos habitaciones y un diminuto establo en la parte de atrás para la mula que con todos sus ahorros habían comprado. Con esfuerzo y cariño Isabel había conseguido dejarla irreconocible. Blanqueó las paredes por dentro y por fuera, pintó de verde puertas y ventanas, y de un retal listado que guardaba cortó y cosió una cortina que colgó a modo de puerta entre las dos habitaciones. No era mucho, pero era su casa y no pedía más. Lo peor era el agua, había que ir a buscarla con la mula al pueblo o al río.

Del río volvía justamente la mañana que el automóvil de don Claudio Barnés asustó a la mula.

La tía Manuela estaba sentada en la puerta con el pequeño Miguel dormido a su lado en un capazo. Cuando llegó el automóvil y se detuvo frente a la casa, José, al que su abuela no veía hacía rato, apareció corriendo y gritando, y se acercó al vehículo con júbilo para poder mirarlo de cerca. Al abrirse la portezuela el niño se asustó y don Claudio soltó una carcajada.

–No tengas miedo, zagal –el niño lo miraba con los ojos abiertos como platos–, acércate. –Pero José ya había corrido a refugiarse en las faldas de su abuela.

El hombre se apeó y preguntó por Pedro.

–No está, pero si quiere esperarlo no creo que tarde. ¡José! –dijo luego, acariciando la cabeza del niño–, saca una sillica para que don Claudio se siente aquí a la fresca conmigo.

En esto estaban cuando llegó la mula Chata sola. Venía trotando por el camino y la tía Manuela la miró sorprendida. El animal se metió en su establo sin prestar atención a la gente y buscó la rica paja del pesebre.

Isabel venía de lavar. Estuvo haciendo la colada durante horas y al terminar colocó cuidadosamente la ropa mojada sobre la manta de la mula para volver a casa. Iban las dos por la carretera, ella a pie, detrás de la mula, pensando en que ya era hora de darle el pecho a Miguel, cuando las adelantó el automóvil negro tocando la bocina. La Chata, que no se habría cruzado con más de dos automóviles en toda su vida, empezó a cocear y a rebuznar enloquecida y echó a correr ante la mirada perpleja de Isabel que no pudo hacer nada por detenerla. Aquello fue un desastre. La ropa fue quedando sembrada a lo largo del camino y la pobre Isabel, llorando de rabia, tuvo que ir recogiéndola pieza a pieza, hasta que llegó a la casa con los brazos llenos de ropa mojada y sucia y con ganas de pegarle a la Chata una paliza que se acordara, pero había visita.

Todo el mundo en Lorca conocía a don Claudio Barnés. Era un empresario boyante satisfecho de la vida y de sí mismo. Poseía una casa en la ciudad, dos haciendas pequeñas y un molino de donde salía la mitad del pienso consumido en los cebaderos de la huerta. El dinero, decía, es para el que no le tiene miedo y sabe criarlo, como a los cerdos. Sus enemigos afirmaban, en cambio, que la mitad de lo que tenía era de su mujer y la otra mitad la había ganado jugando a las cartas, pero él se reía de sus enemigos.

Su esposa, doña Agustina Barnés, era prima segunda suya. Una señora blanca de misa diaria a quien doña Ana no le dirigía la palabra desde hacía años porque era una alcahueta arrogante. La odiaba profundamente desde que un alma caritativa le contara que en las reuniones de la cofradía, mientras bordaban, doña Agustina hablaba de una hija secreta que don José tenía con una mujer de la Pulgara.

Los Barneses eran gente pudiente. Tenían sillas en la iglesia de Santo Domingo, junto a los próceres del municipio, y se pavoneaban asistiendo con sus dos hijas a la misa solemne del domingo y a todas las ceremonias religiosas importantes. Don Claudio contribuía con generosos donativos a la cofradía de Nuestra Señora del Rosario y el Viernes Santo salía en el Paso Blanco vestido con la túnica morada de oficial luciéndose orgulloso ante toda la ciudad. Su fama de jugador y mujeriego era también conocida por todos, incluidas doña Agustina y las hijas, que sobrellevaban con paciencia y abnegación los desmanes del cabeza de familia pidiendo a Dios que las librara del escándalo ya que parecía no poder librarlas de las licenciosas costumbres de aquel pecador incorregible.

En el Casino don Claudio ocupaba un sillón en la junta y un puesto de honor en las timbas que allí se organizaban los jueves. En las partidas, especialmente las noches en que la suerte lo favorecía, don Claudio gustaba de alardear ante sus adversarios de juego de sus éxitos amorosos.

–No hay mujer que se me resista cuando se me pone a tiro. Para que ustedes vean que no es siempre cierto aquello de que afortunado en el juego, desgraciado en amores –declaraba solemnemente con una sonrisa descarada, mientras recogía del tapete las ganancias.

A la muerte de su padre doña Agustina heredó unos miles de duros y la casa Barnés, una pequeña hacienda en la Pulgara. Don Claudio invirtió los duros en el molino y dedicó la finca a la cría de cochinos y cebada. Hacía un mes que buscaba nuevos aparceros para la casa Barnés y durante una partida don José Santiago le recomendó a Pedro Ponce, su antiguo criado. Por eso había ido a verlo aquella tarde hasta La Hoya en su flamante automóvil nuevo.

Se mudaron al cabo de una semana.

Isabel era feliz. Aspiró profundamente el olor del pan recién horneado y miró a su hijita sentada en el suelo en una manta, los otros jugaban en la placeta, estaba tranquila porque oía sus voces. Le gustaba ese olor. Cuando madre horneaba era el mismo olor, entonces ella era pequeña y a veces pasaba días en casa de la tía Anica. Cuánto la quería la tía Anica. Siete meses que no la veía, desde el nacimiento de la pequeña Isabel. Siete meses ya desde el once de septiembre. Esta vez el parto fue mejor, más rápido y más fácil que los anteriores. Primero José y luego Miguel, después la primera niña. María era tan rubia cuando nació. Luego Manuela, que nació tan pequeñita y tan morena que daba no sé qué cogerla; casi dos días duró el parto y eso que era la cuarta y pequeñita, pero venía de lado. Gracias a la tía Manuela, si no es por ella se muere, o se mueren las dos, quién sabe, por eso era obligado ponerle su nombre, aunque ya lo tenían decidido, si es niña se llamará Manuela como usted, madre, le habían dicho a la abuela cuando le anunciaron que esperaban otro hijo. La madre de Pedro era una buena mujer. Al padre, el tío José, Isabel nunca lo conoció porque murió en el año nueve, antes de hacerse novia de Pedro.

Desde la cocina oyó a Manuela llorar, siempre que jugaban los cuatro juntos alguno acababa llorando, si salía se iban a enterar. Madre le había pegado sólo una vez que ella recordara, la vez que escondió la llave del gallinero de la tía Anica. Simplemente se le ocurrió y la escondió, aunque nunca supo por qué lo había hecho. Se empeñó en ir sola a recoger los huevos. La tía Anica no quería, pero al fin accedió, ten cuidado no los vayas a romper, ponlos con cuidado en este plato, cuidado no te vayan a picar, las ponedoras a veces se enfadan cuando les quitan los huevos, si están rotos los dejas, si la rubia ha picoteado las cáscaras déjale que se los coma, la rubia estropea siempre los huevos que pone y los que no pone, un día me voy a cansar y la voy a matar, pero es demasiado vieja y no sirve ni para comérsela, no molestes a las cluecas, que se asustan y los pollitos no nacen. Cuando ya iba a salir la rubia se le tiró a la pierna y ella le dio una patada que la levantó por los aires. Se armó un revuelo fenomenal, todas las gallinas cacareando y aleteando de un lado a otro del gallinero. Consiguió salvar el plato con los huevos, pero llevada por el deseo de venganza o por el espíritu de la travesura, decidió esconder la llave del gallinero sin decírselo a nadie. Y la escondió bajo un lebrillo roto que había detrás del pozo. Al día siguiente madre fue a buscarla y regresaron a casa. Al poco llegó la tía Anica en la mula. Isabel, dónde pusiste la llave del gallinero. No se acordaba. Isabel, hija, haz memoria, qué hiciste con la llave cuando fuiste por los huevos, dónde la dejaste. Se la había vuelto a dar a la tía. Isabel, a mí no me la diste, recuerda, por favor, dónde la pusiste. No sabía. No hubo manera de que recordara y la tía Anica se volvió por donde había venido. Pero por la tarde regresó. El marido de la tía había tenido que romper la puerta y mientras lo hacía un vecino se acercó a preguntar qué pasaba. Resultó que el vecino había visto a la niña salir del gallinero, dirigirse al pozo y meter algo bajo aquel lebrillo roto. Levantaron el lebrillo y allí estaba la llave. Madre le dio una bofetada sin mediar palabra. Tenía cinco años, se acordaba perfectamente.

Como Manuela no dejaba de llorar, Isabel se asomó a la puerta y preguntó qué pasaba. Cuatro vocecitas le respondieron a coro que no pasaba nada. Llamó a María para que entrara y la ayudara a hacer grullos con la masa que había guardado. Primero preparaban, retorciéndolas entre los dedos, las tiras delgaditas de masa blanda y las dejaban caer de una en una en el trapo con la harina para que no se pegaran y quedasen sueltas, luego cogían la tira y la iban pellizcando, del pellizco salían unos piñoncitos que se cernían para que soltasen la harina y se dejaban secar al sol. Al día siguiente se echaban a la olla. Revueltos con patatas y garbanzos estaban riquísimos. Isabel había aprendido ayudando a madre, ahora María aprendía ayudándola a ella. Miró a la niña y con un trapo le limpió la mejilla que tenía llena de harina. La hija sonrió y aprovechó la ocasión para pedir por enésima vez que Isabel le contara cómo era la cocina de doña Ana. Las historias de la casa en que la madre servía de joven, cuando conoció al padre, la encandilaban y no por repetidas dejaba de escucharlas siempre como si las oyera por primera vez.

Doña Ana para hacer la pasta tenía una máquina con una manivela a la que se le cambiaba una pieza y salían fideos, estrellitas o macarrones. María preguntó qué eran macarrones. Isabel le explicó que eran como trocitos de caña delgados, blancos y huecos. Desde que empezó a servir en la casa, lo que más le gustaba era ayudar en la cocina. Se quedaba embobada mirando las sartenes, las cacerolas, las ollas, las cazuelas, las cucharas de palo, los cucharones, el rallador, el escurridor, el colador, la espumadera, el vasar con tazas y platos de porcelana y con su volante de papel calado, tan bonito que parecía de encaje, los cajones llenos de paños blancos, los fogones, el horno, el alicatado de las paredes. Todo le parecía de juguete en aquella cocina tan distinta a la de madre y se esforzaba en aprender el nombre y el manejo de aquel sinfín de utensilios que doña Ana pedía y usaba como si fuera realmente imposible cocinar sin ellos los guisos con que regalaba a don José.

Don José Santiago no era muy rico, pero poseía una pequeña hacienda propia y siendo el administrador del conde de San Julián, cargo que con anterioridad habían ya desempeñado su padre y su abuelo, disfrutaba de una buena posición social y económica.

Don José y doña Ana vivían cómodamente, rodeados de pequeños placeres y de una paz hogareña que la ausencia de hijos fomentaba. Isabel recordaba con cariño los años pasados en aquella casa en la que nunca faltaba de nada. Doña Ana, que había hecho de la cocina su reino particular, gustaba de ir al mercado y comprar lo mejor, atendiendo al gusto más que al precio. Quienes llamaban a la puerta, generalmente hombres y mujeres del campo que venían a despachar con el administrador, solían acompañar sus visitas con un buen lomo de la última matanza, un pollo, unas libras de garbanzos, un pavo, huevos, un queso o dos cuartillos de aceite. Y el propio don José, cuando visitaba a los aparceros del conde, acostumbraba a regresar cargado de provisiones y golosinas que se acumulaban en las alacenas, llenas siempre a rebosar.

Aprender a planchar y almidonar fue para Isabel un suplicio. Se quemaba sin darse cuenta y las ampollas, con el frío del invierno, el agua y los sabañones, se le agrietaban y tardaban una eternidad en curarse. Llegó a creer que nunca lograría dejar las camisas de don José impecables, sin ninguna de aquellas arrugas que se le formaban sin saber cómo y que luego resultaba dificilísimo eliminar; se manejaba muy mal con las sábanas, tan grandes que no podía moverlas sobre la tabla; una vez estropeó la puntilla de unas bragas por usar una plancha demasiado caliente. Cuando doña Ana aparecía por el cuarto de planchar, a ella se le aceleraba el corazón por miedo a que la señora descubriera algún estropicio y la riñera; pero no pasaba nada, sólo le daba consejos y le quitaba la plancha de las manos para mostrarle cómo había que moverla entre los pliegues. Doña Ana planchaba como los ángeles e Isabel la admiraba desmedidamente por eso, pero con el paso del tiempo descubrió que todo puede aprenderse.

El primer año de casados Pedro y ella siguieron trabajando y viviendo en la casa del administrador, pero un buen día, por culpa de una figurita de porcelana que se rompió, Isabel se enfadó con doña Ana y la dejó plantada. Entonces alquilaron una casita en la calle Vela y vivieron solos hasta que nació José y ya fueron tres.

El segundo invierno que pasaron en la casa Barnés fue extraordinariamente duro. De noche caían unas heladas tan fuertes que se quedaban incrustadas en la tierra hasta mediodía. El sol apenas calentaba. El agua se cuajó hasta en la profundidad de los pozos y había que romper el hielo de los abrevaderos y pilones para que los animales pudieran beber. Murieron frutales, se perdieron las cosechas que empezaban a nacer y se helaron olivos centenarios. La mañana de San Antonio el campo amaneció cubierto por una compacta capa de nieve y siguió nevando hasta que oscureció.

Isabel no había visto nunca nevar y aquello le pareció un sueño. Pedro, que se había levantado primero, la llamó para que se asomara a ver. Estaba precioso todo blanco, como si fuera nuevo. Las ramas de los eucaliptos, incluso las más finas, sostenían un ribete blanco perfecto. El tejado parecía una cenefa. Los copos caían sobre el suelo sin hacer ruido, se abrazaban a los oscuros tallos de la parra, se metían en el pozal o se quedaban prendidos en las delgadas cuerdas del tendedero. Cuando José y Miguel se levantaron y vieron aquello, fue una revolución. Al día siguiente ya no nevaba, pero la nieve se había helado y durante una semana moverse por fuera de la casa fue un suplicio. Isabel, embarazada de María, salía lo menos posible y caminaba con un cuidado extremo para no resbalar. Los niños volvían mojados de sus correrías y había que cambiarlos para que no se resfriaran. La ropa sucia se amontonaba. Pedro temía que algunos animales no pudieran soportar el frío y murieran en los cebaderos. A la mula Chata hubo que cubrirla con dos mantas día y noche porque se pasaba el tiempo tiritando. Allí donde se deshacía la nieve se formaba un barrizal insufrible. Isabel sólo tenía ganas de llorar y meterse en la cama para estar caliente.

Un día Miguel se presentó con un gatito que aún tenía los ojos cerrados y estaba medio muerto de frío, lo había encontrado tirado entre unas cañas, maullando. El niño lo traía metidito en su boina y apretado contra el pecho para darle calor. Isabel lo envolvió en un viejo jersey de lana, le dio leche empapando un trocito de pan para que el animalito pudiera beberla y lo colocó cerca del fuego que ardía en la cocina. Miguel se sentó a su lado y se quedó mirándolo, y ella no quiso decirle que el gato era demasiado pequeño para sobrevivir. Si se moría durante la noche, lo escondería para que los niños no lo vieran al levantarse. Pero no se murió, a la mañana siguiente lo encontraron arrastrándose fuera del jersey con los ojos abiertos y maullando. José dijo que podían llamarlo Fufo.

En primavera, cuando nació María, la casa era un jardín exuberante. Tras los hielos de enero Pedro lo había replantado todo. Renovó los rosales, podó con esmero los escasos geranios que habían sobrevivido y consiguió esquejes nuevos y variados regalados por los vecinos o traídos de haciendas y pedanías que visitaba por causa del trabajo. Plantó bulbos y semillas en macizos y tiestos, al pie de las parras y en los arriates que rodeaban la casa; abonó y cavó para que la tierra fuera fértil y esponjosa; regó puntualmente durante semanas y esperó hasta que nacieron las flores y su hijita. La Casa de los Calistros, como se conocía a la casa Barnés en los alrededores debido a los tres enormes eucaliptos que había a la entrada, se llenó de flores; geranios de todos los colores conocidos y de colores nunca vistos por allí. Geranios dobles, chinescos y de pensamiento, gitanillas que tejían espesas y abigarradas alfombras, rosas de terciopelo y claveles de China, macizos de lirios y tulipanes, macetas de pensamientos y petunias, clavellinas, gladiolos y begonias. Los que pasaban por el camino no podían menos que detenerse un momento y admirar aquella maravilla. Algunos hasta venían a propósito sólo para verlo.

Faltaban un par de horas para que amaneciera, pero lucía una inmensa luna llena y se veía bien. Pedro estaba cargando los animales en el carro, tres machos jóvenes y dos cerdas que ya no servían para la cría. Isabel salió y llamó a su marido. Los eucaliptos proyectaban una sombra intensa sobre la casa.

–Pedro, ven a tomarte las sopas ahora que están calenticas.

–Voy enseguida, mujer.

Siempre que Pedro tenía que salir tan temprano, se levantaba y preparaba café. A él le gustaba desayunarse con un plato de sopas de café con leche bien calientes, aunque fuera verano, y a ella le gustaba sentarse a su lado y beberse un vaso de café negro.

No hablaban para no despertar a los niños. Gozaban del silencio y la oscuridad, apenas disimulada por la luz del candil. El gato, atraído por el olor de la leche caliente, apareció de repente y saltó a la mesa reclamando su ración; como no le hacían caso, decidió meter los hocicos en el plato de Pedro, que lo apartó de un manotazo y lo bajó al suelo. Cuando vio que Isabel se levantaba a coger el cazo de la leche, se dirigió maullando y con el rabo erguido hasta el rincón donde estaba su plato y se sentó a esperar, mirándola hasta que el plato estuvo lleno. Luego, le dio un cabezazo en las piernas y se fue sin beber.

–A este gato no hay quien lo entienda. Pues no que después de todo el jaleo que ha armado se va y no bebe.

Pedro se sentó en el poyo a esperar que llegara Juan Rojo y aprovechó para echar un cigarrito. Miró a su mujer, que recogía la mesa, y tuvo ganas de besarla. La llamó y cuando ella acudió a preguntar qué quería le cogió una mano y le dio un beso.

–¡Qué tonto eres!

–Hoy va a hacer calor. Si Juan no viene pronto, nos cogerá tó el sol por el camino.

Juan Rojo se ocupaba principalmente del molino, pero cuando había que transportar el ganado a la estación siempre ayudaba, en parte porque don Claudio se lo mandaba, y en parte porque le encantaba llevar personalmente el control de todos los negocios del amo. Ejercía de capataz desde hacía quince años y consideraba que los negocios de don Claudio iban como iban gracias a su interés y sus desvelos. Si no fuera por mí, pensaba, el amo no viviría tan bien. Los obreros del molino lo odiaban. Pedro no sentía por él una antipatía especial, pero tampoco lo apreciaba; no comprendía que alguien que solía comportarse como un déspota se autoproclamara socialista.

El capataz llegó por fin y los dos hombres subieron al carro y se pusieron en marcha. Isabel salió al camino y los vio alejarse. No volverían hasta bien entrada la tarde, cuando hubieran cargado los cochinos en el tren de Murcia y se hubieran pasado por el molino a buscar los sacos de pienso.

Después de comer Isabel se sentó en la placeta al pie de la

higuera. Estaba cansada porque había madrugado y no había parado un momento en toda la mañana. El gato acudió corriendo a su lado y se echó en el suelo panza arriba para que lo acariciara. Había pensado en echarse un poco, pero decidió que sería mejor no hacerlo porque siempre que sesteaba se levantaba con mal cuerpo, prefería sentarse y adelantar el jersey que estaba tejiendo para Manuela. Luego, quizá fuera un ratico a casa de la tía Dolores. Acarició a Fufo en la barriga y el animal estuvo jugando y dándole cabezazos y lametones hasta que se entusiasmó demasiado y acabó, como siempre, por darle un pequeño mordisco en la mano. Cuando los niños volvieran de la escuela, les pediría que la ayudaran a arreglar las patatas.

–¡Fufo! ¡Ay, Fufo, no me muerdas que me haces daño, coñe!

Manuela salió despeinada y con cara de sueño y se sentó en el suelo junto a su madre. El gato se acercó a olisquearla y la niña lo agarró con fuerza entre sus bracitos para que no se le escapara.

–Ten cuidado, a ver si te va a arañar. –Pero Fufo ya había conseguido zafarse de ella y andaba jugando con una madeja de lana que había sacado del capacito.

De repente, Fufo se irguió mirando hacia el camino.

El automóvil de don Claudio se detuvo un momento, justo el tiempo necesario para que se apearan doña Agustina y sus hijas, la niña Agustina y la niña Pilar.

–Buenas tardes, Isabel. Como don Claudio tenía que ir a la casa Lavi por unos negocios, le he dicho que nos acercara hasta aquí un ratico.

–Siéntense ustedes aquí, al fresco, mientras yo voy por unos dulces y preparo un poquico de café.

Al oír a su madre trajinando en la cocina, la pequeña Isabel, que dormía en un capazo, se despertó y empezó a lloriquear para que la cogieran.

–¿Me deja usted que la coja en brazos –preguntó la niña Pilar, que, atraída por el llanto, se había asomado a la puerta.

¡Qué lástima que esa zagala sea coja con lo buena que es!, pensó Isabel mientras veía a la niña Pilar andar arrastrando la pierna, entre la cojera y su madre, esta muchacha está como cohibida.

Doña Agustina trataba a sus hijas como si aún fueran pequeñas, a pesar de que ambas habían cumplido ya los veinte años. Para mí siempre serán unas niñas, decía, sin comprender que aquel amor desmesurado les ahogaba la vida.

La niña Agustina, la mayor, era maestra nacional y tenía novio formal desde hacía cinco años. Andrés Collado también era maestro, tenía la plaza en Aledo y los domingos viajaba a Lorca para ver a su prometida y comer en casa de sus futuros suegros. Él hubiera preferido casarse y no alargar tanto el noviazgo, pero a la madre nunca le parecía el momento oportuno.

Cuando acabó la carrera a Agustina y a su mejor amiga, Luisa Méndez, las destinaron a la misma escuela de Totana, a unos veinte kilómetros de Lorca. En cuanto supieron la noticia, las jóvenes y recientes maestras corrieron a hacer planes. Antes de regresar a Lorca pasaron por Totana. Vieron el colegio y la casa que les correspondía ocupar. Hablaron con doña Concepción, la anciana maestra que se jubilaba, una mujer que había pasado en aquella misma escuela cincuenta años y ahora no entendía muy bien por qué el Ministerio prescindía de ella y mandaba a dos jóvenes para sustituirla. Todos los niños del pueblo, generaciones de padres, hijos y nietos, habían pasado por sus manos; los conocía a todos por sus nombres, los había visto crecer, cumplir el servicio militar, había asistido a sus bodas y los había felicitado por el nacimiento de sus primeros hijos, y luego por los segundos y terceros. Más tarde, esos mismos hijos habían crecido y se habían casado y tenido hijos a su vez. Aunque fueran adultos les reñía cuando los veía cometer algún despropósito, qué le importaba a ella si Luisito Castillo era ahora don Luis el médico o si Amalia Prados era doña Amalia, la esposa del alcalde, y Pedrito Abenoza era el mismísimo señor alcalde. Todavía los recordaba peleándose en el patio de la escuela, cuando ella tenía que ir a separarlos y les limpiaba las rodillas y la cara; o copiando y hablando en los exámenes por lo que les daba un par de cachetes y los castigaba a quedarse una hora después de clase, mientras ella corregía los ejercicios. Qué iba a hacer ella, que había dedicado toda su vida a aquella escuela e incluso había renunciado a un par de pretendientes porque no querían que siguiera ejerciendo después de casada, ahora que llegaba una carta de Madrid donde le comunicaban que a partir del próximo curso estaba jubilada. A Agustina se le encogió el corazón oyendo a la anciana.

Cuando llegó a casa corrió en busca de su madre para darle la gran noticia, pero doña Agustina la dejó helada.

–¿A Totana? De ninguna manera.

Y así fue. Doña Agustina, llorosa, convenció a don Claudio, quien habló con todos sus conocidos hasta que uno le aseguró que tenía influencias en Madrid, y antes de que empezara el curso llegó una carta donde se anulaba el primer destino de la hija y se le concedía plaza como maestra de enseñanza primaria en la escuela San Benito de Lorca. Luisa Méndez se fue sola a Totana, y allí seguía, casada desde hacía tres años; y Agustina se quedó en Lorca, con su madre.

Isabel preparó una cesta de verduras para la dueña de la casa, un repollo, ajos y cebollas, un par de lechugas, acelgas y un apio; y dispuso también un cajoncito de patatas nuevas que ella misma había estado recogiendo por la mañana. Era la costumbre, guardar siempre algo de lo que cosechaban en el huerto para doña Agustina y don Claudio. No costaba nada tenerlos contentos. También cuando hacían la matanza les mandaba siempre un morcón, un pedazo de tocino o unos chorizos.

–Cuando venga a buscarlas don Claudio, no se olvide usted de llevarse esto, doña Agustina.

–¿Pero por qué te molestas, Isabel? Ya sabes que te tengo dicho que no tienes que darnos nada. Tú siempre tan gentil. –Doña Agustina, sin duda, sabía quedar bien–. Todavía ayer hablábamos en casa de lo deliciosas que estaban las habas que nos disteis este año. Tan tiernas y tan finas no sé si las habíamos comido nunca, mira lo que te digo.

–Tiene usted razón. Era una simiente nueva que le dieron a Pedro en Purias. El año próximo plantaremos de las mismas. ¿Quieren ustedes un poquitico más de café?

Cuando se fueron las visitas, Isabel fue al establo a arreglar a la mula y mandó a los niños, que ya habían vuelto, que extendieran las patatas en el cobertizo para que se secaran y no les diera el relente de la noche ni el sol del día. Le limpió a la Chata el estiércol, le puso agua fresca en el bebedero y cebada en el pesebre, y empezó a remover y amontonar la paja vieja para mezclarla con otra nueva y hacerle la cama. La Chata, cuando estaba encerrada, tenía la mala costumbre de escarbar en la paja y esparcirla por todas partes. A Isabel a veces le daban ganas de dejarla que durmiera en el suelo. De pronto, se cortó con algo y empezó a salirle abundante sangre del pulgar. Era una navaja ganchuda que Pedro andaba buscando desde hacía tiempo, la habría olvidado allí y la mula, con su manía de escarbar, había acabado por esconderla. Con todo, menos mal que la Chata no se la había clavado al tumbarse en la paja. Se sacó un pañuelo del delantal y se envolvió el dedo, pero como la sangre no se cortaba dejó lo que estaba haciendo y fue a lavarse la herida. Era un buen corte y bastante profundo. Casi se mareó al verlo a la luz del día y llamó a José para que la ayudara a curarse, pero al zagal la vista de la sangre lo impresionaba tanto como a su madre y se quedó pálido. Fue Miguel quien acudió enseguida y le limpió y envolvió la herida con un cuidado extraordinario. José, mientras tanto, acabó de arreglar a la mula.

Por la noche tenía la mano ardiendo y el dedo le latía como si tuviera el corazón allí mismo. Después de un par de días la herida se había cerrado, pero seguía sintiendo agudos pinchazos en el pulgar que le subían hasta el codo.

–Quizá debería ir a ver a un médico –le dijo a Pedro.

–Espera hasta mañana, si mañana no ha mejorado iremos a ver al doctor Lara.

Durante la noche el intenso dolor no la dejó dormir un momento. Se levantaba y metía la mano en agua fría, con eso las punzadas se aliviaban, pero en cuanto volvía a la cama volvía el dolor. Así pasó la noche entera, de la cama a la cocina y de la cocina a la cama.

–Estáte quieta, Isabel, que no me dejas dormir.

–Si te doliera a ti, no dirías que me esté quieta. Es que no puedo estarme quieta, coñe. Parece que tuviera fuego dentro.

Antes de las ocho Pedro ya había enganchado la mula al carro y estaban todos listos. Se llevaron a las niñas para dejarlas en casa de la abuela y José y Miguel se quedaron para ocuparse de los animales.

El doctor Lara vivía en la Rambla San Lázaro, junto a la Placica Nueva. Era un conocido de don José Santiago, asiduo del Casino y de las partidas de cartas. Pedro e Isabel habían acudido a él sólo un par de veces, siempre por alguna enfermedad de los niños y por recomendación de doña Ana, que no dejaba que la viera otro médico que él. Eran cerca de las diez cuando llegaron. La esposa de don Ginés, una mujer de unos cincuenta años con el pelo cano y unas manos finísimas, los hizo pasar a una salita de espera con cinco sillas y un velador de caoba cubierto por un tapete. Se sentaron e Isabel se quedó mirando fijamente el tapete para desentrañar el secreto del punto con el que había sido tejido.

–El doctor está atendiendo a una visita, pero no creo que tarde mucho en terminar.

Estuvieron esperando cerca de media hora. Pedro ya empezaba a ponerse nervioso, cuando de pronto apareció don Ginés Lara abriendo una puerta blanca corredera.

–Ya pueden pasar.

El médico cogió la mano de Isabel y la desenvolvió para mirar la herida, no lo hizo con mucho cuidado y ella se quejó tímidamente del dolor.

–¿Le he hecho daño?

–Un poco. –Dijo bajito queriendo en realidad gritar que mucho.

No estaba acostumbrada a tratar con médicos y aquel aspecto de señor, la bata blanca abotonada hasta media pierna, las gafas y el aire de superioridad con que la miraba, o le parecía que la miraba, la intimidaban.

Cuando la herida quedó al descubierto, don Ginés le dijo a Pedro que sería mejor que esperara en la salita y lo acompañó hasta allí abriendo y cerrando ruidosamente la puerta corredera.

–Esto no tiene muy buen aspecto. ¿Le duele? –preguntó mientras oprimía con sus dedos la base del pulgar de Isabel.

–¡Ay!

–Tendré que abrirlo. La herida se ha infectado y está llena de pus. ¿Se puede saber cómo se hizo usted esto, mujer? ¡Ustedes los del campo nunca aprenderán que los médicos estamos para algo! ¿No ve que tenía que haber venido a verme hace días?

A Isabel, que estaba nerviosa y asustada, se le saltaron las lágrimas.

–Está bien, está bien, no llore. Venga a sentarse aquí, estaremos mejor. –El médico le señalaba un sillón de hierro blanco con el asiento y el respaldo tapizados de piel que estaba junto a una camilla–. Eso es. Ahora suba los pies a la barra y apóyese aquí. Déme el brazo.

Isabel extendió el brazo como si no fuera suyo y vio cómo el médico lo cogía, lo dejaba sobre la camilla que casi se le clavaba en las costillas, colocaba toallas limpias sobre la sábana blanca y todavía dos toallitas sobre las toallas, cogía de nuevo el brazo y ponía la mano sobre el montoncito de toallas con la palma vuelta hacia arriba. Luego aparecieron dos correas de cuero prendidas a la parte inferior de la camilla y el médico ató el brazo apretándolas con fuerza para que quedara bien sujeto e inmóvil. El intenso dolor que sintió a la vez que veía brotar de la herida una mezcla negruzca de sangre y pus la devolvió a la realidad.

Pedro, sobresaltado por el grito, abrió la puerta corredera para ver qué pasaba, pero el médico no le dejó entrar y lo devolvió a la salita.

–Grite, eso la aliviará –le dijo don Ginés mientras apretaba con sus pulgares los bordes de la herida nuevamente abierta para que supurara. Y siguió presionando indiferente hasta que hubieron salido todos los malos humores acumulados por la infección y brotó ya sólo sangre roja y abundante.

Luego, le roció el dedo con alcohol y le puso yodo. Isabel estaba mareada, ni en los cinco partos había sentido tanto dolor.

–Se lo voy a envolver con esta venda y mañana quiero que venga a verme otra vez. No haga nada con la mano y, desde luego, no se moje el dedo.

Pedro, pálido y todavía aturdido por los gritos que había oído, miraba a su mujer andar y temía que no tuviera fuerzas para llegar a la casa de su madre en el barrio de San Cristóbal, pero llegaron. La tía Manuela los esperaba inquieta y nerviosa porque habían tardado mucho más de lo que ella suponía. Cuando le contaron la operación, se mareó y hubo que sentarla y darle aire y mojarle la cara para reanimarla.

Isabel se quedó con las niñas en casa de la tía Manuela y Pedro regresó a la casa Barnés después de comer. José y Miguel no estaban cuando llegó, pero vio que habían comido porque todavía quedaban sobre la mesa restos de potaje en un puchero.

–¿Se puede? –Era la tía Dolores que venía a preguntar por Isabel–. Los zagales han dicho que volverían pronto, que iban a casa de tu hermana a ver el potrillo de una yegua recién parida.

La tía Dolores y su marido, el tío José, vivían muy cerca de la casa Barnés, en una pequeña finca que pertenecía al conde y que tenían arrendada desde que se casaron, iba ya para veinte años. Se llevaban muy bien con Pedro e Isabel y especialmente las dos mujeres habían hecho una fuerte amistad al cabo de los años. Pedro le contó brevemente lo ocurrido, mientras se liaba y fumaba un cigarrito.

–A la noche volveré y os traeré algo calentico pa la cena.

–No se moleste usté, que ya nos arreglaremos nosotros solos.

–Ya ves, si estando aquí al ladico no me cuesta nada.

Isabel visitó al médico a diario hasta que al cuarto día don Ginés le dijo que la herida tenía ya buen aspecto y podría curársela sola.

–Prepare usted en un cacillo una mezcla de miel y harina y la remuve hasta que quede bien ligada. La pasta no ha de quedar demasiado espesa. Se pone este ungüento sobre la herida y lo cubre con una gasa limpia. Ha de cambiarlo dos veces al día, pero no lave la herida, sólo cámbielo. Ya verá cómo así se le cura pronto. Con todo, si notara algo raro venga a verme, no deje que pasen días hasta hacerlo.

Isabel le dio las gracias y ya estaba en la puerta despidiéndose de la mujer del médico cuando don Ginés la llamó de nuevo.

–¡Isabel, espere! Tenga, llévese este paquete de gasas, le irán bien para curarse.

Ya estaban todos acostados y ella estaba acabando de recoger para poder irse a la cama. Estaba cansada y le dolían un poco la cabeza y la mano. Pedro la llamó desde la cama.

–Voy enseguida.

La tía María y el tío Francisco se habían presentado con toda la familia a la hora de comer, y lo peor no era la comida, porque echando más arroz y friendo una sartén de pimientos se habían arreglado, también había sacado una olla de costilla frita de la que guardaba de la matanza; lo que la ponía nerviosa era el ajetreo que se formaba con tanta gente y el griterío de los niños, una docena de zagales moviéndose por todas partes. Pedro volvió a llamarla.

–Isabel, ¿qué haces que no vienes?

–Estoy aquí, ¿es que no me ves?

Se puso el camisón y se metió en el lecho.

–Al menos, tu hermana podría avisar antes de venir.

A Pedro no le gustó nada este comentario de su mujer, al fin y al cabo no tenía tantas hermanas y reunirse con la familia siempre estaba bien; además, también ellos iban a comer a su casa el día de la Virgen de Agosto y para la matanza. Pero pensó que sería mejor no decir nada y se durmió. Isabel se dio una vuelta, tenía calor y se alejó del cuerpo del marido, sacó los brazos fuera. Menos mal que María Antonia, la mayor de María que ya tenía catorce años, ayudaba en todo lo que podía, porque la madre en cuanto llegaba decía que le dolían las piernas, se sentaba y para ella ya estaba todo hecho. Qué hartura de niños. Y es que cuando venían los primos hasta José y Miguel se comportaban como críos y no paraban un momento quietos.

Madre, que nos vamos con Francisco y José al cañar a cazar pájaros, y los otros a llorar porque no los dejaban ir con ellos.

Madre, que nos vamos un rato a lo de la tía Dolores, y ella a reñirles y a decirles que no podían ir porque aquéllas no eran horas de ir a la casa de nadie, que esa gente estaría comiendo. Y los pequeños a perseguir al gato, que era el más listo porque desaparecía después de la primera media hora y no se sabía dónde se metía, pero no volvía a aparecer hasta que todos los forasteros se habían ido. O a subirse a la higuera de donde había que bajarlos porque las ramas de higuera son muy traicioneras y se rompen con mirarlas. O a pelearse porque todos querían jugar a la vez con el trompo. O a llorar porque el primo Jesús me ha tirado de las trenzas. Cuando no se les ocurría soltar a las gallinas y a la oca o meterse en los cebaderos o montarse en la Chata o pisotear el bancal de habas que apenas empezaban a nacer o jugar al escondite en el trigal que ya estaba alto dejando a su paso senderos de espigas rotas.

Pedro se movió y cruzó un brazo por encima del pecho de su mujer. Y los hombres, ellos como dos señores. Primero la visita a los cebaderos con tranquilidad, deteniéndose animal por animal.

Ésta ha parido diez el mes pasado. Éste pesa ya cerca de tres arrobas. Esta marrana, fíjate qué hermosa, es la que estamos criando para nosotros. Luego te enseñaré los pavos. Este verraco vale su peso en oro. Estos de aquí los vendió don Claudio la semana pasada y el miércoles Juan Rojo y yo los llevaremos a la estación y los facturaremos hasta Murcia.

Luego venía la visita al huerto con las correspondientes paradas de bancal en bancal y de árbol en árbol y el consiguiente y necesario intercambio de experiencias novedosas, dudas, problemas, consejos, elogios, simientes, planteles, semillas, esquejes, tallitos para injertos, remedios y hasta herramientas cuando era menester. Y por último, cuando ya lo habían visto todo, a sentarse y a pedir.

Isabel, sácanos unos vasicos y una botellica de vino del que tú sabes. Isabel, parte un poco de jamón para acompañar el vino. Isabel, haznos un picadillo de tomate y ajo. Isabel, ¿le falta mucho al arroz? Isabel, no encuentro mi navaja, ¿tú sabes dónde está?

Y mientras tanto venga vasitos de vino y luego venga a decir tonterías, como si Pedro no supiera que el vino enseguida se le subía a la cabeza. Y por si fuera poco se presenta Juan Rojo a las tantas con la noticia de que Pedro vaya al pueblo por la mañana, que don Claudio quiere hablarle.

–Pedro, ¿qué crees que querrá don Claudio para mandarte llamar? –Pero por toda respuesta no se oyó más que un leve ronquido.

La aldaba figuraba una cabeza melenuda de león mordiendo una argolla estriada, en cuya base había un medallón con una cara de angelote de bucles largos y carrillos inflados, y aunque todo el conjunto era de bronce reluciente, se notaba que el medallón con el angelote brillaba más que el resto a causa de las manos que día tras día lo usaban para llamar ejerciendo a su vez de pulidoras. Desde el escudo de armas que don Claudio había mandado instalar como homenaje a sus antepasados y a sí mismo sobre la puerta, otros dos angelitos con trompeta y alitas miraban fijamente a quien se detenía ante la casa con ánimo de entrar si le abrían. Pedro estaba nervioso. Los golpes de la aldaba le habían llegado hasta el estómago a través del brazo y las sopas de café con leche que como cada mañana había desayunado se le estaban indigestando.

Por fin se abrió la puerta y Angustias, vestida con cofia y delantal blancos, indicó a Pedro que pasara y lo guió hasta el despacho de don Claudio. No había nadie y él no supo si sentarse en uno de los sillones o esperar de pie, no estaba acostumbrado al lujo y se sentía incómodo, y optó por permanecer de pie. Aunque la sirvienta había cerrado la puerta, alcanzaba a oír las voces de una conversación que más bien parecía una discusión por el tono elevado en que se producía, pero no podía entender las palabras. Eran dos hombres y en uno de ellos creyó reconocer a Juan Rojo, el otro era sin duda el amo. Mientras se demoraba la llegada del dueño de la casa, el nerviosismo de Pedro aumentaba. No tenía ni remota idea de cuál era el motivo de su visita, pero una intuición extraña que se le había instalado en la boca del estómago le decía que algo no iba bien. De repente, las voces cesaron y don Claudio entró en el despacho. Al volverse para saludar al recién llegado, pudo ver que, en efecto, el hombre que se alejaba era Juan.

Don Claudio se sentó y señaló a Pedro que se acomodara frente a él en otro de los sillones. La conversación, o más bien el monólogo de don Claudio, ya que Pedro no tuvo opción de hablar hasta el final y entonces no tenía nada que decir, fue breve y claro. Debían abandonar la casa Barnés en el plazo de una semana porque debido a problemas económicos que no venían al caso la finca había sido vendida y los nuevos dueños la requerían como vivienda propia, así que los aparceros estaban de más. Don Claudio dijo estar desolado, pero no podía eludir sus compromisos financieros y, aunque había intentado lo imposible por mantener a Pedro en la casa dado que no tenía de él la menor queja y sus servicios durante estos diez años habían sido impecables, no cabía otra solución, ya que los nuevos dueños, cuyo nombre no se mencionó en ningún momento, se mostraban intransigentes al respecto.

El camino de regreso se le hizo interminable. El mundo entero se había venido abajo y le pesaba sobre los hombros. La Chata, doblada bajo el peso de carga tan inhumana, caminaba a trompicones, como entendiendo a su manera lo que se le acababa de venir encima a su familia y por ende a ella. Abandonar su confortable establo, su pesebre y su bebedero; olvidar la paja limpia en la que tanto disfrutaba escarbando y revolcándose; volver quizá a un cuchitril como el de La Hoya del que durante estos años no había querido ni acordarse o, quién sabe, quizá ni eso. No, definitivamente era mejor no pensar en lo que se avecinaba, no pensar en Isabel ni en los niños, no pensar en nada y andar, sólo andar bajo el sol por un camino seco y polvoriento hacia una casa que ya no era su casa.

La tía Manuela los acogió gustosa mientras encontraban vivienda y empleo nuevos. La pequeña casa del barrio de San Cristóbal donde vivía desde que se casó en el año setenta y nueve, hacía cincuenta años, estaba acostumbrada a la gente aunque en los últimos tiempos la madre se hubiera quedado sola. Donde habían vivido siete personas, bien cabrían ahora ocho. La única que no cabía, porque la casa no tenía establo, era la Chata; lo cual no suponía un gran inconveniente ya que la tía Dolores y el tío José se habían ofrecido amablemente a guardarla en su cuadra.

La mañana amaneció inmensamente triste. Para facilitar el traslado, los hijos se habían quedado ya en casa de la abuela la noche anterior. Cuando la mudanza estuvo a punto, Isabel no pudo menos que llorar acariciando a Fufo que, al ver que su dueña se sentaba en el poyo, corrió a instalarse de un salto en su regazo.

Acariciando la cabecita del gato, Isabel fijó con pena la mirada en el carro que contenía, cuidadosamente colocadas, todas las pertenencias de la familia. Los platos y los vasos iban envueltos entre la ropa de cama para evitar roturas. Las tres camas grandes habían sido desmontadas y dispuestas en el carro debajo de todo, también la cama turca en que dormía la tía Manuela cuando se quedaba unos días con ellos iba allí; la mesa, puesta del revés, abrazaba entre sus patas media docena de sillas de anea montadas unas sobre otras; a un lado, un baúl grande de cartón con cierres dorados guardaba toda la ropa excepto las mantas, que iban atadas aparte; el brasero se puso de costado entre las sillas; la mesita de noche que doña Ana les había regalado al casarse y el velador, junto al baúl; las sartenes, pucheros y demás enseres iban en canastas colocadas aquí y allá, donde quedaba un hueco; tres colchones de crin debidamente enrollados y atados coronaban el montón de bultos y cachivaches que llenaba hasta los topes la caja del carro que habitualmente servía para trasladar los cerdos vendidos hasta la estación del ferrocarril. Todo lo que el matrimonio había acumulado en catorce años de vida estaba allí, sólo quedaban tres sillicas bajas que Pedro ató a los varales del carro, por fuera, y la fotografía que Isabel sostenía entre sus manos. Una fotografía que la familia se había hecho por empeño de Pedro hacía un año y medio, contra la voluntad de ella, que consideraba un derroche gastar un duro en un pedazo de cartón en el que a saber qué se vería. Y sin embargo, qué alegría cuando Pedro llegó trayéndola cuidadosamente envuelta en un papel de seda. Allí estaban todos. Ella en el centro, sentada, con la pequeña Isabel, que tenía tres añitos, sobre las rodillas; llevaba el pelo recogido atrás en un moño y una blusa nueva de percal blanco a cuadritos azules. Pedro, con chaqueta de paño negro y chaleco, estaba de pie detrás de ella con la mano derecha apoyada en su hombro, llevaba gorra y bigote, y sostenía un cigarrito entre los dedos de la mano izquierda; prendida de un ojal del chaleco se apreciaba la cadena de un reloj de bolsillo que nunca existió, fue un empeño particular del fotógrafo que no admitió negativa. José y Miguel a su derecha, ambos con pantalón corto, boina y alpargates de cintas. José tenía un aire triste, como un poco asustado por el fogonazo; Miguel, en cambio, miraba fijamente al frente con las manos en los bolsillos, como plantándole cara al mundo. María y Manuela estaban a su izquierda vestidas de azul cielo, aunque en la fotografía los trajecitos parecían más bien oscuros. María, rubia, con melenita corta y flequillo, muy seria y con los ojos muy abiertos. Manuela, morena y con trenzas, estaba agarrada con una manita a la falda de su madre y tenía un pie sobre el otro. Isabel, la pequeña, lucía un enorme lazo sobre la cabeza y estaba de perfil, mirando a su hermano Miguel. Desde entonces, la fotografía, en un marco negro con ribetes dorados, había presidido desde una pared de la cocina la vida familiar e Isabel la mostraba con orgullo a todo el que entraba en su casa. Ahora, en su lugar, quedaban una alcayata inútil y un rodal ligeramente más blanco que el resto de la pared.

La tía Dolores y el tío José salieron al camino a despedirlos, las mujeres se abrazaron y los dos hombres se dieron la mano. Mañana, cuando Pedro devolviera el carro, aprovecharía para dejarles a la Chata. Entre tanto, ajena a todo, como si supiera que no iba a moverse del vecindario, la mula tiraba pesadamente del carro. El gato, subido en lo alto de un colchón, anduvo un rato erguido y mirándolo todo, tambaleándose con el movimiento; pero al fin, aburrido y pensando que aquello iba para largo, se hizo un ovillo y se durmió.

La inactividad sumía a Pedro en una creciente amargura conforme pasaba el tiempo y un día se sumaba a otro sin que él encontrara más que alguna ocupación eventual. Muchas mañanas no se sentía con ánimo de acudir a la Corredera a engrosar con su insignificante presencia el número de peones y jornaleros que apoyados contra una pared o sentados en el suelo o fumando en corros esperaban a ser benévolamente llamados, indulgentemente escogidos para un día de trabajo por el capricho del señorito de turno o por el ojo adiestrado de un capataz. A esperar a que el trabajo lloviera del cielo. A esperar tener más suerte que los otros, más suerte que ayer y que anteayer. A estar dispuesto incluso a odiar a los rivales que podían llevarse el pan de sus hijos y cuyo único pecado era el de tener a su vez hijos sin pan. A comprobar una y otra vez que los elegidos eran siempre los mismos, que los recién llegados no eran admitidos en los corros ni en las esquinas de los veteranos, aquellos que llevaban años viviendo así.

Algunos días, José, que era ya un mozo de trece años, lo acompañaba; pero el hijo no tenía más suerte que el padre. Una mañana, mientras esperaba Pedro vio a Juan Rojo merodeando entre los corros. El corazón le dio un vuelco al reconocerlo y comprobar que se dirigía hacia donde él se encontraba. Hoy sí, pensó. Pero el capataz pasó de largo, se limitó a mirarlo brevemente y apenas lo saludó con un movimiento hosco de cejas y mentón.

Así que poco a poco el desánimo se apoderó de él y había días en que tenía que hacer un esfuerzo sobrehumano para lograr levantarse de la cama, esfuerzo inútil porque una vez realizado no llevaba a ninguna parte si no había nada que hacer. Fue entonces cuando su hermano Ramón, viendo la situación en que se encontraba, le sugirió que lo acompañara a Francia y Pedro aceptó.

Diríase que Ramón vivía alentado por un insaciable espíritu viajero pues, aunque en Lorca tenía casa y mujer, nunca paraba allí más de un mes seguido; donde hubiera una oportunidad de trabajo, allí iba él llevado más por el placer del cambio que por el deseo de encontrar un asentamiento fijo. Había sido pescador de sardinas en El Grove, pero la humedad le carcomía los huesos; fue tejedor durante cinco meses en una empresa textil de Terrassa, pero se ahogaba con el polvillo que a todas horas flotaba en el aire de la fábrica; aprovechando que tenía un primo, Antonio Ponce, en Buenos Aires, estuvo un año y medio en Argentina trabajando en no se sabe muy bien qué, pero volvió porque aquello quedaba demasiado lejos y echaba de menos a su Clara; así que cuando descubrió que Francia estaba, como quien dice, aquí mismo y que allí siempre había empleo para un campesino dispuesto a faenar en lo que fuera, como él, escogió definitivamente Francia para trabajar y Lorca para vivir. Sabía tres docenas de palabras en francés que pronunciaba como Dios le daba a entender, pero que lo libraban de cualquier apuro; solía moverse siempre por el sur de manera que para él Francia era algo así como un triángulo cuyos vértices se situaban más o menos en Perpiñán, Millau y Aviñón. Aquel año, como solía últimamente, pensaba dirigirse a Candillargues, el pueblo donde vivía la tía Catalina y en el que siempre era bien recibido por monsieur Leroy, que, sin duda, tendría también trabajo para un hermano suyo.

Y Pedro se fue a Francia, siguiendo a Ramón, en marzo de mil novecientos veintinueve, con la intención de mandar llamar a toda la familia en cuanto él estuviera instalado, pero hubo que esperar cinco largos meses hasta que llegaron sus noticias.

Sin su casa, sin su marido y sin sus ocupaciones habituales Isabel se sentía rara. Deseaba con todas sus fuerzas que llegaran noticias de Pedro y mientras esperaba encontró un par de casas para ir a lavar y acudía también, dos veces por semana, a hacerle faenas a doña Ana, que ya no tenía criada fija. Aquello la mantenía ocupada y, aunque poco, le permitía ganar algún dinero. A veces hablaba con su cuñada y le preguntaba cómo podía pasarse la vida sola, pero ésta no sabía explicárselo.

–Es la costumbre –se excusaba–, no es que me guste, pero es así desde hace tanto tiempo que ya no sé si podría ser de otra manera. Tú, al menos, tienes a tus hijos; yo, en cambio... –Y callaba. Con esta frase inacabada la tía Clara aludía a sus ocho angelicos, tres niños y cinco niñas, que habían muerto después de nacer–. Dios debe pensar que no sería una buena madre –se conformaba. Cuánto dolor inútil, pensaba Isabel.

El médico no sabía explicarle la razón de su desgracia, no era como el caso de otras mujeres que sufrían abortos o daban a luz niños con malformaciones que para andar toda la vida sufriendo era mejor que se murieran. Ella no. Ella tenía buenos embarazos que llegaban a término sin problemas, las criaturas nacían hermosas y aparentemente sanas, algunas vivían sólo unas horas y otras alcanzaban a vivir tres o cuatro días, pero al final se le morían siempre.

Las noticias llegaron en agosto por medio del tío Ramón, que vino a pasar unos días al pueblo. Fue él quien durante la semana escasa que permaneció en Lorca le encontró un barco que salía del puerto de Valencia el cinco se septiembre, se encargó de comprar los pasajes con el dinero que Pedro le había dado y la instruyó en los secretos del arte de viajar. Ella, que nunca había hecho nada semejante, agradeció los desvelos del cuñado y procuró recordar todos sus consejos. Llevar comida abundante porque el viaje sería largo y en el mar, si te mareas, lo mejor es comer para asentar el estómago. Al subir al barco, procurar ser de los primeros para poder encontrar un buen lugar en la bodega, cerca de una puerta era siempre mejor que al fondo. No dejar nunca el equipaje solo porque, aunque todo el mundo parece buena gente dispuesta a ayudar, en todas partes hay desaprensivos que intentan aprovecharse de los demás, especialmente si ven a una mujer sola con cinco niños. Llevar los pasaportes y el dinero siempre encima y nunca a la vista. Vigilar que los niños, sobre todo los pequeños, no se perdieran porque en las estaciones y en los puertos se forman siempre barullos de gente que va de un lado para otro cargada y con prisas y es fácil que una criatura se despiste y se extravíe. No tener vergüenza de preguntar a quien fuera ante una duda. No dejar que las niñas corretearan por el barco, que las cubiertas son peligrosas. Llevarse un par de colchones que aunque fuera un engorro transportarlos luego harían más cómodo el viaje y siempre servirían para la casa. Y un sinfín de consejos y advertencias más que Isabel repasaba cada vez con más frecuencia conforme se acercaba el cinco de septiembre.

El viaje en tren fue una calamidad. Tuvieron que ir casi todo el tiempo de pie y sufriendo por los bultos que, apilados en la plataforma junto con otros montones de cajas, cestas, maletas y colchones desconocidos, no dejaban de molestar a los viajeros que subían o bajaban en las estaciones donde el tren se detenía o a los que se desplazaban por el vagón para estirar las piernas o en busca de un quimérico espacio libre. Resultaba increíble comprobar la infinita variedad de paquetes, animales, utensilios y comida que podían llegar a formar parte de un equipaje. La mayoría de aquella gente que abarrotaba el tren eran vendimiadores andaluces que viajaban a Francia por un mes con la casa a cuestas. Los más afortunados tenían destino y trabajo fijos, pero la mayoría esperaban ser contratados al llegar. Los había que llevaban años acudiendo a la vendimia francesa, otros en cambio iban por primera vez. Había hombres solos cuya mujer e hijos se habían quedado en el pueblo esperando el regreso del padre con algún dinero que ayudaría a seguir tirando durante unos meses. Había también familias que viajaban completas porque hasta los niños, si no eran muy pequeños, podían ayudar cuando el trabajo era a destajo, o porque no había abuelos o familiares con quienes dejarlos. Todos procuraban llevar del pueblo lo más posible porque el secreto de hacer una buena vendimia consistía en no gastar nada del dinero que se ganaba. Pero fue peor la llegada a Valencia, cuando hubo que cargar todos los bultos y apearse del tren luchando contra los empujones y las prisas de la muchedumbre.

Un hombre de Vélez Blanco les indicó lo que debían hacer para llegar al puerto.

Al salir de la estación del ferrocarril anochecía y la ciudad se avalanzó sobre ellos como un animal feroz. Isabel nunca había visto tanto trasiego de gente, animales y vehículos, tantas calles desconocidas que llevaban a lugares desconocidos. Había sido parca con el equipaje, pero ahora se le antojaba excesivo, imposible de acarrear. José y Miguel cargaron cada uno con un colchón sobre un hombro y una caja en la mano que les quedaba libre, María y Manuela cogieron a medias la pequeña maleta que contenía la ropa de los seis, pero que resultaba exagerada para su tamaño y sus fuerzas, ella se colgó de un brazo la pesada cesta con la comida y dio una mano a Isabel que no había consentido en abandonar en Lorca a su muñeca de trapo.

Tuvo que preguntar varias veces hasta que consiguieron encontrar una avenida amplia, larguísima, que los condujo hasta el puerto. Caminaron muy juntos todo el tiempo por miedo a perderse, asustados por los tranvías al cruzar las calles, por los carros que circulaban en todas direcciones, por las bocinas y el ruido de algunos automóviles que aparecían de repente, por la gente que caminaba deprisa porque sabía a dónde iba. Llegaron de noche, agotados, sudorosos y hambrientos. Y una vez allí aún hubo que preguntar cuál era el barco que iba a Francia y de dónde salía. Desde detrás de un mostrador alumbrado por una luz de petróleo un hombre le pidió los billetes y el pánico se apoderó de ella porque de pronto había olvidado dónde los llevaba e incluso si los llevaba.

–Los guardó usted debajo de la falda, madre –dijo la voz salvadora de Miguel.

Y entonces recordó que llevaba una bolsita de tela atada a la cintura, una bolsita cerrada con tres botones que ella misma había cortado y cosido por consejo de la tía Manuela para llevar encima el dinero, los pasaportes y los billetes; la suegra siempre viajaba así aunque sólo fuera a Murcia, porque nunca había que fiarse si se llevaba dinero. Pero no sabía cómo acceder a la bolsa en presencia de aquel hombre que la miraba aguardando y tuvo que idear una excusa para dejarlo esperando detrás del mostrador y retirarse a un rincón más oscuro donde poder buscar con la mano la bolsa y los billetes, hurgando bajo las bragas y sobreponiéndose a la desagradable impresión de que todo el mundo la miraba y de que si no movía la mano con cuidado, asegurándose de que cada cosa quedaba en su sitio y la bolsa bien abrochada, podía perder el dinero o los pasaportes.

El barco no salía hasta las doce. Faltaban pues dos horas. Se acomodaron en el muelle, al final de una cola que se iba formando y que creció rápidamente detrás de ellos, y cenaron. A las once la tripulación colocó la escalerilla y se dio permiso a los pasajeros para subir a bordo. La gente empezó a moverse. Un par de hombres que viajaban solos y con un simple hatillo se ofrecieron amablemente a ayudarla con el equipaje y cargaron con los colchones que eran lo más incómodo de transportar. Cuando les llegó el turno a ellos la pequeña Isabel empezó a llorar porque le daba miedo que a través de la escalerilla se viera el agua y tuvo que cogerla en brazos y prometerle, venciendo su propio vértigo, que no se caerían. Le pareció imposible verse al fin en la bodega, con todo el equipaje a salvo, instalados espaciosamente cerca de una puerta, tal como el tío Ramón había aconsejado.

No moverse. Olvidarse del barco y de la existencia del estómago. Dejarse llevar con los ojos cerrados. Sobre todo olvidarse del barco. Intentar respirar profundamente sin que la nariz y los pulmones se impregnaran del desagradable olor a orines, sudor y gente que llenaba la bodega. No preocuparse por los hijos que habían salido a la cubierta. No pensar que podían resbalar y caerse. Caerse al agua. Nadie se caería al agua ni a ninguna otra parte. Era imposible caerse. No era imposible, pero ellos dos ya eran mayores. No se caerían. Dejar que las niñas hablaran sin notar que estaba despierta y las oía. Así. Dejarse llevar con los ojos cerrados. No pensar en su Casa de los Calistros. No pensar en los diez años que habían vivido allí, en la felicidad de lo cotidiano conocido. No pensar en lo desconocido, en cómo sería la casa que Pedro había encontrado ni en la nueva vida, en cómo vivirían. Habría gente nueva que conocer, trabajos nuevos. ¿Serían españoles sus vecinos? ¿Podría hablar con ellos? ¿Se entenderían o debería aprender a no hablar, a explicarse por señas? Aprendería palabras. ¿Cómo se diría pan en Francia? Pedro le enseñaría, en seis meses habría tenido tiempo de aprender. Pedro. Seis meses sin verlo ya. Cuando se fue no sabía cómo lo iba a echar de menos. Él, que a veces se enojaba por su indiferencia cuando quería acariciarla. Somos marido y mujer y hay días que necesito tocarte. Hablaban poco de eso. Lo hacían poco. Somos marido y mujer y tú nunca estás muy dispuesta. Tenían cinco hijos. Ella a veces no sentía nada mientras lo hacían. Lo dejaba hacer hasta que acababa y se dormía a su lado. Dormir a su lado. Cómo lo echaba en falta ahora después de seis meses. Su cuerpo cálido en la cama, a su lado. Sus tetillas pequeñas, como garbanzos colorados. Su cuerpo encima, respirando y moviéndose violentamente, dulcemente. Pedro era tierno con ella. Lo quería. Qué poco le decía ella que lo quería. Besarlo ahora. Besarlo por seis meses de ausencia. Como la primera vez en San Julián. Los dos asustados, pero él sabía lo que había que hacer. Vencer el miedo al dolor y la vergüenza de los cuerpos desnudos. Qué sorpresa su sexo levantado, duro. El miedo a mirarlo y la vergüenza de que penetrara en ella. No hubo el dolor que le habían predicho, que esperaba. Sólo un poco de sangre. Nada. Él sabía lo que había que hacer. Los hombres no son como las mujeres. Besarlo ahora y mirarlo desnudo. Pedirle que la tocara. Nunca se lo había pedido. Algunas veces también ella quería, pero no lo decía. Cinco hijos y no haber dicho nunca acaríciame hoy, ahora. Ve despacio. Esta noche he sentido mi cuerpo con el tuyo. He sentido tu fuerza en mi vientre. Te he sentido llegar hasta mis brazos por dentro, hasta el cuello he sentido que llegabas. He temblado toda un instante, sigue, no te vayas, bésame los pechos. La estaría esperando. Qué alegría verlo otra vez. Qué guapo aquella mañana que llamó a la puerta vestido de uniforme y ella salió a abrir en camisón. Qué vergüenza cuando don José le dijo que el criado del conde quería hablarle si ella consentía. Seguir así, con los ojos cerrados, dejándose llevar por el vaivén del barco. La tía Manuela había ido a despedirlos a la estación y había llorado. Veinte años atrás ella también había llorado en la estación al despedir a su padre, que ahora estaba muerto. ¿Y si ella también se hubiera ido? Si hubiera dicho que sí ahora no estaría aquí, con cinco hijos en un barco que la llevaba a Francia. Si se hubiera ido dónde estaría ahora, dónde estarían Pedro y sus hijos. Quién estaría en lugar de Pedro durmiendo a su lado por las noches. Si madre no hubiera muerto tan pronto, qué hubiera sido de ella y de su vida. Doña Ana lloró cuando le dijo que se iba a Francia, que Pedro había encontrado casa y trabajo y los esperaba allí, en un pueblo pequeño con un río muy grande. No recordaba el nombre que el tío Ramón había dicho. Cómo sería un río muy grande. Rhône. Ése era el nombre, Rhône. ¿Pero era el nombre del pueblo o del río? ¿Cómo sería pan en francés? Y silla, ¿cómo serían silla, mesa, cama, casa? ¿Cómo sería vivir en Francia? Si madre no hubiera muerto y le hubiera pedido que fuera con ella al Brasil, se habría ido. Le dolía el cuello. Tenía que moverse un poco. Pero no abrir los ojos hasta que terminara aquel viaje. El mar. Había ido una vez a Águilas con doña Ana. Tres días en casa de una prima de doña Ana. Doña María Cuevas. Hasta se había bañado con un camisón de baño que doña María le prestó. Un camisón que le llegaba a los tobillos y que se le subió a la cintura cuando se metió en el agua. No tengas miedo, Isabel, métete. El agua está caliente.

Dame la mano, Isabel, le decía doña Ana riéndose. Y el camisón flotando alrededor de la cintura cuando por fin se metió. Qué fría estaba el agua al principio, pero después qué gusto. La verían desnuda si alguien miraba. Pero los hombres se bañaban en otra parte. Una parte para los hombres y otra para las mujeres. Y el sol. Esconderse del sol para no quemarse los brazos y la cara. Qué deliciosas las sardinas que asaron a la brasa. Las compraron todavía vivas en el puerto. Se movían. Saltaban con la boca abierta, boqueando, mientras el hombre las cogía a puñados y las echaba en la balanza. Y ahora otra vez el mar, un mar distinto aunque era el mismo. El mar de Valencia es el mismo mar de Águilas, le habían dicho. El mar que cruzaron su padre y sus hermanos era otro, le habían dicho. ¿Qué habría hecho Encarna cuando murió padre? Si Pedro se muriera, ¿qué haría ella? No pensar en eso. Pedro no iba a morirse. La esperaba. No pensar en eso. Lo abrazaría tanto cuando lo viera. ¿Cómo se diría pan en Francia? Amasar una vez por semana el pan y olerlo mientras se horneaba. ¿Amasaría su pan en Francia o tendría que comprarlo? ¿Cómo se diría pan? Tendría que reñir a Miguel por esa costumbre tonta que tenía de pellizcar una hogaza antes de acostarse. No me puedo dormir si no como un poco de pan antes de acostarme, madre. Sabe tan rico el pan caliente, madre. No abrir los ojos. Todavía no. Esperar un poco más aunque le estuviera doliendo el cuello porque tenía una mala postura. Dejarse llevar. Toda esa gente viajando a Francia como ellos, dejando sus casas y sus pueblos. Su Casa de los Calistros y su gato. La tía Manuela lo cuidaría. Tan pequeño el día que José lo trajo con la nieve. No vivirá hasta mañana, tendré que esconderlo para que los niños no lo vean muerto cuando se levanten. Pero había vivido. Podemos llamarlo Fufo, madre. Y la Chata, vaya si era terca y maniática la mula. No pensar en Fufo. El gato estaría bien. Los gatos son muy listos. Abrazar a Pedro, lo primero. Decirle que lo quería, que era su hombre y lo había echado de menos sobre todo en las noches al acostarse con la pequeña Isabel, al abrazarla para que se durmiera. Y ese Juan Rojo que no le gustaba nada, que la miraba con insolencia cuando iba a la casa. Tanta prisa para que dejaran la casa Barnés. Una semana. Y luego la casa llevaba seis meses vacía, que se lo había dicho la tía Dolores cuando fue a despedirse y vio sus geranios todos secos y la hierba creciendo en los arriates. El huerto echado a perder. La casa vacía y ellos tuvieron que irse en una semana porque los nuevos dueños iban a vivir allí. Todo mentira aunque no supieran por qué los habían echado. Tendrías que haber dicho algo, hombre de Dios, haber discutido con don Claudio. Haberte enfadado y no quedarte mudo. Para que don Claudio viera que aunque somos pobres no nos puede hacer esto. Una riña. Y Pedro callado. Callado ante don Claudio y callado ante ella. Sin decir nada. Sin quejarse. Sin enfadarse con don Claudio y enfadado con ella porque le decía la verdad, que no los podían echar así sin más de su casa. Y ahora la casa vacía. Todo mentira, que se lo había dicho la tía Dolores, que allí no vivía nadie hacía seis meses, sólo Juan Rojo que aparecía de vez en cuando. Tanta prisa y tanto engaño. Sólo porque eran pobres y se podía hacer con ellos lo que se quería. No pensar en eso. Dejarse llevar. Lo primero abrazar a Pedro. Abrir los ojos y mirar a sus tres niñas sentaditas allí a su lado. ¿Dónde andarían José y Miguel? Esos zagales no tenían miedo de nada.

–Tengo hambre, madre. –La manita de Manuela le tiraba de la manga.

–¿Podemos salir afuera a ver? Mi muñeca quiere ver el mar.

–Dejad a madre que duerma y estaos quietas –dijo María.

–No duermo, sólo estaba pensando con los ojos cerrados.

Había dejado de llover y el barco se deslizaba ahora suavemente, imperceptiblemente. La cubierta estaba húmeda y resbaladiza. La humareda que salía de las chimeneas llenaba el aire y diminutas motas negras se pegaban al cabello, a la ropa, a la piel de quienes habían abandonado la bodega para sentir el viento fresco del mar, un viento que venía de lejos, de tan lejos que aquellos eventuales navegantes ni siquiera podían imaginar semejantes distancias porque ellos venían de mundos pequeños donde las longitudes se podían medir y se llamaban casa, pueblo, calle, acequia o día.

Llevaban ya tres semanas en Candillargues y a medida que pasaban los días Isabel se iba habituando a la nueva vida. El pueblo era pequeño, mucho más pequeño que Lorca, y aprendió enseguida a desplazarse y a reconocer los lugares y a la gente que le interesaban.

El comercio de madame Vochelet, que vendía todo lo vendible en una tienda, estaba en la plaza. En las estanterías, armarios, anaqueles, rincones y altillos, en cajas, sacos, tarros, cestas, cajones y toneles acumulaba un complejo surtido de géneros que proveían ampliamente las necesidades del pueblo y sus alrededores. Pastillas de jabón verde para la ropa y jaboncillos de olor con aroma a violetas, a lavanda y a otras flores y hierbas cuyos nombres Isabel no lograba entender aunque los preguntara y madame Vochelet se los repitiera despacio. Perfumes de colores en frascos pequeñitos de cristal que cuidadosamente ordenados en un estante la fascinaban cada vez que entraba. Regaliz, palo dulce y bolitas de caramelos de colores hábilmente dispuestos sobre el mostrador en botes de vidrio, al alcance de la vista y las manos de los niños. Cajas de arenques como flores de pétalos plateados que se compraban uno a uno y que la tendera envolvía cuidadosamente en papel de estraza. Alpargates de invierno y de verano, zuecos de madera que las francesas usaban en el campo, zapatos brillantes de tacón y hebilla para los domingos. Pantalones azules con peto para los hombres. Faldas, vestidos, blusas y bragas para las mujeres. Ropa de niño y de niña. Cintas y lazos. Botones, corchetes, imperdibles, hilos, lanas, ganchos y agujas de tricotar. Algodón rojo para sábanas. Encajes y tapapuntos. Jícaras de chocolate negro. Sacos de arroz, lentejas, judías y garbanzos. Salchichas de mondongo. Latas, gorras, lápices y libretas. Cuchillos, tijeras, sartenes y peroles. Sal y azúcar. Tarros de vidrio con mermelada de fresa, melocotón y albaricoque que se compraba a granel. Vasijas con mantequilla que se compraba a libras. Pero de todo ello, lo que más sorprendió a Isabel la primera vez que entró y la seguía sorprendiendo aún era el pequeño mostrador independiente donde se disponían los quesos y lo que llamaban paté. Nunca en la vida hubiera podido imaginar que fuera posible la existencia de tantas variedades de queso. A veces, se acercaba a contemplarlos por simple curiosidad y llegaba a marearse con la mezcla de formas, colores y, sobre todo, olores. Pedro le había dicho que uno especialmente apreciado por los franceses contenía gusanos y ella intentaba descubrir cuál sería y casi siempre llegaba a la conclusión de que debía de tratarse de aquel blanco y pastoso salpicado aquí y allá de ronchas y agujeritos azules y verdes que se desmenuzaba siempre al cortarlo como si estuviera carcomido.

Entre este maremágnum madame Vochelet se desenvolvía con precisión asombrosa fruto de los veintitrés años que llevaba allí. Su inteligencia y cortesía naturales y un fino instinto para los negocios le habían aconsejado aprender español, así podía atender como era debido a las emigrantes que figuraban entre su clientela y se aseguraba de que aquellas mujeres que desconocían por completo o mal chapurreaban el francés no dejarían nunca de acudir a ella confiando en que la tendera comprendería sus necesidades. Era cuarentona y viuda de un piloto de la aviación cuyo aparato fue abatido sobrevolando Verdún en mil novecientos dieciséis durante un vuelo de reconocimiento y que fue declarado héroe nacional en una ceremonia póstuma y entrañable con banderas y banda de música en la que el alcalde monsieur Mignot le había impuesto a ella, madame Gertrude Vochelet, viuda de Jean-Louis Vochelet, la Legión de Honor. Era delgada, alta y ágil como un pajarillo e iba siempre perfumada y ostensiblemente maquillada, pasaba el día entero en la tienda, desde el amanecer a la noche, acompañada de un caniche negro que no la perdía de vista ni un instante y un gato siamés de transparente mirada azul que solía dormitar estirado en el mostrador, entre los caramelos y la mantequilla.

La panadería, en cambio, estaba en una callejuela estrecha hacia las afueras del pueblo, conforme se salía hacia el campo de aviación. La dueña, madame Petit, era una extremeña de Zalamea que se había casado con el panadero. Isabel, acostumbrada a amasar y hornear su propio pan durante años, tuvo que habituarse ahora a comprarlo. Aprendió a apreciar aquellas barras estrechas y larguísimas que llamaban baguetes y a calcular el pan justo para que no sobrara de un día para otro porque el pan del día estaba mucho mejor. Aunque solía mandar a Miguel o a María, de vez en cuando le gustaba ir a ella misma para poder oler el aroma a pan, chocolate y azúcar calientes que flotaba en toda la calle y guiaba por sí solo hasta la puertecita de cristales que avisaba de las entradas y salidas con una campanilla. Algún domingo se permitía el lujo de comprar tres panes de chocolate que se repartían como postre entre todos, aunque en realidad ella apenas comía.

Su casa estaba en una de las varias callecitas que desembocaban en la plaza, cerca de la esquina ocupada por la inmensa Cave, y el olor a mosto y orujo lo impregnaba todo durante aquellos días de septiembre. El día que llegaron la tía Catalina la ayudó a instalarse. Fue ella quien la instruyó en la simple vida del pueblecito mientras Pedro, una vez descargada la carreta en que habían viajado desde Sète, se encargaba de devolver el vehículo y el caballo y se reincorporaba al trabajo en las viñas. Vista la casa, que ciertamente era tan pequeña que no había mucho que ver, echó en falta el cuartito del retrete y preguntó.

–No hay –respondió la tía.

Y en efecto, no había. Isabel nunca antes se había visto en situación parecida, no tener retrete, ni siquiera un cuartucho en el patio, le parecía increíble.

–¿Y dónde hacen sus cosas las personas?

–Tendrás que comprar un bidón en el comercio de madame Vochelet.

Ésa fue la primera vez que entró en la tienda de la viuda. El lugar y la dueña la dejaron asombrada. Aquella mujer, que hablaba en español con un extraño acento que a veces hacía irreconocibles las palabras, la atendió sin dejar de sonreír ni un momento y le vendió un bidón de madera con asa y tapadera que parecía ser que era muy barato. Isabel no tenía dinero francés y madame Vochelet no permitió de ninguna manera que la tía Catalina pagara la compra.

–Si Isabel va a *vivig* aquí, entonces es *nesesaguio* que Isabel tenga una cuenta *abiegta* en mi casa.

Colocó el bidón, afuera, en un rincón cubierto del patio, e informó a la familia de su uso y servicio, encomendándoles expresamente que se acostumbraran a dejarlo siempre tapado. Siguiendo las instrucciones de la tía, el segundo día por la tarde se dispuso a ir a vaciarlo. Había que salir del pueblo camino del campo de aviación, por donde estaba la panadería. Las mujeres solían hacerlo al anochecer. Tras caminar durante unos diez minutos por la carretera se llegaba a un lago grande rodeado de juncos y hierbas altas, allí había que vaciarlo y se podía aprovechar la misma agua del estanque para enjuagarlo. Isabel cogió el bidón y, acompañada de María, enfilaron el camino del campo de aviación. Caminaron durante más de veinte minutos sin encontrar ni el aeródromo ni lago alguno. Se sentía ridícula y de pronto le vino la imagen de una procesión de mujeres todas llevando su bidón. Se lo comentó a María y ambas empezaron a reír.

Detenidas en medio del camino se morían de risa de mirar el bidón y de mirarse a sí mismas que, evidentemente, se habían perdido porque según las instrucciones ya debían de haber encontrado el lago hacía rato.

–¿Dónde mierda voy a tirar yo esto?

Entonces vieron maravilladas el avión que descendía y aterrizaba, o lo que supusieron que era un avión ya que nunca en su vida habían visto uno, y lograron por fin orientarse. Llegaron al estanque y vaciaron la porquería cuidando de que cayera al agua sin salpicarlas y todavía seguían riendo de imaginarse a todas las mujeres del pueblo vaciando bidones como un martirio chino para los peces y demás animaluchos del lago. Luego, el paseo diario se convirtió en rutina. Cada noche igual, luchando siempre con una rama o con un pañuelo contra las nubes de mosquitos que las perseguían y acribillaban.

Pero lo peor era la lluvia, una lluvia que con transitorias intermitencias empezó a caer el once de septiembre, día en que la pequeña Isabel cumplía cuatro años, y seguía cayendo sin ánimo de escampar a finales de mes.

Las viñas estaban anegadas y si no se aligeraba la vendimia la uva amenazaba con aguarse y pudrirse en las mismas cepas donde había madurado hasta prometer una espléndida cosecha.

Los vendimiadores trabajaban a destajo mal cubiertos por sacos y capas aguaderas que dificultaban sus movimientos y se enganchaban en las plantas. Las caperuzas destilaban agua que goteaba sobre los ojos entornados y se deslizaba por las mejillas, cuello abajo, buscando y encontrando recónditos caminos para colarse fría hasta el pecho y empapar la ropa interior. Algunos afortunados se protegían con botas catiuscas que, aunque incómodas porque se quedaban clavadas en el fango, les mantenían secos los pies y las piernas; pero los más calzaban alpargates que se confundían con el barro que llenaba las perneras de los pantalones de los hombres y las piernas desnudas de las mujeres que, para andar más ligeras, trabajaban con las faldas arremangadas. Las tijeras y hocetes resbalaban de las manos mojadas demorando el trabajo y abaratando los jornales.

Cada mañana al despertar, Pedro e Isabel, como todos los vecinos, escuchaban desde la cama con la esperanza de no oír la lluvia, pero seguía lloviendo.

Cargado con un cuévano a la espalda, Pedro se movía alternativamente entre las cuatro filas que llevaban entre los cinco y, como Miguel y especialmente María seguían con dificultad el ritmo del tajo, les ayudaba. Isabel y José iban por delante y cuando acababan sus respectivas ringleras se incorporaban, ellos también, a las de los pequeños. Pedro se multiplicaba de un lado para otro cortando, llenando y vaciando. Isabel pensaba en las dos niñas que se habían quedado en la casa durmiendo solas. José y Miguel soñaban con una bicicleta como la que tenían la mayoría de sus amigos, una para los dos sería suficiente de momento. María, agotada y con las manos llenas de arañazos, no podía pensar en otra cosa que en la uva que tenía delante y en no quedarse muy atrás.

Una lluvia sesgada caía sobre las gentes y la tierra empapando cepas y racimos, manos y caras, cestos y aportaderas, carros y caballos.

Y mientras tanto el Rhône y sus brazos iban creciendo silenciosamente hasta que a primeros de octubre estallaron las esclusas y el río se desbordó inundando las tierras bajas, las granjas, los caminos y algunas aldeas.

Las viñas se anegaron y hubo que interrumpir la vendimia porque era prioritario salvar las cepas. Se ahogaron cientos de gallinas y cerdos sorprendidos por el agua en sus gallineros y pocilgas. Los caballos y los toros, que pacían libres, se dispersaron aterrorizados. El campo de aviación desapareció sumergido bajo la riada de agua y lodo. Y el mar, incapaz de asumir el interminable aluvión, devolvía a la orilla el fantástico amasijo de restos acarreados por el río y fue formando entre él y la tierra una barrera de ramas, árboles, muebles, cadáveres, cestos, basura, sarmientos, ruedas de carro, cajas, bicicletas, barreños, maderas, cañas, alambradas, sacos, muñecas y hasta hélices de avión huérfanas del cielo, donde la muchachada y los traperos buscaron y rebuscaron después durante meses.

Patricio estaba en la cama despierto y esperando que su madre fuera a levantarlo como cada mañana cuando vio que el baúl donde la tía Catalina guardaba las sábanas y él usaba a veces como mesa para sus juegos de cartas se movía. No le extrañó porque los objetos solían moverse para él, y se quedó mirándolo hasta que se hubo acercado a la cama transportando en su lomo una baraja de cartas nuevas que había dejado allí la noche anterior. Los naipes con sus dibujos y colores brillantes resultaban demasiado tentadores para poder ignorarlos durante mucho rato, especialmente cuando estaban al alcance de la mano. Quizá no sea malo levantarse aunque madre no lo haya dicho, debió de pensar. Y se incorporó.

–Cartas, cartas. Toyo, toyo. –Brincó sobre el lecho mareado de felicidad.

Al sacar las piernas para sentarse en el borde de la cama y alcanzar mejor el baúl sintió el agua fría en los pies y gritó del susto.

–¡Ma! ¡Ma! ¡Ma!

Pero no acudió nadie, la tía Catalina, que llevaba horas achicando agua inútilmente, estaba en la calle amontonando ante la puerta de la casa los sacos de arena y serrín que el ayuntamiento había repartido entre el vecindario de las calles más cercanas al canal. Cuando acabó de construir el improvisado dique y entró con intención de seguir achicando, oyó al hijo hablar y al abrir la puerta del cuarto lo vio desnudo y empapado, saltando por el agua de un lado a otro de la habitación con un rey de bastos delicadamente sujeto entre el pulgar y el índice de la mano izquierda.

–¡Cartas, cartas! ¡Agua, agua!

Lo secó con una toalla, le puso un camisón limpio, lo devolvió a la cama y recogió la media docena de naipes que habían resbalado del baúl y flotaban por el cuarto.

–Quédate en la cama hasta que yo te lo diga –ordenó. Y le dio la caja de cartón con las barajas viejas para que se entretuviera.

Cuando el tío Patricio murió de fiebres, iba ya para ocho años, la tía Catalina estuvo pensando en volverse a Lorca con sus dos hijos, pero desistió de la idea porque el alcalde Mignot le prometió una ayuda económica. Ciertamente en la Mairie se habían portado muy bien con ella desde entonces. La pequeña *retreta,* los jornales que ganaba de vez en cuando y la dispensa de luz y alquiler, gastos de los que se había hecho cargo también el Ayuntamiento, le permitían vivir dignamente aunque sin holguras, sobre todo desde que Enrique, el hijo pequeño, estudiaba Medicina en Montpellier con una beca del Estado y vivía todo el curso fuera del pueblo.

Ahora que sus hermanas iban a la escuela, María pasaba mucho tiempo sola. Un mediodía había llegado a la casa un hombre muy delgado y con bigote hablando en francés. Como no lograban entenderse, decidió que lo mejor sería ir en busca de la tía Catalina. Así que cogió a las niñas de la mano y salieron las tres calle abajo dejando solo al funcionario que en vano se esforzaba en decir que volvería por la noche cuando los padres estuvieran en casa. La familia estaba cenando cuando regresó. Lo atendieron entre Pedro y José, que eran quienes mejor se desenvolvían en francés, y comprendieron que era del Ayuntamiento y hablaba de la escuela y de hijos en edad escolar. A la mañana siguiente José, antes de ir al trabajo, pasó por la Mairie y le entregaron los impresos necesarios para escolarizar a las pequeñas.

Estar sola le gustaba, le había gustado siempre aunque hasta ahora casi nunca había podido disfrutarlo. Aquel día terminó pronto las tareas que madre le había encargado la noche anterior y se sentó a coser el vestido que la tía Catalina le había regalado. Si cortaba las mangas solucionaría el problema de los puños raídos, pero aún no se atrevía.

–Lo que se corta ya no se puede arreglar –avisaba siempre madre–, hay que pensarlo muy bien antes de meter la tijera en la ropa. –Y decidió esperar y consultarlo, no fuera a hacer una desgracia.

Tras la experiencia de la vendimia madre pensó que aún no tenía edad para ir al campo y, mientras los mayores trabajaban y las niñas iban a la escuela, ella se ocupaba de la casa y la comida. No ir a la escuela no le importaba. Cuando vivían en la casa Barnés había ido algo, pero para lo que le sirvió mejor hubiera sido quedarse en casa. Había dos maestras viejas, doña Francisca y doña Encarnación, todavía las recordaba, sobre todo a doña Francisca, que tenía las manos como los sarmientos secos y tiraba unos pellizcos que te estaban doliendo durante una semana entera. A María la pellizcó tres veces seguidas, siempre en el mismo sitio, y se le formó un cardenal tan negro y grande que durante un tiempo llegó a creer que no se le quitaría nunca y toda su vida debería llevar aquello en el brazo.

–¡María Ponce!

–¡Servidora!

–Anda, bonita, acércate a mi casa y di que te llenen el botijo de agua fresquita.

La casa de las maestras estaba al lado de la escuela. María se levantó del pupitre y salió de la clase orgullosa, convencida de que todas las niñas la estaban mirando irse envidiosas de que la elegida hubiera sido ella. Trotó y corrió bajo el agradable sol primaveral con el botijo vacío en la mano.

–¡Buenas! Me manda doña Francisca por agua fresquita.

La criada, una muchachita de unos quince años, tomó el

botijo que la niña le alargaba y desapareció con él. Al rato regresó y se lo devolvió sin hablar.

Salió de nuevo a la calle. Al llenarlo, el botijo había rebosado y ahora mostraba regueros de un rojo húmedo e intenso por la panza. Voy a beber, pensó, y lo levantó hacia el sol porque le gustaba ver caer el chorrito a través de la luz; pero debió de cogerlo mal o quizá pensó que pesaba menos de lo que en realidad pesaba porque al ir a levantarlo hacia el cielo se le resbaló. El botijo se le escapó de las manos y se estrelló contra el suelo dejando en la tierra seca un charco de agua y una siembra de tiestos rotos de diferentes formas y tamaños, el asa y el pitón habían quedado enteros y en el mismo pedazo, pero la boca se había partido por la mitad y la barriga en cuatro partes. María se quedó helada. Un millar de agujas finísimas se le hincaron a la vez en las sienes y en los brazos y piernas.

–Así que no sabes cómo ha podido ser, pero el botijo se te ha caído y se ha roto ¿no? –le espetó doña Francisca en el tono aterrador que usaba para reñir mientras le daba, uno tras otro, los tres pellizcos–, ¡siéntate!

Se sentó llorando. Los mocos y las lágrimas le caían dulces y salados sobre el labio, pero no tenía pañuelo. No se atrevió a levantar la cabeza en lo que quedaba de día ni a mirar a sus compañeras que, estaba segura, se habían reído mientras la maestra la reñía. Por la tarde, al llegar a casa, todavía le dolía el brazo y ya había empezado a aparecer el temible negral que a cada rato que pasaba se veía más y más oscuro.

Se bajó la manga del vestido y durante dos días consiguió laboriosamente que su madre no le viera el brazo, pero el domingo, a la hora del baño, todas las escusas que inventó para no lavarse fueron vanas y no hubo más remedio que quedarse desnuda.

–¿Se puede saber cómo te has hecho eso, criatura?

Y hubo que contarlo.

–¡Será bruja la doña Francisca esa!

Ante su sorpresa, la madre no la riñó sino que soltó un improperio contra la maestra. María se quedó mirando fijamente el agua humeante del barreño y la capa blancuzca de jabón que empezaba a formarse en la superficie y entonces siguió contando que era habitual que la maestra mandara a algunas niñas a hacer recados. A buscar el pan. A buscar unas granadas a casa de Fulano. A buscar un poco de tocino a casa de Zutano. A buscar naranjas a casa de Mengano. A buscar un cuartillo de aceite a casa de Perengano. De vez en cuando iban incluso a hacer mandados al pueblo, que estaba a una hora larga de camino desde la escuela.

–¿Y a ti, te manda?

–A veces.

–Pues si esa doña Francisca quiere criadas, que las pague. Que tú a la escuela no vuelves más.

Y no volvió.

Guardó la costura en el capacito y pensó que lo mejor sería aprovechar la tarde soleada para ir a vaciar el bidón, si se daba prisa podría estar de vuelta antes de que las niñas regresaran de la escuela.

Iba canturreando y pensando en la cena.

–Te pareces a tu padre –le decía la madre–, siempre tenéis los dos una canción en la boca.

El camino bordeaba la laguna y en primavera era una delicia pararse a mirar y escuchar a los pájaros. Nunca hubiera imaginado que existieran tantas clases distintas de pájaros como podían verse allí. Los que más le gustaban eran los flamencos. La primera vez que los vio se quedó embobada mirándolos y volvió a casa como loca diciendo que había visto unos pavos rosas muy altos, con el pico y el cuello muy largos y unas patas finísimas, como de caña. Miguel se echó a reír a carcajadas.

–Eso no son pavos, tonta, esos pájaros que dices se llaman flamencos. Tú sí que eres una pava.

Aquel nombre le encantaba y siempre que los veía se sentaba a mirarlos esperando que alguna vez tendría la suerte de verlos bailar.

Un zorzal se posó en un junco y estuvo balanceándose y cantando durante unos minutos. Qué bonito, pensó, cómo me gustaría poder cogerlo. Le pediré a Miguel que me coja un jilguero y padre me hará una jaula para que yo lo cuide y pueda oírlo cantar por las mañanas antes de levantarme.

–María, acércate.

Oyó que la llamaban, pero no vio a nadie.

–María, ¿no me ves?, estoy aquí.

¡Era la abuela! ¿Qué hacía la abuela sentada entre los juncos? Estaba en una mecedora, vestida de negro y con el gato Fufo durmiendo en el halda. Se mecía suavemente y no dejaba de mirarla mientras le hablaba aunque María no conseguía verle los ojos.

–He venido a verte porque me he muerto. ¿No quieres darme un beso?

–No alcanzo, abuela, está usté muy para dentro.

Isabel regresaba cada día agotada y sucia. Ella y Miguel pasaban el día en las viñas azufrando, aunque el hijo no tenía aún edad de jornalero lo admitían para hacer trabajos de mujer. Al llegar a casa por la tarde la invadía el ansia de lavarse, entonces se olvidaba del cansancio y todo se volvía en la necesidad de quitarse aquel polvo negruzco que se pegaba como lapa.

–Te vas a arrancar la piel –se reía Pedro.

Pero ella no hacía caso de las guasas del marido y se restregaba con un estropajo la cara, los brazos y el pecho hasta que no quedaba rastro del polvo y la piel se le ponía roja. Odiaba aquel trabajo, pero necesitaban dinero para poder pagar el alquiler de la casa y la luz. Eran siete y la comida era cara. Aunque seguía criando sus gallinas, allí no tenían un huerto, ni fruta, ni un bancal de trigo para el pan de todo el año. Había que comprarlo todo y había que pagar porque, aunque madame Vochelet le fiaba, a ella no le gustaba que la cuenta creciera desmesuradamente y cada sábado pasaba a liquidar lo de la semana. Estaba a medio vestirse cuando llegó María con el bidón.

–La abuela se ha muerto –anunció como si no dijera nada, y sacó el bidón al patio.

–¿Qué dices, niña? –gritó Pedro.

–Que la abuela Manuela se ha muerto, me lo ha dicho ella.

El padre le soltó una bofetada tan inesperada que se le saltaron las lágrimas sin darse cuenta.

–Es verdad –hipó–, se ha muerto y ha venido a avisármelo.

Pedro se quedó mirándola enojado por las palabras y por la bofetada. Era la primera vez que le pegaba y sentía la palma ardiendo. Hubiera querido pedirle perdón y movió la mano para acariciarla, pero la niña se apartó.

–¡Será posible por lo que le ha dado ahora a la niña esta! –refunfuñó en lugar de disculparse.

Isabel se acercó a su hija, le secó los mocos y las lágrimas con un pañuelo y la estuvo arrullando contra el cálido pecho desnudo hasta que se calmó y le contó cómo había visto a la abuela meciéndose entre los juncos, al lado de un zorzal que cantaba, con el gato en el halda y toda vestida de negro.

–Pero no tenía ojos, era como si no tuviera ojos, madre. Ha dicho que venía a verme porque se había muerto y quería que le diera un beso.

A la semana siguiente el mismo funcionario del Ayuntamiento que días atrás había portado la orden de escolarización de las hijas pequeñas volvió a la casa, esta vez traía una carta de España cuyo sobre lucía una orla negra de luto.

Lorca,
a quince de abril de mil novecientos treinta

Queridos Pedro y familia:

El motivo de la presente es para comunicaros que la madre murió el trece de marzo. Estuvo enferma durante tres semanas, con fiebre muy alta y un dolor muy fuerte en el hígado. El médico dijo que no se podía hacer nada, pues ya era muy mayor. Murió de noche, mientras Clara y yo estábamos con ella. Tenía mucha pena por no poder veros y lo último que dijo fue que quería darle un beso a su pequeña María.

Sin más por el momento, espero que estéis todos bien. Clara y yo bien por la presente. Yo pronto me iré para Francia.

Hasta que os vea, recibid un fuerte abrazo de vuestro hermano que lo es.

Ramón Ponce

La carta la leyó José en voz alta y Pedro se quedó petrificado. Por la noche, cuando después de fregar los platos fue a acostarse, Isabel lo encontró llorando. Estaba a oscuras, sentado en el borde de la cama con el torso desnudo y los pies descalzos en el suelo.

–Lloro porque le pegué a María –dijo.

Isabel se desnudó y se subió al lecho. Sentía una profunda pena por aquel hombre que casi nunca era capaz de compartir sus emociones, aquel hombre que no la había besado hasta que llevaban tres meses de novios formales, aquel hombre que se mataba a trabajar y nunca se quejaba, aquel hombre que una vez le plantó toda una casa de flores, aquel hombre silencioso con el que había tenido cinco hijos y con el que estaba compartiendo una vida a veces tan dura. Lo quería. Sabía que se querían profundamente aunque apenas se lo dijeran nunca y por una vez, por primera vez en su vida, fue ella quien lo besó en la espalda desnuda una y otra vez, en la nuca, en el pecho, en las lágrimas, en la boca. Sorprendida de su osadía siguió besándolo y acariciándole el vello, la espalda, el vientre y más abajo aún hasta que él dejó de llorar y se fundieron en un abrazo intenso y distinto, conocidos y desconocidos, asombrados de sí mismos y de que la vida pudiera ser tan triste y tan hermosa a un tiempo.

La tía Catalina sacaba de casa a Patricio dos veces al día, al hijo le gustaban aquellos paseos y a ella la distraían. A veces, sobre todo los domingos después de comer, pasaba a buscar a Isabel y se iban los tres hasta el campo de aviación o hasta la orilla del mar si hacía buen tiempo. A Patricio le encantaba corretear por la arena mojándose los pies y las mujeres, sin perderlo de vista ni un momento, se sentaban y charlaban de sus cosas. Pero aquel domingo Isabel no había querido acompañarla y eso la decepcionó porque le esperaba un largo paseo solitario pendiente sólo de los trotes del hijo que nunca parecía cansarse y quería ir siempre más lejos.

–Tengo mareos –se disculpó Isabel–, creo que estoy en estado.

Así que con Patricio colgado del brazo y tirando de ella con tanta fuerza que le costaba seguirlo tomó el camino de la plaza. Al pasar por la tienda de madame Vochelet le extrañó que la puerta estuviera abierta. Era raro porque la tendera nunca abría en domingo.

–*Le dimanche c'est pour Dieu et pour moi* –solía decir–, quien *quiega* algo que lo piense el *sabadó* o que *espegue* hasta el *lunés*.

Las malas lenguas decían, sin embargo, que Dios era un amante.

Y tenían razón, aunque sólo a medias.

Cuando murió su marido, Gertrude Vochelet lo lloró en público y en privado, pero más en público. Tenía entonces treinta y dos años, hacía diez que estaba casada y cuatro que había roto las relaciones conyugales con su marido al descubrir que su apuesto y adorado capitán la engañaba desde antes mismo de casarse con cualquier mujer que se prestara a ello.

Al enviudar guardó escrupulosamente las formas y su secreta humillación. Acudió de luto riguroso a la ceremonia en que el capitán fue póstumamente ascendido y condecorado por su valentía, lloró con sincera e involuntaria emoción cuando le entregaron a ella la medalla de la Legión de Honor e incluso la colgó en la tienda, en un lugar bien visible para el público. Pero a los tres meses se quitó el luto y se juró que ningún hombre volvería nunca más a reírse de ella.

Años después, cansada y aburrida de la monótona vida del pueblo, metió en una maleta lo imprescindible, cerró la tienda y se tomó unas pequeñas vacaciones. Sin comunicar a nadie adónde iba, desapareció durante cuatro semanas y volvió conduciendo un Peugeot que había comprado en Arlés. El regreso de la tendera en automóvil fue todo un acontecimiento porque no había en Candillargues más de tres coches y desde luego ninguno que perteneciera a una mujer. Pasada la expectación de la novedad, los vecinos se acostumbraron a ello y ya apenas miraban al Peugeot y a su conductora cuando cada domingo después de asistir a misa muy temprano la veían dirigirse a su casa, sacar el flamante vehículo del cobertizo que se hizo construir para guardarlo y alejarse camino de no se sabía dónde dejando tras de sí una nube de polvo. Regresaba bien entrada la noche, asustando a los perros con las luces encendidas, y encerraba el Peugeot en el cobertizo para no volverlo a sacar hasta el domingo siguiente. Semana tras semana y año tras año ningún domingo faltó a su costumbre y no dejó tampoco de tomarse cuatro semanas de vacaciones en julio.

En su primera escapada viajó por la costa de hotel en hotel, sola y un tanto desencantada de descubrir que no lograba encontrar las emociones que supuestamente esperaba hallar fuera del pueblo y de su tienda. Cumplida la primera semana decidió regresar y se detuvo en Arlés por una noche, en el hotel París.

Había pedido la cuenta de la habitación y estaba desayunando al sol cuando se le acercó una muchacha rubia que le preguntó con gran naturalidad si podía sentarse a su mesa porque era la única soleada. Dijo que sí más por cortesía que por deseo de compañía. La incomodaban los desconocidos y se sentía lo suficientemente deprimida como para no querer entablar una conversación de circunstancias. Pero algo inesperado ocurrió. La joven, que se presentó como Desirée Enderlin, resultó ser encantadora. Hablaron animadamente y siguieron conversando fascinadas después del desayuno. Desirée la convenció para que no diera aún por acabadas las vacaciones y se quedara unos días en la ciudad instalada en su casa, un amplio piso en la Place de la Major donde vivía sola, disfrutando de una desahogada situación económica gracias a un abuelo cascarrabias que, enemistado con toda la familia, la nombró, al morir, su heredera universal.

Allí pasó Gertrude Vochelet los días más felices de su vida. No recordaba tanta felicidad desde la infancia. Con Desirée descubrió de nuevo la luz y el color, aprendió a saborear el pastís y a pasear por las calles sin rumbo fijo, a comer sin horarios, a vivir de noche y a dormir por la mañana, descubrió la música, las novelas de Flaubert y la pintura impresionista, aprendió a bailar el charlestón y a fumar. Y a sus años, cuando había llegado al autoconvencimiento de que la vida era ya sólo esperar la vejez en su tienda y en su pueblo, aprendió a amar con un amor distinto que en nada se parecía a lo que una vez había sentido por el capitán Vochelet. Si mis vecinos me vieran ahora, se decía entre escandalizada y orgullosa de su osadía, si supieran qué dulces son la piel de Desirée y la humedad de sus besos; y por primera vez en su vida pensó que la ausencia de hijos era una bendición de Dios y no la terrible frustración por la que tantas veces había llorado a solas.

–Deseada Desirée –le decía–, ¿dónde estabas durante todo este tiempo?

–Deseando conocerte –contestaba su amada.

Mas el tiempo imponía sus leyes a pesar del amor y había que regresar. Eran ya cuatro semanas de ausencia y su negocio no podía permitirse más dilaciones. Desirée le prohibió llorar y le regaló un pequeño caniche negro y un gatito.

–Ellos estarán contigo cuando yo no esté.

Entonces, para solucionar el problema de verse y acortar las distancias, decidió aprender a conducir y se compró el Peugeot porque los encuentros de la pareja no podían tener lugar en Candillargues, que al fin no era más que un pueblo lleno de gente siempre ávida de meterse en la vida de los demás. Y regresó a la monotonía de su tienda, sorprendiendo a todos con el esnobismo de un automóvil y con una escandalosa felicidad en el rostro que a casi nadie pasó desapercibida.

–Se la ve mucho mejor –le decían con sorna las clientas–. Parece usted más joven, madame Vochelet, como con más luz.

–Madame Vochelet debe de tener un novio escondido por ahí.

Y ella las dejaba decir y acariciaba al gato en el mostrador, sonriendo secretamente, segura de que ninguna de aquellas mujeres podía imaginar siquiera a qué se debía su dicha reencontrada.

Los domingos se levantaba al alba, se bañaba y perfumaba minuciosamente, se vestía con sus mejores ropas, asistía, por costumbre y por guardar las apariencias, a la primera misa y libre ya de obligaciones y de la melancolía que a veces la invadía durante la semana regresaba a casa, ponía agua fresca y comida a sus queridos animales, sacaba el Peugeot del cobertizo donde había dormido durante aquellos largos seis días y volaba hacia Arles por rectas carreteras que la llevaban a su deseada Desirée con la capota bajada para saborear el aire y el sol de la mañana. Así todos los domingos de los últimos siete años.

Por eso aquel domingo al pasar por delante de la tienda a la tía Catalina le extrañó que no estuviera cerrada.

–Vamos a entrar –le dijo a Patricio que, como comprendiendo que su paseo peligraba, forcejeó con la madre intentando soltarse de su brazo y casi la hace caer.

El comercio se veía vacío y con las luces apagadas.

–Madame Vochelet, ¿está usté ahí? –pero nadie respondió a las voces de la tía Catalina.

Qué raro, pensó, y ya iba a marcharse acuciada por los tirones y protestas de Patricio cuando, llevada de un desasosiego que luego, cuando los gendarmes le preguntaron, no pudo explicar, se decidió a pasar detrás del mostrador y entrar en la casa.

Aunque no la unía a la tendera ninguna amistad profunda –en realidad madame Vochelet no era amiga de nadie en el pueblo, eso era bien sabido por todo el mundo, especialmente por las mujeres que no se explicaban cómo podía vivir tan sola y por algunos hombres que habían pretendido infructuosamente cortejarla–, la tía Catalina se enorgullecía de haber sido invitada a tomar café en dos ocasiones y de haberla incluso atendido durante tres días en que tuvo que guardar cama por culpa de una gripe que, sin embargo, no le impidió recuperarse justo a tiempo para poder desaparecer en el Peugeot el domingo desoyendo sus consejos y los más elementales preceptos médicos. Por eso no le pareció ningún abuso de confianza entrar en el pequeño comedor que comunicaba con la tienda. También allí las luces estaban apagadas y reinaba una penumbra que dificultaba la visión.

–¡Madame! –llamó ya dentro, pero sólo le pareció oír el gruñido del perro como respuesta.

Buscó palpando el interruptor de la luz que si mal no recordaba quedaba a la izquierda y, cuando dio con él y dio media vuelta a la llave, se prendió una discreta bombilla vertiendo su luz amarillenta por la habitación.

–¡Oh, Dios, madame!

El grito fue tan intenso que Patricio, asustado, se soltó del brazo de su madre y empezó a brincar de nervios.

–¡Dam! ¡Dam! ¡Dam! –repetía como un autómata, con los ojos desencajados.

–¡Por Dios, estáte quieto!

Madame Vochelet yacía en el suelo, entre la mesa y un sillón de terciopelo granate con una mancha de sangre seca en la sien. El caniche, que estaba tendido a su lado lamiéndole la mano, levantó unos ojos llorosos y miró tristemente a la tía Catalina. Tanta pena había en aquella mirada perruna que desde aquel día la tía Catalina guardó una extraña aprensión a los perros porque pensaba, aunque nunca se lo dijo a nadie, que el perro la había mirado igual que la miraba a veces Patricio, con la cabeza ligeramente ladeada y con una expresión y un gesto que hasta entonces sólo había advertido en los pájaros. Así le nació a la tía Catalina un insuperable e inquietante conflicto personal, ¿acaso su hijo era más parecido a los animales que a las personas?

Era sábado por la noche y Gertrude Vochelet se había acostado temprano. Le gustaba especialmente la noche del sábado cuando después de hacer balance y de tomar una cena ligera, un poco de queso y fruta, cerraba todas las puertas y ventanas y se iba a la cama a leer. Generalmente no lograba avanzar más de dos páginas porque la embargaba una maravillosa excitación. Con el libro abierto entre las manos acudían a su mente los recuerdos del último domingo. Las frases, los colores, los paseos, las caricias, los vestidos, el coche, los gestos, la risa, los sabores. Todo. La presencia de Desirée se hacía tan real y obsesiva que resultaba imposible atender a otra cosa y la dejaba ocupar por completo su mente y hasta su cuerpo, ya que muchas de aquellas noches la amada se apoderaba de ella y la sentía acostada a su lado, abrazada con fuerza a su pecho y a sus piernas. El libro era una escusa para permanecer despierta reviviendo el domingo anterior y anticipando el próximo.

Le pareció oír un ruido abajo y pensó que se habría dejado abierta o mal encajada la ventana del comedor porque no recordaba haber cerrado los postigos. Así que se levantó, dejó *Le Rouge et le Noir* sobre la cama, abierto contra las sábanas para no perder el punto, se echó un pañuelo de lana por los hombros para no coger frío y bajó a ver.

Se encontraron de repente, a oscuras, y ambos se asustaron, por inesperada, con la presencia del otro.

Ella gritó e intentó correr hacia el interruptor de la luz y el hombre, sorprendido in fraganti, quiso atraparla para taparle la boca y hacerla callar, pero se le escurrió y acuciado por aquellos gritos que si no cesaban iban a despertar a todo el pueblo batió en el aire, contra la voz, la palanca que había usado para abrir la ventana. Después, sólo el ruido de un cuerpo cayendo y chocando contra la mesa y el suelo.

Deseada Desirée, sonrió Gertrude Vochelet, y el tiempo se cerró sobre sí mismo.

Así fue como la encontró la tía Catalina, con los ojos abiertos y una sonrisa petrificada en los labios; y así fue como Gertrude Vochelet nunca llegó a conocer si Julien Sorel se casaba o no con la orgullosa Matilde de la Môle.

El asesinato y el robo acapararon la conversación general durante días. Cerrada la tienda, ¿quién se haría cargo de ella y de abastecer al pueblo? La panadería, con la panadera al frente, se convirtió en el centro local de información donde cada uno trocaba las noticias o chismes propios por los ajenos.

La presencia en el entierro de una misteriosa mujer enlutada nunca antes vista por nadie levantó incógnitas indescifrables que derivaron en maliciosas suspicacias cuando, tras la lectura privada del testamento, se hizo público el nombre de una tal Desirée Enderlin declarada heredera universal de Gertrude Vochelet.

Las cábalas y comadreos sobre la vida y virtudes de la tendera crecían inconteniblesmente cuando al acabar la vendimia Pedro y su familia abandonaron Candillargues para instalarse en la campaña de Tamarit.

Isabel sintió un profundo alivio al alejarse de aquel clima tan hostil.

–Aquí dice que el Gran Circo Ruso ha venido a Aigues Mortes y hay función el domingo *après-midi,* ¿qué es *après-midi,* madre?

–Por la tarde.

–¿Podremos ir, madre, podremos ir?

–Ya veremos.

–Sí, madre, por favor, diga usté que sí, madre.

–He dicho que ya veremos.

En realidad, Isabel tardó un rato en comprender que había visto y oído a su hija Manuela ¡leer en francés!, porque lo que dijera en aquel cartel de colores pegado en uno de los plátanos del camino había de decirlo en francés, de eso no cabía duda. Para ella, que no sabía siquiera distinguir las letras de su nombre, fue como presenciar un milagro.

–Iremos, sí; le diremos a padre que nos lleve en el carro el domingo.

La escuela del mas era muy pequeña. Una sola maestra, mademoiselle Bertrand, se ocupaba de una veintena de alumnos de entre cinco y diez años. En Candillargues había tres clases, aquí no. Los mayores se desplazaban a pie o en bicicleta a la Escuela de Niños y Niñas de Saint Jean.

El primer día las dos hermanas se habían quedado en la puerta del aula cogidas de la mano, mirando los pupitres y el barullo previo al inicio de las clases sin saber qué hacer. Mademoiselle Bertrand las vio allí de pie, minúsculas, y comprendió la turbación que las embargaba. Recordó que el patrón, monsieur Ponsard, la había advertido de la incorporación de dos niñas españolas, Isabel y Manuela Ponce.

–Entrez, s'il vous plait! Venez!

Sin soltarse de la mano, recorrieron el pasillo central y se acercaron a la mesa desde donde la maestra las llamaba. Detrás brillaba un enorme encerado negro y donde éste terminaba un mapa de Francia pendía de un clavo. Habían aprendido a reconocer la imagen a fuerza de verla colgada en las paredes, un mapa con dos caras: Francia política, toda dibujada de cuadritos de color verde, rosa, amarillo claro, azul cielo, marrón y amarillo oscuro, que representaban los departamentos, cada uno con su capital señalada con un círculo negro dentro de otro círculo: el círculo mayor era París, los circulitos más pequeños eran otras ciudades; Francia física, toda de verde claro y amarillo, con grandes manchas marrones que representaban las montañas y largas líneas azules que eran los ríos. El mar también era siempre azul. La maestra se levantó y encaramada en la tarima les pareció altísima.

–*Qui est Manuela?*

–*C'est moi.*

–*Alors, tu es Isabel* –dijo descendiendo de la tarima y acariciando el cabello trenzado de la niña.

Entonces las condujo hasta un pupitre vacío en la sección de los pequeños y les indicó que se sentaran allí, que aquél sería su sitio.

El pupitre era igual que el que habían ocupado en Candillargues, de madera oscura muy gastada y con una tapa que se levantaba en dos mitades, una para cada ocupante. En la parte superior el tintero estaba vacío como correspondía a los alumnos que aún no sabían escribir o lo hacían a lápiz porque eran demasiado pequeños para utilizar tinta.

–¿Es que esta maestra también va a hablar siempre en francés? –preguntó Isabel disgustada.

–Claro –le explicó Manuela–, el francés es lo que se habla en Francia.

Hasta que fueron a la escuela, su relación con el francés había sido casi nula. Los juegos callejeros transcurrían casi siempre en español y entre españoles. Cuando se juntaban con niños y niñas franceses ponían en marcha un complicado y simplísimo sistema de comunicación en el que cada uno usaba su lengua, pero todos se entendían perfectamente.

En realidad, Isabel apenas fue consciente de la existencia de la otra lengua hasta llegar a la escuela de Candillargues. Se acostumbró a oír la extraña cantinela de la maestra sin entender nada, como quien oye una canción y no es capaz de seguir la letra. Le pareció que ir a la escuela debía de ser eso, aprender a escuchar y no entender, igual que miraba las letras de las páginas del libro que madre les había comprado y era incapaz de saber qué decían aunque sabía que decían algo. Pero lentamente, sin saber cómo ni cuándo se producía el cambio, la cantinela fue cobrando sentido. Primero una palabra, luego otra, después una frase entera, y al final la otra lengua dejó de parecer extraña y fue normal. La vida era así, en la escuela se hablaba en francés y en casa en español. A veces jugaban a enseñar a María las palabras nuevas que habían aprendido y se reían de lo mal que ella las repetía.

Ahora, después de casi un curso completo, el idioma no suponía un problema, la novedad se originaba en el cambio de casa y de pueblo, de vecinos, de escuela y de maestra, en la falta de amigas, de la tía Catalina y de Patricio, sobre todo de Patricio, aquel niño grande y tonto al que se habían acostumbrado y que echaban tanto de menos.

–No os quejéis tanto, que ya iremos a verlos –las consolaba padre–. Tampoco están tan lejos.

Madamoiselle Bertrand era una mujer rubia y delgada que solía vestir un traje sastre gris entallado con corbata, pero no resultó ser tan alta como les había parecido el día que la conocieron. Era amable y cariñosa, aunque podía resultar tremendamente severa y hasta cruel si los alumnos infringían alguna regla. Su código era simple e inquebrantable. En clase no se comía, no se hablaba mientras ella lo hacía, se levantaba la mano si se quería intervenir, se ponían todos en pie saludando si entraba una visita y no debían sentarse hasta que ella lo ordenara con un gesto de la mano, se hacían los deberes que ponía individualmente en las libretas, se deseaban buenos días al entrar y al salir, se salía sin protestar al encerado o al mapa, no se olvidaban en casa la pizarra y el pizarrín, no se escribía ni rayaba en los pupitres, se pedía permiso para ir al retrete, se traían las manos y las rodillas limpias y las uñas cortadas, se iba bien peinado y no se usaba sin su permiso la máquina sacapuntas con manivela que estaba sujeta por un tornillo a una esquina de su mesa. Eran sus normas y había que acatarlas si no se quería recibir un palmetazo. Consideraba ella que los castigos debían ser ejemplares y rápidos, y en esta categoría no incluía prácticas como la de las orejas de burro o la de poner a los niños de rodillas con los brazos en cruz, no, con semejantes actuaciones sólo se lograba alborotar a la clase entera que acababa siempre burlándose de aquel a quien se le colocaba el apéndice de cartón, o riéndose con las posturas del arrodillado que, incapaz de mantener la posición inicial por mucho rato, empezaba por dejar caer los brazos y terminaba por gesticular grotescamente aprovechando los descuidos de la maestra y provocando la carcajada general, de modo que el castigo acababa por olvidarse o por provocar una cadena inacabable de nuevos castigos, amenazas y represalias.

Mademoiselle Bertrand usaba la palmeta porque le encontraba todas las ventajas y ningún inconveniente. Era higiénica, rápida, sonora y, sobre todo, contundente, ya que tenía la virtud de castigar al infractor y atemorizar solidariamente al público que al ver y oír el golpe seco hundía la cabeza en los hombros y crispaba los puños dentro de los bolsillos de la bata clavándose las uñas en la palma, escondiendo las puntas de los dedos por si las moscas, instintivamente, como si al no tener dedos visibles no existiera el peligro; aunque ni siquiera esta estrategia impedía la sensación de aquel fogonazo colectivo que encendía las yemas y dejaba las uñas moradas durante minutos u horas, dependiendo siempre de la intensidad del golpe.

La primera vez que Manuela recibió un palmetazo fue por culpa de su incontrolable curiosidad. Llevaba días preocupada por el funcionamiento del sacapuntas. Aquel aparato, que manejado por la maestra conseguía en los lapiceros puntas perfectas, pero nunca tan afiladas que se rompieran al empezar a escribir, llamaba poderosamente su atención. Se embobaba mirando la manivela y las delicadas espirales de madera que caían enrollándose sobre sí mismas en el recipiente interno. Para ella, que no perdía ocasión de montar y desmontar cualquier artilugio que cayera en sus manos, no tener acceso directo al mágico sacapuntas y tener que conformarse con mirar cómo lo usaba mademoiselle Bertrand era un suplicio. Así que un día, aprovechando una ausencia momentánea de la maestra, que habría ido seguramente al retrete y tardaría un ratito, como siempre, el rato suficiente para sacar punta a un lápiz que tenía preparado esperando la ocasión, se levantó sin decir nada a Isabel y se dirigió a la mesa. Meter el lápiz por el agujero que se abría y se cerraba fue fácil, sólo hubo que apretar el botón superior y soltarlo de golpe, pero el manejo de la manivela era más complicado de lo que parecía al mirar. No consiguió dar dos vueltas seguidas sin que se encallara y se vio incapaz de moverla porque no giraba ni en un sentido ni en otro. Algo habría hecho mal, quizás era que había puesto el lápiz torcido, pues en manos de la maestra giraba y giraba sin aparente dificultad, diez vueltas seguidas y al volver a apretar el botón para desencajar el lapicero y retirarlo aparecía la punta perfecta. Decidió sacarlo y volverlo a meter con mayor cuidado. Estaba tan enfrascada en la operación que no pudo ver los gestos desesperados de Isabel ni oír su llamada de alarma. Mademoiselle Bertrand la sorprendió con las manos en la masa. Se ruborizó del susto al verla repentinamente de pie a su lado y fue incapaz de pronunciar una palabra. Se miraron y la niña bajó la vista al suelo muda de pánico. Tan paralizada estaba que ni siquiera pudo pensar que aquello merecía sin duda un castigo hasta que vio a la maestra dirigirse sin decir nada al cajón de la mesa y sacar la palmeta. Entonces ya supo lo que debía hacer, colocó la mano hacia arriba con las puntas de los dedos juntas y apretadas, y se quedó mirando los movimientos de madamoiselle, que cerrando el cajón y regresando a su lado descendió de la tarima y una vez a su altura soltó el tremendo golpe. Ni lloró ni se quejó, sólo sintió un terrible escozor que mientras regresaba al pupitre con la mano todavía en posición fue convirtiéndose en un dolor agudo e intensísimo.

Isabel, que había mantenido los ojos cerrados y la cabeza metida entre los hombros, lloraba escondida en su banco.

Prometieron no decírselo nunca a madre ni a nadie de la casa, pero al cabo de tres días se lo contaron a María dilatándose hasta los detalles más nimios.

Luego hubo otros palmetazos, casi siempre para Manuela, siempre por motivos distintos, pero ninguno tan impresionante como el primero.

El pequeño Ramón nació un domingo del mes de enero. Isabel y Manuela se habían levantado emocionadas porque padre iba a llevarlas al circo después de comer, iban a ir todos.

Durante la tarde del viernes y la mañana del sábado vieron pasar por la carretera de Aigues Mortes las caravanas con preciosos dibujos de colores pintados en los costados y los pesados carromatos cargados con tablas, lonas, carteles, cajas, trastos y animales.

Estaban en la escuela cuando la extravagante procesión apareció en dirección a la ciudad y ante la imposibilidad de mantener el orden madamoiselle Bertrand se rindió a la evidencia y dio permiso a la clase para levantarse y asomarse a los grandes ventanales que cubrían todo un costado del aula; luego, aprovechó la coyuntura para hacer una clase práctica de zoología que entusiasmó a los alumnos. Pero aquello se convirtió en una pesadilla interminable cuando la comitiva siguió pasando espaciadamente y los niños dieron por sentado que tenían permiso para levantarse y acudir en tropel a las ventanas cada vez que surgía un nuevo carro rezagado.

Descubrieron así la pesada barriga y la trompa de los elefantes de orejas enormes como de papel. Se quedaron estupefactas al comprobar que los leones y los tigres de la selva eran como gatos grandes en cuya boca, según les había dicho Miguel, el domador metía la cabeza desafiando el terror del público. Vieron un chimpancé conduciendo uno de los carromatos mientras a su lado un hombre viejo y completamente calvo iba leyendo un libro. Pasó una ringla de caballos blancos y negros tan limpios y brillantes que parecían de sueño y detrás cuatro ponis de largas crines rubias en el cuello y en las patas. Por aquel escaparate improvisado pasaron también los camellos, en cuyas jorobas, según explicó con énfasis la maestra, se almacenaba sabiamente el agua que había de permitirles sobrevivir en las largas y penosas travesías del desierto, donde no había nada más que arena y arena hasta que la vista se juntaba con el cielo, e incluso más allá del cielo; y las dos hermanas, incapaces de imaginar un lugar tan inmenso lleno de arena, pensaron que aquellos caballos peludos y feos, de cuello largo y orejas pequeñas, debían de ser muy listos si podían sobrevivir en el desierto, y hasta les pareció que sabían reír cuando uno de ellos se detuvo ante la ventana y, sin dejar de masticar, bramó mirando al público escolar. Y entre toda aquella babilonia pasaron los enanos con su pequeñez sarcástica y Manuela e Isabel decidieron que aquellos niños viejos eran, sin lugar a dudas, lo más sorprendente del circo.

Sin embargo, el domingo de la función nació Ramón, un niño precioso de abundante pelo negro, y las niñas no pudieron ver de nuevo a los enanos. Fue decepcionante y estuvieron odiándolo en secreto durante semanas cuando lo veían satisfecho, colgado del pecho de madre, o mientras lo miraban dormir apaciblemente en el capazo que padre le había tejido con hojas elegidas en los juncales y expertamente secadas y trenzadas.

María, que algunas veces había mirado a sus hermanas pequeñas con cierta envidia, ahora se sentía feliz cuidando al bebé mientras madre se ocupaba de la casa y de sus habitantes. Soñaba que se había hecho mayor y aquel niño moreno de piel rojiza y ojos achinados era su propio hijo. Cuando ella y Ramón quedaban solos, madre lavando con la tía Julia en los lavaderos que había a un extremo de la campaña al final de las casas, donde empezaban las viñas, las niñas en la escuela, padre y los hermanos mayores trabajando en las viñas, entonces, segura de que nadie la veía pensaba en Jean Pierre y desabrochándose la blusa dejaba que el bebé buscara con sus labios suaves y rojos, con aquella boquita que parecía un dibujo de libro, su pecho incipiente y lo instalaba tiernamente contra su corazón para que el niño se agarrara al diminuto pezón y chupara y chupara con toda la fuerza de su boca hasta que cansado del esfuerzo inútil se dormía sin haber alcanzado la recompensa de la leche, pero haciéndola feliz a ella que envuelta en una agradable voluptuosidad a punto estaba también de quedarse dormida.

El tiempo pasaba serenamente, los días se acumulaban uno a otro hasta formar semanas y las semanas meses. Todo estaba bien. Isabel sentía de nuevo aquella paz que años atrás alcanzara en la casa Barnés. Aquí en Tamarit sentía otra vez que estaba en su casa y que la vida podía ser suave. Qué buena idea fue en su momento abandonar Candillargues y trasladarse a la campaña.

–¿Pero quién mató a la tendera? –preguntó la tía Julia mientras rebuscaba en el cesto otro par de calcetines con los talones agujereados.

–Nunca se supo. Los gendarmes dijeron que fue un ladrón. Uno que habría ido a robar la tienda y se encontraría con la dueña sin querer, sin esperárselo.

–¿Y qué había de aquella misteriosa mujer rubia que acudió al entierro?

–Tampoco de eso se supo nunca nada seguro aunque se habló mucho, ¡ya lo creo que se habló! Madama Petit, la panadera, no hablaba de otra cosa ¡Qué lengua tenía esa mujer! ¡Siempre a punto para despellejar a quien se le pusiera a tiro! La mujer dijeron que se llamaba Desirée y era de Arlés. Yo la vi sólo dos veces. La primera durante el entierro. Toda vestida de negro con un velo como de tul prendido del sombrero, todo negro, que le tapaba la cara. Me pareció que lloraba aunque ya le digo a usté que la cara no se le veía nada bien. La segunda vez que la vi fue cuando vino a arreglar los papeles de la venta de la tienda, que la compró el panadero, y se llevó los libros y el coche de madama Vochelet. Eso dicen que fue lo único que se llevó, el coche y los libros, ¡y los animales, claro! Aunque el perro y el gato ya se los había llevado el día mismo del entierro.

–¿Pero era o no era su querida?

–¡Hay que ver lo pesada que es usté con eso, tía Julia! ¿Y cómo quiere que yo lo sepa? ¡Ellas sabrían lo que eran! Aunque si no eran, ya se encargó la panadera de que lo fueran, ¡porque mujer con la lengua más larga que la panadera yo no la he conocido en la vida, eh, eso sí que no! Yo sólo sé lo que se dijo, ¡que vaya usté a saber si era verdad o era todo una calumnia!, y que la Desirée heredó todo lo que tenía madama Vochelet. Y además, que le digo a usté lo mismo que dije entonces, que a nosotras qué más nos da la vida de la tendera; yo sólo digo que era una excelente mujer muy considerada con todo el mundo, fíjese que a mí sin conocerme de nada me fió desde el primer día que entré en la tienda.

–Sí, pero eso fue porque iba usté con su tía Catalina de usté y a ella sí que la conocía. De sobra sabía la Vochelet cómo hacerse una nueva clienta.

–Pero ¿quién la mandaba fiarme, eh, si no hubiera sido una buena persona? Y además que nunca se metía con nadie, siempre con aquellos modales, tan educada y con una conversación que daba gusto oírla aunque había palabras que las decía mal y no se le entendían muy bien. ¡Y déjeme ya en paz con eso, tía Julia, que me va a hacer usté al final que me enfade!

–¡Pues si no me lo quiere usté contar me voy a mi casa y santas pascuas!

Y se fue. Recogió en un lío la costura dentro del cesto, se quitó de un tirón las gafas de concha guardándolas en el estuche, se levantó y salió con gesto ofendido.

–Pues váyase con viento fresco –sentenció Isabel.

María, que había asistido a la escena sin intervenir ni chistar, miraba a las dos mujeres con ganas de reírse. Estaba acostumbrada a estas riñas tontas que solían acabar en vanas promesas de romper las amistades, de no volver a hablarse nunca, de no volver a coser juntas, de que a partir de ahora cada una iría a los lavaderos por su cuenta, de que se acabó lo de amasar el pan codo con codo. Sabía que la sangre nunca llegaba al río y todo quedaba en nada. Aquello era como una pizca de sal en la rutina diaria y a la mañana siguiente ni la madre ni la vecina recordarían la trifulca de la noche anterior. Pero si acaso el enfado lograba llegar hasta la noche siguiente, no pasaría de ahí porque cuando todos se hubieran acostado y fuera hora de coser, cuando madre se sentara bajo la tenue luz de la bombilla que colgaba del techo de la cocina, con los pies en el brasero, dispuesta para remendar pantalones y sábanas, para zurcir calcetines o para tejer un suéter si no había nada que zurcir y remendar, entonces le diría:

–Parece que la tía Julia no viene hoy, ¿estará aún enfadada?; anda, María, tócale en la pared para que venga.

Entonces María, orgullosa de ser admitida en este cónclave de mujeres adultas, se levantaría de la silla soltando la labor en su propio capacito y dirigiéndose a la pared de la chimenea que comunicaba con la casa de al lado cogería las tenazas de atizar la lumbre y golpearía con ellas la pared, tic, tic, tic, y ambas, madre e hija, esperarían hasta oír el correspondiente pim, pim, pim de vuelta emitido desde la casa vecina con otras tenazas y que significaba todo está bien, ahora mismo voy, cojo la labor y ahora mismo voy.

Momentos después de estos mensajes cifrados la valenciana entraba por la puerta, que siempre estaba abierta, con todos sus kilos a cuestas, caminando pesadamente porque no sabía cómo pero cada vez estaba más gorda y le dolían más las piernas; y después de acercarse al capacito de Ramón y verlo dormir se sentaba a su vez junto al brasero, sacaba la labor y el estuchito de aluminio, se acomodaba los lentes caídos sobre la punta de la nariz, para ver la costura a través de ellos y poder mirar por encima para ver de lejos, y empezaba a hablar.

Isabel, que no había conocido a otra persona tan graciosa como la tía Julia, ni tampoco a nadie que contara las historias como ella, esperaba la noche con deleite. Las dos vecinas hablaban y hablaban haciendo caso omiso de la edad de María, que ya iba siendo una mocita y convenía que supiera las cosas de la vida y de las mujeres. Hablaban de sus maridos y de los hombres, de sus virtudes y manías y, a veces, de sus vicios. A la tía Julia se la llevaban los demonios cuando reconocía la afición al vino de su Vicente, pero era para morirse de risa oírla contar cómo lo había recibido con un cubo de agua la última vez que llegó a casa tambaleándose borracho. Hablaban de los hijos que se iban haciendo mayores y tenían por ahí alguna medio novia con la que iban al cine los domingos a Aigues Mortes en bicicleta, los hijos que antes los domingos sólo pensaban en ir a cazar pájaros o a bañarse al río, en unas tablas que había cerca del mas Sénébier. Y entonces María pensaba en Jean Pierre, el amigo de José, tan alto y rubio, y se ponía colorada sin que las mujeres se percataran de ello al recordar la última vez que lo había visto, justo el domingo anterior, mientras ella paseaba con algunas amigas por la carretera del mas Saint Jean cogiendo moras, cuando él había pasado en su bicicleta negra y se había detenido para preguntarle a ella, sólo a ella, si su hermano José estaba en la casa o había ido a la ciudad; y ella, que no sabía más de cuatro frases en francés, contestó *à la messon, à la messon* mientras él la miraba a los ojos con sus ojos azules como el cielo y le sonreía. Hablaban del patrón monsieur Ponsard y de sus hermanas, los tres solteros, los tres con la misma cara de chimpancé, los tres con los mismos pelos largos y grasientos, los tres tan buena gente, sin embargo. Y María e Isabel lloraban de risa mientras la tía Julia imitaba a los tres hermanos durante la comida del catorce de julio, el único día del año, además del día de Navidad, en que todos los habitantes de la campaña comían juntos en la larguísima mesa que se disponía para ello; en verano en el inmenso patio central al que daban todas las casas y edificios del mas menos la escuela, en Navidad en el gran almacén que era debidamente engalanado para la ocasión con flores y guirnaldas, angelitos alados y estrellas de cola, ramas de pino con piñas pintadas con purpurina de oro y plata, herraduras, huevos, bolas y un sinfín de perifollos sin nombre a los que los franceses eran tan aficionados y que los españoles miraban cada vez con la misma sorpresa del año anterior, preguntándose de dónde los sacarían. No se podía resistir la gracia que tenía aquella mujer para remedar al patrón sorbiendo la sopa directamente del plato mientras el líquido se le derramaba por las comisuras de los labios y descendía hasta la enorme servilleta a cuadros que se anudaba con un lazo en el cogote; y luego las hermanas, los tres sorbiendo sonoramente a la vez, los tres vertiendo continuamente vino en la sopa y bebiendo del plato, mojando la servilleta que al fin, incapaz de empaparse más, dejaba de servir para aquello que había sido tan meticulosamente colocada y ya no protegía ni la blanca camisa del hombre ni los vestidos con lazo y chorrera de las mujeres. ¡Qué demonio estaba hecha la tía Julia!

Pero siempre acababan hablando de Lorca y de Valencia, de aquellas huertas tan ricas, de sus costumbres y de la gente que habían dejado allá. La tía Julia narraba historias de venganzas y de amores entre moros y cristianas, historias antiguas que le había contado de niña su abuelo Batiste. Era de ver cómo se le iluminaba la mirada a la tía Julia cuando hablaba de su tierra, aquella tierra rica y generosa que, sin embargo, no había tenido un pedazo de pan para ella y su Vicente y los había expulsado nada más casarse, cuando los dueños del arrendamiento pretendieron cobrarles un dineral imposible y tuvieron que marcharse a Argelia, con los moros de verdad, donde habían vivido cinco años antes de venirse a Francia en el veintidós.

Sin que apenas nadie se diera cuenta Ramón iba a cumplir dos años. Pedro, sentado en una silla baja mientras fumaba un cigarrito, lo miraba corretear de un lado a otro gritando. Isabel y Manuela habían ido a patinar a los estanques que, como cada invierno, estaban helados. Los hijos mayores andaban por ahí con sus amigos. Isabel y María habían ido a misa al mas Saint Jean con la tía Julia. Y él se había quedado en casa con el pequeño porque no tenía ganas de salir. Estaba preocupado por ciertos rumores que durante los últimos días circulaban entre los hombres, eran sólo rumores, pero estaban en todas las conversaciones y lo inquietaban. Lo había oído por primera vez antes de Navidad, pero no dijo nada a nadie porque no quería empañar las fiestas con sus temores. El niño andaba jugando cerca del fuego y tuvo que reñirlo para que se retirara un poco, le asustaba que pudiera quemarse si tropezaba y perdía el equilibrio. Si tenían que marcharse ¿adónde irían esta vez? No sabía cómo decirle a Isabel que tal vez los echaran de Francia.

Aquella Navidad había sido realmente hermosa como ninguna. Cuánto tiempo transcurrido desde las navidades de su juventud en el palacio del conde, donde la cena de Nochebuena era un acontecimiento social de renombre en toda la ciudad. La cena se servía en el comedor principal a las nueve en punto. Sonaban las campanadas del reloj carillón suizo y los invitados se sentaban a la mesa. Todos de etiqueta. Todos gente importante. Todos envidiados por quienes hasta el último momento habían albergado la esperanza de figurar entre los escogidos. Cuánto lujo en la mesa y en los salones. Cuánta luz. Los criados todos con uniforme nuevo, las doncellas con cofia y delantalito almidonados, los mayordomos con guantes blancos y cuello rígido. Qué ajetreo en todo el palacio desde la mañana y qué lejos quedaba ya, extraviado en las galerías de la memoria, como perdido en una nebulosa entre la realidad y el sueño. Igual que su juventud, cuando andaba detrás de las muchachas fáciles que la suerte le deparaba y de pronto, una mañana, Isabel le abrió una puerta vestida con ropa de cama y al contemplar cómo se ruborizaba al verlo sintió que aquélla había de ser la mujer de su vida entera.

Él, que solía olvidarse siempre de las fechas y de los detalles, recordaba aquel otoño de mil novecientos once con una claridad sorprendente. Octubre fue un mes de lluvias torrenciales. Los cielos se cerraron sobre Lorca y su huerta durante más de doce días. Nadie, ni los más viejos, recordaba tanta agua en un mes. Anochecía lloviendo y cada mañana parecía que la luz del nuevo día iba a ser incapaz de cruzar la muralla de nubes y oscuridad. Los campos estaban anegados y escupían el agua, las acequias y brazales rebosaban, los ramblares se desbordaron, los caminos y veredas estaban encharcados y se habían convertido en lodazales impracticables. Se hundieron casas y corrales bajo el peso de sus propios tejados o fueron arrastrados por cauces centenarios cuyo nombre y recuerdo habían desaparecido. En la ciudad, como si de una broma infernal se tratara, desapareció el agua potable: la fuente del Barrio manó barro durante días y los pozos subterráneos se contaminaron. La gente del campo, acostumbrada a desear la lluvia, miraba al cielo y rezaba para que dejara de llover.

Cuando por fin escampó, don José comenzó la lenta tarea de pormenorizar las pérdidas. Recibía en su despacho constantes visitas de campesinos angustiados y él mismo, en cuanto los caminos estuvieron de nuevo practicables, visitaba las haciendas para comprobar los daños. A finales de noviembre tenía dispuesto el amplio y desastroso informe que había elaborado para el conde.

Pedro Ponce se detuvo ante la puerta del administrador y golpeó la aldaba con fuerza. Eran las ocho de la mañana y la casa todavía estaba cerrada. Isabel, que se estaba levantando, se cubrió con el mantón y bajó a abrir a regañadientes. No la dejaban a una ni vestirse en paz, a qué venían estos aldabonazos y tanta prisa a estas horas. La muchacha se sonrojó al ver el uniforme de Pedro y él lo notó. Se tapó pudorosamente el camisón y no acertó a decir más que ¡Buenos días!

–¡Buenas! –respondió Pedro–. Me manda el señor conde con un recado para don José. Quiere que vaya a palacio enseguida y me ha ordenado que lo lleve en el coche.

–Don José puede que aún no esté levantado, voy a ver.

El administrador sí estaba levantado, pero no le gustaba salir de casa sin desayunar, así que pidió a Isabel que preparara el desayuno como cada día y que hiciera pasar al criado a la cocina y lo invitara a una taza de café.

–Pero primero vístete –le gritó desde el despacho–, el conde puede esperar.

Pedro, que aguardaba en el vestíbulo, había oído la conversación y antes de que Isabel se la repitiera preguntó dónde estaba la cocina.

Cuando aún no había acabado de vestirse, doña Ana la llamó desde la cama. Aquejada de una fortísima jaqueca, había pasado una noche terrible, sin apenas dormir. No iba a levantarse y encargó a Isabel que dejara la alcoba a oscuras y procurase mantener la casa en silencio.

Mientras se hacía el café, dispuso una bandeja con el desayuno de don José. El criado la observaba en silencio y también ella lo miraba de reojo. El uniforme le daba un aire de distinción y, además, no era feo. Estaba bonita con el pelo recogido. No tenía que haber bajado a abrir en camisón y despeinada. Parecía desenvuelta y se sonrojaba con facilidad. Ernesto apareció en la puerta de la cocina: tenía que ir a Murcia en la tartana y don José había dicho que se llevara la comida. Pedro, que recordó de pronto la premura manifestada por el conde, cogió la bandeja y se encaminó con ella hacia el despacho como si llevara toda la vida haciéndolo. Isabel, que con una bandeja en las manos se sentía siempre en el mayor de los peligros, se quedó boquiabierta al verlo moverse con tanta agilidad.

A mediodía regresó el administrador y llamó a Isabel.

–Pedro, el criado que ha venido a buscarme esta mañana, me ha pedido permiso para hablarte. Es un buen muchacho y yo no tengo inconveniente, pero le he dicho que eso era cosa tuya. Trabaja para el conde desde hace años. Mañana volveré a verlo, así que ya me dirás qué le respondo.

Doña Ana, que acababa de levantarse y bajaba las escaleras, alcanzó a oír el final de la frase.

–¿Quién trabaja para el conde hace años? ¿A quién tenéis que responder? ¡Me quedo una mañana en la cama y cuando me levanto mi casa se ha llenado de misterios!

El administrador besó a su mujer en la frente y, con la mano, indicó a Isabel que se fuera.

Al poco tiempo de hacerse novio formal de Isabel, don José le ofreció trabajo y aceptó. No porque el aumento de sueldo fuera muy importante, aunque ganaba algo más que con el conde, sino por estar cerca de ella y también por evitar las largas ausencias del verano. El nuevo trabajo le gustaba porque pasaba mucho más tiempo al aire libre que antes. Además, doña Ana se había encaprichado de Ángeles, la hermana pequeña de Pedro, y la niña trabajaba también en la casa desde hacía unos meses.

Al servicio del conde de San Julián había estado durante unos diez años, desde que tenía catorce o quizá quince, no se acordaba muy bien. Se ocupaba de la compra, de servir la mesa, de la puerta, de acompañar a la condesita María en los paseos por la Alameda, de ayudar a limpiar la plata y las lámparas; trabajos domésticos, sobre todo, aunque a veces también hacía de recadero. Se movía casi siempre por la ciudad y sólo en contadas ocasiones salía al campo. Con el administrador, en cambio, pasaba menos tiempo en casa porque don José iba mucho a las haciendas y, alguna vez, según lo que hubiera que hacer, incluso lo mandaba a él solo. Al principio echó de menos los veranos en San Sebastián, pero pronto descubrió el nuevo encanto que veranear en el campo le ofrecía, especialmente cuando se instalaban en San Julián. Allí el trabajo y las costumbres se relajaban. Se comía tarde. Se dormían largas y tranquilas siestas. Isabel era buena amiga de Fernanda y pasaban las tardes sentadas en el portalón, donde corría un aire fresquito, cosiendo y hablando de sus cosas. Cuando acababan de repasar la ropa de doña Ana, la vieja la ayudaba con el ajuar y le hablaba de su juventud y de sus hijas. La mayor, que vivía en Granada casada con un zapatero, ¡ay!, demasiado lejos. Y la pequeña, ella y su marido regentaban una venta muy próspera en Puerto Lumbreras, junto a la carretera. A Pedro, que gracias a las influencias del conde se había librado del servicio militar y de la guerra del Rif, le gustaba sentarse con Antonio a la sombra, lejos de las mujeres, y convidarlo a un pitillo para que el viejo relatara sus aventuras en la guerra de África, cuando las tropas españolas, a las órdenes del general Prim, entraron en Tetuán, donde los moros tenían cuatro y hasta cinco esposas cada uno y las mujeres eran dulces como los dátiles.

En San Julián los veranos eran suaves y en el aire flotaba un voluptuoso aroma de felicidad. El administrador y su mujer solían dar largos paseos por los alrededores en la calesa y la vida de los criados se dulcificaba extraordinariamente.

Don José y Pedro regresaban para la hora de comer. Habían ido a Purias a una hacienda dedicada a la cría de cochinos porque el aparcero se quejaba de que se le habían muerto tres cerdos y el administrador quiso estar presente durante la visita del veterinario. Era una mañana tibia de enero, el sol de invierno calentaba intensamente y luciendo a la altura de los ojos deslumbraba y obligaba a llevar la mirada fija en las ancas del animal. No se movía ni una pizca de aire. Era un placer viajar a aquellas horas en el pescante. No hablaban. Los dos hombres iban absortos en el camino, moviéndose al compás de los balanceos de la tartana, escuchando el rítmico sonido de los cascos de la cabalgadura y el canto de algún pájaro escondido en los cañares de las márgenes de la carretera. Pedro se había liado un cigarrito y con las riendas en la rodilla dejaba que el viejo morcillo fuera solo. Iba ya para dos años que trabajaba como mozo para don José Santiago, desde que Ernesto, el antiguo mozo, se fue a Francia.

Eran más de las dos cuando llegaron a la casa. Mientras Pedro se encargaba de la tartana y el caballo, don José entró y se dirigió a la cocina en busca de algún guiso apetitoso, o algo que picar, porque venía hambriento.

No vio a nadie por ninguna parte y ni siquiera estaba preparada la comida. Algo raro pasaba. Por fin, encontró a su mujer tendida en la cama, llorando.

–¡Qué habrá ocurrido hoy en esta casa! –exclamó.

Lo que había ocurrido lo contó doña Ana entre hipos y sollozos cuando logró calmarse un poco. Una de las dos, Isabel o Angelita, no sabía cuál porque las muy descaradas se habían puesto de acuerdo para engañarla y hacerle creer que no habían sido ellas, una de las dos, o quizá las dos jugando, había roto la figurita de porcelana que adornaba la repisa de la chimenea del saloncito de abajo, sí, aquella tan preciosa que representaba un chino con una vara en los hombros de cuyos extremos colgaban dos fardos y con un perrito de largas orejas peludas mordiéndole la sandalia, aquella que compró cuando fueron a Madrid durante el viaje de novios y que tuvieron tantos problemas para transportar de un lado para otro en los baúles para que no se rompiera, pues justamente aquélla, una de las dos, no se sabe si Isabel o Angelita, la había roto y encima tenían la desfachatez de jurarle y perjurarle que ellas no habían sido. ¿Y cómo pensarían que iba a creerlas? Así que se había enfadado mucho, más porque la querían engañar como si pensaran que era tonta que por la figurita misma, y había insistido en que se lo dijeran o se iban a acordar de ella y de la figurita. Y entonces Isabel se había puesto furiosa, ¡habráse visto cómo se había puesto!, que casi daba miedo de cómo se había puesto, y le había dicho que qué se había creído, que ella no mentía nunca, que a estas alturas y después de tantos años ya tenía que saberlo y que si al cabo de los días había de dejar de confiar en ella pues que se iba y aquí se quedaban ella y sus figuritas y su casa y ¡a la porra! y ¡si te he visto no me acuerdo!, y que Angelita también se iba y que ya podía ir pasando para la casa de su madre que ella recogía sus cuatro cosas y también se iba enseguida porque ya estaba harta de aguantarla y ya no la aguantaba más.

La maestra había organizado una fiesta de Noël para los niños de la escuela que, en realidad, eran casi todos los niños del mas. Mandó colocar un inmenso pino en el centro del aula, de donde previamente habían sido retirados los pupitres, y ella y los alumnos pasaron un día entero adornándolo. Todo el mundo trajo algo de su casa para el árbol. Isabel y Manuela se empeñaron en que padre tejiera una estrella de cinco puntas y madre las ayudó a convencerlo. Pedro usó hojas de caña secas que había recogido y secado cuidadosamente con la intención de hacer una estera. De las hojas debidamente trenzadas por su mano experta resultó una estrella grande y preciosa que entusiasmó a las niñas y a él lo llenó de orgullo. No está mal, decía para sí, no está mal. Una vez acabada, Isabel la pintó de rojo con los restos de un bote de pintura que se había usado para las sillas bajas de coser. Con empeño y paciencia consiguieron entre todos una estrella púrpura muy vistosa que las niñas llevaron orondas a la escuela y que fue colocada por la maestra en lo alto del árbol de Navidad, presidiendo desde su puesto de elevado privilegio todas las celebraciones de la Pascua.

La Nochebuena todos los niños acudieron con sus padres a la escuela para recibir al Père Noël alrededor del árbol que lucía engalanado como una alhaja. Al entrar, Pedro miró la estrella con complacencia y sintió que su mujer también la miraba. Los niños desaparecieron con la maestra y quedaron solos los adultos durante el tiempo que aquéllos tardaron en vestirse con las ropas que las madres habían cosido para la ocasión. Por fin, una fila india de chiquillos ataviados con camisas de dormir largas hasta los pies, con un gorro blanco rematado en una borla de algodón colgando y con una palmatoria de cartón en la mano derecha donde se sostenía una vela encendida, invadió la sala y comenzó a dar vueltas alrededor del árbol cantando canciones en francés hasta que uno a uno fueron tendiéndose en el suelo después de soplar la vela, simulando que se acostaban y se dormían profundamente. Luego entró el Père Noël, que no era otro que monsieur Ponsard disfrazado, con un inmenso saco a la espalda y fue dejando un regalo a los pies de cada niño supuestamente dormido. Isabel y Manuela, incapaces de cerrar los ojos, contemplaron toda la escena en secreto y con el corazón palpitándoles desenfrenado. Pedro, sentado entre los espectadores, sintió que Isabel le cogía la mano y se ruborizó.

–¡Qué bonito, verdad, Pedro!

–Ya lo creo que sí.

–Psssh, ¡silencio! –refunfuñó alguien desde atrás.

Dominada por un larguísimo tubo plateado que cruzaba el aula de lado a lado hasta desaparecer por un agujero redondo practicado en el techo, una gran estufa de leña, cilíndrica y alta, ardía en un rincón caldeando perfectamente toda la estancia. Parecía el chubesqui que, a su regreso de un viaje a Madrid, el señor conde hizo instalar en el comedor grande del palacio para impresionar a los invitados de Nochebuena, porque había comprobado y admirado su magnífico funcionamiento en las casas principales de la capital. Se está bien aquí, pensaba Pedro, las niñas no han de pasar nada de frío cuando están en la escuela. Mientras tanto, el espectáculo infantil seguía desenvolviéndose con toda normalidad. Cuando monsieur Ponsard hubo acabado la ronda y un paquetito envuelto en papel cuché reposó a los pies de cada niño, el Père Noël, siempre andando de puntillas, desapareció por la puerta del aula con el saco vacío en la mano y se oyó un alboroto de campanillas alejándose.

–*Levez-vous!, levez-vous!, réveillez mes enfants!* –gritaba dando palmadas mademoiselle Bertrand.

Y los niños iban despertando uno a uno de un fingido sueño profundísimo, bostezaban y se desperezaban ostensiblemente, y recogían admirados el pequeño paquete que el Père Noël había dejado para ellos. Isabel y Manuela abrieron los suyos nerviosas: una caja de lápices de colores y un diábolo. Pero a la pequeña Isabel, lo que en realidad la tenía maravillada era el precioso papel rojo satinado; lo dobló cuidadosamente por las visibles marcas que ya tenía y lo redujo a la medida de un pañuelo que se guardó en el bolsillo del vestido, debajo del camisón blanco que todavía llevaba puesto. Aquél fue su primer tesoro, para guardarlo pidió a la madre la caja de cartón donde la tía Catalina les había enviado los mantecados, una caja idéntica a la que el primo Patricio usaba para guardar las barajas de cartas.

La orden gubernamental que regulaba la expulsión de todos aquellos inmigrantes que no llevaran en el país un mínimo de cinco años llegó al mas de Tamarit en marzo. Monsieur Ponsard recibió la lista que le afectaba de manos de su amigo y compañero de caza, el prefecto de la gendarmería de Aigues Mortes. No podía hacer nada y así lo dijo una funesta tarde de domingo cuando leyó la lista en voz alta ante todos los habitantes de la campaña reunidos en silencio en el patio central. No hubo comentarios ni escándalos porque ya todos conocían la noticia y desde hacía semanas sólo esperaban su confirmación oficial.

José estaba indignado por la conformidad con que padre había asumido los acontecimientos.

–No se puede hacer nada, llevamos aquí sólo cuatro años y no se puede hacer nada.

–¡Se ha de poder, padre, se ha de poder!

Durante días anduvo convenciendo a Miguel de que habían de buscar trabajo en otro mas donde no los conocieran. No sería difícil quedarse como clandestinos. Otros amigos de su edad lo estaban haciendo.

–Si padre y madre quieren irse, que se vayan. Tú y yo nos quedamos, yo sé que no nos ha de faltar trabajo.

Pero Isabel, que contemplaba temerosa la indecisión de Pedro, no consintió de ninguna manera en regresar a España sin sus hijos mayores y a los dos muchachos no les quedó más remedio que obedecer.

–Vuestro abuelo Miguel y mis hermanos se fueron a América el año diez y no he vuelto a verlos nunca más. No quiero que con mis hijos pase lo mismo.

La madre fue contundente y no hubo más que hablar ni replicar.

Llegaron a la estación de Molins de Rei de noche. El tío Antonio los estaba esperando desde hacía tres horas y andaba ya tentado por la idea de volverse a casa a dormir y regresar a la mañana siguiente cuando por fin el tren entró resoplando en el andén.

Mientras cruzaban el puente de piedra sobre el río y se dirigían a Sant Vicenç por la carretera de la margen derecha, su cuñado los puso al corriente de que España era una República y de lo que eso significaba.

–Igual que Francia. Ahora somos una República igual que Francia, pero pronto seremos como en Rusia.

A Isabel le parecía increíble que hiciera dos años que el rey de España hubiera tenido que marcharse del país con toda su familia igual que ellos habían tenido que abandonar Francia. Al fin y al cabo, argumentaba, él estaba en su casa y nosotros no. Sin embargo, no podía ser malo que el gobierno se preocupara de que los pobres como ellos tuvieran casa y trabajo, y de que se repartieran las tierras. Lo que no le gustaba era lo que dijo el tío Antonio de que España ya no era un país católico, cómo iba a dejar de ser católico un país, así, de la noche a la mañana.

La tía Olalla salió precipitadamente a la calle cuando oyó la voz de su marido deteniendo el caballo.

–¡Ay qué alegría de veros, Pedro! ¡Dios mío, qué alegría! Hace una semana que recibimos vuestra carta diciendo que veníais.

Los hermanos se abrazaron efusivamente, llevaban diecinueve años sin verse. Luego, la tía Olalla abrazó a Isabel y besó a todos sus sobrinos.

José y Miguel se sentían incómodos.

–¡Zagales, echadme una mano con esto! –se quejó el tío Antonio que no quería ocuparse solo de los bultos.

Pusieron un colchón grande en un rincón de la cocina y otro en el suelo de una habitación donde dormía, en un catre arrimado a la pared, un muchacho de la edad de José.

–Las niñas dormirán aquí –indicó la tía Olalla señalando una cama grande vacía, junto a otra en la que dormían dos niñas de diez y doce años que se despertaron en aquel momento y miraron con ojos de sorpresa e incredulidad a la muchedumbre que había invadido su sueño–. Al pequeñico tendréis que acostarlo con vosotros de momento, pero me van a dar una cunica.

La paciencia de Pedro empezaba a colmarse y andaba todo el tiempo refunfuñando y de mal humor. No es que le importara dormir en el suelo de la cocina, no, lo que ya no podía soportar al cabo de cinco meses era la falta de intimidad y de silencio. Cuando se acostaban tenía la sensación de hacerlo en medio de la calle, porque eso era lo que parecía aquella cocina, una calle transitada.

Él, que siempre había dormido como los pájaros, atento al menor ruido, pasaba horas enteras insomne, esforzándose por no despertar a Isabel y por no quejarse cuando Antoñico llegaba de madrugada, de rondar a la novia o de andar por ahí con los amigos; o cuando el tío Antonio regresaba de las reuniones del Bloc Obrer i Camperol tambaleándose y tropezaba con ellos porque no los había visto o se presentaba los sábados con uno o dos de sus camaradas y se instalaban hasta el amanecer alrededor de la mesa con una botella y unos vasos disertando sobre justicias e injusticias hasta que borrachos de vino y utopía no se sabía ya en qué lengua hablaban porque mezclaban sin concierto el catalán y el castellano y tartamudeaban y se interrumpían constantemente y perdían el hilo de la conversación y hasta, según parecía, pronunciaban palabras en ruso.

Pedro se contenía argumentándose que debía tener paciencia. Lo intentaba con todas sus fuerzas, pero se le encendía la sangre cada vez que sentía los ojos del tío Antonio sobre Isabel. Su presencia tan cercana lo enfermaba. Lo pillaba mirándola o topándose con ella por la casa distraídamente, como sin querer; se ofrecía a acompañarla so pretexto de que llevaban el mismo camino hasta el trabajo; incluso cuando de noche tropezaba con el colchón que los albergaba en la cocina siempre lo hacía por el lado de ella, para tocarla en el calor del sueño.

Se reconcomía, la odiaba y se detestaba por ello, aunque nunca pronunció palabra al respecto. La culpaba de ser tan encontradiza, de dejarse acompañar, de dejarse mirar, de dejarse halagar por la autosuficiencia y la palabrería del cuñado.

Por fin, con ayuda de la señora Plácida Casajuana, Isabel encontró un piso barato para ellos y pudo descansar de los celos de Pedro, que ya empezaban a ser desmesurados e insufribles.

Fue una suerte que la señora Plácida tuviera tantos conocidos y que casi todos le debieran algún favor a su difunto marido.

La señora Plácida, en vida del señor Manuel, no se ocupaba de nada, ni siquiera conocía a los amigos y socios del marido; pero al enviudar se hizo cargo de los negocios del difunto con tanta diligencia que parecía que no hubiera hecho otra cosa en la vida. Un día, ordenando los cajones de la mesa del despacho, encontró una libretita con nombres anotados. Ciento treinta y siete nombres exactamente, todos con sus apellidos y su dirección y una cifra distinta en rojo al margen. No supo qué pensar y consultó al abogado Moltó, quien tampoco supo darle referencias de la libretita. Pero no desistió porque aquellos nombres habían despertado su curiosidad, así que una mañana se fue a visitar al primero de la lista, Romualdo Olivella de Molins de Rei. Éste la recibió con infinitos parabienes y, sin dejarla hablar, se deshizo en excusas por haberse demorado más de la cuenta en el pago de la deuda y le aseguró que antes de un mes la habría resarcido. A los dos días visitó al segundo y esta vez habló ella. Dalmacio Pruna se quejó un poco y pidió un tiempo extra que la señora Plácida concedió amablemente. Cuando lo visitó de nuevo, el hombre volvió a hacerse el remolón y osó poner en duda la cifra que la viuda reclamaba. Ella amenazó con poner el asunto en manos del abogado arguyendo la existencia de papeles inexistentes.

–Soy una mujer, pero no vaya usted a pensar que además de mujer soy tonta –le endilgó. A los quince días había cobrado los veinticinco mil reales.

A las deudas de la libreta el abogado Moltó sumó la cifra de dos importantes cuentas bancarias, tres casas en Sant Andreu y varias hectáreas de huertos y frutales cerca del río. Estaba además la casa familiar, una torre modernista a las afueras del pueblo que era una verdadera maravilla. Se ha vuelto loco, pensó la señora Plácida cuando su esposo la compró a precio de ganga a unos señores de Barcelona que sólo la usaban durante los veranos y que, según los informes del señor Manuel, se habían arruinado de repente.

Sin esperarlo se había vuelto rica. Alquiló la ferretería al encargado de siempre porque, según decía, andar entre tantos hierros le producía dentera y se dispuso a vivir de rentas. La señora Plácida nunca supo de dónde había sacado su marido tanto dinero, pero esa cuestión tampoco le importó demasiado.

La ferretería, que no pasaba de ser un buen negocio que les permitía vivir con desahogo pero sin excesos, era la única fuente de ingresos conocida en vida del señor Manuel Soler. El difunto se quejaba con frecuencia de escaseces y no les permitía ni a ella ni a las dos hijas ningún lujo por pequeño que fuera. El dueño de la casa opinaba que derrochar lo que se ganaba con esfuerzo era una herejía castigada a menudo con la ruina; él ganaba el dinero y él lo administraba, ésa era su política, aunque la mujer y las hijas pensaban que más que administrarlo lo que hacía era racionarlo.

Cuántas discusiones matrimoniales y llantos filiales había causado tanta administración. Y ahora, de un día para otro amanecían ricas y sin padre o esposo que pudiera poner freno a sus ansias secretas y tan largamente contenidas.

Isabel conoció a la señora Plácida gracias a una vecina catalana que llevaba seis años trabajando en la torre. Teresina era una buena mujer, joven y muy alegre, pero estaba encinta y este cuarto embarazo no le sentaba nada bien. Tenía náuseas de la mañana a la noche y pérdidas abundantes. El médico le recomendó que permaneciera en cama si no quería perder la criatura, y el marido, un carretero amigo del tío Antonio, decidió que se quedara en casa y dejara el trabajo.

–Ni la señora Plácida ni ninguna otra señora del mundo vale la vida de un hijo nuestro, así que tú te metes en la cama y que las señoras aprendan a lavar. Se acabaron los tiempos de la Inquisición, los obreros somos personas humanas y valemos tanto como los amos. –Eso dijo el carretero Onofre y sonrió, orgulloso de sí mismo.

Pero, como ni la señora Plácida Casajuana ni sus hijas Amalia y Margarita habían lavado nunca y mucho menos estaban dispuestas a aprender ahora que eran verdaderamente ricas, lo que hicieron fue preguntar a Teresina si conocía a una mujer limpia y de fiar que pudiera ocupar su puesto. Y Teresina les habló de Isabel Navarro, cuñada de su vecina Olalla, a quien vendría bien un trabajo fijo porque sólo hacía unos meses que había llegado de Francia con toda la familia.

–Ocho son, el matrimonio y seis hijos, uno chiquitín precioso. Todos metidos en casa de la Olalla que ni se comprende cómo se podrán rebullir tanta gente metida en una casa tan pequeña.

Para Isabel, que nunca había tenido gran apego a los trabajos del campo, dejar de acudir a los huertos a recoger fruta y hortalizas fue un alivio. Prefería, sin lugar a dudas, trabajar en una casa. Eso sin tener en cuenta que la casa suponía un sueldo fijo que no les vendría nada mal.

Villa Plácida había sido construida en mil ochocientos noventa y siete según una plaquita de yeso ovalada, rodeada por una orla de flores y pájaros de colores, que figuraba a media altura en la fachada principal, como un medallón, sobre una ventana. Su vista no admitía indiferencias ni olvidos y, aunque los vecinos del pueblo habían sostenido largos coloquios y hasta discusiones sobre la belleza o extravagancia de la casa, lo cierto era que todo el mundo se había acostumbrado a aquella ornamentación árabe con abundancia de azulejos, rematada por una exuberancia floral en el piso superior.

Nacida por obra y gracia de la locura amorosa de un marqués millonario por una cupletista argentina a quien le fue ofrecida como prenda de amor eterno, la casa fue nido de la pareja de tórtolos hasta que la ninfa voló al emprender una gira americana sin el marqués, que no podía desatender por aquel entonces sus negocios, y nunca más volvió ni se supo de ella.

Durante los seis años de abandono que siguieron, el tiempo y la humedad hicieron mella en su fachada, de la que se desprendían a menudo azulejos o trocitos de yeso, y en su jardín, que iba pareciendo selva, las pandillas de niños encontraban un suntuoso albergue para sus juegos y organizaban en él safaris para la caza de pájaros o lo convertían en campo de batalla frenético cuando a pedrada limpia se enfrentaban las pandillas enemigas, de donde siempre resultaba alguna cabeza descalabrada y varios cristales rotos que se iban sumando a la lastimosa ruina de lo que había sido antes tanta belleza. Las parejas de novios que paseaban por la carretera al caer la tarde se detenían frente a ella al pasar y se besaban pensando que aquél era precisamente el lugar que su amor necesitaba para vivir y crecer en armonía, y algunas, sólo algunas, vencían el miedo a los ojos siempre vigilantes de los viejos y se adentraban en el jardín saltando la verja en busca del cenador blanco donde milagrosamente seguían floreciendo las rosas sin que nadie se ocupara de ellas y que ofrecía asilo secreto a las osadías innombrables del amor.

De pronto, y ante la mirada indiscreta de los vecinos, la casa fue adquirida por el señor Ernesto Balaguer, un burgués de Sarriá, y durante dos meses se instaló en ella una legión de albañiles, pintores, carpinteros y jardineros que la dejaron como nueva y construyeron el pequeño invernadero de cristal donde ahora gustaba de pasar las tardes doña Plácida leyendo novelas rosas.

La torre modernista se convirtió así en residencia de verano para la familia del industrial. Pasaba la mayor parte del año desocupada, que no abandonada porque don Ernesto contrató los servicios de Zacarías Carpón, un aragonés que llevaba veinte años en Sant Vicenç y al que no se le conocía otra gracia que la de vivir a costa de su mujer y pasar largas horas en el café jugando a la mona y desplumando a los demás parroquianos. Sin embargo, ante la incredulidad y sorpresa generales, Zacarías resultó ser un mago con las plantas y en el servicio doméstico. Mantenía el jardín florido durante todo el año, incluso en los fríos meses de invierno; instaló, por orden de la dueña, una pajarera traída de Marruecos donde él mismo criaba los canarios más cantores y de colores más exquisitos de la comarca; y se ocupaba de la casa con esmero de mayordomo refinado. Limpiaba cristales y lustraba latones una vez al mes, quitaba a diario el polvo de una de las habitaciones, fregaba y abrillantaba los suelos semanalmente; y en marzo, cuando se le anunciaba la venida de los amos, fumigaba el jardín, desinfectaba con zotal el sótano y el desván, sacudía alfombras, preparaba las camas y proveía de abundancia y exquisiteces la despensa.

La familia Balaguer se instalaba en primavera hasta mediados de septiembre, cuando llegaban las lluvias y los hijos debían regresar a la escuela o a la universidad. Durante el resto del año acudían poco. Sólo se les esperaba por costumbre para la gran fiesta de fin de año a la que invitaban a un increíble número de amigos y parientes de todas las edades. La cena, baile y resopón de Nochevieja en la torre eran después motivo de largas conversaciones en los cafés, tiendas y mercado del pueblo, donde se desmenuzaba con precisión e imaginación lo comido y bebido, y lo dicho y hecho.

Cuando la torre tuvo de nuevo propietarios, tuvieron que resignarse los niños a buscar otros parajes para sus correrías y las parejas de novios aprendieron a pasar de largo ante el jardín, lo que no les impedía soñar con un golpe de suerte inesperado, algo así como la herencia de un tío cuyo nombre y existencia se ignoraban, que les permitiera en el futuro, cuando estuvieran casados y ya hubiera nacido el primer hijo, hacerse con la casa de sus sueños.

El señor Manuel Soler había figurado también en esta nómina de soñadores allá en su juventud, cuando era ayudante de contable en la fábrica de papel y tenía una novia que se llamaba Lola que luego se casó con un tocinero de Molins de Rei. Quizá por eso, cuando, en una partida de las que se celebraban los viernes en un hotelito de la Arrabassada, Nono Balaguer le comunicó la muerte de su padre y el deseo de desprenderse de la casa de Sant Vicenç, el antiguo contable hizo una oferta tan generosa como inesperada que sonó a gloria bendita en los oídos del heredero, urgido de dinero al contado, y aquella misma noche cerraron el trato con ayuda de una buena racha y una botella de ginebra.

Si algo no le perdonaba la señora Plácida Casajuana a su marido, no era aquella muerte repentina, sino que se hubiera empeñado en tener otro hijo cuando empezaban a ser mayores y las niñas estaban ya en edad de merecer. Así que, por el capricho senil de un muerto, ahora, a sus cuarenta y tres años, se encontraba ella viuda y rica, con dos hijas de veinte y dieciocho años locas por acudir a las fiestas y bailes a que eran continuamente invitadas, pero también con un niño de cuatro que resultaba un verdadero incordio, especialmente por las noches.

–He pensado, Isabel, que a lo mejor su hija María podría venirse aquí, a casa. Así usted tendría a alguien que la ayudara y, además, podría ocuparse del Martinet. Le prepararíamos para ella la habitación pequeña de arriba, la que está pintada de verde al lado de la del nene.

–Ya me gustaría, señora Plácida, pero si María se viene aquí, entonces seré yo la que no tendrá con quién dejar a mi Ramón.

–Al niño lo puede traer cuando quiera. Ya sabe que el Ramón y el nene se entretienen mucho juntos.

Pánico sentía la pobre María cuando de noche se quedaba sola con el nene en aquella casa tan grande, a pesar del perro que dormía sin cadena en su caseta del jardín.

Las señoras salían casi a diario y no regresaban hasta las dos o las tres de la madrugada, y ella tenía que dar de cenar al niño y acostarlo.

A Martinet le encantaba que María le contara historias sentada al borde de su cama hasta que se quedaba dormido, y a ella le gustaba también y cada noche inventaba cuentos fantásticos de princesas y brujas que acontecían en países remotísimos, o se esmeraba en recordar los episodios más emocionantes de su vida como aquella vez en Lorca, siendo muy pequeña, cuando la persiguió una vaca porque iba vestida de rojo y tuvo que meterse en una acequia de donde salió toda embarrada, o el día en que se le apareció su abuela en los estanques de Candillargues para avisarla de que se había muerto. Le contaba también lo que ella había oído contar a madre y a la tía Julia en las noches de costura en Tamarit, sobre todo las historias de moros de la tía Julia, que era, aunque el nene no lo sabía, la madrina de su amigo Ramón. ¿Sabía el nene Martí que unos moros malos que estaban borrachos entraron a una casa y mataron a todos los que allí vivían, y sólo se salvó un nene como él, pero que tenía ocho años? Y luego al cabo de tres días la policía de los moros, porque esto pasaba en un país que se llama Argelia que está en África, encontró a los asesinos y los llevó a la plaza del pueblo y allí los ató a unos árboles, y entonces fueron a buscar al niño pequeño que se había salvado porque al oír el ruido de lo que pasaba se metió debajo de una cama y no lo vieron, así que él vio todo lo que pasó, pero a él no lo vieron, y el morito de ocho años, que era muy valiente, tan valiente como tendría que ser el nene Martí cuando fuera mayor, salió a la plaza del pueblo y delante de todo el mundo dijo que sí, que aquéllos eran los asesinos de sus padres y de sus cuatro hermanos, pero que faltaba uno porque los asesinos eran tres y allí sólo había dos. Luego la tía Julia y su marido tuvieron que marcharse de Argelia y se fueron a Francia, a un mas llamado

Tamarit que fue donde ella la había conocido. ¿Sabía el nene Martí lo que era un mas de Francia? ¿A lo mejor tampoco sabía qué era Francia? Y María seguía hablando y relatando emocionada, sentada en la cama del niño que la miraba absorto con sus ojos azules que se le iban cerrando poco a poco aunque él hiciera esfuerzos por mantenerse despierto y escuchar el final de la historia de los asesinos moros que fueron capturados por un niño tan pequeño como él.

Cuando Martinet se dormía, María apagaba la lámpara de la mesilla de noche y por el pasillo, cuyas luces había dejado previamente encendidas, se dirigía a su habitación donde, nada más meterse en la cama y quedarse a oscuras, empezaban a representársele moros que venían a matarlos a ella y al niño, y brujas y ladrones de innombrables intenciones.

Una noche que el nene se durmió pronto, María salió al jardín a sacar agua del pozo. A las señoras no les gustaba la del grifo y querían siempre el verdó sobre la mesilla de noche con agua fresquita. Tenía aún el cubo en la mano cuando le pareció oír un ruido por el lado de la verja que daba a la calle. El perro trotó a su lado ladrando y brincando, más asustado que ella misma. María soltó el cubo lleno que vino a caer sobre sus pies empapándola y corrió con el perro detrás hasta alcanzar la puerta de la casa. Se metieron dentro y cerró con llave y cerrojos. Afuera seguían oyéndose ruidos y voces, y ella tenía el corazón apretado en la garganta como si quisiera salírsele por la boca y no la dejaba respirar ni hablar. El pobre Apuleyo le lamía el agua de los pies con su enorme lengua blanda y rosada y la miraba con aire de sorpresa. Se llevó el perro a la habitación del nene y allí se quedaron los tres hasta que ya todo volvió a ser un oscuro silencio. Anda y que se joda el agua, le decía a Apuleyo, yo no voy a buscar más agua fresca a la noche.

–¿Sabe qué, señora Plácida? A María no quiero que la dejen así sola de noche porque tiene miedo.

–Bueno, pues véngase usted aquí a dormir con ella si le parece. La cama es grande y bien pueden dormir juntas.

Aunque Pedro se quejara, si las señoras avisaban con tiempo de que iban a salir, Isabel se iba a la torre a dormir con su hija. Antes de acostarse cenaban lo que les apetecía sentadas a la mesa de la cocina como marquesas. La despensa estaba siempre llena a rebosar y nadie echaba de menos lo que ellas dos y el perro pudieran comer o beber. Desde la noche del agua Apuleyo había intimado tanto con María que la seguía a todas partes como un perro faldero y a la hora de acostarse había que echarlo a empujones al jardín porque el animal pretendía meterse en la cama con la muchacha.

Si las amas no iban a volver en toda la noche, entonces Isabel se acostaba en la cama de Amalia, cuya alcoba daba pared con pared con la habitación de María.

Isabel cambió las sábanas y se sumergió en el olor a lavanda del algodón limpio y almidonado. Al fin y al cabo, toda la ropa de la casa la lavaría ella al día siguiente. Escogía siempre aquel dormitorio porque la despertaba el sol de la mañana sobre la cama y aquella sensación le recordaba su habitación en casa de doña Ana, allá en su juventud, tantos años atrás.

De pronto la despertaron los ladridos de Apuleyo y las voces de Amalia y Margarita

–*Hola, gosset.*

–Guau, guau.

–*Has sigut un bon gos?*

–Guau, guau, guau –ladraba brincando fuera de sí de alegría.

–*Noies, deixeu de festejar amb el gos i anem a dormir!*

Isabel saltó de la cama como movida por un resorte, sin llegar a comprender qué pasaba ni qué hora era. Todavía no entraba luz por los ventanales. Oyó abrir y cerrar la puerta principal y voces medianamente comprensibles que hablaban de bailes, de Salvador Asprén, del color del champán y el cosquilleo de las burbujas en la nariz, del perfume y la mano de Dieguito Ribera que las había acompañado tan amablemente hasta casa en su automóvil verde que corría como una centella.

Hizo la cama tan deprisa que hasta ella misma se sorprendió cuando ya acostada junto a María oyó en el pasillo a las hijas desear buenas noches a su madre y cerrar las puertas de los respectivos dormitorios.

Amalia Soler i Casajuana se desnudó despacio con la luz

encendida y se miró los pechos redondos y bellos en el armario de luna. Luego, se los cogió dulcemente con las manos y movió los dedos hundiéndolos en su redondez mullida. Todavía si cerraba los ojos podía dejarse llevar por la música y sentir el ligero roce de los labios de Salvador Asprén en su cuello detrás de la oreja mientras bailaban y el distraído avance de sus dedos por la axila hasta alcanzar la redondez de su pecho. Se besó en el frío del espejo utilizando la fuerza de los dientes y la humedad de la lengua. En el cristal quedaron una mancha de carmín y saliva y las huellas de las palmas de las manos. Se acostó desnuda y en el contacto cálido de las sábanas su joven cuerpo de dieciocho años descubrió el voluptuoso calor del cuerpo de Salvador Asprén y hasta su aroma, sobre todo su olor intenso envolviéndola.

En la habitación contigua María Ponce Navarro se abrazó al cuerpo conocido de su madre y sonrió en el sueño porque no estaba sola, tenía catorce años.

Apuleyo había logrado alcanzar la puerta de la habitación de María sin ser visto ni oído por nadie, era una suerte que las amas fueran tan distraídas; pero la puerta estaba cerrada, así que optó por colarse en el dormitorio del nene y, acostado en el suelo a los pies de la cama, empezó a lamerse lentamente una pata.

El nene soñaba que volaba sobre un ejército de moros galopando a caballo por las nubes.

Margarita Soler, sobresaltada por el vértigo, se agarró fuertemente con ambos brazos a la almohada porque aún sentía la velocidad del nuevo descapotable de Dieguito Ribera por la carretera de Barcelona y el viento frío alborotándole el cabello. Un castillo de fuegos artificiales coloridos y estrepitosos se abría delante del automóvil que circulaba a toda velocidad por la noche. Estaba un poquito borracha, como siempre.

Isabel sentía el corazón golpeándole el pecho desde dentro, como queriendo salírsele por la piel. Si no se serenaba no podría volver a dormirse.

A la señora Plácida Casajuana le resultaba imposible conciliar el sueño después de aquello. Landelino Santescreus había estado tan ocurrente durante toda la cena. Quién le iba a decir a ella que a sus años osaría perderse de la mano de un casi desconocido por un jardín oscuro oliendo a rosas y magnolias. Tanto tiempo que no la besaba un hombre, que no la desnudaba y se perdía entre sus pechos con los dientes y la lengua. Tanto tiempo que no sentía aquel fuego en la sangre, aquel calor intenso entre las piernas, como una punzada deliciosa que crecía y crecía hasta estallar en luces y colores y gritos y mordiscos. Y todo allí, en la cama de una habitación extraña en la que había entrado por la ventana dejándose guiar por la mano de él, una ventana abierta por la que se colaban la música y las voces, el perfume de las flores, el aire fresco y el ladrido de un perro lejano mientras ella gritaba y giraba abrazada a un cuerpo que la llevaba por los aires y la hundía en un barro húmedo y delicioso como nunca antes, nunca.

A medio kilómetro de allí Pedro Ponce tampoco podía dormir y daba vueltas y vueltas en la cama añorando la cálida presencia de su mujer apretujándose contra él porque tenía frío y se le habían quedado los pies helados.

Lola Macabeu se casó con Horacio Florentí el mismo día en que el archiduque Francisco Fernando era asesinado en Sarajevo. Pero como los novios no tuvieron conocimiento de este hecho, la ceremonia tuvo lugar tal como estaba previsto en la iglesia parroquial de Molins de Rei a la una del mediodía, celebrándose a continuación un convite para treinta y siete personas a base de carnes frías y embutidos selectos, zarzuela de pescado traído vivo aquella misma mañana del puerto de Barcelona, dulces de repostería y pastel nupcial, sifón, vinos del Priorato y champán de San Sadurní. La orquesta Sons de l'Habana amenizó el banquete con melodías suaves y ofreció, al final, un baile muy animado a los invitados. La boda fue un verdadero éxito.

Los gastos corrieron por completo a cargo del novio, hijo único y heredero universal de la tocinería Florentí, fundada en mil ochocientos cuarenta, la más selecta y mejor abastecida de la localidad, conocida ampliamente en los contornos por la elaboración propia y artesanal de sus butifarras blanca y negra, y por la reputada calidad de sus salchichones, chorizos y tocinos fresco y ahumado. Aunque la gran especialidad de la casa era la catalana, una exquisitez de incomparable textura y suave color rosado con el punto exacto de especias, ni mucho ni poco, cuya fórmula magistral de elaboración se transmitía oralmente de generación en generación, herméticamente protegida del espionaje de la competencia. El comercio ofrecía, además, a sus clientes fuet de Vic, jamones curados al aire del Montseny, carne fresca de cerdo procedente de las propias matanzas, huevos blancos y rubios, vino del Priorato, carquiñolis, judías, lentejas y garbanzos cocidos a diario con una pizca de bicarbonato que aseguraba el punto de blandura y la buena digestión, pelota para el caldo y albóndigas de carne recién picada, y sardinas en aceite de calidad superior, envasadas ex profeso para la casa en el mismo Santurce.

La Lola, como se la conocía en todo el pueblo, conoció al tocinero siendo novia de Manuel Soler; cuatro años de noviazgo llevaban y varios más eran previsibles hasta que el joven Manuel acabara sus estudios de contabilidad y pudieran casarse. Cuando Horacio le propuso matrimonio en una verbena de San Juan en la que había bebido más de la cuenta, ella echó sus cuentas y decidió que la tocinería Florentí era, sin lugar a dudas, mejor negocio que el puesto de contable en la fábrica de papel que a Manuel se le prometía para dentro de unos años. Así que rompió con el novio de toda la vida y en sólo doce meses pasó a ser la señora Florentí, título envidiado por más de una clienta que a duras penas se lo perdonó con el tiempo. Luego, el destino de su antiguo novio cambió para mejor en lo económico, bien se iba enterando ella de los progresos de Manuel, y más de una vez mientras cocía las lentejas, ponía los garbanzos en remojo o envolvía sardinas aceitosas en papel de estraza, pensaba que de no haber sido tan impetuosa ahora podría verse dueña y señora de la torre modernista de Sant Vicenç y dedicarse con esmero a la cría de rosas en aquel jardín donde, de eso no quería ni acordarse, perdiera la virginidad una calurosa y fragante noche de abril.

Los apuros que pasó la noche de bodas para distraer a Horacio de la ilusión que le producía la primera sangre de su reciente, y respetada hasta esa noche, esposa y los esfuerzos por mostrarse inocente e inexperta en las artes amatorias, sólo ella los sabía. Más, si se tiene en cuenta que el propio Horacio no había conocido mujer antes que a ella porque se había conservado casto durante veinticinco años en espera de ese día en que, bendecido por Dios ante el altar, pudiera entregarse puro y completo a quien la Virgen de Montserrat hubiera elegido como su esposa para toda la vida. ¡Qué noche, Dios mío, qué noche! Ni besarla como era debido sabía.

Fruto del matrimonio eran dos hijas, Montserrat y Antonina, y un hijo, Manuel, el primogénito y llamado a ser el perpetuador del negocio familiar, que a sus dieciséis años era ya casi tan entendido como el padre en la materia de la fabricación de embutidos.

Cuatro años hubo que esperar hasta el primer embarazo, cuatro años de promesas y rezos a la Virgen de Montserrat y peregrinaciones al santuario cada veintisiete de abril, subiendo y bajando a pie la montaña, cruzando de rodillas la gran explanada que se abría frente al monasterio, descendiendo descalzos a la cueva sagrada a encender una vela y bebiendo vasitos de agua bendecida en la misa del alba por el abad. Pero por fin llegó Manuel, y luego las niñas, y todo se arregló.

Últimamente Lola estaba preocupada con Montserrat, aquella niña era demasiado extraña. A los siete años se empeñó en fabricar un aparato para destilar agua. Luego le nació el afán coleccionista y, además de monedas, sellos, libros, insectos, papeles de colores y plumas de pájaros, empezó a acarrear toda clase de objetos inútiles con la intención, decía, de arreglarlos y descubrir el movimiento continuo. Así aparecieron en su habitación una balanza desequilibrada, un reloj sin péndulo, los pedales y el piñón de una bicicleta, una biela oxidada, varias clases de ruedas, imanes y la mitad de un caballo de cartón que había pertenecido a Manuel y hacía años que había sido desterrado al desván del tejado. Pasaba encerrada en el dormitorio con sus cosas horas larguísimas, siempre a solas. Más tarde le obsesionó comprobar la ley de la gravedad y la elasticidad de los cuerpos rígidos y andaba todo el tiempo tirando objetos por las ventanas y rompiendo cristales. Pero últimamente parecía haberse olvidado de los experimentos y tenía la monomanía de la amistad. Así que ahora decía que buscaba a su amiga gemela y parecía haberla encontrado en una niña llamada Rosario que a la madre le gustaba poco o nada sólo porque era castellana. Pasaban las tardes juntas desde que salían del colegio a la hora de cenar, momento en que se despedían como si no fueran a verse más en un año, y a veces Montse se empeñaba en que su amiga se quedara a dormir y había que invitarla a cenar con la familia, cosa que a Lola le desagradaba muchísimo porque Rosario comía como una lima. Habían llegado incluso a fabricar una especie de cabaña con palos y sábanas viejas en el patio y allí dormían juntas durante el verano. La madre intentó impedirlo con todos los medios a su alcance, hasta desmontando el parapeto y escondiendo las sábanas, pero al día siguiente aparecía otra vez levantado como si nada. Y como Montse no admitía razones y amenazaba con declararse en huelga de hambre si le prohibían hacer su voluntad, había que dejarla.

–Podrías decirle algo tú también –se quejaba Lola a Horacio continuamente–. No haces más que consentirla y luego yo soy siempre la mala.

–Déjala, mujer, que no hace nada malo. Es una niña despierta y muy inteligente.

–Eso, eso, tú sigue alabándola y riéndole las gracias y ya veremos adónde nos lleva tanta inteligencia.

Algunas veces, al dúo de amigas se unía Isabel, la hija de la criada. Y tampoco eso le gustaba a Lola que opinaba con disgusto que su hija sólo era amiga de los pobres.

Fueron precisamente Montse y Rosario las que llegaron corriendo a la tocinería la tarde en que la bicicleta atropelló a Isabelita. Como una loca entró Montse en la tienda, tropezando con las clientas y chocando con su madre a quien se le rompieron las dos docenas de huevos que estaba colocando en el mostrador.

–¡Nena! –gritó Lola–, bien podrías mirar por dónde vas. ¡Mira lo que me has hecho hacer! ¡Nena, ven aquí ahora mismo! –Pero Montse ni la oyó porque ya andaba en el piso de arriba buscando a Isabel que estaba doblando la ropa limpia y recién planchada, y guardándola en los armarios.

–¡Isabel!, ¡Isabel!, venga enseguida.

Corrieron las tres hasta la casa. Vivían en una calle con una fuerte pendiente que cruzaba la carretera y los críos tenían la manía de bajar corriendo por la cuesta hasta ir a parar chocando contra la barandilla de hierro que había al final. Cruzaban la carretera llevados por el impulso, sin mirar, y los padres estaban hartos de decirles que dejaran este juego peligroso, que algún día pasaría una desgracia; pero los hijos no hacían caso y se defendían diciendo que casi nunca pasaban coches. Una vez a una niña la había pillado un automóvil, pero sólo le arrancó la zapatilla del pie izquierdo.

Por suerte fue más el susto que otra cosa. Cuando llegó a la casa, Isabel se encontró a Pedro acariciando a su hija.

–No es nada, no hay que asustarse. Ha sido una bicicleta que le ha dado un golpe.

El ciclista estaba sentado junto a la mesa bebiéndose un vaso de vino. Abundio García volvía de trabajar cuando sin saber cómo sintió un golpe tremendo y dio de bruces en el suelo. Miró a su alrededor sin saber qué pasaba y vio a la niña caída y con la cara llena de sangre. En un momento se había formado un corro de niños con los ojos clavados en los dos caídos. El corazón le dio un vuelco y las piernas le temblaban tanto que no acertaba a levantarse. Al incorporarse sintió una punzada en el tobillo y pensó que se lo había roto; si ahora tenía que faltar al trabajo sería una verdadera desgracia. Pero podía andar y se serenó. La niña lloraba porque del golpe se había roto un diente y magullado los codos y las rodillas. La cogió en brazos y los otros le dijeron dónde vivía. Un hombre le salió al encuentro a mitad de la cuesta y le cogió a la niña. Era el padre que, alertado por el griterío, había salido a ver qué pasaba.

Pedro curó los rasguños de la hija y arregló los ligamentos del tobillo de Abundio. Luego lo vendó fuerte. Siempre había tenido buena mano para recomponer huesos y torceduras, lo había aprendido de su padre.

–Así que usted también es de Lorca, qué casualidad. Vaya si el mundo es pequeño. ¿Pero cómo viene usted tan sucio?

–Es por el trabajo. Hoy hemos estao todo el día sulfatando las viñas. Trabajo en Rubí, ¿sabe?, en una masía que dicen Can Pi.

A Isabel aquella tarde le descontaron una peseta del sueldo por las dos horas que se ausentó de la tocinería. La señora Lola era así.

Hacía ya cinco meses que María y ella habían dejado la casa de la viuda en Sant Vicenç. Todo por un malentendido, pero a ella ninguna señora, por muy rica que fuera, la llamaba ladrona. ¿Qué se habría creído?

Una mañana la señora Plácida la estaba esperando en la puerta cuando llegó.

–Isabel, ¿usted no se habrá llevado por casualidad un mueble de la habitación de abajo, la que está cerrada?

A Isabel la cogió aquel día de mal humor.

–Qué voy a haberme llevado yo un mueble si ni siquiera entro nunca en ese cuarto. Y aunque lo hubiera visto, yo no me pongo en evidencia por un mueble que a lo mejor no vale nada.

–Pues falta una mesita de cajones y he pensado que como usted se viene aquí con su hija algunas noches, pues a lo mejor.

–Pues mire, sabe lo que le digo, que ni a lo mejor ni nada, que ahora mismo mi María y yo nos vamos de aquí. Si en esta casa entra más gente que ni se sabe. ¡María! –le gritó a la hija que al oír las voces se había asomado a la escalera–, recoge tus cosas que nos vamos.

Y se fueron. Aquella misma mañana encontró trabajo en la tocinería. Se fue a Molins de Rei y recorrió el pueblo entrando en todas las tiendas que se cruzaba y preguntando si necesitaban a una mujer para lavar o hacer cualquier cosa o si sabían de alguna casa donde les hiciera falta. A mediodía en la tocinería le dijeron que sí.

Vivir en Sant Vicenç y trabajar en Molins de Rei era muy pesado. Sobre todo porque trabajaba de dos de la tarde a diez de la noche con quince minutos para merendar, aunque la mitad de los días no llevaba merienda. Al salir compraba allí mismo garbanzos o lentejas y huevos, y se los llevaba a casa para hacer la cena. Le pagaban un duro al día y con ese duro comían todos porque Pedro seguía sin encontrar trabajo fijo. Cuando salía ya era de noche y tenía que volver andando durante una hora. Cruzar el puente a la salida del pueblo y caminar por la carretera sola y a oscuras le daba miedo, así que casi cada noche Pedro o las niñas iban a esperarla al puente hasta que al final decidieron buscar un pisito en Molins de Rei.

Isabel y Manuela eran casi siempre las encargadas de ir hasta el puente. A veces, sólo a veces, llegaban hasta la puerta de la tocinería. Salían cuando todavía era de día y esperaban cogidas de la mano junto al pretil oyendo el agua y viendo cómo iba cayendo la oscuridad hasta que lo envolvía todo y el mundo desaparecía. Entonces cada una apretaba con más fuerza la mano de la otra y se sobresaltaban con cada ruido y con cada persona o perro que pasaba. Cuando descubrían la silueta de la madre en el puente respiraban hondo y corrían hacia ella. El camino de regreso lo hacían deprisa, abrazadas a la seguridad materna y a trechos, especialmente Isabel, con los ojos cerrados para no verlo todo tan negro. La gente contaba historias terribles de hombres vestidos de blanco que raptaban niños para quitarles la sangre y vendérsela a los ricos, que se la bebían para curarse de misteriosas enfermedades. Los tíos saínes, los llamaban.

Una noche, mientras esperaban en el pretil, vieron salir a un hombre así de entre unos cañares que caminaba hacia donde ellas estaban. Echaron a correr con tanta furia que casi llegaron a las primeras casas del pueblo.

Horacio Florentí volvía a casa en bicicleta. Venía de tratar la compra de unos cerdos en unas masías y se le hicieron las diez antes de lo que esperaba. Hacía ya rato, en realidad desde que salió de la última masía, que sentía unas intensas ganas de orinar. Primero pensó esperar hasta llegar a casa, pero cuando llegó al puente sintió que ya no podía aguantar más y decidió aliviarse entre unas cañas. Mientras el cálido líquido fluía de su cuerpo y lo oía caer al suelo pensó que no había en la vida placer mayor que el de orinar tranquilamente a solas. Con tanta relajación sintió que le brotaban lágrimas de los ojos y las ó resbalar por las mejillas sin miedo a que lo vieran, cuando uvieron bien abajo las recogió con la lengua y se las bebió. aban saladas.

Salía del cañar abotonándose la bragueta y cuidando de no ensuciarse el traje cuando le pareció ver a un par de personas, quizá dos niñas, que echaban a correr. Miró sobresaltado hacia la cuneta, pero la bicicleta seguía echada en el suelo tal como la había dejado.

Cuánta tristeza cada día. Cuánta tristeza y cuánto pelear para no conseguir nada, apenas nada, casi nada, nada de nada. Un cesto de caracoles era nada. ¡Ya ves tú! Un cesto de caracoles después de pasarse todo el día de Dios por esos montes de Dios arañándose las manos y la cara. Cómo quería Isabel que tuviera más cuidado del que tenía y que no se arañara la cara y la ropa. Como si él se arañara porque sí, porque quería, porque le gustaba. Como si no tuviera otra cosa que hacer que arañarse la cara y los brazos y trabarse los pantalones en una rama. Cuando llovía era más fácil, sólo había que caminar y ellos solos salían a la orillica y sólo había que recogerlos y meterlos en el cesto. No estaba mal aquel cesto que él mismo se había hecho. Era fácil meterlos pero los animalicos no podían salir, trepaban hasta arriba pero no podían salir los pobres. A veces los miraba y le daban pena, sentía ganas de meter la mano y sacarlos y echarlos a la hierba para que siguieran su camino, su camino tan lento que iba dejando una baba brillante por las hojas de hierba verde y húmeda. Pero tampoco él podía salirse de aquella vida de buscar caracoles. Cuando había fruta iba a recogerla. Si había trabajo los payeses lo contrataban por unos días o por un par de semanas, pero no había trabajos fijos. Qué tierra era aquélla donde un hombre de su edad no podía encontrar un trabajo para mantener a su familia como Dios manda. La humedad era lo peor, cuando tenía que meterse en los campos de hierba mojada y se le empapaban los alpargates que luego le pesaban en los pies como plomos. La humedad que se le metía en los huesos y luego en la cama le dolían las rodillas y la espalda. Qué vida. Y cuando no llovía los bosques, los bosques llenos de ramitas y espinos traicioneros que se le agarraban a la ropa y a la piel y no querían soltarlo. Ya estaba otra vez, un siete en la pernera del pantalón que luego al llegar a casa le traería un disgusto. No era muy grande pero habría que zurcirlo, como el del otro día, aquél sí que fue grande en la manga de la camisa. Desde luego que estos animalicos daban pena, se agarraban a la tapadera de tela metálica y miraban el mundo desde allí con sus antenas tan largas. ¿Cómo se vería el mundo desde la antena de un caracol? ¿Cómo sería él desde la antena de un caracol? Le daban asco. Tan babosos y con aquel olor repugnante. Asco le daban. Y luego había que sacarlos del cesto a puñados y meterlos en el saco, el saco que tenía colgado de una alcayata en el balcón para que babearan. Dos días babeando y echando espumarajos hasta que los vendía, con aquel olor tan fuerte que había que cerrar las ventanas porque si no la peste se metía dentro de la casa y no se podía dormir porque todo olía a caracol. El aire olía a caracol, sus manos olían a caracol, la ropa olía a caracol, el mundo era un caracol, él era un caracol boquinegro y baboso metido en un saco con cientos de caracoles boquinegros y babosos. ¿Cómo era aquel cuento que su madre le contaba cuando niño? ¿No se acordaba? Qué más daba un cuento más o menos. Más cornás da el hambre, al fin y al cabo los caracoles también tenían cuernos. Su pobre madre, muerta hacía..., ¿cuántos años hacía que su madre había muerto?, y él pegándole a María porque esas cosas no son para bromas. Volver a Lorca, eso era lo que él quería de verdad, volver a Lorca. Allí todo sería más fácil que un saco de caracoles en el balcón y el tío Mariano viniendo de Barcelona dos veces por semana a comprarle los caracoles para venderlos en el mercado. Diez pesetas por un saco de caracoles, cinco cestos al menos por un saco de caracoles, un día por un cesto de caracoles y el cansancio, el dolor en las piernas, la humedad, los arañazos y el hambre, porque sólo se llevaba un pedazo de pan y un poco de tocino del que Isabel compraba en la tocinería. Suerte que Isabel ganaba más, él buscando caracoles y ella lavando todo el día y fregando suelos de otros con la espalda encorvada y dolida y las rodillas y las manos rojas. Quién se lo iba a decir cuando se casaron. ¿Cuándo se casaron? ¿Era el año diez cuando se casaron? ¿Cómo podía ser que no se acordara de qué año se casaron? Isabel lo sabría, ella sí, seguro que ella lo sabía y también sabía el día que habían nacido sus hijos, cada hijo, seis hijos, tres hijos y tres hijas. ¿Cuándo nos casamos, Isabel, te acuerdas tú de qué año era cuando nos casamos? ¿Era el año diez cuando nos casamos? ¿Cómo puedes haberte olvidado del año que nos casamos? ¿Cómo íbamos a casarnos el año diez si el año diez tú y yo ni nos conocíamos? ¿Cuántas veces te he dicho que el año diez fue el año que mi padre y mi familia se fueron al Brasil? Di que yo no quise irme, ¿qué te parece si me llego a ir a San Pablo con ellos? Si me voy al Brasil tú y yo no nos casamos. El año quince, nos casamos el año quince. Al Uruguay guay yo no voy voy porque temo a naufragar. Qué canción tonta se le había venido ahora a la mente. Al Uruguay guay yo no voy voy, ¿qué más? ¿Cómo seguía la canción? ¿Cuántas canciones se sabía a medias?, trozos de canciones que siempre andaba cantando o silbando por esos campos, hasta en la cama a veces se le venía a la mente una cancioncica que no había forma de callarse. ¿Qué dices, Pedro? Nada. Estaba canturreando. Sólo estaba recordando una canción que se me ha metido y no hay forma de que se vaya. Tú y tus canciones. ¿Cómo era esa canción de los caracoles que las niñas habían aprendido en la escuela y se la cantaban a él para que la aprendiera en catalán? *Cargol treu baña puja la muntanya cargol bover jo també vindré.* Caracol saca ¿baña?, cuerno. Caracol saca cuerno sube a la montaña yo también iré. Las niñas en la escuela y María en la barbería. A la pobre María tampoco le eran las cosas fáciles. Era la mayor y ya se sabe, qué mala suerte ser la mayor en una familia de seis hermanos, ser la mayor en una familia pobre porque en las casas ricas ya se sabía, las cosas eran distintas en una casa rica, cómo serían las cosas en una casa rica. Si él fuera rico no estaría buscando caracoles, eso seguro. Si salía al campo no sería a buscar a esos pequeños animalicos babosos de concha frágil. Qué pena cuando a uno se le rompía la concha. Si lo pisabas, ¡chraf!, aplastado, y se quedaba pegado a la suela del algargate, ¡chraf!, luego el ruidito se quedaba metido en la cabeza un buen rato, ¡chraf!, y aunque caminaras con cuidado mirando al suelo para no pisar más, ¡chraf!, otro. Qué mala suerte, ¡chraf! Había que tener más cuidado. Caracol saca los cuernos. Si los tocabas con la punta de un dedo los cuernos se encogían, el animalico los escondía y luego tardaba mucho rato en atreverse a volver a sacarlos. Se quedaban esperando. ¿Qué esperaba un caracol? Si él fuera rico sus hijos no trabajarían en las tierras de otros, trabajarían sus tierras, vigilarían que otros las trabajaran bien. Fue una suerte conocer a Abundio, fue una suerte que a Isabel sólo se le partiera un diente, un diente que ni siquiera se cayó, sólo un golpe fuerte y sangre, mucha sangre, tanta sangre que él a lo primero se asustó. Abundio venía por la cuesta con la niña en brazos y la boca de la niña llena de sangre. Pero no fue nada, fue una suerte, ahora el diente se iba poniendo negro, al final el diente a lo mejor se le caería, a lo mejor, a lo peor, se le caería. Luego Abundio le agradeció con una garrafa de vino que le hubiera arreglado el pie. Era un buen hombre Abundio. Abundio García, de Aguaderas. ¿De Aguaderas? ¿Pero qué me dice? ¿Me dice que es usté de Aguaderas? Lo que son las cosas, yo también soy de Lorca, del barrio de San Cristóbal, yo nací en el Barrio ¿Conoce usté el Barrio? ¡No voy a conocerlo! Una tía mía vivía en el Barrio, Carmen Cañizares se llamaba, pero ya murió. ¿La tía Carmen Cañizares? ¡Pero qué me dice!, ¿que la tía Carmen Cañizares era su tía? ¡Mundo más pequeño! Mi padre, que en paz descanse, siempre me lo decía. El mundo es un pañuelo, Pedro. Donde menos se espera salta la liebre. Mi madre era amiga de su tía Cañizares, desde zagalas eran amigas. Luego se casaron y eran vecinas y se cuidaban los hijos. Fíjese usté que a mí me cuidaría su tía de usté más de una tarde y más de dos. Ya lo creo que me acuerdo. Una mujer muy guapa con el pelo muy negro. Mi madre iba con ella a por agua a la fuente del caño, yo también iba a veces. ¿Y dice que ya murió? ¡Lástima! Sí, va para diez años que se murió la pobre. De unas fiebres muy malas se murió. Desde aquel día Abundio venía a veces a la casa después de cenar. Fue una suerte que Abundio fuera de Lorca y una noche les dijera que en Can Pi necesitaban un par de mozos porque los dos que había estaban en quintas y se iban a servir dentro de una semana. Al África se iban los dos,

dos años al África y en la masía necesitaban dos mozos. José y Miguel. Miguel y José. Los dos en Can Pi ahora, de mozos. Quedaba cerca de donde estaba Can Pi. ¿Y si se acercaba con el cesto hasta los bosques de la masía? Podría acabar de llenar el cesto si se acercaba y además lo dejarían meterse por la alfalfa donde siempre había muchos. Si se acercaba a la casa el señor Pepito lo convidaría a un vasico de vino y un poco de jamón y tomate maduro. Un buen hombre el señor Pepito, tan bajito y un poco gordo, casi calvo, con aquellas gafas pequeñicas que siempre se le caían sobre la nariz. Gracias a que el señor Pepito les había dicho que sí, que necesitaba un par de mozos, José y Miguel habían podido dejar la fábrica de vidrio. Aquella fábrica los mataba, trabajos así no eran para los hombres, eran para los animales. Negros llegaban a casa cada noche, negricos que daba pena verlos, y rendidos. Si atrochaba por esa pendiente saldría al camino de Can Pi. Caracol caracol saca los cuernos al sol, así era, eso era lo que le cantaba su madre cuando zagal, caracol caracol saca los cuernos al sol que tu padre y tu madre también los sacó. ¿Quién era ése que venía en la tartana? ¿Era el señor Pepito? Sí, vaya suerte, era el señor Pepito pito pito colorito dónde vas tú tan bonico a la acera verdadera pim pom fuera. Suba, Pedro, que le llevo, acompáñeme a la masía y le invito a un vaso de vino fresquito.

Pan con aceite y un poquito de sal. Con azúcar no le gustaba, tenía que ser con sal. Merendando en el patio se estaba bien, sin los hombres, sin la escoba, sin nadie que la mirara, se estaba bien en el patio comiendo pan con aceite. Madre, ¿cuándo se ha muerto la prima María Antonia? Pero qué dices, niña, cómo se va a haber muerto la prima María Antonia. No empieces con tus muertos, María, que aquí no se ha muerto nadie. ¿No te dije el otro día que había escrito el primo Francisco y que todos estaban bien? Pues yo la he visto, madre, la prima venía toda vestida de blanco a pedir una misa, muy delgada estaba, tan delgada y blanca que daba grima mirarla, a pedir una misa venía; y tosía, tosía tanto que parecía que se fuera a descoyuntar la pobre, que hacía tres años que se había muerto me dijo y que no descansaba, por eso pedía una misa en la Cruz del Campillo. Anda y no digas más tonterías, María, cómo se va a haber muerto la prima María Antonia hace tres años si el otro día la carta de Francisco decía que todos estaban bien, lo habrás soñado. Y que no se entere padre de que andas diciendo estas cosas. Lo que más le gustaba era la punta tostadita, se la guardaba siempre para el final para que se le quedara mucho rato en la boca el sabor a pan tostado con aceite y sal. Alargaba la punta a mordiscos pequeños para que le durara más porque cuando se acababa había que volver adentro con aquel calor y todos aquellos hombres gastándole bromas que a veces no entendía del todo. Qué tíos guarros siempre hablando de mujeres que parecía que no supieran hablar de otra cosa y luego que la miraban a ella, venga mirarla, y eso sí que no le gustaba, que a veces le parecía que se le veían las tetas con la bata y todo. Y el olor a pelo mojado y a jabón de afeitar. El pelo mojado le daba asco, olía a sucio. El olor a jabón sí le gustaba, las barritas de jabón de afeitar olían distinto de todos los otros jabones, tanto le gustaba que a veces cuando se quedaba sola cogía la barra de jabón y la brocha y sacaba espuma, mucha espuma, y se frotaba las manos y los brazos con la brocha que le hacía cosquillas al pasársela y luego se le quedaba el olor en la piel y cuando se acostaba se dormía oliéndose los brazos y las manos. ¿Sería verdad que había soñado lo de la prima María Antonia? Porque ella la había visto como estaba viendo ahora mismo la silla donde se sentaban los clientes de la barbería. A la abuela bien que la vio y bien que estaba muerta, que todavía se acordaba de la bofetada que le dio padre. ¿Qué dices niña?, ¡zas!, una bofetada que le dejó la cara roja y le estuvo doliendo toda la noche. Ándate con cuidado con los clientes, le había dicho madre cuando entró a la barbería, tú a lo tuyo y no les sigas las bromas, que los hombres siempre buscan algo. Y vaya si tenía que andarse con cuidado. Todo el tiempo llamándola. María ven y barre aquí. María afila las navajas. Que me dé la loción María que tiene las manos más suaves que tú, barbero. María trae toallas calientes. María baja la persiana que da mucho sol aquí dentro y hace calor. María que te he dicho que me traigas una toalla caliente, ¿es que estás sorda, María? Tanto María que le iban a gastar el nombre. Qué miedo las navajas tan brillantes, todas ordenadas sobre el mármol blanco, pero qué bien las manejaba el barbero, que cuando él las usaba hasta parecía que no cortaran, pero bien que cortaban, sin darte cuenta cortaban, las tocabas y te parecía que no, pero al ratito ya te salía la sangre y no había forma de pararla si no metías el dedo debajo del grifo abierto. La sangre sabía dulce y pastosa, pero chupándola no se paraba, para cortarla había que meter el dedo en el agua fría y dejarlo un rato. Ahora no era tan tonta como cuando nació Isabel y no sabía de dónde venían los niños, ahora sabía muy bien por qué le decían que se andara con cuidado con los hombres. En otro sitio me gustaría a mí que me dieras loción. Si vinieras a barrerme la casa te enseñaría unas cositas que tengo en la cama. Caliente me pones a mí cuando me envuelves la cara con toallas calientes. Anda, María, ven y dame jabón que si me lo das tú huele mejor. ¡En las narices te voy a dar a ti yo el jabón! Cuando quieras, guapa. Ella y Manuela pasaron dos días en casa de la tía María hasta que padre fue a buscarlas en el carro. En el fondo no eran mala gente, estaba segura de que ninguno de aquellos hombres le haría daño, era sólo que eran unos guarros y les gustaba meterse con ella porque se ponía colorada y a ellos les encantaba verla ponerse roja hasta las orejas. ¿Quién es esta niña, abuela? Es vuestra hermanica, se llama Isabel, igual que vuestra madre, ¿habéis visto lo bonitica que es? ¿Y de dónde ha venido, abuela? ¿Tú no has visto la tartana de don Claudio que salía de la casa cuando vosotros llegabais? Sí que la he visto, iban don Claudio y doña Agustina con la niña Pilar. La niña Pilar me ha dicho adiós con la mano. Pues ahí venía tu hermana, que la han traído ellos del pueblo porque nosotros se la habíamos encargado. Y ella a creérselo y venga a repetírselo a todo el mundo. A mi hermanica Isabel la han traído del pueblo don Claudio y doña Agustina en una tartana. Sí sería tonta. La prima María Antonia era mayor, seguro que ella no se hubiera creído lo de la tartana. Lo que no entendía era cómo estaba tan delgada porque ella la recordaba más bien llenita y de piel tostada. María Antonia, cúbrete la cabeza y no salgas con todo el solazo. En seguida, madre. Pero ni se cubría ni dejaba de salir. A mí no me gusta taparme, a mí me gusta que me dé el sol en la cara y en los brazos, el sol es la vida. La tía María se enfadaba con ella, pero ella ni caso. Llamaba la atención entre las demás muchachas de su edad cuando venía por los caminos. Todas con blusones de manga larga y sombrero de paja sobre un pañuelo negro anudado bajo la barbilla, menos ella; ella sin mangas y con la melena rubia al aire. Daba gusto verle el cabello brillando al sol. A la noche se lo lavaba y le dejaba olérselo. Olía a manzanilla. Me enjuago con manzanilla porque así el pelo entre la manzanilla y el sol se aclara y se pone más rubio. El pelo de los hombres no olía a manzanilla, olía a sudor mojado. A mí lo que me gustaría es ponerme toda entera al sol, desnuda digo. Una vez lo probé y no te puedes ni imaginar qué gusto sentir cómo te da el sol por todo el cuerpo, casi me quedo dormida, suerte que oí a mi madre y me escondí corriendo; imagínate que me pilla, se muere la pobre si me pilla. Lo que no entendía era cómo estaba tan blanca, porque hasta el pelo lo tenía blanco cuando se le apareció. A lo mejor sólo lo había soñado como decía madre, porque si en la carta esa decía que todos estaban bien seguro que la prima no se había muerto. ¿Pero para qué iba a querer la prima una misa en la Cruz del Campillo –porque de eso estaba bien segura: dijo que quería una misa en la Cruz del Campillo–, si no estaba muerta? Y qué fijación, oye. ¿Y no puede ser en otra iglesia, prima, no puede ser por ejemplo en la iglesia de aquí, de Molins de Rei, que sería más fácil? No, una misa en la Cruz del Campillo, díselo a mi madre, es que no descanso. Pues buena se iba a quedar la tía María si ahora alguien le iba con que su hija que no estaba muerta le pedía una misa porque desde que estaba muerta no descansaba. Si los hombres de la barbería la vieran se desmayaban, porque era guapísima su prima y descarada como ninguna. Seguro que María Antonia no se ponía colorada con las tonterías que decían. Desnuda al sol, qué vergüenza. Una vez se desnudó delante de ella para que le viera las marcas que se le quedaban en los brazos por no llevar manga. Daba risa, todo el cuerpo blanco blanquísimo y de repente a partir del hombro hasta la mano oscuro, que parecía que llevara manga, entonces sí que parecía que llevara manga. Al mover el brazo por el cuerpo se le veía más negro de lo que estaba. Tenía los pechos redondos y los pezones rosas, pero rosa rosa, no rosa oscuro ni rosa de otro color, rosa rosa. Mira que si la prima no descansaba porque no le decían la misa que pedía y volvía a aparecérsele y le echaba a ella la culpa de no poder descansar.

Ya estaba ése otra vez aquí con su cesto y sus canciones. Ahora se sentaría debajo del pino grande a fumarse un cigarrito. Primero lo liaba, daba gusto verlo fabricar el canutillo redondo con aquellos dedos tan grandes. Ayer se le cayó la gorra. Se la había guardado en el bolsillo trasero del pantalón y la perdió sin darse cuenta. Olía raro, olía a un olor desconocido, seguramente ése era su olor, pero estaba blandita y fue un gusto pasearse por encima y dejarle un hilo de baba brillante de lado a lado, ahora olería a los dos. Cuando se levantara y volviera al camino la encontraría. Ya estaba, ya la había visto. Ahora se agachaba y la recogía. Caracol caracol saca los cuernos al sol que mi padre y mi madre también los sacó. ¿Los cuernos? Los cuernos ya hace rato que los he sacado para verte, cada día los saco para verte y que tú no me veas. Algún día a lo mejor me dejo y me ves, si me ves alargarás tu enorme mano hacia mí y sentiré cómo me oprimen tus dedos que fabrican cigarrillos, encogeré los cuernos del susto, pero sólo un momento, sólo hasta que se me pase la impresión, porque tú no me das miedo, hasta sé cómo te llamas. Te llamas Pedro, he oído cómo te llama un conocido que suele pasar en tartana. Tú nunca vas en tartana, tú siempre vas a pie, pero a veces el gordito de la tartana se para y te invita a subir. El gordito lleva gafas y tú no. Al gordito lo llamas señor Pepito, pero él a ti no te llama señor, sólo te llama Pedro. Y también sé que lloras a veces, pero no sé por qué lloras, seguro que nadie más que yo sabe que a veces dejas de cantar esas canciones ridículas que siempre andas canturreando y lloras. Yo lo sé por casualidad, porque me cayó una gota encima un día que dormía al sol y al sacar la cabeza para mirar hacia el cielo te vi y vi caer otra lágrima de tu ojo. Fue la primera vez que te vi, pero tú no me viste, porque con las lágrimas no veías. Quiero volver a Lorca, Isabel, no se puede vivir en una tierra donde un hombre no encuentra otro trabajo que buscar caracoles. Miré bien, pero Isabel no estaba, nunca la he visto. Ahora ya sé que te gusta hablar solo, pero aquel día hasta llegué a deslizarme hasta la punta más alta de un jaramago para ver si la veía, pero no la vi porque no estaba. Desde aquel día me he acostumbrado a esperarte, si no vienes me aburro. Algún día a lo mejor me dejo, si me dejo sentiré tus dedos y te veré de cerca y podré olerte bien. Pero hoy tú me vas a oler a mí porque he dejado mi baba en tu gorra. Ahora te metes en el bancal de alfalfa. Yo me quedaré entre la manzanilla porque huele mejor y tiene unas hojas muy tiernas que me gustan, son muy sabrosas y se está fresquito debajo de la manzanilla. Eso es, ponte la gorra que no te dé tanto sol en la cabeza, póntela no vayas a perderla otra vez, si la pierdes otra vez a lo mejor ya no la encuentras porque si yo no te veo perderla no podré guardártela hasta mañana y sería una pena que la perdieras ahora que lleva mi baba. Trabajo me costó cruzarla toda con mi baba, hasta tuve que pelearme con otro caracol que se había instalado en la visera. Esta gorra es mía, le dije, pero el muy baboso ni se movía y tuve que ponerme serio. Te he dicho que esta gorra es mía, así que ya puedes estar largándote, pedazo de babosa con cuernos. Y se fue. Se puso un poco chulo y tuve que encaramarme y escupirle en un ojo, pero lo eché. ¿Qué se habría creído? Olía raro, pero me gustó; no como las colillas que tiras al suelo y pisas con la suela de la alpargata hasta desmenuzarlas, eso huele peor y como las pisas tanto cuando llego casi no puedo oler la baba que dejas en la punta. Las hebras que se te caen mientras las lías sí huelen bien, a veces me las como. Me gusta porque después de comérmelas me mareo un poco y me quedo como alelado, como flotando. ¡Ten cuidado, imbécil, a ver si me pisas! Menos mal que me he andado listo, que si no me pisas. ¿Y entonces qué?, ¿eh?, ¿qué hacemos si me pisas pedazo de animal?, ¿es que no puedes mirar por dónde vas? Mejor me voy hacia otro lado. Las zarzas, me iré a las zarzas porque allí estaré más seguro y podré seguir mirándote. Eso es. Ahora cuidadito con no pincharse, eso es lo peor de las zarzas, los pinchos. Pero también es lo mejor porque aquí tú no te metes. Una vez metiste la mano para cogerme y la retiraste rápido soltando un líquido rojo y pastoso. Estaba dulce. Es la única vez que te he visto mirarme a los ojos con tus ojos azules. ¡Coño!, dijiste y retiraste la mano sin cogerme. Yo ya había encogido los cuernos y cerrado los ojos. Hoy no me voy a dejar, quién sabe, a lo mejor mañana me pongo delante de tus ojos para que me cojas. Sin pisarme, eh. Sólo cogerme con tus dedos grandotes, pero hoy no, a lo mejor mañana, quién sabe. Si me dejo será por curiosidad, no vayas a creer que será por otra cosa, no. Sólo curiosidad de saber qué pasa en el cesto y ver un poco de mundo. Porque los que te llevas en el cesto ya no vuelven y a mí me gustaría saber adónde los llevas y qué haces con ellos, pero hoy no me dejo así que no voy a moverme de las zarzas en todo el rato. A lo mejor mañana, pero hoy no, hoy no me dejo.

Lo peor era que si volvían a Lorca como quería Pedro, José y Miguel no se irían con ellos. Esta vez no. José lo había dicho bien claro la noche que lo hablaron después de la cena: Si se van ustedes, váyanse, pero nosotros nos quedamos. Nosotros tenemos trabajo y no vamos a volver al pueblo a no se sabe qué. Aquí estamos bien y el señor Pepito anda dándonos la lata para que nos quedemos a dormir en la masía. Así que por nosotros no hay que preocuparse, madre. Pero ésa no era la única razón, si lo sabría ella. Ese zagal tenía una medio novia en Rubí. Si lo sabría ella. Si no de qué esa prisa por salir corriendo los domingos todo de punta en blanco y ese afán por lavarse y perfumarse. Claro que José siempre había sido muy pulido, el más pulido de la familia, que lo miraba una y no parecía un mozo sino un señor. Un señorito parecía. Lavarse se había lavado siempre, pero tanto como ahora no. Hasta las uñas se arreglaba. Y se estaba dejando bigote, un bigotito muy fino, como los señoritos, talmente como los señoritos. Para sucios, cuando trabajaban en la fábrica de cristal. Negros volvían cada noche, negros como el carbón y reventados. Diez horas en la fábrica y una hora y media de camino todo de noche cruzando los huertos y la riera. A veces cuando llegaban ni cenaban de lo cansados que venían, se lavaban y se echaban en la cama rendidos. Pero si Pedro quería irse se irían. Total ellos ya eran mayores y podían buscarse la vida por su cuenta. Y si aquí estaban bien y les gustaba, pues no había razón para insistir, que ya estuvieron a punto de quedarse en Francia. Si ella no se pone seria se quedan, vaya si se quedan, un pelo faltó para que se quedaran. Pero ahora tampoco insistiría tanto porque al fin y al cabo esto no era Francia, aquí tenían familia cerca y era el país de una, y esto siempre es otra cosa. Si se está en el país de uno, aunque se esté lejos es otra cosa. Pedro tenía razón, esta vida de buscar caracoles no era vida ni era nada, claro que el duro que ella ganaba en la tocinería era bastante. Con el duro comían todos. Lo otro, lo que se sacaba con la venta de los caracoles y lo que ganaban los hijos era para el alquiler y la luz. Los hijos eran buenos hijos, lo que ganaban se lo daban todo. Veinticinco pesetas a la semana cada uno, cinco duros y las comidas, porque comían cada día en Can Pi y eso era un desahogo, parece que no pero eso era un desahogo. Si se quedaban en la masía estarían bien porque además tendrían cama. La vieja era otra cosa, la vieja no era como el señor Pepito y la señora Rosa que eran buena gente. ¿A quién se le ocurre subirse al doblado con unos gemelos para vigilar que los aparceros hicieran bien el reparto de la vendimia? Desde allí se veían todas las viñas y vigilaba los carros la muy tuna, no fueran a engañarla con la uva. Que subir no se sabe ni cómo podía subir sin caerse, porque había una escalera de palos por la que daba miedo encaramarse, que ella lo había probado una vez que la señora Rosa le enseñó toda la casa. Andar no andaba muy bien, un cayado usaba siempre para apoyarse porque las piernas no la tenían, y en cambio subía por la escalera con los gemelos. Ya ves tú que a ella le dio un miedo la dichosa escalera que casi no fue capaz de bajar. Subir subió, pero bajar fue otra cosa, había que poner el pie por el agujero y agarrarse para no caerse. Primero pensó que no sería capaz de alcanzar el primer palo, pero tampoco era cosa de quedarse allí y tuvo que hacer un esfuerzo. Al menos en la masía comer se comía. Comían todos juntos en la cocina, los señores y los mozos y las criadas, y había para todos. Claro que jamón, por ejemplo, a la mesa no sacaban nunca. El jamón lo guardaban en la despensa y el señor Pepito, a veces, se levantaba y se metía en la despensa con la navaja y tardaba un ratico en salir. Sus buenos trozos de jamón comería, eso seguro, Miguel lo decía siempre. Si se quedaban estarían bien, al menos estarían junticos y eso era mucho. José ya tenía diecinueve años y al año próximo tendría que irse a servir, pero de Miguel le daba más pena, se le veía más mocito aunque ya había cumplido los diecisiete. José era más saborío, menos cariñoso que Miguel, pero ya se sabe, cada cual es como es y en eso no se puede hacer nada ni que se quiera. Como menos apegado a la familia, más suyo, eso es lo que era José.

–No más cambios –se defendió José en nombre de los dos–, nosotros no nos vamos; esta vez, no. Podríamos habernos quedado en Francia y les seguimos, pero esta vez no. Miguel y yo ya lo hemos hablado y estamos de acuerdo.

No hubo mucho que objetar porque el hijo tenía razón, pero esa noche Isabel lloró en silencio cuando se quedó a solas en la cocina fregando los platos de la cena. Pensó en su padre y en sus hermanos, últimamente pensaba mucho en ellos. Su padre muerto y enterrado tan lejos, su hermano Juan muerto también. Y ahora sus hijos, sus dos hijos mayores ya habían crecido tanto que se quedaban aquí. No encontró argumentos para contradecirlos, como no los encontró su padre para llevársela a ella hacía veinticinco años. Cómo se acordaba ahora de su padre y qué bien lo entendía.

–Tengo pena por ti –le dijo su padre antes de subir al tren–, cuídate mucho, Isabelica. –Y fue lo último que le oyó decir a aquel hombre que partía hacia un mundo desconocido del que nunca había de volver.

–No tenga pena, padre, que yo estaré bien.

Qué pocas palabras para despedirse para siempre un padre y una hija. Y habían tenido que pasar tantísimos años para que ella sintiera verdadera pena por aquellos que se iban, tanto tiempo para que ella comprendiera cuánto debía haberla querido su padre para permitirle quedarse, tantos años para que comprendiera que no se iban sólo de Lorca, que se iban de su vida.

Pero las cosas eran así, y todas las palabras que hubiera debido decir aquel día antes de ver cómo se alejaba el tren con los suyos mirándola desde la ventanilla, las encontraba ahora y se le venían a la boca mezcladas con lágrimas mientras fregaba la loza sucia, y ya nunca podría decírselas a nadie porque ella era la menos indicada para oponerse a la decisión de sus hijos, unos hijos que aún suponía pequeños y se le habían convertido de pronto en unos hombres capaces de tomar sus propias decisiones y dirigir su vida solos.

Estuvo a punto de odiar a Pedro por aquel empecinamiento en volver a Lorca. Días enteros sin hablar apenas y cuando lo hacía era sólo para insistir en que volvieran al pueblo, que allí las cosas serían mejor. Ella resistiéndose al principio, pero él porfiando hasta que la convenció.

Aquella noche Miguel no pudo dormir. Una culpa implacable le roía el estómago. Se sentía culpable por la tristeza de la madre, culpable por no haber hablado y haber dejado que José cargara solo con todo el peso de la conversación, culpable por querer quedarse y por estar feliz de hacerlo, culpable por pensar que su hermano tenía razón al decir que ellos tenían derecho a decidir sobre su vida, culpable por haberse dejado convencer demasiado fácilmente por José que, al fin y al cabo, tenía una razón de más peso que él para querer quedarse, culpable de ser un cobarde y aprovecharse de la situación. Nunca antes había vivido una noche tan larga como aquélla.

Su madre estaba vieja, demasiado vieja para la edad que tenía. Miguel se percató de pronto al ir a besarla mortificado por la pena y el remordimiento.

La recordaba joven, radiante, cuando vivían en la Casa de los Calistros y él era un niño que cazaba pájaros en el cañar, cuando curó su mano que no dejaba de sangrar, cuando amasaba el pan y el olor del horno llenaba la era mientras él aguardaba el momento oportuno para dar un pellizco a la masa caliente, cuando le ofrecía un pedazo de la empanada cocida después del pan aprovechando la brasa, cuando lo regañaba por haberse roto otra vez los pantalones y ella se quedaba de noche a zurcirlos a la luz del candil. La recordó en Francia, trabajando en las viñas junto a él, enseñándole a podar y ayudándolo con sus hileras cuando veía que se quedaba demasiado atrás, cuando le dio los francos que tenía ahorrados para que pudiera comprarse su propia bicicleta y no tuviera que compartir la de José, cuando cruzaron Valencia buscando el puerto y ella caminaba delante, tan ligera que costaba trabajo seguirla. Cómo podía ser que el tiempo hubiera pasado tan deprisa.

En la cama de al lado José tampoco dormía aunque procuraba no moverse para que su hermano no se diera cuenta de que estaba despierto. No tenía ganas de hablar. Ya se había dicho todo lo que había que decir y hablarlo más sólo causaría más pena y más dudas. Así que procuró distraerse pensando en Teresa. El domingo cuando la viera podría decirle que ya estaba dicho, que se quedaban. A ella le gustaría oírlo. Ahora podría pedirle que se hicieran novios formales y ella vería que sus intenciones eran firmes. Luego, cuando volviera del servicio, se casarían. Alquilarían una casa en Rubí, en el pueblo, y él dejaría el campo y buscaría trabajo en una fábrica. Teresa tenía razón al decir que en las fábricas se ganaba más y se disponía de más tiempo libre.

Al primo Antoñico, el hijo de la tía Olalla, también lo habían sorteado y partirían juntos a Zaragoza en el primer reemplazo del año. Conocía a otros tres muchachos de Molins y a dos de Rubí que también eran de su quinta, la quinta del treinta y seis.

Todos le decían que ya había ido antes en tren y él buscaba entre sus recuerdos y se esforzaba cuanto podía, pero no era capaz de acordarse de tal cosa. Una mañana se escapó a la estación y se sentó en un banco a mirar pasar los trenes y ver si así le volvía la memoria de su primer viaje, el que decían que había hecho desde Francia a Barcelona, y después de Barcelona a Molins cambiando de tren, pero no había forma de acordarse. Tampoco se acordaba de haber nacido en Francia, ni siquiera se acordaba de dónde estaba Francia. Estaba harto de que todos le dijeran cosas que él no sabía y lo dejaran dudando.

Cogió el gato en brazos y se sentó a esperar. Tuvo suerte porque no tardó mucho en llegar un tren. Vio cómo se iba acercando y cómo la enorme locomotora entraba silbando en la estación envuelta en una nube de humo blanco hasta que se detuvo justo delante de él. Entonces ocurrió algo. Dos hombres desengancharon los vagones y la locomotora se movió lentamente hasta el final del andén, donde quedó quieta. Él cambió de banco con el gato a cuestas y se sentó frente a la máquina. Cerró los ojos apretándolos con fuerza en busca de un recuerdo. Era imposible, si alguna vez en su vida había viajado en un tren se acordaría porque una cosa así nadie podría olvidarla.

El maquinista lo había estado observando desde que entró en el andén.

–¿Cómo te llamas?

–Me llamo Ramón Ponce.

–¿Y qué haces?

–Estoy aquí, a ver si me acuerdo del tren en que fui cuando era pequeño.

–Ah... Oye, ven. ¿Quieres subirte a la máquina, a ver si te acuerdas mejor?

Al llegar a casa no cabía en sí de gozo.

–Ya no me importa no tener memoria –le dijo al padre mientras soltaba al gato en el suelo de la cocina–, seré maquinista de tren.

El día del viaje la madre tuvo que regañarlo seriamente para que se tranquilizara un poco. No había dormido nada y vomitó el café con leche del desayuno. Estaba tan alterado que se orinó encima y hubo que cambiarlo de ropa y alpargates. Isabel, presa de sus propios nervios, estuvo a punto de pegarle.

En la estación casi lo pierden porque mientras los mayores subían los bultos, él se fue solo a ver la máquina, por si acaso el maquinista era su amigo.

Fue José quien lo encontró y lo trajo de vuelta cogido de la mano.

–¡No quiero que te separes de padre y de mí! ¡No quiero que vuelvas a irte solo a ninguna parte! ¿Lo has entendido? Di,

¿lo has entendido? ¿No ves que las estaciones están llenas de gente y te puedes perder? ¿Di, lo has entendido?

–Ya está bien, mujer. No le riñas más al zagal –terció Pedro conciliador.

Y se quedó quieto junto a la madre, pero sin perder detalle.

Ya en Barcelona hubo que hacerse cargo del equipaje y transportarlo entre todos para el cambio de trenes, entonces la Estación de Francia lo asaltó por sorpresa. Ni en sus sueños más osados hubiera podido imaginar un lugar más inmenso y con más ajetreo que aquél. Ramón quedó atrapado en las redes del mayor espectáculo que nunca se había ofrecido a sus ojos de cuatro años.

Trenes larguísimos entraban y salían del recinto elevando espesas humaredas hasta las bóvedas redondas y negras de hollín. Hombres y mujeres sudorosos corrían acarreando bultos imposibles hasta los vagones que aguardaban con la estrecha puerta abierta o descendían con esfuerzo mirando a todas partes hasta que acertaban a ver la salida. Los niños eran arrastrados de la mano o caminaban detrás de los mayores moviendo pequeños hatillos o maletas casi siempre atadas con cuerdas. A una mujer gorda se le enredaron las faldas en el estribo y fue a caer sobre un mozo que tiraba de una carretilla; bultos, mujer y mozo rodaron por el suelo entre gritos de sorpresa y dolor. Al mozo se le cayó la boina a la vía y tuvo que meterse debajo del tren para recuperarla, al trepar de nuevo al andén se le trabó el blusón y se rompió. El jefe de estación daba órdenes con un banderín y un silbato. El ruido era ensordecedor. En los andenes la gente se abrazaba, se besaba y lloraba. Los que subían al tren se asomaban por las ventanas y los que se quedaban levantaban cajas, cestas y maletas que eran izados con esfuerzo a través de las ventanas hasta el interior de los vagones. Le faltaban ojos para mirarlo todo mientras saboreaba uno tras otro los caramelos del cucurucho que su hermano José le había comprado. Su madre lo tocaba de vez en cuando para asegurarse de que seguía a su lado. A la entrada de los andenes había carritos donde se vendían golosinas ordenadas en montoncitos de diversos colores y tamaños, cuyos nombres ni siquiera conocía porque nunca había imaginado que existiera tal variedad de chucherías. Las vendedoras proclamaban a voces su mercancía para atraer la atención de quienes pasaban.

–¡Pipas, cacahués, caramelos! ¡Pipas, regaliz, palo dulce, cacahués!

–¡Pirulís, chochos, cacahués, garbanzos tostados!

–¡Peladillas, garrapiñadas, carquiñolis, turrón de Alicante!

Las vendedoras, ataviadas con delantales blancos, fabricaban cucuruchos de papel de periódico con maestría de malabarista y los llenaban a rebosar con un cacillo de latón, luego se guardaban el dinero en el bolsillo del delantal. Tenía que sujetarse para no salir corriendo a ver de cerca tanta maravilla comestible.

–Cómprame algo, hermano.

–No seas abusica, que todavía tienes caramelos.

–Pero cómprame algo para el viaje, anda.

Y José le compró un cucurucho de garbanzos tostados que se guardó como un tesoro en el hondo bolsillo de los pantalones de pana.

El tren no iba lleno. Sólo otras tres familias subieron a su mismo vagón y todos se acomodaron lo mejor que supieron para enfrentarse al largo viaje que les esperaba. Unos iban a Valencia, otros a Tarragona y los terceros a Granada.

Cuando el jefe de estación dio la orden de partida con el silbato, el tren resopló y comenzó a moverse lenta, pesadamente. Ramón estaba asomado a la ventanilla agitando la mano para despedirse de sus hermanos mayores y los veía alejarse de pie en el andén. La madre lloraba y sus hermanas le pedían que se quitara de la ventana para poder mirar ellas también. El padre se acomodó en uno de los bancos de madera. Entre todos ocupaban dos bancos. Habían movido los respaldos para poder sentarse unos en frente de los otros. Los bultos mayores estaban en el suelo y los pequeños subidos a un anaquel metálico que ocupaba toda la parte superior de la ventana. El padre tenía en las rodillas la cesta de la comida. Ramón metió la mano en el bolsillo y cogió un puñadito de garbanzos. No convenía abusar, tenía que condurarlos porque el viaje iba a ser muy largo, según le habían dicho. Después de comerlos lamió la harina que le había dejado la mano blanca y resbaladiza.

En la primera parada subieron dos familias cargadas con toda clase de pertrechos y un viejo con una cesta en la que se apretujaban dos gallinas rubias. Los animales parecían dormidos, pero de vez en cuando cloqueaban.

El padre comentó que había sido una suerte que el tren no fuera lleno de salida porque así habían podido sentarse, abrió la cesta y empezó a comer. De estación en estación el vagón se llenó, pero eran otros los que iban de pie.

En Tarragona subió una pareja de guardias civiles con sendos fusiles al hombro. Ramón no había visto nunca un arma de cerca y entre atemorizado y admirado no podía apartar la vista de los fusiles. Uno de los guardias se percató de su interés y le hizo un guiño. Los guardias bajaron en Reus.

Era noche avanzada cuando el sueño, más tenaz que su firme decisión de mantenerse despierto durante todo el viaje, lo venció. Apoyado en el regazo materno soñó que conducía una veloz locomotora a la orilla del mar anunciando su paso con un potente silbato. Desde la ventana disparaba con pulso firme y extraordinaria puntería sobre las gallinas que comían garbanzos tostados junto a la vía. Las gallinas caían cacareando de los árboles al suelo, donde quedaban tendidas patas arriba mientras él se alejaba veloz en su máquina poderosa dirigida como una bala hacia la boca redonda y negra de un túnel que lo engullía.

Doña Ana se movía por la casa con torpeza, pero tenía una voluntad de hierro. Dejarse amilanar por la falta de confianza en su propio cuerpo no formaba parte de las concesiones que poco a poco se había visto obligada a hacer a la enfermedad y a la vejez. No era ella mujer para quedarse sentada, esclavizada para siempre a la seguridad de una silla y a la presencia y buena disposición de los demás. Ella se valdría por sí misma hasta que Dios quisiera, aunque los movimientos más simples fueran dificilísimos de coordinar y realizar actividades como ocuparse de su higiene personal o desplazarse por la casa resultara interminable y agotador.

Fue en la cocina. Iba a subirse a una silla para alcanzar una fuente de loza que no utilizaba desde hacía años. Se la había regalado su madre cuando se casó y había pertenecido antes a la madre de su madre. Después de ella había de ser para su sobrina Bernarda, como casi todo lo que había en la casa. No la usaba por miedo a romperla, pero aquel día decidió que nadie mejor que ella para usarla y romperla si, Dios no lo quisiera, llegaba el caso. Así que cogió una silla para encaramarse y poder llegar a lo más alto del vasar, pero no tuvo tiempo. Apenas había colocado la silla en el lugar adecuado cuando se sintió cegada por el fulgor de un rayo y se le hizo una oscuridad absoluta. Cayó al suelo desplomada y así estuvo, en la más profunda y solitaria de las noches, hasta que llegó don José a la hora de comer. Había tenido suerte, eso decían todos, porque no se golpeó contra nada al caer, ni se rompió ningún hueso, ni se le vinieron encima los cacharros del vasar, ni se quemó, ni siquiera se le pegó la comida pues la olla siguió hirviendo como si nada y del tiempo extra de cocción resultó un cocido especialmente sabroso.

Desde luego que la gente era graciosa, pensaba doña Ana. Ya le gustaría a ella ver a los que le recordaban a cada momento la suerte que había tenido, así, con medio cuerpo inútil; tal como ella se veía de resultas de aquel traicionero ataque de apoplejía. Un brazo inerte colgándole del hombro, una pierna sobre la que apenas podía apoyarse y un ojo medio cerrado.

Mas desde el fondo de su corazón doña Ana sí agradecía a Dios haber perdido la mano izquierda y no la derecha, y poder moverse aún por sí misma aunque fuera con ayuda de un bastón y de infinitas dosis de voluntad, esfuerzo y tiempo. Al fin y al cabo tiempo era lo que más le sobraba, todo el tiempo del mundo le pertenecía mientras Dios quisiera que cada mañana pudiera levantarse de la cama.

Como dormía mal y se despertaba a cada momento, las noches se le hacían eternas y le gustaba levantarse temprano. Cuando la luz empezaba a entrar por los postigos entornados ya estaba ella despertando a don José con ligeros codazos que iban ganando intensidad hasta que el marido reaccionaba.

–¿Qué quieres? –gruñía él medio dormido aún.

–Ayúdame, hombre. Que quiero levantarme y ya sabes que sola no puedo.

Y don José se levantaba y la ayudaba a incorporarse con cuidado y a salir de la cama. Una vez de pie ella ya podía valerse sola y él regresaba al lecho, todavía caliente, y se quedaba allí hasta más entrada la mañana.

Desde que había estallado la guerra y el conde había abandonado el país, el administrador pasaba el día en casa. Sólo después de comer se acercaba un rato al Casino, que ahora se llamaba Casino Republicano y estaba abierto a todo el mundo, a leer los periódicos nuevos que hubieran llegado y a tomarse un café oyendo los comentarios de unos y de otros sobre el desarrollo de los acontecimientos y la inminente victoria de las tropas fieles a la República.

Demócrata convencido, había votado a Azaña en las elecciones del treinta y seis pese a un altercado doméstico con doña Ana que no entendía cómo un hombre ligado a la nobleza desde su nacimiento y que había dedicado la vida entera a velar por los intereses del conde de San Julián podía traicionar de esta manera a su clase.

–Porque creo en la justicia y en la igualdad de los hombres –decía don José–, y eso no tiene nada que ver con que también crea en la propiedad privada y en el derecho de cada uno a ser quien es. ¡Quieres enterarte de una vez que creer en la justicia no significa ser socialista ni renunciar a lo que tenemos!

Pero doña Ana no lo entendía y él mismo era presa, en ocasiones, de profundas contradicciones.

En el Casino hablaba poco y escuchaba mucho. No confiaba en nadie y mucho menos en los milicianos que se repantigaban en los sillones de terciopelo que antes les habían estado prohibidos. No quería divulgar opiniones de las que posteriormente pudiera tener que arrepentirse.

De regreso a casa evitaba por precaución pasar por delante del palacio del conde. Le dolía el corazón al ver las puertas abiertas y a la chusma entrando y saliendo como Pedro por su casa. Se avergonzaba de la República viendo a aquella pandilla de patanes sentados ostentosamente a las puertas del palacio fumando puros cubanos que antaño habían sido saboreados en reuniones y cenas exquisitas, como algo tan delicadamente fabricado se merecía, y bebiendo a gollete los vinos de inigualable paladar y finísimo buqué que habían sido criados con mimo durante años para ser degustados en copas de cristal disfrutando de su color y su aroma.

La justicia no era eso, se decía una y otra vez a sí mismo. La democracia no consistía en cambiar al injusto. El enemigo de la República no era la derecha, sino la incultura. La incultura era el verdadero enemigo del pueblo y sin embargo el gobierno estaba dejando que la incultura tomara el poder. Los mismos milicianos que clamaban por fusilar al conde en los mítines se desvivían por ocupar su casa y disfrutar de sus lujos en cuanto tenían ocasión. Una vez que accedían a una mínima parte de poder, por pequeñísima que ésta fuera, se aferraban a ella, se olvidaban del pueblo por cuyos derechos tanto se habían desgañitado y se entregaban sin el menor recato a los privilegios y al despotismo.

Muchas mañanas, calentito en la cama, don José razonaba consigo mismo y analizaba la situación del país a partir de lo que había oído y leído el día anterior. Pero difícilmente llegaba a conclusiones satisfactorias y las más de las veces terminaba enredado en el laberíntico ovillo de sus propias contradicciones. Entonces, cuando se veía incapaz de encontrar una salida, se desperezaba y se levantaba. Tras asearse y afeitarse, se vestía con esmero, desayunaba y se encerraba en el despacho a escribir sus memorias. Desde que se vio involuntariamente libre de sus ocupaciones como administrador del conde y se encontró con tanto tiempo libre y con una guerra en la que le era imposible creer, había empezado a escribir. Primero por mero pasatiempo, con verdadero apasionamiento luego. Aquello lo mantenía ocupado en cuerpo y alma cada día hasta la hora de comer. Estaba sorprendido de la cantidad de cosas que podía recordar. Nunca antes había pensado que su vida hubiera sido tan interesante y estuviera tan llena de gentes y episodios que contar.

Tampoco los asuntos de su propia hacienda le ocupaban apenas tiempo desde que previendo problemas con las autoridades decidió quedarse sólo con la casa del pueblo y ceder legalmente El Huerto a su sobrina Bernarda y al marido, para que estando habitado no pudieran confiscarlo.

Lo primero que hacía doña Ana cada mañana era dirigirse al cuarto de baño para asearse y vestirse, tarea que la mantenía ocupada durante más de una hora porque debía superar innumerables dificultades. Luego se enfrentaba a la escalera, obstáculo que salvaba con ayuda del pasamanos y de todas sus precauciones. Era lo que más temía y cuando por fin se veía abajo y volvía la cabeza para mirar hacia arriba y felicitarse por su hazaña siempre se sorprendía de no haberla bajado de cabeza. Por eso ella, que antes subía y bajaba mil veces al día, evitaba ahora la escalera durante el resto de la jornada y no volvía a subir al piso de arriba hasta la hora de acostarse.

No le quedaba otro remedio que resignarse igual que se había resignado a no salir de la casa. Dos años hacía ya que no pisaba la calle y un año que había empezado la guerra. La calle le daba miedo y se limitaba a mirarla desde el sillón que don José le había preparado junto a una ventana del saloncito de abajo. Aquel salón donde doña Ana guardaba cuidadosamente las figuritas de porcelana que había ido reuniendo desde que se casó y que ahora le servían como recordatorio de casi toda su vida.

A través de la ventana veía durante horas el ajetreo callejero. Por allí pasaban jóvenes soldados, manifestaciones, caballos, milicianos, coches y la misma gente de siempre. Algunos, sabedores de que ella estaba sentada detrás de la reja, la saludaban amablemente; otros ni siquiera sospechaban su presencia.

De día, la calle le resultaba tan familiar que a veces no se acordaba de que había una guerra hasta que veía pasar a un grupo de soldados o de gente armada. Pero de noche, cuando no podía dormir, de la calle venía el miedo. Tumbada en la cama oía voces y ruidos que la alteraban. Cuando pasaba un coche se quedaba pensando en él y lo seguía hasta las tapias del cementerio o hasta la carretera de Murcia. Cada noche moría alguien. Al regresar del Casino don José siempre tenía alguna historia que contarle. Y la mayoría de sucesos transcurrían de noche, ocultos por la oscuridad. Hacía tres noches que un camión se había detenido allí mismo, dos puertas más abajo, y doña Ana, con el corazón en la garganta, había estado oyendo ruidos y voces hasta la madrugada; pero por la mañana no pudo saber qué había pasado.

Fue su cuñado el tío Paco Capito quien le dijo a Pedro que estaban formando una cuadrilla de segadores que el quince de junio partiría hacia Guadalajara.

Habían llegado a Lorca a finales de agosto y desde entonces no le había faltado el trabajo. Nada fijo, cosillas aquí y allá, pero no había estado parado más de tres días seguidos. Ir a la siega era una buena cosa. Más de un mes de trabajo seguro y al final unos buenos duros para traerse a casa.

Tumbado sobre la paja miraba el cielo cuajado de estrellas y escuchaba los grillos a su alrededor. Un metro más allá oía roncar al tío Paco.

Siempre le habían gustado las noches de verano cuando el olor profundo de las eras inundaba el aire y el monótono canto de los grillos le llenaba a uno la cabeza. De jóvenes, cuando vivían en la casa Barnés, Isabel y él algunas noches calurosas y limpias como ésta dormían al sereno. Si despertaba abría los ojos y se dejaba atraer por las estrellas o seguía el curso de la luna. Siempre sabía la hora mirando al cielo y siempre procuraba estar despierto cuando despuntaba el día y la luz empezaba a aparecer por el horizonte e iba creciendo hasta que cielo y tierra se separaban definitivamente y todas las formas ocupaban su lugar en el mundo, entonces salía el sol, redondo y poderoso, anunciando un día nuevo, largo y caluroso.

Había pasado tanto tiempo.

José era ya un hombre. Tenía novia y pensaba en casarse. Eso había dicho cuando estuvo a verlos para Navidad, a despedirse porque el día de Reyes se incorporaba al servicio militar. Isabel se había conmovido con aquel gesto del hijo mayor que había viajado desde Barcelona para pasar unos días con la familia. Los hijos mayores habían crecido sin darse cuenta y los pequeños no les iban a la zaga.

En la cena de Nochebuena sólo faltaba Miguel. Estaban todos sentados a la mesa. Isabel había preparado ensalada de cebolla. Como antes, como cuando vivían en la casa Barnés y los hijos eran pequeños. Ensalada de cebolla con patatas, bacalao, olivas negras y bolas de pimienta. Pedro se había servido un buen plato y lo comía con deleite cuando llamaron a la puerta. Le disgustó tener que levantarse.

Eran tres mozos que venían de ronda. Él, que se había criado en el pueblo y había servido en el palacio del conde desde muy joven, conocía esta costumbre de los mozos de la huerta pero nunca la había practicado. Al verlos pensó en su ensalada.

–¿Y vosotros dónde vais a estas horas? ¿No sabéis que hoy es día de estar en casa con la familia?

–Sí, señor.

–¡Pues ala pa vuestra casa! Que os estarán echando en falta.

Y cerrando la puerta se volvió a la mesa.

Mientras cogía una cucharada bien colmada y se la llevaba a la boca, miró a su mujer como preguntándole a qué venía ahora esto de una ronda en su casa. Isabel no dijo nada, pero miró de reojo a María que iba a cumplir dieciséis años y, colorada como un tomate, comía con los ojos clavados en el plato. Al padre ni se le había pasado por la cabeza que su hija tuviera ya edad de gustar a los mozos.

Llevaban diez días en Pastrana y ya habían estado segando en Sacedón, Albares y otros pueblos de la comarca. Aquellas tierras daban buen trigo y este año la cosecha era abundante. Se le perdía a uno la vista por los campos dorados hasta el horizonte.

Segaban de sol a sol, a destajo. A tanto por campo más la comida. Eran ocho y se conocían bien. Buenos trabajadores y buenos compañeros, eso era importante cuando se formaba una cuadrilla. Nada de rencillas ni egoísmos.

Pero aquel veinticinco de julio Pedro no lograba disfrutar de la noche y volvió a pensar en el hijo que estaba sirviendo. Circulaban rumores inquietantes. Se hablaba de un levantamiento del ejército contra el gobierno de Madrid y de la división del país en dos bandos, se hablaba de sublevación y de guerra civil. Pedro Ponce se sentía demasiado solo bajo las estrellas. No era bueno estar tan lejos de casa si la nación andaba revuelta.

Al llegar a Lorca encontraron una casita en el barrio de San José. Era una casa muy pequeña con una entrada, la cocina y una habitación.

Isabel y María trabajaban partiendo almendra en el almacén de don Pepe Jampón. Ganaban dos pesetas al día entre las dos por partir una fanega de almendra. Ramón pasaba el día con ellas y las ayudaba a separar las cáscaras y a escoger las machadas, o jugaba con otros niños que también correteaban por allí alrededor de sus madres. Todas las que trabajaban en el almacén eran mujeres, menos un par de hombres que pesaban y acarreaban los capazos llenos de almendras con cáscara y hojitas verdes. Primero los pesaban en una romana que colgaba de una vara en el techo y luego los llevaban hasta las banquetas donde se sentaban las mujeres. Al dueño casi nunca se le veía por el almacén, pero al final de la jornada siempre aparecía en su despacho para pagarles. Era un hombre gordo de aspecto tranquilo, casi calvo y con un enorme bigote de puntas enroscadas. Se sentaba detrás de una mesa en la que previamente había dispuesto unos montoncitos de monedas meticulosamente ordenados. Cogía las pesetas entre sus dedos finos, de uñas pulidas, con un extraordinario cuidado para no tirar el montón. A Isabel siempre le sorprendía ver aquellas manos tan delicadas. Eran manos que no parecían de hombre, ni siquiera parecían manos de mujer. Ella no recordaba haber tenido nunca unas manos como las de don Pepe. Cuando recibía las monedas se miraba las suyas y las veía rojas y agrietadas, arrugadas y casi siempre con alguna uña rota. A pesar del cuidado que ponía, a veces se golpeaba un dedo con el mazo de madera que usaba para partir la cáscara y le salían oscuros y pequeños moretones que tardaban días en desaparecer, o incluso heridas que sangraban y había que chuparse insistentemente.

Al salir, iban a gastar el dinero ganado comprando pan. Una noche de lluvia, a Isabel se le cayeron las dos pesetas en un charco. Buscaron a oscuras durante una hora, inútilmente, empapándose.

Entre las mujeres asiduas al almacén de almendra estaba su cuñada la tía María. Solían sentarse cerca y hablaban mucho, así el tiempo pasaba más deprisa. Isabel se acordaba entonces de Tamarit y de la tía Julia, de las veladas que ambas habían pasado juntas zurciendo calcetines o remendando pantalones, de noche, cuando todos se habían acostado y ellas se quedaban solas o con María frente al fuego y con la luz encendida.

Echaba de menos la luz eléctrica, aunque sabía que era un lujo del que apenas ninguna de las mujeres del almacén había disfrutado nunca, y echaba de menos también aquel fuego que ardía alegremente en la casa de la Camarga sin que nunca les faltaran leña o sarmientos para alimentarlo, tan distinto del fuego de aquí, un fuego del que no se podía abusar porque costaba un trabajo infinito encontrar algo que quemar. Una vez por semana Pedro salía al monte en busca de leños secos y arbustos que traía a casa en un saco, todo servía y todo ardía demasiado deprisa, especialmente las bojas y las matas de esparto, que se inflamaban de golpe y desaparecían como por arte de magia.

Cada mes, sin falta, José y Miguel mandaban un giro de cincuenta pesetas. Y cada mes, también sin falta, en cuanto se enteraba de que el giro había llegado, la tía María acudía a pedir un préstamo de diez pesetas porque su marido, el tío Paco Capito, aún no había cobrado el jornal. Cuando llegaba el giro Isabel era feliz porque sabía que todo estaba bien, acudía a la oficina de Correos a cobrarlo y al llegar a casa esperaba la visita de la cuñada con las diez pesetas preparadas. Al cabo de una semana la tía María devolvía siempre el dinero.

A Isabel no le costaba adaptarse a las circunstancias. Aceptaba la vida como venía e intentaba sacar el mayor provecho de cada nueva situación. Ahora habían regresado a un mundo conocido y acomodarse resultaba sencillo, al principio incluso le hizo ilusión volver al pueblo, recuperar las calles, la iglesia de San Francisco y su querida Virgen de los Dolores, la fuente del caño, las tiendas y la gente, sobre todo la gente conocida.

La vida diaria acaba siempre siendo una lenta y continuada forma de monotonía agradable.

Por eso le gustó volver a Lorca, para poder, sobre todo, recuperar sus recuerdos. Cuando la acompañaban sus hijas o el pequeño Ramón les hablaba del pasado y les contaba la historia de las casas, de las calles y de las iglesias para que también ellos pudieran recordar y sentir que no estaban en un lugar extraño. Pero eso mismo era lo que la apenaba al marcharse de los lugares a los que sabía que no había de volver. En cada casa y pueblo en los que había vivido quedaba una parte irrecuperable de ella y a menudo pensaba en quién ocuparía ahora sus viejas casas, en cómo vivirían sus vecinas, en quién haría su trabajo. Era una sensación de pérdida y de vacío que no sabía explicar, pero que la asaltaba a veces en el lugar y momento más inesperados. Le preocupaba sobre todo la idea de perder a la gente cuyas vidas había compartido, no saber nada de la tía Julia, de Patricio o hasta de la dueña de la tocinería. Gente que había sido importante y que desaparecía de golpe para siempre, como si hubiera muerto. Y se acordaba, sobre todo, de los hijos mayores trabajando en Barcelona.

En Lorca echaba especialmente de menos a la tía Manuela e incluso a la mula Chata que había muerto cuando estaban en Francia. En cuantico que os fuisteis dejó de comer y se murió, había dicho la tía Dolores. Hasta una mula podía morir de pena por no ver a su gente, pensaba Isabel.

Un domingo soleado de noviembre después de misa cogió a Isabelita y a Ramón de la mano y se fue con ellos al campo.

Caminaron durante horas.

La casa de su padre servía ahora para guardar animales y las gallinas entraban y salían a placer por la ventana de la habitación donde había muerto su madre. El horno donde había amasado su primer pan estaba caído y el gallinero no existía.

Fueron luego hacia la casa Barnés y al acercarse sintió que la envolvía el olor inolvidable de los eucaliptos. Aquellos árboles altísimos seguían allí como un milagro, como si tuvieran el don de no ser tocados por el tiempo. Llegaron hasta la casa, pero no había nadie, tampoco había flores en los arriates.

La tía Dolores los recibió con júbilo y los convidó a una

empanada caliente que acababa de sacar del horno. Al oírlos llegar la vieja creyó que eran sus sobrinos. Los niños comieron con deleite y bebieron agua fresca de la tinaja que había a la entrada. El tío José, que dormía la siesta, se levantó al oír las voces de los recién llegados y los tres se sentaron en la placeta a hablar al sol mientras los niños corrían por la era y se subían a un caqui cuajado de frutos rojos y redondos. Habían pasado seis años y había mucho que contarse. Isabel habló de Francia, de los hijos, del viaje en barco, de Pedro, de Molins de Rei, del almacén de almendras. Y el matrimonio habló de la mula Chata que se había muerto de añoranza, de Juan Rojo y de la casa Barnés, de sus sobrinos, de vecinos muertos, de matrimonios, de lo que había cambiado y de lo que seguía igual. Al despedirse les dieron una cesta de huevos, un trozo de empanada y una cajita con caquis cuyo olor dulce los acompañó durante todo el camino de vuelta al pueblo.

Llegaron a Lorca de noche y en la Alameda se metieron sin querer en una manifestación. La gente gritaba y cantaba enarbolando banderas rojas y pancartas con frases escritas en letra grande que Isabel no sabía leer. Nunca antes se había visto en una situación como aquélla. Cogió a sus hijos de la mano y aligeró el paso para salir de allí cuanto antes.

–¡Viva la clase obrera! –le gritó una mujer al tiempo que le ofrecía un brazalete rojo en el que había cosidas en negro las iniciales CNT.

Isabel no sabía si coger o no el brazalete, pero su hija se adelantó a su indecisión alargando la mano. Ramón se entusiasmó tanto entre aquel alboroto que empezó a repetir las consignas que oía.

–¡Viva el Partido Socialista! –gritó el niño.

–¡Tú cállate! –gritó a su vez la madre tirando del pequeño hacia sí.

Por fin llegaron a una bocacalle y abandonaron el tumulto, la muchedumbre se alejaba gritando a sus espaldas y se les oía cada vez más lejos hasta que resultó ininteligible lo que decían. A Isabel el corazón le latía con fuerza y sentía que la sangre le golpeaba en las sienes, le faltaba el aire y la noche le pareció más oscura de lo que era en realidad. Apretaba con todas sus fuerzas las manos de sus hijos y tiraba de ellos para que caminaran deprisa, pero los niños volvían la cabeza una y otra vez y se quejaban del paso que la madre les imponía. Ellos hubieran querido quedarse entre toda aquella gente y gritar y hasta coger una bandera y ondearla como habían visto que otros niños como ellos hacían.

De pronto Isabel se percató de que había visto a Juan Rojo. Entre la muchedumbre no lo había reconocido, pero ahora estaba segura de que era él uno de los que encabezaba la marcha sosteniendo una pancarta. Y sintió un odio profundo hacia aquel hombre que nunca le había inspirado confianza y que, según lo que le habían contado la tía Dolores y el tío José aquella tarde, había tenido buena parte de culpa en que ella y su familia hubieran tenido que marcharse de la casa Barnés.

Aquella noche la pequeña Isabel guardó el brazalete rojo en la caja de cartón de sus recuerdos. Atesoraba allí un billete de tren, una bolita del árbol de Navidad de Tamarit y el papel púrpura satinado en que había aparecido envuelto su diábolo bajo el árbol, tres hojas secas de color rojo intenso que había recogido en el patio de la escuela de Molins de Rei, el pañuelo manchado de sangre negruzca con que su padre le vendó la rodilla cuando la pilló la bicicleta, el primer diente que se le cayó, un rey de bastos que había pertenecido a Patricio, un dibujo del puente de piedra que le había regalado su amiga Rosario cuando se despidieron llorando porque ella se iba a Lorca y no sabían cuándo volverían a verse, una hoja de libro escrita en francés donde se veía el mapa de Francia con una cruz junto a Montpellier para saber siempre dónde había vivido, una estampita de la Virgen de los Dolores que le había regalado su madre, una página de caligrafía en francés, una cajita de colores vacía, una postal color sepia de las murallas de Aigues Mortes y una pastillita de jabón de lavanda color violeta que olía con fruición cada vez que abría la caja para repasar sus pertenencias o añadir un nuevo recuerdo como el de hoy. Antes de dormirse pensó que al día siguiente haría un dibujo de la casa donde había nacido su madre y lo guardaría también en la caja.

Después de aquel domingo la idea de mudarse al campo empezó a cobrar fuerza entre los pensamientos de Isabel. La casa del barrio de San José le parecía triste, echaba de menos el sol y la tierra. Hasta le parecía que las dos gallinas que criaba la miraban con pena y le pedían un gallinero de verdad para sustituir aquel pequeño corralillo adosado a una pared de la casa, que Pedro había construido con cuatro palos y unos alambres, donde los animales pasaban el día asustándose a cada momento de los ruidos y ajetreos de la vía pública. De noche las metían en la cocina y las gallinas dormían en los barrotes de la mesa o de las sillas confundiendo su sueño con el de la familia hasta que amanecía y se levantaba Isabel para sacarlas de nuevo al pánico de la calle.

A finales de noviembre llegó la recolección de la aceituna y hubo trabajo para todos.

Isabel se levantaba al amanecer, preparaba la comida y la repartía en dos horteras de lata. Una para Isabel y Manuela que se la llevaban a la escuela. Otra para el resto de la familia. Luego se levantaban los demás, tomaban café con pan migado y empezaba el día.

Las niñas iban a la escuela nacional que había cerca de la iglesia del Carmen. Era una escuela vieja que no les gustaba, muy distinta del colegio de Molins. Las paredes mostraban grandes manchas de humedad y por las ventanas demasiado pequeñas apenas entraba luz. Hacía frío y algunas niñas llevaban sus propios braseritos, viejas latas de aceitunas o aceite con un asa, llenas de carboncillo, que colocaban bajo los pupitres para calentarse los pies; pero ellas no tenían brasero y se abrigaban todo lo que podían. Echaban de menos los grandes ventanales de la otra escuela, el inmenso patio con palmeras y flores, a sus amigas y la estufa de leña que ardía en medio de la clase durante todo el invierno. Y también echaban de menos a su maestra catalana. La nueva maestra, doña Mercedes Millán, era una vieja malhumorada que no enseñaba nada. Pasaban la mañana recitando a coro la tabla de multiplicar y la tarde cosiendo ojales y botones y haciendo dobladillos en unos pequeños trapillos que eran aprovechados hasta que ya no quedaba espacio para clavar la aguja, entonces cambiaban de trapo y volvían a empezar; los botones eran siempre los mismos e iban pasando de trapo en trapo.

Pedro, Isabel y María trabajaban juntos. El pequeño Ramón jugaba a su alrededor y a ratos ayudaba con las aceitunas. El padre vareaba los árboles y los frutos pequeños y negros caían sobre las grandes lonas dispuestas en el suelo. Las que caían fuera de la lona eran difíciles de ver porque se confundían con las piedras y la tierra. A mediodía paraban para comer y luego vuelta a empezar hasta que empezaba a oscurecer.

A pesar del dolor de espalda a Isabel le gustaba ir a los olivos porque disfrutaba del sol y se acordaba de su infancia, cuando la vida era fácil porque estaba con su madre y recoger aceitunas era como un juego.

–Yo ya he llenado un capazo –gritaba siempre alguno de sus hermanos mayores–, te voy a ganar. A ver cuántas tienes tú.

–Es que tú recoges las más fáciles y yo busco las que se esconden entre la hierba y las piedras, por eso tengo menos –se defendía ella.

Una tarde, cuando las niñas ya habían vuelto de la escuela, llegó un recado de doña Ana. Lo traía una mujer vestida de negro de pies a cabeza.

–Le decís a vuestra madre que doña Ana la manda llamar, que quiere verla.

Las niñas se quedaron impresionadas con la vieja.

–Parecía una bruja, madre –le contaron a Isabel–, toda de negro con un pañuelo a la cabeza y granos con pelos en la nariz y en la barba.

Isabel se echó una manteleta sobre los hombros y fue a casa del administrador. Andaba deprisa porque hacía frío y las calles estaban oscuras. Le remordía la conciencia por no haber ido aún a ver a doña Ana desde que habían vuelto. Mañana iré, se había dicho una y otra vez, pero los días habían ido pasando y mañana no había llegado.

Sabía, porque se lo había dicho su cuñada Ángeles, que doña Ana había sufrido una embolia y había quedado impedida, pero al verla se sorprendió. No imaginaba que estuviera tan vieja. Ella recordaba a una mujer fuerte y llena de vida, pero quien abrió la puerta era una anciana que apenas podía valerse.

La casa estaba igual, pero se percibía aquí y allá un desorden de días o de semanas, y no había que fijarse mucho para ver la capa de polvo que cubría los muebles que a doña Ana tanto le gustaba mantener relucientes. Se sentaron a la mesa de la cocina y doña Ana le pidió que preparara café.

–Ya sabes dónde está todo. Hazlo tú porque a mí me costaría una hora, ya ves que no estoy muy ágil que digamos.

Bebieron el café y comieron dulces. Isabel podía recordar perfectamente cada rincón de aquella cocina incluyendo la infinidad de cacharros que se guardaban en los armarios y anaqueles e incluso los distintos olores según la hora del día. Era como estar en casa y era agradable.

–Si a ti te parece podrías volver a trabajar aquí. Ya ves cómo está todo. Nadie conoce como tú esta casa y mis manías o las de don José, que él también tiene las suyas, para qué negarlo. Lavar, planchar y limpiar un poco, ya sabes. Yo apenas puedo con mi alma y la casa siempre necesita que se ocupen de ella porque si no la mierda se amontona y acaba comiéndote, ya ves cómo está todo. Está viniendo una mujer y mi sobrina Bernarda me ayuda cuando puede, pero puede poco porque ya tiene bastante la pobre con su casa y la escuela. Así que cuando me enteré de que habías vuelto pensé que a lo mejor podrías venir.

–¿Y qué pasa con la mujer que dice usté que está viniendo?

–Por eso no te preocupes, si le digo que ya no la necesito le haré un favor, ella no me deja porque se siente obligada pero yo sé que está deseando dejarlo, especialmente ahora que su hija ha tenido un crío que no está muy bueno el pobretico.

Cuando ya se iba llegó don José del Casino. El hombre se alegró tanto de verla que Isabel se conmovió.

A la semana de ocuparse Isabel de ella, la casa parecía otra. Con ayuda de María hizo limpieza general de todas las habitaciones. Lo peor fueron la cocina y el despacho de don José. Parecía que nada se hubiera limpiado en años. Lo hizo con esmero, como lo había hecho tantas veces cuando era joven y como sabía que a doña Ana le gustaba.

Mientras trabajaban Isabel le hablaba a su hija de tiempos pasados, cuando esperaba con anhelo la llegada del calor porque a partir de mayo solían producirse novedades que alteraban la vida de la casa y sus habitantes. Lo primero era la limpieza general. Duraba una semana y doña Ana la organizaba como un mariscal de campo que desplegara su ejército con precisión milimétrica en una batalla total y definitiva. Lo limpiaban y ordenaban todo: techos y suelos, lámparas y puertas, cristales y ventanas, armarios y cómodas, colchones y alfombras, plata y cristalería, porcelanas y relojes, libros y cuadros. Lavaban y planchaban montones de ropa blanca que luego era nuevamente guardada en cajones de los que no volvería a salir, al menos, en un año. Se revisaba también el vestuario de los dos esposos y se seleccionaban las prendas que convenía retirar, pero no se tiraba nada: Isabel podía escoger a su gusto entre lo de doña Ana, lo de don José era para Ernesto, y el resto se llevaba a las hermanitas para que lo repartieran entre los pobres. La cocina, habitualmente limpísima, quedaba después de aquellos días brillante.

Una habitación que merecía especial atención era el despacho de don José en la planta baja. Cuando presentía que la semana de la locura estaba al llegar, el administrador desaparecía de la casa. Argumentando que debía visitar las haciendas principales para que los aparceros no se olvidaran de él, una mañana subía en la calesa conducida por Ernesto y ambos hombres tardaban exactamente una semana en regresar. Doña Ana se quejaba del abandono sin convicción porque, en realidad, agradecía este detalle de su marido que, de estar en casa, no hubiera hecho más que molestar. Esta ausencia propiciaba la toma del despacho por las mujeres que, durante el resto del año, veían limitada su capacidad de maniobra entre aquellas cuatro paredes debido a las normas que el dueño de la casa imponía en su territorio particular. Sin la presencia del hombre, pero con su consentimiento implícito, eran removidos los papeles, las carpetas, los libros, los cajones, las cajas de cigarros Fonseca, los tinteros, las pastillas de tinta, las plumas y plumillas, los periódicos que había que guardar y los que se podían tirar, todo. Se daba brillo al suelo y a los sillones de cuero, se abrían las ventanas y se dejaban abiertas día y noche para eliminar el olor a tabaco, se lavaban las cortinas, se descolgaban y sacudían en el jardín los cortinones de terciopelo. Después de pasar por allí, doña Ana se sentía profundamente satisfecha y la limpieza general había terminado. Al día siguiente, como si hubiera sido secretamente informado, llegaba don José que, tras abrazar y besar a su mujer, lo primero que hacía era encerrarse en el despacho, pedir un café y fumarse un cigarro para, según decía, reconstruir el ambiente del lugar.

El viaje solitario del marido servía, sobre todo, para preparar la estancia en Los Jarales y en San Julián, pues entre los privilegios de su cargo se contaba el de tener libre acceso a la casa principal de cada hacienda. Estas casas, señoriales algunas y casi nunca utilizadas por el conde, se convertían en el pequeño gran lujo del administrador. Con la llegada del verano la familia huía del sofocante calor de Lorca y se trasladaba al campo. Dos o tres semanas en Los Jarales, la mayor hacienda de secano de la montaña, y el resto, hasta primeros de septiembre, en San Julián, la gran hacienda de la carretera de Murcia. A gran distancia se distinguía desde la carretera el vergel que rodeaba la casa como un oasis verde. Cuando los coches se detenían, Antonio el Cojo y Fernanda estaban siempre a punto para abrir las puertas de la verja. Mientras penetraban en el recinto y, al fondo de la avenida de acacias, rodeada por los calistros y las cinco palmeras, empezaba a divisarse la casa con su galería de arcos y su gigantesca buganvilla azul, Isabel se deleitaba respirando aquel aroma que no olvidaría en todos los días de su vida. Detrás de la casa estaba el huerto, un jardín con la mayor variedad de frutales que se pudiera desear. El conde de San Julián sentía predilección por aquella hacienda y se prodigaba en su cuidado y mantenimiento aunque apenas la visitaba dos o tres veces al año, nunca en verano. Así pues, el administrador disfrutaba allí de los placeres y comodidades que el conde disponía para sí.

Al llegar, antes de deshacer el equipaje y empezar a instalarse, don José gritaba:

–¡Ea! Entremos en el huerto y que cada uno coma toda la fruta que quiera para refrescarse del camino.

Y a su voz amos y criados se perdían bulliciosos entre las hileras de albaricoqueros, nísperos, melocotoneros, ciruelos y granados, árboles generosos cuidados con esmero por Antonio el Cojo. Había también naranjos cuya fruta nueva crecía ya verde y redonda, manzanos y perales, cerezos, un jinjolero y un caqui enorme.

Antonio y Fernanda vivían en San Julián desde hacía treinta años. A él, cuando todavía era joven, un día de viento se le vino encima un árbol que le rompió la pierna y casi lo mató, y el administrador, que entonces era todavía don Andrés, el padre de don José, le buscó un empleo más tranquilo en la hacienda: cuidar del huerto y de todos los árboles y jardines. Fernanda se ocupaba de la casa. Allí habían criado a los hijos que ya se habían ido casando y ahora envejecían tranquilos. Entre los dos mantenían el lugar que era una gloria.

Aquella nueva limpieza general soliviantó muchísimo a doña Ana, que se volvió incluso más quisquillosa que de costumbre y, como desahogo a su papel de observadora, no paraba de impartir órdenes. Isabel se encendía y sentía el impulso de coger a María y marcharse de allí, pero cuando veía a doña Ana impedida, sentada en una silla, mirándolas ir y venir por toda la casa sin esfuerzo, y la oía hablar de otros tiempos quejándose del presente y de su cuerpo inútil, doña Ana le daba tanta pena que se le pasaba el enfado.

Una vez acabado el trabajo atrasado, todo se normalizó. Isabel llegaba por la mañana temprano, mientras doña Ana todavía estaba en el baño, y la ayudaba a lavarse y a vestirse. La vigilaba cuando bajaba la escalera para que se sintiera segura y no tuviera miedo de caerse. Recuperaron viejas costumbres como la de sentarse un ratito juntas en la cocina para tomar café y charlar. Sin embargo ahora hablaban de otras cosas, hablaban de los respectivos maridos o de los hijos de Isabel, del tiempo que habían pasado sin verse y de cómo estaba Lorca, de lo que se decía y de lo que pasaba por las calles. Para doña Ana, Isabel se convirtió en una inapreciable fuente de información que la mantenía ligada al mundo exterior sin salir de casa. A media tarde, cuando se sentaba en la salita de abajo y estaba aburrida, la llamaba.

–¡Isabel! Anda, mujer, deja lo que estés haciendo y vente un ratico aquí conmigo.

Y ella dejaba la plancha en el suelo, si estaba planchando, o la ropa en remojo, si estaba lavando, y acudía secándose las manos en el delantal.

–Haz un poquico de café y tráelo, que lo tomaremos aquí calenticas mientras hablamos.

–Ya sabe usté que no le conviene el café, que el médico se lo tiene prohibido.

–¡Qué le den por saco al médico ese! De algo hay que morirse, ¿no? ¡Coñe!, a ver si no va a poder una ni tomar café. Pues estaríamos apañados.

–Pero no le es bueno, demás lo sabe usté. Y luego, que yo no quiero que don José me riña, que siempre me dice que no le dé aunque me lo pida.

–Anda, mujer, sólo un poquitico qué mal me va a hacer.

Y se iba a la cocina a preparar un puchero de café que se bebían entre las dos bien calentito porque las tardes ya empezaban a ser frías y el cuerpo agradecía algo caliente y un descanso.

Don Claudio Barnés recordaba como si fuera algo muy lejano los tiempos en que atrapado por las circunstancias y por Juan Rojo se vio en la necesidad de cederle la casa Barnés al capataz, y para nada se acordaba de Pedro Ponce y de su familia hasta que una mañana vio a su antiguo aparcero en uno de los corros de hombres que se formaban a diario en la Corredera aguardando ser contratados. Acudía muy elegante a una reunión local de la CEDA caminando con el paso firme que le era habitual y al distinguir a Pedro lo asaltó una vergüenza antigua. Aligeró la marcha y procuró dirigir los ojos hacia otra parte con la esperanza de no ser visto, pero no tuvo suerte y las miradas de ambos hombres se cruzaron. No se achicó, él era un hombre poderoso que no rendía cuentas a nadie, así que saludó al campesino con un ligero movimiento de cabeza y siguió adelante. Pedro se descubrió, incomodado a su vez por el inesperado encuentro, y buscó nervioso las palabras que debía decirle, pero no hubo menester de ellas porque comprobó entre agradecido y dolido que don Claudio pasaba de largo casi sin mirarlo. Aunque tuvo suerte y lo contrataron para arar durante una semana, aquel fugaz encuentro lo dejó turbado durante el resto del día. Por una parte prefería no haber tenido que hablarle, por otra, sentía que al pasar de largo el antiguo amo lo había despreciado.

Las aventuras amorosas de don Claudio solían tener lugar fuera de Lorca, en los pueblos de los alrededores, en la capital o en haciendas lejanas de la huerta; evitaba, así, que su esposa e hijas y alguna de sus amantes pudieran, ni siquiera de forma accidental, conocerse. Esta norma de conducta lo había librado siempre de situaciones violentas y engorrosas que no quería ni para sí ni para sus mujeres. Esta norma elemental era, también, la que le permitía a doña Agustina mantener los ojos cerrados y vivir en paz. Lo que no se ve y no se dice, pensaba la esposa, es como si no existiera. Y si alguna vez llegaba a sus oídos un comentario malicioso o descubría entre las ropas del marido alguna prueba de sus infidelidades, se conformaba pensando que nunca se vería en la tesitura de enfrentarse cara a cara con la mujerzuela en cuestión, que su familia estaba a salvo de la vergüenza pública, aquello que ella más temía porque podía causar la ruina de una casa.

Mas, cuando Angustias entró a formar parte del servicio doméstico de los Barnés, el instinto donjuanesco traicionó a don Claudio y su pasión amorosa pudo más que la norma de conducta que él mismo se había impuesto y mantenido a raja tabla durante años para guardar las apariencias y la tranquilidad suya y de la esposa.

Las relaciones conyugales de don Claudio y doña Agustina no habían sido nunca abundantes por lo que al trato carnal respecta. Ella cumplía abnegada con sus deberes de esposa cuando era menester, pensando que cuanto menos fuera menester, mejor. Y él, apasionado al principio, desencantado luego, acabó aceptando que se había casado con una mojigata incorregible. Evidencia esta que lo libraba del sentimiento de culpa cuando la engañaba. Con el paso de los años y la llegada de las hijas, de una forma casi natural y nada traumática, los contactos físicos del matrimonio desaparecieron por completo, redimiéndolos a ambos de una obligación detestable.

Doña Agustina había llegado al matrimonio debidamente asesorada por su madre respecto a la única y mejor manera de sobrellevar el tercer pecado capital estando casada. Supo así que los hombres eran esclavos de ciertas urgencias físicas de las que no podían prescindir porque les habían sido impuestas por la propia naturaleza, que era tanto como decir impuestas por Dios ya que Él era el Creador de la naturaleza y de todo cuanto en el mundo había. A la esposa correspondía, pues, comprender y, llegado el caso, aliviar estas necesidades del marido. Lo fundamental para mantenerse casta y limpia de pecado aun estando casada era que la mujer no se complaciera en pensamientos ni deseos impuros, Dios admitía la relación carnal de los esposos puesto que Él mismo la había establecido para la procreación de la especie, pero exigía que la voluntad no los consintiera y procurara rechazarlos. A raíz de las explicaciones y consejos de su madre, doña Agustina, que tenía dieciocho años cuando se casó, comprendió que el pecado estaba en aquel cierto hormigueo que sin previo aviso se le instalaba entre las piernas cuando su prometido, a la sazón un mozo alto y atractivo con una mirada brillante y oscura que parecía traspasarla a una de parte a parte y unos labios gruesos y rosados que se le figuraban un fresón a punto de ser mordido, la cogía de la mano o le hablaba al oído, tan cerca que podía sentir el cálido aliento de él en su lóbulo.

Aprendió a librarse de aquel cosquilleo impuro que le humedecía las calzas, rezando, y fue tal el éxito alcanzado que para cuando contrajeron matrimonio ella ya había conseguido que su cuerpo fuera insensible a la presencia o contacto físico del flamante esposo.

La primera noche que pasaron a solas en la alcoba de recién casados ella rezó desempeñando con esmero y resignación su papel de desahogo para el hombre, comprendiendo que no era quién para juzgar los designios de Dios y que si el Señor había querido que la esposa no poseyera las urgencias físicas del marido era porque había depositado en ella la gracia espiritual y la altísima misión de mantener a la pareja libre de los deseos impuros, encomendando a la mujer la responsabilidad de que ambos cónyuges vivieran sin pecado y de acuerdo a la Ley de Dios.

A don Claudio le desagradó la frialdad con que la recién casada acometía las relaciones matrimoniales, pero no dijo nada y la dejó hacer pensando que el tiempo y la costumbre serían un buen remedio. Se equivocó. A los tres meses de la boda empezó a hartarse de los rezos con que ella lo recibía cada vez que él se le acercaba con intención de tocarla y lo embargó la desilusión; fue entonces cuando, aprovechando que la joven esposa estaba encinta y que los cánones aconsejaban la abstinencia para asegurar la normalidad del embarazo, comenzó el distanciamiento e inauguró su búsqueda de soluciones extramatrimoniales.

Doña Agustina se alegraba del respeto que el marido mostraba ante su nuevo estado y ocupada en cuidarse y en preparar el ajuar del bebé olvidó el último consejo de su madre: aunque la carne sea pecado, no conviene desatender demasiado al marido porque los hombres buscan en casa ajena lo que no alcanzan en la suya. La madre era sabia, aunque mojigata; pero la hija no salió a ella en lo primero. De noche, cuando los esposos se acostaban, él la besaba en la frente deseándole buenas noches y ella se daba la vuelta, se arropaba y se dormía pensando en que aquel hombre tan comprensivo era una bendición de Dios.

Nació la hija y la llamaron como a la madre, pero, cuando pasada la cuarentena doña Agustina se halló con fuerzas para reiniciar las relaciones carnales, se percató de la desgana de don Claudio, que para entonces había descubierto ya los placeres del pecado y empezaba a perder la cuenta de sus amantes. Se extrañó ella de esta desidia, aunque en su fuero interno la agradecía, y él, temiendo que la esposa pudiera sospechar sus infidelidades, optó por no desentenderse del todo y una vez al mes cumplía con sus obligaciones maritales más como quien cumple una penitencia que como quien pretende un placer. Al cabo de un año llegó gracias a Dios un segundo embarazo y ambos lo recibieron con alivio. Nació otra niña a la que llamaron Pilar, por la madre de don Claudio, y el periodo de abstinencia duró esta vez casi dos años. Durante la lactancia el marido fue presa de un deseo irracional que lo invadía cada vez que acercándose a la esposa aspiraba el olor a leche agria que emanaba de su ropa, era éste el deseo de besarle los pechos y sentir en su boca el sabor dulce y cálido de la leche que brotaba. Se trataba sin duda de una locura, pero una noche mientras la besaba en la frente osó decírselo. La sorpresa de doña Agustina fue mayúscula, se sintió sucia con sólo pensarlo y se persignó al tiempo que lo apartaba de sí diciéndole que aquel pensamiento impuro le costaría poco menos que el infierno. Él se quedó lívido, sorprendido a la vez por su atrevimiento y por la reacción desmesurada de la mujer, y se juró a sí mismo no dejarse asaltar nunca más por la ternura. A los tres días había saciado su sed en los pechos orondos de una campesina más joven y jugosa que doña Agustina que olía a trigo verde y a paja, y se juró no volver a tocar a la esposa de por vida. Aunque no cumplió su segundo juramento al completo, cuando por fin volvió a requerirla lo hizo sintiendo que lo que tenía debajo de sí era como un mueble insensible y rezador que no merecía sus desvelos de buen marido. Desde entonces sus relaciones se fueron espaciando hasta la extinción total.

El matrimonio encontró así la paz, satisfechos ambos con lo que tenían, y su vida transcurrió plácida y monótona durante más de veinte años, hasta que la joven Angustias entró a servir en la casa.

Angustias era una muchacha de diecinueve años, morena y delgada, con unos andares descarados y unos pechos inmensos que se agitaban acompasadamente bajo el uniforme negro que lucía como si de un traje de gala se tratara. Don Claudio la estuvo observando en silencio durante semanas reconcomido por el deseo de poseerla. La seguía a la cocina con cualquier excusa, la mandaba llamar a su despacho para mirarla mientras realizaba los trabajos cada vez más inverosímiles que le encargaba, se acercaba para olerle el cabello, la rozaba distraídamente al levantarse en busca de un pliego de papeles o se apretaba contra ella al pasar juntos una puerta o un pasillo incomprensiblemente estrechos. Sentía en su presencia una voluptuosidad irrefrenable y enfermo de deseo llegó a no dormir y apenas comer. No se recordaba a sí mismo en situación parecida. Ni el ya olvidado noviazgo con doña Agustina ni ninguna de las innumerables mujeres que habían entrado y salido de su vida lo habían transtornado tanto. Sus amantes eran siempre pasatiempos y se acercaba a ellas más por diversión y por mantener su fama de conquistador que por verdadero enamoramiento; una vez que las conseguía y saciaba su autoestima las olvidaba tan deprisa que ni siquiera era capaz de recordar sus nombres. Si una mujer se le resistía más de lo razonable solía prescindir de ella sin problema considerando que el mundo estaba lleno de mujeres dispuestas a apreciar sus encantos y que ninguna merecía un esfuerzo agotador que quizá le impidiera, cegado por la obsesión, desaprovechar otra oportunidad. Pero Angustias era harina de otro costal. La muchacha se le clavó en la mente irremisiblemente y esta pasión desenfrenada pudo más que todos los razonamientos que se imponía, más que todas las normas que hasta entonces habían regido su vida amorosa y más que todos los consejos que el buen tino y las conveniencias le dictaban.

Angustias, percatada desde el principio de los sentimientos que despertaba en el amo, se hacía de rogar y jugaba con él consciente de sus encantos y del poder de su pregonada virginidad. En su mente ilusa se forjó una idea sugerente y descabellada. Se veía a sí misma cediendo al fin a la pasión de don Claudio y arrancándole en un momento de arrebato sublime la firme promesa de convertirla en señora de la casa. Calculó milimétricamente la capacidad de resistencia del señor, y cuando consideró que no debía retardar más el encuentro porque el exceso de recato podía provocar el agotamiento y el desinterés de don Claudio, se entregó a él por propia iniciativa.

Fue una tarde de marzo. Doña Agustina y sus hijas se habían ausentado requeridas por sus obligaciones con la cofradía. La inmediatez de la Semana Santa y los muchos trabajos pendientes aseguraban una ausencia de horas. El capataz Juan Rojo andaba por aquellos días ocupado en las obras del molino de pienso y no aparecía por la casa hasta después de la cena, cuando venía sin falta a informar al amo del estado de los trabajos de reforma que se estaban llevando a cabo bajo su atenta e imprescindible mirada. Entró sin llamar al despacho del amo y se acercó a él como quien ha tomado una decisión inapelable. Se agachó a recoger un inexistente papel y le rozó el muslo con la cara. Don Claudio se sobrecogió. Una fiebre irresistible le encendió la sangre y, sabedor también él de que estaban solos y no había peligro de inesperados sobresaltos, la apresó entre sus brazos con la firme resolución de no dejarla escapar, sorprendiéndose con la docilidad de la muchacha, que no opuso resistencia alguna. Allí mismo, sobre la mesa del despacho primero y en el sofá y sobre la alfombra después, sació la sed que lo abrasaba y le estaba quitando la vida.

Después de aquella tarde los encuentros de la pareja se prodigaron, se veían en cualquier lugar de la casa aprovechando todas las ocasiones que la suerte, felizmente aliada suya, les deparaba. Don Claudio vivía en una continua y exquisita borrachera de amor. Desatendía sus obligaciones, prescindía de las reglas y precauciones que la cordura y la diplomacia hubieran aconsejado, estaba como alelado y no le preocupaba que su falta de cautela pudiera delatarlo. Vivía inmerso en esa falsa seguridad que invade a los enamorados y les hace sentirse invisibles a los ojos de los demás. Embelesado por su pasión y engreído por el ardor que, a sus años, era capaz de desatar en una muchacha tan joven y hermosa, cedía a todos los caprichos de Angustias y prometía y prometía cuanto ella le pidiera, temeroso de que si no la contentaba en algo, de que si ella se disgustaba con él, pudiera abandonarlo.

Angustias, que no había conocido a otro hombre, avivaba el romance exagerando a veces su apasionamiento porque el instinto le advertía que no convenía desilusionar a don Claudio. Ya se veía dueña y señora de todo en un futuro no lejano. Veía el día en que doña Agustina e hijas abandonaban la casa vencidas por ella, obligadas por el padre y marido que proclamaba su amor a los cuatro vientos en un acto sublime de valentía. Él era el dueño, él imponía su voluntad y arrojaba de allí a la esposa como el ángel del Señor arrojó a Adán y Eva del paraíso.

La noticia del embarazo cayó como una mole sobre el estómago de don Claudio, cual si de algo inimaginable se tratara.

–¡Pero tú estás loca! ¿Cómo ha podido ser? ¡Tú estás rematadamente loca! –le espetó en cuanto fue capaz de pronunciar palabra.

–Pero Claudio, yo no he tenido la culpa. Yo no sé cómo ha podido pasar, pero ha pasado. A mí me gusta, Claudio, tendremos un hijo nuestro, tendremos una familia como tantas veces me has prometido.

–¡Loca, decididamente esta mujer se ha vuelto loca! ¿Pero tú te crees que yo puedo tener un hijo contigo, así, como quien no quiere la cosa? ¿Pero tú no ves que yo soy un señor respetable, que tengo un nombre y una posición y que un hijo sería un escándalo? ¿Pero tú qué te has creído? –Y la apartó de un empujón sintiendo de repente una infinita repugnancia por aquella mujer que podía buscarle la ruina.

Toda su pasión se convirtió en odio y miedo. No quería verla, huía de su presencia y la esquivaba con tanto ahínco y falta de tacto como antes la había buscado. Propuso a la esposa que debían despedirla argumentando motivos pueriles y vacilantes que alertaron a doña Agustina, quien de pronto comprendió. Cómo había podido estar tan ciega, cómo no había advertido antes que aquella perdida estaba engatusando a su marido. A cada momento la asaltaban recuerdos y detalles que le habían pasado desapercibidos pero que ahora resultaban evidencias del desastre que se había fraguado ante sus propios ojos, con su ingenuo consentimiento, quizá hasta con su complicidad.

Después de todo, pensó doña Agustina, quizá despedirla fuera lo mejor, la única manera de alejar el pecado que había estado viviendo bajo su mismo techo. Llamó a Angustias y le soltó, sin más, que estaba despedida, que sus servicios ya no eran necesarios en aquella casa. La criada, dolida por el desprecio que don Claudio le mostraba desde hacía días y por la arrogancia con que la señora acababa de tratarla, no se achicó ante doña Agustina y le dio a traición, sabedora del daño y desconcierto que sus palabras provocarían, la noticia terrible.

–Pues voy a tener un hijo, así que ustedes verán lo que hacemos con él.

Doña Agustina tuvo que sentarse para no caerse redonda al suelo. Aquello superaba todos sus cálculos. El escándalo, el tan temido escándalo del que hasta ahora había logrado librarse se cernía sobre ella con todo su peso y crueldad. La culpa era suya por no haber sabido poner freno a los vicios del marido, por haber hecho oídos sordos a la razón, por no haberse enfrentado a la verdad desde el principio, desde la primera vez que tuvo evidencias de su infidelidad y todas las veces siguientes, por haberse atrincherado en su egoísmo, por haberse consolado pensando que ella se mantenía libre de pecado mientras él se hundía en el fango de la lujuria. Sí, Dios la castigaba ahora por la soberbia y la mentira en que había vivido durante años.

Se prohibió a la muchacha que saliera a la calle y cuando el embarazo llegó a término la propia doña Agustina atendió el parto y Angustias dio a luz a un niño moreno y pequeño. La decisión estaba tomada desde hacía tiempo y la madre se había avenido a ella con llanto y resignación. Llevarían al recién nacido a la inclusa de San Francisco. Lo dejarían en el torno y nunca más sabrían de él. A la criada le darían dinero para que se marchara de Lorca y le buscarían una casa donde servir en una ciudad lejana. Pero todos los planes dieron al traste después del parto. Cuando Angustias vio a su hijo, lo agarró con todas sus fuerzas y gritó que antes que darlo lo mataba y luego se mataba ella.

La familia se vio hundida en la desesperación y entonces apareció Juan Rojo con una solución cara pero razonable. Si le entregaban la casa Barnés y la pequeña hacienda del mismo nombre, él estaba dispuesto a casarse con Angustias y dar su apellido al hijo de don Claudio. Como querían evitar el escándalo a cualquier precio no pudieron oponerse al plan minuciosamente urdido del capataz, que no estaba dispuesto a cargar de balde y para toda la vida con las consecuencias de un desliz de don Claudio que amenazaba traspasar las paredes de la casa y convertirse en comidilla de toda la ciudad.

La boda se celebró en secreto dos días después en la misma casa y tras la ceremonia del casamiento el niño fue bautizado con el nombre de Juan Rojo Hiniesta.

A la mañana siguiente don Claudio recibió en su despacho a Pedro Ponce para comunicarle que él y su familia debían abandonar la casa Barnés porque había vendido la hacienda y los nuevos dueños pretendían instalarse en ella de inmediato.

Don Blas García había nacido en Santas Martas, un pequeño pueblo del Páramo leonés. Era maestro nacional y, acabada la carrera, recibió su primer destino en la escuela de niños de Librilla.

Llegó al pueblo cargado de libros y con la intención de pedir, en cuanto tuviera los puntos necesarios, un traslado a su tierra. Pero pasaron dos años y el traslado solicitado no llegaba. Mientras tanto, empezaron a gustarle la vida del sur y el cálido clima de las tierras murcianas. Así que al tercer año decidió no pedir de nuevo el traslado y establecerse allí de manera definitiva. Si el clima y la nueva forma de vida influyeron en su decisión, no lo hizo menos la llegada de una maestra nueva a la escuela de niñas. Era alta y lucía su hermoso pelo negro recogido en un moño, caminaba con tanto salero y gracia que al hombre se le quedó grabada su imagen desde la primera vez que la vio, un día de septiembre, recién iniciado el curso.

Dos días después, mientras paseaba con un compañero, volvió a verla. Caminaba sola protegiéndose del sol con una sombrilla y su encanto le pareció aún mayor de lo que recordaba. Para entonces ya había averiguado que se llamaba Bernarda, que era de Lorca, que había acabado la carrera el año anterior y que aquél era su primer destino.

–Aquella de allí ha de ser mi mujer –le anunció a Manuel Campoy, quien acogió con una sonora carcajada la ocurrencia del amigo.

La niña Bernarda, hija del hermano de doña Ana, era la sobrina preferida. Acudía con frecuencia a casa de los tíos e incluso pasaba temporadas con ellos. El matrimonio, resignado a no tener hijos, se había acostumbrado a tomarla como tal. Bernarda, a diferencia de sus hermanos y primos, había resultado una niña muy estudiosa, y enfrentándose a la opinión de su padre, que estaba convencido de que las mujeres, sobre todo si pertenecían a una familia medianamente acomodada, sólo debían saber coser y cocinar para poder encontrar un buen marido y hacerlo feliz, se empeñó en que quería ser maestra. El padre se opuso a la idea con todas sus fuerzas y argumentos, incluido el del hambre que pasaría si pretendía vivir de esa miserable profesión, pero no logró doblegar la voluntad de aquella hija que, envalentonada por la complicidad de los tíos, prometió que si no la dejaban ser maestra se metería monja y se haría misionera para que la mandaran a un país lejano del que no se pudiera regresar y no volverían a verla nunca. Tal fue su terquedad que el padre cedió por fin, especialmente cuando su cuñado José se ofreció a costear todos los gastos que los estudios de la sobrina pudieran ocasionar.

Aunque Bernarda era cinco años menor, Isabel y ella se llevaban bien, tan bien que cuando la sobrina estaba en casa de los tíos solían dormir juntas para poder contarse sus cosas.

–La próxima vez que venga a pasar unos días te enseñaré a leer y escribir –le decía–, serás mi primera alumna. –Pero esa vez no llegó nunca.

Don Blas y doña Bernarda se casaron en la Colegiata de San Patricio un cuatro de julio, al año de conocerse, y se establecieron en Librilla con intención de irse a Lorca en cuanto el Ministerio les concediera el traslado, cosa que sucedió varios años más tarde, cuando ya habían nacido el primer hijo, al que llamaron Miguel, y el segundo, que se llamó Blas, como el padre.

En cuanto la sobrina les comunicó que les habían concedido a ella y a su marido sendas plazas de maestros en Lorca, don José y doña Ana dispusieron que lo mejor para todos sería que la familia se estableciera en la vivienda principal de El Huerto, que estaba desahabitada. Acababa de proclamarse la República y las nuevas autoridades anunciaban la inminente confiscación de las casas vacías.

El Huerto era una hacienda minúscula con algunas tierras de labranza y dos casas adosadas. En la casa pequeña vivían desde hacía años como aparceros el tío Cruz y la tía Angustias con sus cinco hijos. En la casa grande se instalaron durante las vacaciones de verano doña Bernarda y su familia.

Frente a las viviendas se alzaba un gran aljibe donde se recogía el agua de la lluvia que se utilizaba para regar los sembrados y que databa, según la memoria popular, del tiempo de los moros; aunque el dato no era cierto porque el aljibe fue mandado construir por el tatarabuelo de don José en mil setecientos cuarenta, según figuraba inscrito en un ladrillo de la parte superior que descubrió don Blas durante los trabajos de limpieza que ordenó al instalarse como nuevo dueño de la finca.

Al maestro, que había pasado su infancia entre trigales, le gustaba vivir en el campo. Por la tarde, al volver de la escuela, dejaba los libros en el despacho que habían preparado para él y su mujer, tomaba un café, cogía un pedazo de torta y se perdía solo entre los sembrados observándolo todo con deleite. Disfrutaba de la tierra roja recién arada y abierta en surcos, de la simiente que en cuanto apuntaba su verde cabeza sobre el suelo crecía con avidez regalando día a día un paisaje nuevo y distinto a la mirada hasta que llegaba el tiempo de la recolección, de los árboles que parecían otros según la estación y ofrecían sus frutos generosos al alcance de la mano. Disfrutaba tanto en aquellos paseos solitarios que a menudo las observaciones de la tarde anterior le servían de tema para hablar durante horas a sus alumnos en la escuela, niños de pueblo que de tan acostumbrados a la tierra no eran generalmente capaces de comprender el embeleso que algo tan natural producía en el maestro. No importa, se decía don Blas, algún día comprenderán lo que les digo y recordarán mis palabras con cariño.

A los tres años de vivir en El Huerto había nacido ya el tercer vástago del matrimonio, una niña a la que llamaron Engracia, como la madre de doña Bernarda.

El sexto miembro de la familia era Olalla, una mujer que encontró junto a los maestros la familia que Dios le había negado. Había nacido en un cortijo de la sierra de la Almenara, cerca del Campico de los López, en mil ochocientos noventa y cuatro. Su padre, el tío Faustino, era aparcero del conde y sanador afamado. Arreglaba huesos y curaba enfermedades extrañas como el mal de ojo y las culebrillas con la sola ayuda de sus manos milagrosas y el rezo de tres oraciones misteriosas que había aprendido, a su vez, de su padre. A él acudían en peregrinación los huertanos cuando sufrían accidentes o eran atacados por el mal. Llegaban a pie o en mula, tras horas de camino por aquella sierra desértica donde triscaban las cabras y apenas crecía otra cosa que esparto, pitas, almendros y chumberas, y donde el agua era tan escasa que no había pozos y la rara lluvia era avaramente aprovechada por la tierra, los animales y los hombres.

Estaba el cortijo a casi veinte kilómetros de la ciudad y a otros tantos del mar, al pie del camino que entre peñascos y lomas moría en las playas de la cala Blanca y las Puntas de Calnegre, frente al infinito azul mediterráneo. A Olalla le gustaba trepar sola hasta la cumbre del Talayón para ver el mundo a su alrededor. Si el día era claro, pasaba allí las horas muertas buscando velas blancas que surcaran el horizonte o negras humaredas difuminándose en el cielo e imaginaba que se acercaban o alejaban de la costa los barcos de piratas y corsarios protagonistas de las historias tremendas que su abuela le contaba de niña y que la hacían soñar con capitanes feroces que ataviados con una pata de palo y un parche negro en el ojo varaban sus buques en la cala Blanca y hacían incursiones tierra adentro saqueando cortijos, violando mujeres, matando hombres y robando niños que serían vendidos como esclavos en los países de los moros, que quedaban hacia el sur, donde el azul del cielo se confundía con el del mar.

Amaba Olalla, sobre todo, la bonanza de finales de enero cuando, anunciando la ya próxima primavera, los almendros florecían al unísono cubriendo las laderas de un perfume rosado tan intenso que producía insomnio. En las noches de luna, salía a hurtadillas de la casa abrigada con una manta y permanecía hasta el alba enajenada ante aquel bosque blanco y fragante que cubría el mundo iluminando la noche, rota sólo la inmensidad por los balidos de alguna cabra sonámbula y los aullidos de invisibles perros vagabundos.

Sus tiempos de dicha acabaron de pronto el año dieciocho cuando la epidemia de gripe mató en quince días a sus padres, a su marido y a su pequeña hijita de dos años. Fueron días aciagos que la hundieron en una tristeza tan profunda que sólo era capaz de pedir a Dios que se la llevara también a ella. Sin embargo, la enfermedad le mostró a Olalla su cara más cruel dejándola incomprensiblemente entre los vivos.

Sola y despedida del cortijo por la falta de un hombre que pudiera hacerse cargo de la aparcería, empezó entonces para ella una vida de sirvienta en la ciudad que la llevó de casa en casa, añorando siempre la sierra, el mar y los almendros. No volvió a casarse porque los hombres no le interesaban y empezó a envejecer prematuramente castigada por sus recuerdos.

Cuando entró al servicio de doña Bernarda contaba treinta y siete años y aparentaba más de cincuenta de tan delgada y arrugada como estaba. Acogida con cariño desde el principio, en El Huerto descubrió de nuevo la paz que creía irremisiblemente perdida, recuperó el hambre, engordó y se sintió rejuvenecer.

Como el trabajo ausentaba a los maestros durante la mayor parte del día, Olalla se convirtió a su manera en la dueña de la casa. Ordeñaba a las tres cabras, cocinaba, lavaba, cosía, cuidaba de los niños y de los señores, y mandaba un poco sobre todos, incluidos los aparceros que vivían en la casa de al lado.

La llegada de don Blas incomodó al tío Cruz pues su presencia en la hacienda le recordaba con demasiada insistencia que él allí no era más que un mandado.

Cuando El Huerto pertenecía a don José las cosas eran distintas, se había acostumbrado a hacer y deshacer a su antojo, supervisado muy de tarde en tarde por un dueño al que siempre parecían bien sus decisiones y que se conformaba fácilmente con las particiones que el aparcero hacía de las cosechas y de la venta de los animales.

El campesino consideraba que sus pequeñas estafas eran el justo precio por haber soportado con estoicismo las habladurías sobre su mujer y el amo que corrieron por la huerta cuando nació su hija Marianica. El tío Cruz tenía una mente muy práctica y muy simple, y zanjó el tema en un santiamén sin consultarlo con nadie porque las cosas del honor cuanto menos se hablen, mejor. Si no era cierto, no había que preocuparse, y si lo era, le convenía callar, vigilar que no se repitiera y sacarle el mayor partido posible al miedo y al cariño que, inevitablemente, habían de embargar al administrador. Al fin y al cabo, pensó, yo criaré a su hija y él me pagará con creces el silencio porque mi honra vale poco, pero la suya, no.

Don Blas García, ajeno a estas historias antiguas, llegó a El Huerto como lo que era, el amo, e intentó desde el principio poner al tío Cruz en su sitio. Ambos hombres mantuvieron un pulso silencioso y constante durante años, el uno por no perder los privilegios adquiridos y el otro por meter en vereda a aquel palurdo que lo engañaba en cuanto tenía ocasión, que ignoraba sus órdenes, que se emborrachaba los sábados, que no guardaba las más elementales normas de higiene y que, para más inri, era de derechas y lo pregonaba. Todo podía soportarlo don Blas menos que un campesino que no tenía dónde caerse muerto se alzara en apologista de una ideología que lo oprimía, calumniara al gobierno democrático y a la República, y defendiera a voz en grito, especialmente cuando estaba bebido, el orden antiguo y el derecho «inelable», eso decía el muy paleto, de los dueños de la tierra a poseerla porque así había sido desde que el mundo era mundo.

El conflicto tanto tiempo solapado estalló por fin abiertamente en febrero del año treinta y seis ante la presencia impotente de la tía Angustias y de doña Bernarda, que en vano intentaron sujetar a sus respectivos maridos con juiciosas llamadas a la calma y advertencias de que no se dijeran cosas de las que luego pudieran arrepentirse. Se encendió don Blas y encendió al tío Cruz, que venía de ahogar en vino el disgusto que le había acarreado la victoria del Frente Popular en las elecciones legislativas, y ambos se enzarzaron en una discusión sin precedentes por la violencia y el tono.

Compartían los dueños y los aparceros el mismo retrete, una pequeña construcción de adobe que se había alzado hacía años entre las dos casas y a la que se entraba por una puerta común que daba a la amplia placeta. Constaba éste de un pequeño banco de madera con una tapadera donde se sentaba el usuario, un cubo de zinc siempre lleno de agua y un alambre de donde colgaban unas cuartillas de papel de periódico que don Blas se ocupaba personalmente de cortar y colocar en su sitio cada tarde. El resto de la instalación consistía en un pozo negro al que caían las inmundicias y un ventanuco que aseguraba la ventilación.

Aquella tarde de febrero el tío Cruz llegó mareado por el demasiado vino que había tomado y decidió vaciar el estómago como tantas veces había hecho para sentirse mejor. Se encerró en el retrete y no salió hasta que hubo devuelto a placer y aliviado el vientre a conciencia. En el ínterin llegó don Blas de la escuela apremiado por una necesidad corporal y le fastidió hallar el retrete ocupado y tener que esperar más tiempo del que su cuerpo requería, pero consiguió sobreponerse a los retortijones cada vez más intensos con que las tripas lo torturaban y, sentado en el poyo, aguardó dolorosamente su turno. Salió por fin el tío Cruz y entró don Blas sin esperar siquiera a que el cuartucho se aireara, norma que en circunstancias menos urgentes observaba siempre. Lo que encontró allí dentro no fue capaz de describirlo después con palabras a su mujer porque el estómago se le levantaba sólo con recordarlo. Se sentó como pudo esquivando los vómitos espurreados por el banco y el suelo, mareado por la angustiosa espera y el hedor ajeno que impregnaba el recinto. A medida que iba calmando el vientre iba montando en cólera contra aquel ser inmundo que la mala suerte le había deparado como vecino. Acabó de reconfortar el cuerpo, se limpió con esmero y se agachó en busca del balde de agua que para colmo de su creciente irritación yacía vacío y tumbado en el suelo. Salió de allí rojo de ira embutiéndose la camisa en los mal abrochados pantalones y, hecho un basilisco, fue en busca del tío Cruz, que para entonces ya se había adormilado tranquilamente en el poyo de su casa con un botijo de agua con anís a los pies. Llegó, pegó una patada al botijo, que se estampó contra la pared, gritó y despertó al hombre, que lo miró sin entender nada y que, sobresaltado por tan violenta irrupción y envalentonado por los vapores del alcohol, se levantó a su vez, lo agarró por la camisa y lo zarandeó arrojándolo al suelo de un empujón. Acudieron las mujeres alertadas por el alboroto, chillaron a sus hombres que no las escucharon y se lanzaron sobre ellos intentando separarlos y devolverlos a sus cabales. Pero allí no había mediación posible, y descorazonadas por la evidencia de su incapacidad en un trance como aquél, se apartaron llorosas a esperar que la furia de los maridos se agotara por sí misma. Diez minutos duró la riña, hasta que la tía Angustias, previendo la desgracia que se le venía encima a su familia, terció de nuevo y logró arrastrar al tío Cruz hasta el interior de la casa, pero no antes de que don Blas gritara:

–¡Mañana mismo os quiero fuera de esta casa! ¡Mañana mismo! ¿Me habéis oído bien? ¡Mañana mismo!

El tío Eusebio Jara tenía una casilla vacía en el Ramblar. La había construido él mismo, con toda la fuerza de su ilusión, veintidós años atrás, en una tierra que les cedió el suegro para que él y Juana la Tirita pudieran casarse.

Era una rudimentaria construcción de adobe y tejas, con una cuadra, un gallinero y un cebadero. Aunque siempre había sido poca cosa, cuando Juana la Tirita se ocupaba de ella daba gusto verla; mostraba las paredes enlucidas y blanqueadas, cortinillas en las dos ventanas, un cortinón de rayas en la puerta y un parra de uva dulce y de ramaje denso y esmeradamente entretejido, que ofrecía una gloria de sombra en verano y era la envidia de los vecinos y el orgullo del tío Eusebio, que la cuidaba como a un hijo.

Desde que estaba cerrada, iba ya para siete años, un lento deterioro se había ido adueñando de ella. El yeso se desprendía en grandes desconchones que dejaban a la vista el barro original con sus doradas hebras de paja, aparecían aquí y allá redondos agujeros minuciosamente practicados en las paredes por las bandas de zagales en sus juegos, la parra era un esqueleto de ramas y hojas enfermizas de donde colgaban de un año para otro los escasos y esmirriados racimos que aún se empeñaba en producir y que nadie más que las avispas y los gorriones disfrutaban, sartales de excrementos de pájaros bajaban por las paredes hasta el suelo desde los nidos de golondrinas y vencejos que se apiñaban bajo las bocatejas, y el agua de las lluvias se colaba hasta el suelo de tierra a través de las tejas rotas y las bóvedas de caña destripadas.

Así la encontraron Pedro e Isabel cuando fueron a verla después de que el tío Eusebio les dijera que si se avenían a arreglarla podían ocuparla, que aunque fuera poca cosa era un buen lugar para vivir y no quería que el Ayuntamiento la requisara para entregarla a una familia desconocida.

Isabel y las hijas se aplicaron en la limpieza provistas de escobas y pañuelos a la cabeza para prevenirse del polvo y las telarañas que colgaban por doquier. Pedro se ocupó de enlucir, retejar y limpiar la chimenea, y entre todos adecentaron la cuadra, la pocilga y el gallinero. Ramón pretendía ayudar a unos y otros con mejor voluntad que resultados pues las más de las veces estorbaba o dejaba a medias lo que estuviera haciendo para quedarse embobado contemplando a una lagartija que huía despavorida o los colores de una telaraña que brillaba al sol. Fueron cuatro días de intenso trabajo en que se perdieron los jornales y la escuela de las niñas, pero valió la pena y el día de santa Lucía, en un carro que el tío Eusebio les prestó para el transporte de la mesa, las sillas, las camas, la loza, los pucheros y las dos gallinas que quedaban, se mudaron del pueblo al campo como Isabel estaba deseando hacía tiempo.

El tío Eusebio Jara había llegado a Lorca por casualidad, porque en las numerosas vueltas que da la vida, en los bombos de la lotería del ejército su nombre salió ligado al de la ciudad murciana a donde llegó en tren un día de primavera con lo que llevaba puesto y dos duros ahorrados por la familia; venía dispuesto a cumplir con la patria y a volverse, en cuanto terminara el servicio, a su pueblo extremeño para casarse con la novia de toda la vida; pero el destino quiso que se enamorara de una muchacha de la tierra, la más hermosa de la huerta, y se quedó para siempre.

Escribió a casa una carta escueta pidiendo a su padre que lo disculpara del noviazgo que mantenía desde niño con Leonor del Rey, porque no osaba hacerlo por sí mismo, y prometió ir de visita cuando el tiempo hubiera corrido y los disgustos se hubieran suavizado; mas se conoce que en opinión de Eusebio Jara tenía que correr mucho tiempo para que se olvidaran los disgustos, ya que tardó quince años en regresar por primera y última vez a Peraleda del Zaucejo. Con la carta en la mano, el padre de Eusebio tuvo que armarse de todo su valor para visitar a su compradre Dionisio y darle la mala nueva.

Los hombres solucionaron sus diferencias ante unos vasos de vino y un poco de jamón. Quien más quien menos había cometido una locura de juventud y no era cosa de perder por eso las amistades. Para las mujeres, en cambio, fue distinto. Lloró la madre de Eusebio por la vergüenza acarreada por el hijo de poca palabra. Lloró la futura suegra por la desgracia de ver a su hija despreciada tan sin razón y por la pérdida incomprensible del que ya quería como a un hijo en el fondo de su corazón. Y lloró más que todas Leonor, la novia despechada, que se encerró en casa, se cortó el cabello y se vistió de luto riguroso dispuesta a no volver a pisar la calle hasta que alguien le anunciara que Eusebio estaba muerto y enterrado bajo dos metros de tierra murciana.

El tío Antonio Tirita, apercibido por su hija de las intenciones de aquel mozo que la visitaba en traje de militar, lo llamó aparte y lo examinó mientras paseaban entre unos bancales de habas tan altas que les llegaban a la cintura.

–Mira, zagal, que quien hace un cesto hace ciento y quien destaja no baraja –sentenció el tío Tirita mientras se llevaba a la boca un puñado de tiernos frutos verdes recién separados de su vaina.

–Puede, pero una golondrina no hace verano –respondió Eusebio advirtiendo por la sonrisa del hombre que llevaba las de ganar.

Al padre le hizo gracia que el joven le replicara con otro refrán. No era el viejo Tirita ajeno a los estragos que el amor hace en el corazón de los jóvenes y escuchó con paciencia y buena predisposición las razones que Eusebio esgrimió en defensa de sus intenciones para con la hija única que Dios le había dado. Comprendió que no estaba en su mano negarse, más cuando él mismo había ya advertido la felicidad que embargaba a Juana desde que el mozo la rondaba. Así que accedió al noviazgo y ofreció a Eusebio una antigua era que se hallaba a diez minutos de la casa paterna para que levantara su propio hogar.

Acabó Eusebio el servicio militar, buscó trabajo, lo halló y construyó la casilla en menos de un año gastando en ella todo el esfuerzo de su tiempo libre y todo el dinero que ganaba, sin atender al cansancio ni a otro empeño que el de acabarla para poder casarse.

Allí habían vivido la juventud él y su mujer, y allí habían nacido los tres hijos. Después, al morir el tío Tirita y quedarse sola la tía Ginesa, la familia se trasladó a la casa del suegro, más grande y más próxima a la acequia y al camino principal. Desde entonces, la casilla estaba deshabitada y apenas servía para guardar animales en la cuadra o para albergar a alguna cuadrilla de temporeros. Era una lástima, pensaba el tío Eusebio cada vez que pasaba con la mula por el camino.

A primeros de agosto Pedro volvió de la siega. Vino andando desde Guadalajara y traía cien duros guardados en la faja y una costra de tierra sobre la piel que no se desprendió ni con toda el agua del mundo trajinada con empeño y sudor desde la acequia.

Con el dinero Isabel se permitió algunos extras. Gastó cuatrocientos reales en un saco de harina de cien kilos porque nadie sabía en qué pararía el levantamiento del ejército contra el gobierno de la República y ya por todas partes había disturbios y se hablaba de guerra civil.

Aquella harina, sabiamente administrada, duró cerca de un año, hasta que sus manos arrancaron el último puñado que yacía en el fondo del saco. Entonces vinieron el racionamiento y las interminables colas desde antes del amanecer por una mísera barra de pan.

Compró también una batita azul de cuello redondo y puños de piqué blanco para Isabel porque doña María, la maestra de Santa Gertrudis, en un deseo más apropiado para un colegio de pago que para una escuela rural, pretendía ver a todas sus alumnas vestidas de uniforme al comenzar el nuevo curso y la madre no quería que hicieran de menos a su hija.

Aquel uniforme, como el curso y la propia escuela, había de durar sólo tres meses. Pero cómo iba a saber doña María que venía una guerra y que su escuela, adosada a la iglesita que le daba nombre, había de arder junto con la iglesia y todo lo que en ellas había una fría noche de diciembre en una hoguera inmensa que iluminó terriblemente la huerta y la dejó a ella sin trabajo, sin libros y sin ilusión.

Y compró para ella una medallita de plata de la Virgen de los Dolores, la más pequeña y barata que encontró. Cada domingo Isabel iba a misa a San Francisco con Juana la Tirita. Se levantaba al amanecer, se calentaba un poco de café y con las primeras luces llegaba a casa de la vecina que ya la esperaba junto a la carretera. Juntas emprendían a paso ligero el camino del pueblo para llegar a la misa primera y estar de vuelta temprano. Había iglesias y ermitas en el campo, mucho más cercanas, pero ambas mujeres preferían caminar durante una hora para ir a su iglesia.

Compró aquella medalla el ocho de agosto, al salir de misa, pensando que el domingo siguiente la llevaría a bendecir, pero el domingo siguiente ya no hubo misa ni iglesia. Ni siquiera la hermosa imagen de la virgen se había librado del desenfreno de fuego y odio que se apoderó de las iglesias de Lorca durante la noche terrible del catorce de agosto.

Había estallado la guerra como un vendaval irrefrenable y el miedo se apoderó del mundo durante tres años.

Pedro pasaba la semana trabajando en Aguaderas y regresaba a la casilla los sábados para marcharse otra vez el domingo después del almuerzo. María y Manuela estaban sirviendo en el pueblo. José estaba en la guerra y apenas llegaban noticias suyas una vez al mes para decir que estaba bien y que no se preocuparan por él. La madre rezaba para que aquel horror acabara antes de que se llevaran también al otro hijo y para que Dios protegiera a su José. Isabel estaba sola con los hijos pequeños.

Los malos pensamientos llegaban puntualmente con la oscuridad. Al caer la noche, la soledad se cernía como un lobo sobre la casa aislada en medio de una negrura impenetrable y se apoderaba del corazón de Isabel, que para librarse de la pena cogía a los hijos y salía con ellos hasta casa de Juana la

Tirita, a donde llegaban siempre con las últimas luces del crepúsculo.

Con los vecinos las veladas transcurrían de un modo amable alrededor de la lumbre. Los mayores hablaban sin parar y los más jóvenes escuchaban embelesados las historias que se contaban y se repetían noche tras noche hasta que se las aprendían de memoria y ellos mismos eran capaces de referirlas después con igual intensidad e incluso enriqueciéndolas con datos y detalles aportados por su propia imaginación.

Ramón, que era el más pequeño de los contertulios, a menudo luchaba contra el sueño que por momentos se apoderaba de él a traición y le hacía perder el hilo. Cuando esto sucedía se enojaba muchísimo consigo mismo y se tiraba de los pelos para mantenerse despierto. Luego, al meterse en la cama que los tres compartían, le pedía a la madre o a la hermana que por favor le repitieran lo que se había perdido.

Isabel se sentaba junto a su amiga Josefa y acurrucadas una contra otra no perdían puntada especialmente cuando se relataba algún lance amoroso.

La tía Ginesa ganaba fácilmente la atención de todos. Era una anciana pulida y elocuente que a sus ochenta años había vivido mucho y conservaba una memoria prodigiosa y un humor envidiable. Hablaba despacio, con una lengua exquisita, deteniéndose en los detalles e inventando, tanto si venía a cuento como si no, episodios inverosímiles para deleite de su auditorio.

La vieja conocía al dedillo la vida y milagros de toda la huerta, y leyendas y epopeyas que se remontaban al tiempo de los moros, cuando la ciudad de Lorca se alzaba en la frontera del reino de Granada, rodeada de murallas, y habitaba el castillo un rey que convertía en oro cuanto sus manos tocaban. En aquellos tiempos Lorca era famosa en todo el mundo por la dulzura de sus frutas y en primavera el olor de las flores de azahar llenaba el aire con tal intensidad que los viajeros se detenían a leguas de distancia sorprendidos por el prodigio y peguntaban a los moros que cultivaban sus huertas de dónde provenía aquel aroma maravilloso. Son los naranjos de Lorca, contestaban los moricos volviendo a sus quehaceres.

A las afueras de la ciudad, en un palacio rodeado de palmeras y de fuentes por las que no dejaba nunca de manar agua, vivía un noble árabe llamado Calí que tenía una sola hija cuya belleza era tan inimaginable que enamoraba a todo aquel que alcanzaba a mirarla una sola vez. Soñaba Calí en casar a su bella Abajara con el hijo del rey porque sólo un príncipe podía ser digno de la hija de su corazón. Corrían tiempos de paz y moros y cristianos convivían olvidados de antiguas guerras y enemistades. Quiso el destino que un caballero cristiano acertara a pasar por las tierras de Calí camino de Almería. Lo sorprendió la noche a las puertas del palacio y encontrándose sin ánimo de seguir viaje pidió hospitalidad para él y su caballo. Lo recibió el noble con gran cortesía y le ofreció su casa agasajándolo con baños perfumados y una cena exquisita en la que se sirvieron todas las hortalizas de su huerta y todas las aves de sus corrales, músicos y saltimbanquis amenizaron la velada y hasta las esclavas de Calí danzaron para el caballero cristiano mostrando la belleza de sus cuerpos desnudos. Abajara, que por precaución del padre no había participado en la cena, lo contemplaba todo escondida tras una celosía de marfil acompañada de tres esclavas que la consolaban de su involuntaria reclusión contándole cuentos y cotilleos. Pero la bella no las escuchaba y permanecía sólo atenta a los movimientos del apuesto caballero cristiano que, vestido con una túnica de seda púrpura regalada por Calí a su huésped, le parecía el hombre más hermoso que había visto nunca. A medianoche, contraviniendo las órdenes paternas, Abajara entró en la estancia para besar a Calí y desearle, como hacía siempre antes de acostarse, un sueño placentero. Llevaba la mora la cara cubierta por un velo finísimo que se desprendió en el momento del beso de tal suerte que don Rodrigo, que así se llamaba el cristiano, alcanzó a ver por un instante el rostro completo de Abajara. Se cruzaron como un relámpago sus miradas y fue tal la convulsión que el caballero sintió en el corazón que quedó al instante cautivo de la muchacha. Advertido Calí del peligro que sobre su casa se cernía, despidió a la hija con premura y siguió agasajando al invitado como su rango y condición merecían, pero una infinita tristeza acudió a sus ojos y no se le oyó reír más en todo el resto de la noche. Acabado el banquete, el noble moro se encaminó a sus aposentos y dos esclavas acompañaron a don Rodrigo hasta la habitación que le había sido destinada con la orden de atenderlo en cuanto necesitara y solazarlo si así era su deseo. Mas el cristiano había visto a Abajara y ninguna mujer podía ya satisfacer sus ansias si no era la hermosa hija del moro, así que despidió educadamente a las esclavas y se tumbó entre los almohadones de terciopelo y raso pensando en ella y cavilando la forma de volver a verla. En su cama de seda y oro, tampoco Abajara podía conciliar el sueño pues a su mente acudía una y otra vez la imagen del cristiano con su lisa cabellera dorada. Llamó a Fátima, la más fiel de sus sirvientas que dormía en el suelo a los pies de su ama, y confesándole el terrible secreto de su corazón, le pidió que fuera discretamente hasta la estancia del cristiano y lo guiara con sigilo hasta allí. Cumplió Fátima la peligrosa misión que le había sido encomendada y burlando sabiamente la guardia dispuesta por Calí condujo a don Rodrigo hasta la presencia de Abajara, dejándolos después solos con gran discreción. Se amaron los jóvenes y se juraron amor eterno. Prometió el caballero llevarla a su castillo para hacerla su esposa. Lloró la mora oyendo las palabras del enamorado pues sabía que su padre jamás accedería a entregarla a un infiel. Y, presos los amantes en la encrucijada del amor imposible, incapaces de separarse y temerosos de enfrentarse a la ira paterna, decidieron huir antes del alba aprovechando la complicidad de la noche sin luna. Salieron de la casa ocultos por la oscuridad, alcanzaron las caballerizas, montaron el corcel de don Rodrigo y huyeron al galope con el corazón enloquecido de dicha y temor. Pero quiso su mala fortuna que el ruido de los cascos advirtiera a los criados que temiendo por su vida despertaron al padre. El noble Calí lloró de dolor al oír la triste noticia que sus servidores le comunicaban y mandó tras los fugitivos una tropa de seis hombres armados ordenándoles que montaran las jacas más veloces de su cuadra. Partieron los criados en persecución de los enamorados espoleando a los animales que parecían volar y les dieron alcance al pie de las murallas en un bosque de álamos donde, ajenos a la terrible desgracia que se precipitaba sobre ellos, los amantes habían detenido el caballo para reposar y beber. Y allí mismo les dieron muerte sin mediar palabra, ante la atónita mirada de los pájaros que poblaban las ramas de los árboles y habían ya iniciado sus cantos animados por las primeras luces de la mañana y por la presencia de los desconocidos. Quedaron las aguas teñidas de sangre y quedaron mudas las aves ante el horror del crimen del que habían sido testigos impotentes. Y dicen que desde aquel día funesto nunca más se oyó en el bosque el dulce canto de los jilgueros, los mirlos y los ruiseñores que hasta entonces habían endulzado las tardes de los moricos que acudían a la fuente a refrescarse y protegerse del sol implacable de esta tierra, y que la fuente dejó de manar agua clara y del manantial brotaba sólo un líquido denso y oscuro del color de la sangre por lo que fue tapiado hasta que se secó, y que los moros de Lorca tomaron por costumbre referirse al lugar con el nombre de Alameda de los Tristes, que es el mismo nombre con que aún lo conocemos hoy en día, y que cuando los soldados regresaron al palacio de Calí con los cuerpos sin vida de los dos enamorados, el padre, horrorizado por el crimen que él mismo había cometido aunque no con sus propias manos, los mandó enterrar juntos entre los naranjos de su jardín y allí mismo, al pie de la tumba, se dio muerte con una daga de oro y rubíes que el rey de Granada le había regalado.

Callaba entonces la tía Ginesa complacida por la atención con que su auditorio la había escuchado y se levantaba con dificultad de la silla donde estaba sentada para ir a acostarse, porque de seguir hablando corría el peligro de desvelarse y pasar la noche en blanco, y arrastrando los pies abandonaba la cocina mientras prometía algún sabroso cotilleo sobre Zutano o Mengana que ya habría tiempo para relatar en noches futuras si la voluntad de Dios le concedía ver la luz de un nuevo día.

Llegaba entonces el momento de levantar la sesión y despedirse. Isabel se cubría con el mantón, abrigaba a sus hijos y salían los tres agarrados hacia la casilla. El camino de regreso era temible. Durante el par de horas que habían pasado en casa del tío Eusebio la noche se había adueñado del mundo y una densa oscuridad lo cubría todo, se asustaban los tres de cualquier ruido y se apretujaban unos contra otros para infundirse valor y aligerar más el paso.

Para tardar menos en llegar a casa, atrochaban por un maizal cuyos panizos estaban tan altos que los cubrían enteros. Algunas veces, se oía el ruido de un motor que pasaba por la carretera. Es el camión de Juan Rojo, pensaba Isabel, y se le aceleraba el corazón porque sabía que el antiguo capataz de don Claudio era ahora un extremista conocido en toda la huerta por el poder que había alcanzado entre los milicianos locales y por sus excursiones nocturnas en busca de señoritos, desertores y desgraciados a los que hacía pagar antiguos rencores montándolos en el camión y haciéndoles desaparecer para siempre. El tío Eusebio era quien más sabía de estos paseíllos nocturnos y según él eran ya más de veinte los pobres hombres a los que Juan Rojo y su partida habían fusilado en las tapias del cementerio o en cualquier lugar apartado del campo. Isabelita caminaba apretada contra la madre con los ojos cerrados y Ramón sudaba recordando las muertes que había oído relatar al vecino.

Cada noche, a la mitad del camino, cuando el temor amenazaba convertirse en pánico e Isabel prometía en voz alta que a la noche siguiente no iban a moverse de casa, se oía como enviado del cielo el trote de Chumbo que se acercaba corriendo entre los panizos. Era un perro grande de ojos brillantes y cariñosos que cuidaba de ellos y los acompañaba hasta la casa para recibir como premio un puñadito de higos secos. El animal dormitaba en la era esperando el paso de los tres noctámbulos, y al percibir su cercanía se alzaba y salía a su encuentro soñando con el dulce manjar que le sería ofrecido al cabo del paseo. Era un trato justo que a todos convenía y hacía felices.

La primera vez que se plantó ante ellos con toda su negra corpulencia, a Isabel casi se le para el corazón del susto, pero Ramón lo conocía, él y Chumbo eran viejos compinches de juegos y correrías. No tenía el niño muchos amigos y a menudo el perro era su único camarada. Al ver la docilidad con que el animal se dejaba abrazar por el zagal, la madre se tranquilizó y le acarició la cabezota aliviada del sobresalto. Chumbo los siguió y ella se lo agradeció en el alma regalándole unos higos.

Durante las noches siguientes se repitió la escena y desde entonces Isabel empezó a esperar con ansia la aparición del perrazo que los acompañaba hasta la puerta de la casa y cuidaba de ellos como si fuera el ángel de la guarda.

Una tarde, cuando volvía de casa de doña Ana, al pasar por delante del estanco del tío Juan, Isabel se fijó en un gato que se atusaba al sol sobre un pilar. Era un macho blanco y negro con la cara redonda y un lunar rubio sobre la ceja izquierda. Al verla, el gato arqueó el lomo y maulló.

–¿Fufo? –dijo acercándose al pilar entre incrédula y jubilosa, segura de que aquél era su gato aunque pareciera imposible.

Alargó la mano para acariciarle la cabeza mientras volvía a llamarlo, pero el gato se adelantó golpeándole la palma con el hocico húmedo y empezó a lamerla y a restregarle los bigotes. A Isabel se le saltaron las lágrimas con el encuentro inesperado. Hacía más de ocho años que había dejado a Fufo con la tía Manuela y, aunque había preguntado a sus cuñadas y a las vecinas qué fue del gato tras la muerte de la abuela, nadie supo darle razón.

–Lo encontramos durmiendo encima de la muerta y lo espantamos –había dicho Ramón, el hermano de Pedro–. Entonces se lió a correr como loco por toa la casa hasta que pilló la puerta y se salió y ya no volvimos a verlo.

Isabel entró al estanco a preguntar de quién era el gato que había en la puerta. El estanquero le respondió que no era de nadie, que un buen día apareció por allí como perdido y se había quedado.

–Entonces el gato es mío –dijo Isabel.

–Suyo no sé yo si será –replicó el hombre–, pero si lo quiere lléveselo, porque gatos aquí los hay de más.

Desde que había cambiado de casa Manuela era más feliz, el tío Mariano y su mujer la trataban bien, el trabajo no era tan duro y, sobre todo, ya no pasaba tanto miedo como en el campo. Ahora ocupaba la mayor parte del día acarreando cántaros de agua desde la fuente en una carretilla, haciendo cola o llenando con un gran cazo de cobre las tinajas que la gente traía en mulas, burros o carros.

Había servido durante nueve meses en un cortijo en la casa Meca y había pasado tanto miedo que, al evocarlos, aquéllos le parecían los peores días de su vida, incluso a pesar de la hermosa presencia de Juan Luis, un muchacho cariñoso al que le brillaban los ojos al hablar y que era el hijo menor de los dueños.

Limpiaba los animales y les daba de comer, segaba la alfalfa, ordeñaba las cabras, hacía lo que le mandaban sin quejarse; incluso matar los pollos y las gallinas, cosa que le parecía un crimen tan horrendo que luego se quedaba con el corazón encogido por la culpa y de noche soñaba que las aves desplumadas la perseguían por el corral con la cabeza colgando y la cresta arrastrando por el suelo hasta que ella no podía correr más y se caía, entonces los pollos y las gallinas se le echaban encima de un vuelo y empezaban a picotearle la cara y los ojos hasta que despertaba aterrorizada, defendiéndose a manotazos perdidos en el aire.

El tío Mariano había sido aguador toda su vida, igual que su padre y el padre de su padre. Apenas levantaba un metro y medio del suelo cuando se hizo cargo de una mula con dos cántaros y lo pusieron a vender agua por las calles. Así creció hasta cumplir los veinticuatro. A esa edad, con el dinero que había podido ahorrar en catorce años de oficio, se casó con su prima Juana Díaz, una mujer inteligente que resultó ser un lince para el negocio del agua. Al año de casados ya se habían hecho con una clientela fija a la que atendían una o dos veces por semana, según la importancia de la familia y el número de sus miembros, así que dejaron de recorrer las calles dando voces sin rumbo y se limitaron a visitar las casas llevando el agua apalabrada de antemano. Las ganancias resultaban mucho más sustanciosas porque nunca se hacían viajes en balde y el tiempo se aprovechaba al máximo. Pasaban la noche llenando tinas y a mediodía ya tenían el agua repartida y el trabajo hecho. Al cabo de dos años más, la tía Juana decidió que ya era suficiente de aquel tráfago callejero y que convenía pensar en volver a renovar el negocio. Ella y el tío Mariano compraron una casa en la plaza del Negrito, junto a la fuente del mismo nombre, y desde entonces no volvieron a recorrer las calles ni por encargo; vendían el agua en casa.

Manuela, a los trece años, ya se había acostumbrado a vivir separada de la familia. Al principio envidiaba en secreto la suerte de su hermana Isabel que como era dos años menor seguía yendo a la escuela; pero luego, cuando quemaron Santa Gertrudis, sintió tanta lástima que hasta creyó tener un poco de culpa. Manuela era una niña bajita, morena y rechoncha, con tendencia a lo trágico y al silencio, que se iba guardando todo en el corazón como si fuera un pozo sin fondo.

Lo peor de la casa Meca era el miedo que pasaba los jueves cuando se quedaba sola en el cortijo porque los dueños acudían sin falta al mercado semanal de Santa Quiteria.

Se iban todos, los padres y el hijo, antes de que amaneciera y regresaban bien entrada la noche. En aquellas horas de soledad la muchacha era capaz de imaginar mil figuraciones y se sobresaltaba con tanta facilidad que a ella misma le daba vergüenza ser tan miedica. La asustaban los ruidos y los silencios, la llegada imprevista de alguien o el paso de una caballería por el camino de Purias, el aullido de un perro vagabundo, el gruñido de los cerdos hambrientos reclamando su pienso o el balido de las cabras alborotadas por un ratón de campo; cualquier cosa bastaba para dejarla en vilo, especialmente desde la noche en que viera cómo el infierno abría y cerraba sus bocas de fuego durante más de una hora seguida, justo por detrás de la sierra.

Había presenciado desde una distancia panorámica el primer bombardeo del puerto de Cartagena, se lo contó Juan Luis dos días después con profusión de detalles y paciencia para que comprendiera que los resplandores intermitentes los provocaban las bombas lanzadas desde los aviones enemigos al estallar contra los depósitos de combustible y armamento almacenados en el puerto, y los barcos anclados en los muelles o fondeados en la bahía; y que los chorros de luz que barrían el cielo en rápidos zigzags salpicados de brillantes explosiones como estrellas eran los focos y el tiroteo de las defensas antiaéreas. Pero, aunque aceptó que no se tratara del infierno, sino de bombas y aviones, el ruido de los aparatos sobrevolando el campo de día o de noche vino a sumarse a la ya larga cuenta de sus temores sonoros alimentando la idea de que al enemigo bien podía ocurrírsele soltar sus bombas sobre la casa Meca, porque el enemigo no atendía a razones y estaba dispuesto a todo para ganar. Ante su ofuscación eran inútiles los razonamientos de Juan Luis, que intentaba explicarle que el enemigo, como cualquier ejército del mundo, sólo bombardeaba los objetivos militares importantes, las plazas estratégicas, y que a ningún enemigo se le podría nunca ocurrir desperdiciar armamento contra los cuatro cortijos y medio que formaban la casa Meca. Sin embargo, Manuela era incapaz de atender a la lógica cuando la asaltaba el temor a las bombas y vivía sumida en un continuo recelo que acabó por debilitarle el corazón, que se le disparataba en palpitaciones incontroladas que la dejaban sin aire, boqueando como un pájarillo agonizante.

Cuando Juan Luis, que tenía veinte años, le comunicó entusiasmado que se había alistado voluntario para defender a la República como su hermano, a Manuela se le aceleró tanto el pulso que creyó morirse. Oyó en silencio, esforzándose en respirar, cómo el muchacho relataba excitado las glorias del hermano mayor y fantaseaba ya sobre sus propias hazañas en el campo de batalla soñándose un héroe laureado.

El día que acudió a despedirse de ella, Manuela estaba ordeñando a la cabra Pelada, un bicho que la ponía muy nerviosa porque no paraba ni un momento y al menor descuido acababa tirando el cubo de la leche. Juan Luis iba vestido con uniforme de miliciano y parecía más guapo que nunca. A Manuela se le hizo un nudo en la garganta y apenas pudo desearle buena suerte y que matara muchos enemigos porque no le salía la voz al verlo plantado ante ella. No volverá, pensó de repente; y fue ella quien tiró la leche en vez de la cabra al mirarlo a los ojos y descubrir atónita que habían perdido todo su brillo. Entonces le pegó un manotazo en el hocico a la Pelada, que baló sorprendida, y tuvo que apartar la vista del muchacho porque lo vio estallar bajo el fuego infernal de una bomba enemiga, abriéndose como una granada madura que se estampa contra el suelo.

Juan Luis se fue a la guerra en febrero, y en mayo, sin haber entrado nunca en combate, llegó la noticia de su muerte durante el bombardeo del tren en el que era trasladado desde el campamento de instrucción al frente junto con otros doscientos reclutas. Manuela lloró aunque ya lo sabía y le pidió a su madre que por favor le buscara otra casa para servir porque si seguía allí se moriría de pánico o de pena.

El tío Mariano y su mujer se habían bastado a sí mismos para atender el negocio del agua durante más de treinta y cinco años, pero, después del susto, a la tía Juana se le fueron las fuerzas y necesitaron ayuda. No tenían hijos y, aunque les sobraban sobrinos, no querían meterlos en su casa porque, según la vieja, la familia come mucho y trabaja menos.

Manuela, tan callada y dispuesta, congenió pronto con los aguadores. Se sentía a gusto y a salvo del miedo que pasara en el campo, aunque en sus sueños seguía apareciendo insistentemente el pozo seco del cortijo. Ella se acercaba al brocal con un cubo de zinc agujereado, desataba el pozal y ataba su cubo a la soga pendiente de la garrucha, entonces empezaba a soltar la cuerda que bajaba y bajaba como si nunca hubiera de tocar fondo hasta que al cabo de un tiempo infinito se oía un lejano y profundo chapuzón a cuya señal empezaba a recoger la soga; cuando el cubo asomaba a la superficie, lo agarraba con prisa del asa, lo apoyaba en el brocal, lo desataba y salía con él en dirección al cortijo angustiada por la idea de que se vaciara antes de lograr llegar a la puerta donde Juan Luis la esperaba sediento. No lo conseguía nunca, a medio camino el cubo había perdido ya toda el agua dejando a su paso un reguero oscuro sobre el suelo reseco y polvoriento. Mientras se volvía para ver la tierra rociada Juan Luis desaparecía, quedando en su lugar una mancha de sangre negra. Aunque la protagonista del sueño era una mujer mayor, casi vieja y con el pelo blanco, Manuela sabía que era ella.

La casa de los aguadores era un caserón centenario con dos balcones en la primera planta asomados a la plaza. Tenía a la entrada un zaguán grande y oscuro donde se atendía a los clientes y se almacenaba el agua en tinas de madera y en tinajas de barro dispuestas en un largo tinajero que ocupaba dos paredes.

De noche, al alba, en las horas de sol o cuando veían desde la casa que la fuente estaba sola, ellos aprovechaban para recoger el agua que luego vendían a quienes se podían permitir el lujo de pagar por no hacer cola ante aquel caño coronado por la estatua de un negrito de cuerpo esbelto y sensual, que portaba una cántara en la cabeza sujetándola con una mano, y que era en realidad un esclavo moro con aires de ángel cristiano.

El susto aconteció una noche de mayo cálida y perfumada en que parecía imposible que el mundo estuviera trastornado por una guerra.

En cuanto llegaba el buen tiempo, el tío Mariano solía sentarse por la tarde en uno de los balcones para disfrutar del último sol. Conocía a todo el mundo y, acostumbrados a verlo en su silla, todos lo conocían y saludaban. Desde su observatorio privilegiado contemplaba la larga cola que se formaba ante el caño con la fresca, oyendo las conversaciones y terciando en ellas a la menor oportunidad. Aquel día había habido poco trasiego y al anochecer quedaban sólo media docena de personas guardando pacientemente el turno para llenar sus cántaros. El tío Mariano hablaba con un alfarero compadre suyo que acudía cada día a la misma hora con un burrito en el que se llevaba dos cántaros de agua fresca que servirían para la familia y para amasar la arcilla de la mañana siguiente, y oía a la tía Juana que había subido para advertirle que la cena estaba a punto y andaba trajinando en los armarios de la alcoba. Sobrevino de improviso un enorme estruendo que tomó al aguador por sorpresa, quien, desconcertado, imaginó que la guerra había llegado a las puertas de su casa en forma de bomba perdida; pero no había tal, sino que el suelo de la habitación se había desplomado de golpe hasta la planta baja con la tía Juana incluida, dejándolo a él atrapado en el balcón sin poder entrar a socorrerla. Los que aguardaban en la fuente corrieron al pie de la casa atraídos por el estrépito y preguntaban a voces qué había pasado.

–¡El suelo! ¡Que s'ha caío el suelo del cuarto! –gritaba el aguador blanco del susto.

–¡Una escalera! ¡Traer una escalera y acercarla a la baranda para que este hombre pueda bajarse del balcón! –pidió el alfarero a los vecinos que también habían salido a la calle alarmados por el ruido.

El jaleo que se armó fue descomunal.

–¡A mí no! ¡A ella! ¡Ayudarla a ella que se ha venío abajo con to el suelo y los muebles y sabe Dios lo que la habrá pasao! ¡A ella, por Dios, entrar y ayudarla a ella!

La tía Juana sintió que el mundo se desmoronaba bajo sus alpargatas de lana negra y cuando vino a darse cuenta estaba entre dos arcas de madera que la sostenían en vilo y le habían evitado el golpe. Envuelta en una nube de polvo oía a su marido y a la gente gritar y gritaba a su vez que estaba bien, que no se había hecho daño; aunque nadie parecía escucharla. Cuando por fin entraron los vecinos la encontraron forcejeando con las arcas salvadoras que la tenían aprisionada, rodeada de un maremagno de vigas astilladas, baldosas, polvaredas, sábanas, armarios reventados, lunas de espejo hechas añicos y una cama tan inmaculada que parecía que no hubiera estado allí durante el terremoto. No se hizo nada, pero el susto se le instaló para siempre en el alma y se quedó sin fuerza para acarrear la carretilla del agua, así que contrataron una sirvienta para descargar a la vieja del trabajo.

Manuela aprendió pronto aquel oficio en el que en realidad no había mucho que aprender. Los viejos se encariñaron tanto con ella que dejaron poco a poco el negocio en sus manos confiados en su diligencia. Acostumbrada a la soledad del cortijo, lo que más le gustaba era el continuo trasiego de gente.

Pasaba el día de la fuente a la casa procurando tener siempre las tinas y las tinajas llenas, atendía a los clientes, ayudaba al tío Mariano a llevar las cuentas y se iba alejando de los miedos que había pasado en la casa Meca, aunque Juan Luis acudiera noche tras noche a sus sueños y a la vista de los milicianos que a menudo cruzaban por la plaza se acordara de él y del pavoroso bombardeo nocturno que presenciara.

Con el tiempo las visitas de Juan Luis comenzaron a espaciarse y llegó el día en que el muchacho dejó de acudir a turbarla, sustituido por una nueva imagen que se adueñaba de sus noches obsesivamente provocándole sorpresa y extraños placeres.

Veneranda vivía sola en plena sierra, más allá de Morata, y cada jueves bajaba al mercado a vender las hortalizas de su huerto. Salía antes del amanecer montada en la mula y gastaba horas y horas de camino hasta llegar a Lorca. Cuando había vendido lo que llevaba y hecho todos los recados previstos, se acercaba a la fuente a aprovisionarse de agua para el camino de vuelta, y desde allí emprendía el viaje de regreso a casa, adonde llegaba pasada la medianoche hambrienta, cubierta de polvo y fatigada.

Se decía de ella que vivía rodeada de espíritus, que fumaba, que era ensalmadora, miliciana y vidente, que había sido monja y ermitaña, que era en definitiva rara y esquiva y que no era muy aconsejable tratarla.

Envuelta por esta aureola de misterio y habladurías, Manuela la había visto pasar en la mula por delante del cortijo abrigada con mantos en invierno y tapándose del sol con un paraguas negro en verano, pero nunca habían hablado hasta el jueves que se encontraron en la fuente.

Veneranda volvía de visitar a Juan Rojo en el cuartel de milicianos y se detuvo a llenar el cantarillo de agua y a beber porque hacía calor y el camino que quedaba hasta llegar a casa era largo. Manuela la vio guardar cola y llevada por un extraño impulso se acercó a ofrecerle un cazo de agua fresca que la mujer aceptó complacida. Frente a aquella impenetrable y fascinante mujer que sostenía un cigarro encendido entre los dedos, a Manuela, que siempre había tenido dificultades infinitas para entablar amistades, todas las frases y palabras que le venían a la mente se le quedaban atascadas en la garganta sin conseguir darles forma sonora. Cómo envidiaba entonces a su hermana Isabel, tan arrojada y parlanchina, amiga de todo el mundo y capaz de trabar lealtades eternas en un instante. Apenas hablaron, pero un destello de muda simpatía se deslizó entre ambas y el regalo del agua acabó en costumbre amena de cada jueves.

Fue dos días más tarde cuando Veneranda empezó a colarse en su cama mientras dormía, apoderándose de su cuerpo adolescente, acariciándola y besándola como nadie lo había hecho nunca ni en sueños y como solamente los hombres había oído que podían hacer.

A sus cincuenta años Pedro se estaba quedando sordo. Se sentía viejo y cansado, abatido por el desánimo y por aquella sensación agotadora de estar siempre de paso, de vivir improvisando, de no llegar a ninguna parte, de no tener sueños y recordar apenas haberlos tenido.

Nunca había pensado que la vida fuera un camino de rosas. No le asustaba el trabajo y sabía, porque eso se sabe desde niño cuando uno nace en una casa pobre, que las dificultades llegan una detrás de otra y hay que enfrentarlas como se puede para salir del trance y seguir adelante. Pero vivir estaba resultando bastante más complicado de lo que él había imaginado en su lejana juventud.

A su edad su padre estaba muerto. Se murió trabajando a pleno sol mientras araba y toda la sangre del cuerpo se le vino de golpe a la cabeza. Se murió trabajando, como había vivido. No guardaba un recuerdo ideal de aquel hombre hosco y flaco, de sonrisa difícil y palabra escasa, ni siquiera pensaba en él con especial cariño; no era capaz de atribuirle ternura ni debilidades. Era el padre y eso bastaba, nadie le enseñó a verlo como a un hombre agotado, feliz o desdichado. Y sin embargo ahora, desde su inminente vejez, inmerso en su propia soledad, el recuerdo de aquel padre lo asaltaba con frecuencia y creía estar comprendiéndolo. Ahora él era el padre y la incomprensible maraña de la vida lo había apresado enseñándole que las dificultades no llegaban mesuradamente, que la injusticia no se distribuía equitativamente, que la desdicha podía ser interminable y que eso hacía a los hombres hoscos, callados y duros.

Algunas veces pensaba que no siempre había sido así, que había sido joven, que había amado y había sido feliz; pero el pasado le venía a la memoria a trompicones, como retazos de un sueño ajeno que nunca le hubiera pertenecido, y no era capaz de discernir en qué momento se le había torcido el destino y había llegado la desdicha. Quizá fuera feliz cuando servía al conde, cuando vio a Isabel abrirle la puerta una mañana, cuando nacieron los hijos, cuando tenían una casa a la sombra de los calistros, cuando recibió a su familia en el puerto de Séte, cuando celebraban la Navidad en la escuela de Tamarit. Sí, quizá fuera feliz entonces o quizá todo formara parte de un sueño del pasado, porque cuando no se puede soñar con el futuro uno sueña con el pasado como remedio para seguir viviendo y poder enfrentarse a los días y a las noches que lo agobian a uno. Entre esas dudas de la felicidad se alzaban como verdades palmarias la mañana en que don Claudio lo llamó a su despacho derrumbándole el mundo, el miedo a un país extraño, la incertidumbre de vivir como emigrante, el derecho a ser expulsado de los sitios una y otra vez, la tristeza de verse envejecer, la lejanía de los hijos, la búsqueda de una casa que nunca era suya, el hedor de los caracoles, la falta de trabajo, el cansancio, el hambre, la sordera, la infinita resignación de Isabel y su fuerza –una fuerza inagotable que había de servir para los dos porque él era débil y estaba cansado del pasado y del presente y ya no podía pensar en el día de mañana–, y la guerra. Una guerra que se llevaba a los jóvenes, a los hijos, y que no era suya porque ya estaba viejo para agitar fusiles y creer en banderas y andar por los caminos, porque las guerras nunca fueron buenas y los hombres como él nunca entendían para qué se luchaba si al final siempre ganaban y perdían los mismos.

Estaba solo en Aguaderas, trabajaba por la comida, la cama y diez pesetas a la semana que entregaba a su mujer el sábado, cuando llegaba ya de noche a la casilla de la Pulgara y toda la alegría que había acumulado por el camino se le venía de golpe abajo al ver la miseria de sus vidas, una miseria que cabía en dos camas, una mesa, seis sillas de anea y un plato de pimientos fritos. Hubiera querido la firmeza de Isabel, su brío para sacar adelante a la familia; pero no los tenía y al abrir la puerta apenas podía ofrecer una sonrisa o un abrazo que lo libraran de la fatiga y la soledad del silencio que lo envolvía.

Cenaba sin hablar sintiendo en el regazo el dulce calor de Fufo, mirando a Isabel y a los dos hijos que quedaban en casa, intentando alcanzar las palabras que decían, separarlas de aquel ruido fatal que le llenaba la cabeza de chirridos y algarabías; pensando en el día siguiente, en el camino de regreso y la semana de trabajo y soledad que lo aguardaban. Después fumaba lentamente mientras la hija se sentaba a su lado y le leía con paciencia, pegando la boca a su oído, las breves cartas de José, sin importarle que fueran viejas y apenas contaran nada; y sufría lo indecible por aquel hijo, arrepintiéndose de no haberlo dejado en Francia, lejos de la familia pero también de la guerra y de la muerte.

Las calles de la ciudad eran presa del caos. Grupos armados se mezclaban con cuadrillas de incendiarios, mujeres que corrían aterrorizadas tropezando con las faldas, viejos estupefactos, niños curiosos que festejaban el espectáculo, viejas que lloraban, perros despavoridos, mulas y caballos desbocados, tenderos que echaban el cierre previniendo pillajes, gatos que trepaban a los tejados y a las tapias, curas que se despojaban de las sotanas delatoras y las dejaban oscuramente en los portales, mendigos que aprovechando el alboroto recogían del suelo frutas caídas del cesto de quienes huían a guarecerse en sus casas, carros y tartanas abandonados a su suerte, coches y camiones conducidos a ciegas por la prisa, el odio o el temor, pillos y pícaros salidos en busca de alguna presa fácil que llevarse a las manos, muchachos de uñas y pies terrosos llevados por el afán irracional de sumarse a un alboroto cuyo origen y finalidad desconocían, gente, en fin, de costumbres serenas y trato cordial despojadas de su ser y perdidas en la confusión, el miedo y la inverosimilitud mientras el cielo se sumía lentamente en la oscuridad de la noche de agosto, ajeno a cuanto acontecía en la tierra y en el corazón de los hombres.

Un estrépito ensordecedor henchía el aire saturado de humo, euforia y pánico. Se oían gritos de dolor, llantos, consignas desaguisadas, himnos exaltados, balidos y mugidos de terror en los corrales, aldabas furiosamente golpeadas, timbres de bicicletas, ventanas cerradas con premura, ladridos ciegos, pies a la carrera, portazos, sirenas, campanas, maullidos como de un celo universal, bocinas que pretendían inútilmente abrirse paso sobre los adoquines, relinchos histéricos, silbidos para avisar a los camaradas increíblemente reconocidos entre la muchedumbre, nombres gritados por gargantas delirantes, rechinar de dientes, gotas de sudor, gruñidos de las zahúrdas, faldas de raso, huesos rotos, crujidos de sillas abandonadas al fresco, megáfonos, tacones partidos, papeles voladores, frutas y hortalizas aplastadas, piedras arrojadas sin tino, cristales quebrados, explosiones, ramas desgajadas, gallos desorientados, trinos y gorjeos de polluelos hambrientos, batir de alas desconcertadas, grillos sinfónicos, disparos, ropas rasgadas, cántaros estrellados, latidos de corazones acelerados, toses, resuellos y respiraciones asfixiadas de seres a quienes no bastaba todo el aire del mundo para recomponer el aliento.

Doña Elvira se percató del tumulto callejero y cerró la casa a cal y canto, pero el griterío se colaba por los resquicios hasta que alcanzó a discernir, entre las frases terriblemente repetidas, una más alarmante que las otras.

–¡Arde San Mateo! ¡Está ardiendo San Mateo!

–¿Habéis oído eso? ¡Virgen santísima! –Se persignó nerviosa–. Gritan que está ardiendo San Mateo. ¡Las sillas! ¡María, hay que ir por las sillas! Sal ahora mismo y tráete las sillas, que no se quemen. ¡Virgen santa! –Volvió a persignarse–. ¡Pandilla de criminales! ¡Herejes!

A María la orden de doña Elvira le pareció una broma y no se movió, pero la dueña de la casa no estaba dispuesta a perder los cuatro reclinatorios que la familia poseía en propiedad en la iglesia y ordenó de nuevo a la criada que fuese por ellos de inmediato.

La muchacha salió a la calle y se encontró de pronto en el infierno. Espesas humaredas brotaban a lo lejos y quedaban suspendidas sobre los tejados de la ciudad amordazando el cielo todavía morado del atardecer. Se abrió paso como pudo entre el gentío, caminaba celosamente pegada a la pared, acechando los golpes y embestidas de los que se cruzaban con ella sin verla, vigilando de reojo a los que corrían por el centro de la calzada como llevados por el diablo. Cerca ya de San Francisco divisó el fuego que devoraba la iglesia y se alejó por una callejuela para no meterse en el tumulto que se estaba formando frente al templo. De todas partes llegaban riadas de gente que la arrastraban impidiéndole caminar. Por un momento le pareció reconocer a don Andrés entre un grupo de hombres que acarreaban imágenes y mantos, pero al instante ya lo había perdido de vista engullido por una masa de rostros anónimos. El palacio del conde bullía en una actividad frenética. Los milicianos entraban y salían apresuradamente por la puerta principal, gritando órdenes que se perdían entre el barullo general y la prisa o el nerviosismo individuales. A caballo, Juan Rojo organizaba una patrulla uniformada y armada. María lo reconoció y sintió al verlo la misma sensación de temor y fascinación que aquel hombre le había inspirado en los lejanos días de su infancia cuando lo veía aparecer por la casa Barnés. Sobre su montura parecía un guerrero mítico y terrible, tocado por esa fuerza singular que el poder imprime a la mirada. Se alejó de allí ligera y asustada, llevada por la idea obsesiva de llegar cuanto antes a San Mateo.

La iglesia ardía, las llamas inflamaban las ventanas y una densa humareda brotaba de la cúpula y los cristales rotos. Ya ante la puerta la muchacha no supo qué hacer. Intentó abrirse paso entre la muchedumbre de mirones y exaltados que desmantelaban el rico interior del templo arrojando al fuego tallas, mantos, cuadros, alfombras, cálices, cruces, misales, casullas, palios y libros que desaparecían en una hoguera voraz de pavesas fosforescentes.

–¡Quítate de ahí! –le gritó alguien que arrastraba un San Martín de Porres decapitado que había sido una hucha.

El retablo se había desplomado sobre el altar mayor y los bancos, sillas y reclinatorios crepitaban contagiándose el fuego de unos a otros. El lugar desprendía un calor infernal. Era difícil respirar. María estaba como petrificada.

–¡Aparta! –volvieron a gritarle, y el grito la hizo volver en sí.

–¡Anda y que se jodan las sillas de doña Elvira! –dijo y salió corriendo, huyendo del miedo y de lo que había visto.

Doña Elvira escuchó desolada el relato de la muchacha, pidiendo detalles y soltando improperios contra el pueblo que profanaba los lugares sagrados y contra el gobierno que se lo permitía y lo encorajaba. Llamó a sus hijas y las cuatro se encerraron en la cocina temerosas. Afuera seguían el alboroto y el griterío. Las horas pasaban lentamente, eternizándose, y un nerviosismo creciente hizo presa en la dueña de la casa que veía enervada cómo don Andrés no llegaba a su hora habitual. Se levantaba, caminaba hasta el salón donde se alzaba un gran reloj de antesala que tardaba siglos en avanzar cinco minutos, regresaba a la cocina, se sentaba, volvía a levantarse y a dirigirse al salón donde comprobaba histérica que sólo habían pasado diez minutos desde la última visita, percibía a cada momento ruidos en la puerta que auguraban el giro de una llave en la cerradura, barruntaba desgracias tremendas, atropellos, fusilamientos, detenciones, palizas, veía el banco en llamas, tomado por una multitud enloquecida que saciaba su ira contra los banqueros, el marido a la cabeza, aprisionado por el fuego en su despacho, encerrado en las cámaras subterráneas, herido, ensangrentado, muerto. Incapaz de tranquilizarse, subió a la alcoba en busca del rosario y empezó a desgranar las cuentas de nácar intercalando padrenuestros y avemarías a destiempo, hasta que las hijas y María se sumaron a su rezo y la cocina se convirtió en un oratorio improvisado por cuyos rincones y pucheros se deslizaba monótona la aletargante letanía quedamente pronunciada al unísono por las cuatro mujeres.

A medianoche llegó don Andrés con la ropa y las manos tiznadas, sudado y tranquilo. Pidió algo de comer, fumó, habló poco sobre lo que había visto y nada sobre lo que había hecho en las horas que se había demorado, ordenó que todo el mundo se acostara que mañana sería otro día y dejó a su mujer ávida de conversación y repleta de preguntas que no obtuvieron respuesta.

Hacia las siete de la tarde, cuando empezó a formarse el alboroto, había llegado al banco la noticia de que grupos de incendiarios se dirigían a las iglesias con intención de quemarlas con todo lo que contenían. El director ordenó inmediatamente el cierre de la entidad y reunió a sus hombres para valorar la situación. No era probable que atacaran el banco, sólo se hablaba de los templos y conventos henchidos de tesoros centenarios, insustituibles. Antonio Salas, ateo proclamado y el más ferviente antifascista de los presentes, tuvo la idea y los demás lo secundaron en el acto. Había que salvar los tesoros del pueblo, llevarlos al banco, protegerlos de la barbarie mientras no fuera demasiado tarde. Formaron un grupo de seis y se encaminaron en tres tartanas a las sedes de las principales cofradías donde se guardaban las imágenes, los mantos y tapices ricamente bordados, las prendas y símbolos venerados que formaban el cortejo de la opulenta Semana Santa lorquina. Pero fue un afán inútil el que los llevó de templo en templo.

Imposible entrar en San Patricio que ardía ya por los cuatro costados cuando llegaron, imposible también penetrar en Nuestra Señora del Carmen y en Santo Domingo, donde fueron increpados por un grupo de exaltados que al percatarse de sus intenciones se avalanzaron sobre ellos cortándoles el paso y amenazándolos. Sólo en San Francisco consiguieron, mezclándose con la multitud, repitiendo a gritos las consignas que oían e inventando ellos mismos otras nuevas que excitaban aún más a los ya exaltados de por sí, disimular sus intenciones y colarse hasta el interior. Los que los vieron creyeron que arrastraban las tallas y los tapices al fuego e incluso algunos los ayudaron involuntariamente con lo más pesado. No lograron salvarlo todo, hubiera sido una pretensión imposible y una locura demasiado peligrosa, pero alcanzaron a librar de las llamas el manto de la Virgen de los Dolores, los principales tapices de Cayuela y algunas tallas sin excesivo valor. No encontraron la imagen de la Virgen, ni los cuatro Evangelistas, ni la talla de Cleopatra, pero sacaron cuanto pudieron olvidados del valor material de lo recuperado, de sus creencias religiosas y de sus inclinaciones particulares que tantas veces los habían enfrentado en las procesiones, cuando todos los lorquinos eran blancos o azules irreconciliables y menospreciaban en verdaderas batallas campales el paso de los enemigos, burlándose de sus lujos y de sus pretensiones. Llegaron al Banco de Albacete por separado, ocultando como pudieron en las tartanas el botín prohibido y lo encerraron a oscuras en la caja fuerte jurándose unos a otros no revelar a nadie el secreto, ni siquiera a sus mujeres ni a sus amigos más íntimos.

La guerra se adueñó de la vida cotidiana. Llegaron el temor, la avalancha de noticias contradictorias, la escasez de productos, el estraperlo, el racionamiento y las colas. Los pobres eran cada vez más pobres y los ricos se acostumbraban a regañadientes a prescindir de lujos e incluso a algunos sacrificios que otrora les hubieran resultado inconcebibles.

Nunca hubo hambre en casa de don Andrés, pero sí menos abundancia de la que solía presidir la vida familiar. Doña Elvira, tan remilgada y orgullosa, mandaba a María a las colas del racionamiento incapaz de imaginarse a sí misma o a sus hijas en semejante situación.

María se levantaba a medianoche y salía de casa en ayunas o con un café bebido. Se apostaba en la cola armada de paciencia y guardaba celosamente el turno durante horas infinitas rodeada siempre de una multitud interminable. Se sentaba en el suelo o se acurrucaba en un portal, hablaba, saludaba a los conocidos, buscaba a su madre y a su hermana Isabel con la mirada aunque pocas veces conseguía localizarlas, vigilaba a los espabilados de turno que intentaban colarse y aguardaba eternamente la ración de aceite, lentejas, patatas, pan, azúcar, arroz o lo que hubiera, esperando e incluso rezando para que no se agotara antes de que le tocara a ella y las largas horas no se hubieran consumido en vano.

El invierno del treinta y siete no fue especialmente riguroso, pero sí más duro que María. Se mojaba, se quedaba aterida, buscaba el sol con afán, se le entumecían las piernas del frío y la humedad del suelo, se le cubrieron de sabañones las orejas, los pies y las manos, le dolía la espalda y poco a poco el relente y el helor de las larguísimas y cotidianas sesiones de intemperie se le metieron en los huesos hasta que una noche fue incapaz de levantarse del catre para ir a la cola. No podía moverse atenazada por unos intensos dolores que la acribillaban con punzadas por todo el cuerpo. Se quedó en cama mortificada por aquel extraño suplicio y a los dos días doña Elvira, viendo que empeoraba y ya no soportaba siquiera que la tocaran, llamó al médico que se presentó a media tarde con abrigo y maletín negros, y con prisa, mucha prisa. La auscultó y la palpó martirizándola, diagnosticó un reuma como nunca había visto en sus años de profesión, recetó reposo, calor y alimentos nutritivos, y se fue por donde había venido.

Aquella misma tarde doña Elvira mandó recado a casa de doña Ana para que Isabel fuera en busca de su hija enferma porque no podía trabajar y en casa de la madre estaría, sin duda, mejor atendida.

La trasladaron en la calesa de don Andrés y la madre la instaló en un catre en la cocina.

Isabel encendía la lumbre a todas horas, agotando la leña que Ramón traía, le metía piedras calientes en la cama envueltas en trapos de lana, mató una gallina y luego otra para prepararle caldos que le daba a cucharadas como a un bebé, la levantaba en brazos y la sentaba bien abrigada junto a la ventana al sol de la mañana en un balancín que le prestó la tía Juana la Tirita.

Las vecinas se turnaban para hacerle compañía durante las largas ausencias de la madre que no podía dejar de acudir diariamente a casa de doña Ana, los hermanos inventaban juegos junto a su cama, el gato se acurrucaba a su espalda ronroneando durante horas y Pedro le contaba cuentos durante la mañana del domingo acariciándole el cabello. La agasajaron, la mimaron y la rodearon de amor hasta que el reposo, los caldos, el mimo, el calor y el tiempo la sanaron y pudo volver al trabajo.

Don José Santiago se murió de repente una noche de mayo de mil novecientos treinta y ocho dejando a doña Ana sola, impedida y sumida en una tristeza tan profunda y silenciosa que a Isabel se le encogía el corazón cada vez que la veía.

Durante la tarde anterior, el administrador se había quejado de una mala digestión que Isabel alivió dándole a beber una taza de manzanilla. Después cenó poco, apenas un platito de arroz hervido que le sentó divinamente, y se quedó leyendo hasta que doña Ana lo requirió para que subiera a acostarse. Se durmió pronto, pensando en las memorias que desde hacía dos años escribía asombrado de sí mismo y de la vida, en cómo lo había mandado llamar el conde la última vez que lo vio para despedirse de él y comunicarle que se iba a Roma siguiendo al rey, en el aspecto que ofrecía el palacio con los muebles cubiertos por sábanas blancas, los bultos preparados en el amplio salón de la entrada, despedido ya el servicio y todo dispuesto para la partida, y en cómo estaría ahora el palacio, desde que se había convertido en cuartel general de la milicia.

–El tiempo es imprevisible –masculló antes de quedarse dormido para siempre, y aún alcanzó a oír la voz de su mujer.

–Duérmete ya, hombre.

Doña Ana se despertó con las primeras luces y se quedó quieta para no molestar al marido que dormía boca arriba, como un ángel, sin que se le oyera siquiera respirar; hasta que la impaciencia pudo más que el respeto por el sueño del hombre y lo golpeó con el codo a la vez que lo llamaba para que la ayudara a levantarse como cada mañana, primero suavemente una y otra vez, luego con fuerza creciente y al final con rabia y nerviosismo por la incomprensible quietud del durmiente que ella interpretó como una descortesía de su parte, un desaire imperdonable que estaba dispuesta a recriminarle con furia en cuanto el señor se dignara moverse y reconocer que andaba haciéndose el dormido aunque la estaba oyendo desde hacía rato porque era evidente que tenía que estar despierto después de los codazos que le había propinado. Pero don José no hablaba ni se movía y la mujer se desesperó presa de una idea espantosa que se le clavó de pronto en la mente. Fue entonces cuando buscó afanosa su mano entre las sábanas y la encontró fría, helada, inerte, como muerta, y lanzó un grito profundo de terror e impotencia que recorrió la casa mientras ella asumía la irremediable certeza de la muerte tendida a su lado y la fatal inutilidad de su cuerpo para levantarse y socorrer al hombre que había amado durante tantos años, que quizá estuviera aún vivo, que tenía que estar vivo, que no podía morirse así, sin decirle nada, sin avisarla, sin prevenirla, sin que ella, que apenas había dormido en toda la noche, se hubiera dado cuenta. Y se quedó tendida en silencio, aferrada a la mano del muerto, sintiendo cómo un helor de ausencia le llegaba lentamente a los huesos.

Así los encontró Isabel cuando llegó a la casa y apercibiéndose de la quietud inusual subió apresuradamente al piso superior. Extrañada por no oír a doña Ana trasteando en el cuarto de aseo llamó a la puerta de la alcoba y al no recibir respuesta se decidió a entrar.

La impresión fue tremenda. Pensó que los dos estaban muertos y sólo cuando se avalanzó sobre doña Ana llamándola vio que la mujer la miraba llorando.

Amortajó el cadáver antes de que el rigor mortis lo hiciera imposible con un traje negro que ella misma eligió ante el mutismo de doña Ana, que, sentada en una butaca, no pronunció palabra durante toda la operación. Fue en busca del médico para que acudiera a certificar la defunción y atendiera a doña Ana que parecía pasmada, pero tampoco éste logró, ni con sus buenas maneras ni con la copa de aguardiente que le obligó a beberse, que la mujer reaccionara. Isabel mandó luego recado a doña Bernarda a la escuela por medio de una vecina que se avino a ayudar en lo que fuera menester.

La sobrina llegó sobrecogida por la noticia, pero fue el enajenamiento de doña Ana lo que la conmovió más intensamente. La vistió, la obligó a comer, pasó horas a su lado hablándole con dulzura sin conseguir respuesta, atendió a los vecinos y conocidos que acudieron a dar el pésame y al velatorio, y se rindió al fin ante aquel mutismo infranqueable.

El sepelio fue breve y tristísimo. Consiguieron milagrosamente la presencia de un sacerdote rojo que se avino a pronunciar una oración en la propia casa y el cadáver salió camino del camposanto en una caja de madera sin cruces ni iniciales que, cargada en un carro, fue llevada discretamente al cementerio seguida por dos tartanas. En la primera viajaban doña Bernarda y don Blas. En la segunda Don Andrés y doña Elvira con don Paco y doña Paca. Isabel se quedó con doña Ana, que vio partir el carro desde la ventana de la sala. Cuando lo perdió de vista clavó los ojos en la bolsa de terciopelo floreado que contenía el escaso equipaje con el que también ella debería abandonar su casa. Los naranjos de la calle ya estaban floridos.

Hacía ya seis días que no veían el sol. Una lluvia constante se cernía sobre el batallón de soldados que marchaban a pie con las cabezas chorreando, los ojos semicerrados y las mantas caladas empapando los uniformes, la piel y los huesos. Caminaban despacio, con el macuto al hombro, con la bomba de mano prendida del cinturón, con el estómago siempre vacío, con los pies envueltos en sacos y el fusil en las manos mojadas, esperando la orden de detenerse y acampar.

Junto a José marchaba un auxiliar de cocina que era medio gitano y que hacía semanas que llevaba con él una gallina rubia. Cuando se detenían el animal correteaba libremente y hasta ponía sus huevos, cuando iban de marcha el gitano se cruzaba la manta en bandolera y la gallina viajaba en ella medio dormida. Aquel soldado caminaba totalmente empapado protegiendo a la gallina para que no se mojara.

La noche era peor que el día, casi nunca tenían la suerte de encontrar un pajar o una choza abandonados donde poder resguardarse y tenderse amontonados unos sobre otros, las más de las veces tenían que dormir al raso, sobre la tierra dura o sobre el fango como ahora; entonces la oscuridad se convertía en un suplicio de frío y barro que iba creciendo a medida que las horas avanzaban lenta, pesadamente hasta que despuntaba la primera luz de un nuevo amanecer que no prometía nada nuevo, nada hermoso, nada más que una posibilidad de seguir viviendo, o de morir acaso, lejos de todo lo que amaban e importaba.

José se acurrucó como pudo contra un terraplén embarrado que al menos lo protegía del viento. Su amigo Pedro Toll se sentó a su lado y compartieron en silencio un chusco y una lata de carne rusa en conserva que sabía a hígado de pollo agrio. Llevaban juntos toda la guerra y habían alcanzado ese grado de camaradería que sólo las largas convivencias en situación límite proporcionan a los hombres. Dos años antes no se conocían y el día que se separaran, si tenían suerte, si ambos alcanzaban a ver el final de la guerra, no volverían seguramente a verse. Pero ahora eran todo el uno para el otro, no había más familia que el amigo, ni otra vida como la del amigo que importara tanto como la propia. Tiempo atrás, después de la primera batalla en que tomaron parte, al comprender que habían de aprender a convivir de cerca con la muerte, hicieron un pacto que los tranquilizaba. Si uno de los dos moría, el que quedara con vida debería escribir a los padres del muerto para comunicarles la noticia; más aún, aquel de los dos que sobreviviera visitaría a la familia del amigo al terminar la guerra para llevarles el relato de este tiempo de lejanía en que el hijo había dejado de ser el hijo que conocían y se había convertido en un hombre nuevo y desconocido.

Aquella noche José no pensaba en sus padres sino en Teresa, y una pena imposible de pronunciar le dolía en el pecho. Tosió. Hacía ya meses que no lograba librarse de aquella tos seca y profunda que lo dejaba sin respiración y pensaba que, después de todo, sería una broma morirse en la guerra de un resfriado mal curado. A veces le escribía cartas breves para decirle que pensaba en ella y pedirle que lo esperara. En ellas le hablaba poco de la guerra y su tristeza, prefería perderse en los recuerdos de su breve noviazgo, cuando iban al cine o paseaban por el campo las tardes de domingo gozando del sol. Tampoco hablaba del futuro, de qué futuro podía hablar él que quizá estuviera muerto mañana, él, que no tenía nada porque todas sus ilusiones habían quedado tan lejos que le parecían un sueño irrecuperable. Cómo hablar en una carta del trabajo que había deseado en la fábrica de lana, de la casa en alquiler que habían visto en la calle Santa María, del dinero que ahorraban para poder casarse dentro de unos años, si todo había quedado de golpe truncado por aquella separación que lo acercaba más a la muerte que a sus sueños del pasado.

Se movió y se frotó con fruición la pierna izquierda para mitigar el dolor de una rampa. Luego se acercó más a Pedro Toll, que dormía como un bendito y roncaba, para aprovechar su calor. Cada noche envidiaba la facilidad del amigo para dormir como un leño en cualquier lugar mientras él tiritaba de frío y humedad y sentía el relente en todos los huesos del cuerpo, tendido sobre la tierra, envuelto en la manta mojada, distinguiendo una a una las piedras que se le clavaban en la espalda, en los muslos, en la cadera, en el cuello, mientras la cabeza se le llenaba de las imágenes acumuladas durante aquellos dos años.

Hacía apenas una semana que habían soportado el último ataque de la aviación nacional. Acampaban cerca de Cantavieja y al estar nublado nadie se percató de que se acercaba la aviación hasta que los aparatos aparecieron encima mismo de sus cabezas en formación de tres. Al escuchar el estallido de las primeras bombas, él se tendió en el suelo junto a la pared de un corral. Nunca olvidaría aquella pared. La tierra temblaba debajo de su cuerpo y pensó en su madre protegiéndose la cabeza con las manos. Aquella mañana un soldado de la compañía con el que tenía una cierta amistad se había peleado con el furriel por un chusco. Estando los dos hombres en plena discusión se oyó el ruido de los motores de la aviación y se dio la orden de tirarse al suelo. El furriel obedeció de inmediato, pero el soldado se quedó en pie gritando.

–¡Ojalá me maten! –gritaba–. ¡Ojalá me maten de una puta vez!

José había mirado con terror a aquel muchacho que corría entre los compañeros aferrados al suelo, suelo ellos mismos; lo había mirado mientras gesticulaba llamando a la muerte con la voz y los ojos desencajados.

–¡Matadme de una puta vez! ¡Acabad conmigo y con tanta mierda!

Sin embargo, aquella vez los aviones pasaron de largo y el soldado, cuando vio que se alejaban, cayó de rodillas al suelo llorando como un niño. No lo habían matado, pero murió tres horas más tarde en el siguiente ataque aéreo. José lo había visto muerto. No tenía ninguna herida, estaba reventado por la fuerza de la explosión de una bomba que le cayó cerca. A su lado había otro muerto decapitado.

Dos días después estaban encima de Viver y al atardecer recibieron orden de reunirse con los restos de la brigada y marchar hacia la retaguardia. Al pasar por Jérica descubrieron que la ciudad acababa de ser bombardeada. En las calles se veían perros y gatos muertos. Lo que más sobrecogió a José fue ver que los cristales y las mosquiteras de las ventanas estaban llenas de cosas pegadas que habían saltado por los aires con la fuerza de las explosiones. Contra una reja había una muñeca de paja destripada que sólo tenía un ojo, un botón azul cosido con hilo blanco que lo miraba sin comprender qué había pasado. El otro estaba en el suelo, lo descubrió junto a sus botas al detenerse y lo tuvo en la mano hasta que decidió guardarlo en el bolsillo del pantalón. Todavía lo tenía y a veces lo acariciaba pensando en la niña a la que habría pertenecido la muñeca. A menudo lo asaltaba la imagen de aquella muñeca que se sostenía sola contra la reja como por arte de magia. Su hermana Isabel había tenido en Francia una muñeca como aquélla de la que no se separaba nunca. Dormía con ella, comía con ella, la llevaba a la escuela, le cosía vestidos, le hablaba, la acariciaba o la reñía cuando se portaba mal. La muñeca se perdió en el viaje de regreso a España y su hermana había llorado tres días seguidos hasta que entre todos lograron que se le pasara el disgusto. Cuando cobró su primer sueldo en la fábrica de vidrio él le había comprado otra parecida pensando en que la niña no notaría el cambio.

–Isabelica, ¿a que no sabes lo que he encontrado en mi maleta? –sonrió José alargando la mano y mostrando orgulloso la muñeca.

–Ésta no es Petra –respondió segura la niña–, porque Petra tenía los ojos azules y ésta los tiene negros. Pero me da igual, diremos que es su hermana.

Aquel día José descubrió que uno se aprende de memoria las cosas que quiere y que nada, nunca, es igual que lo que se ama.

Al pasar por las calles de Jérica se percibía que el frente se había echado deprisa encima del pueblo y sus habitantes, y aquella buena gente había huido sin llevarse nada, abandonando todo lo que querían y tenían. Todo lo que más tarde fue una bendición para ellos, soldados hambrientos que no podían detenerse a pensar en que estaban robando a familias como las suyas. La mayoría de las casas tenían las puertas abiertas invitando a entrar en una opulencia que no lo era, pero para una tropa que lleva largo tiempo en el frente el menor hallazgo es un tesoro incalculable. Había comida, ropa, jabón, mantas, vino y un sinfín de maravillas olvidadas.

Pasaron la noche en el pueblo. Los rancheros encontraron víveres escrupulosamente almacenados en despensas y alacenas que hicieron las delicias de la tropa durante la cena caliente. Y por primera vez en meses durmieron bajo techo en camas que les recordaron sus propias camas. Por la mañana los mandos ordenaron que se hiciera acopio de alimentos y se cargaran en cuatro mulos encontrados en una casa de las afueras. Metieron en sacos todo lo que pudieron y hasta tres cerdos pequeños y una docena de gallinas. Los cochinos se resistían a ser aprisionados y hubo que golpearles la cabeza con piedras hasta que se quedaron quietos. José se sintió como un criminal mientras intentaba que uno de ellos dejara de gritar y patear porque lo estaba matando a golpes. Tenía la mano ensangrentada y se le revolvió el estómago. Entonces empezó el bombardeo. Un cañonazo echó por tierra un pedazo de pared del corral. Fue tanta la impresión al recibir el inesperado cañonazo que sólo pensó en correr. Por todo el pueblo se veían soldados saliendo de las casas, huyendo por las calles entre las bombas que caían. Y siguieron corriendo durante más de media hora sin comprender de dónde venían aquellos cañonazos que los perseguían con tanta destreza.

Los nacionales habían situado el observatorio en un puesto elevado frente a la ciudad y desde allí podían seguir los movimientos de la compañía como si se tratara de un juego infantil.

José vio correr a su lado a un cordero blanco y luego lo perdió de vista.

Al anochecer la compañía se replegó y llegó el silencio. Había sido un desastre. El día anterior, al llegar a Jérica, eran ciento veinte hombres y ahora no quedaban más de cuarenta. Al salir en desbandada habían abandonado no sólo todas las provisiones, también las cocinas y el equipaje de la mayoría de los soldados se habían quedado en la ciudad.

Después de aquello recibieron la orden de dirigirse a Requena para incorporarse a la sexta división y los acuartelaron en la plaza de toros. Estando allí dispusieron de unos días de descanso. A José, acostumbrado a encontrar pueblos destruidos y abandonados por sus habitantes, le parecía mentira no ver señales de guerra. La gente vivía tranquila ocupada en sus labores habituales. Las mujeres lavaban en grupos cantando y riendo. Corros de viejos tomaban el sol a la puerta de la iglesia. Los niños iban y venían de la escuela o se desplegaban en pandillas invadiendo las calles con juegos y griterío. Los hombres salían al campo y regresaban a media tarde para reunirse en el café y jugar una partida de mus frente a un vaso de vino tinto. En las casas olía a pan horneado y algunas muchachas se hicieron amigas de los soldados que por la tarde las invitaban al cine con el dinero de la paga que no habían podido gastar en el frente.

Resultaba extraña tanta normalidad. José se sentía invadido por la melancolía, añoraba a Teresa y pensaba a menudo en su familia y en el hambre que debían de estar pasando. Por las tardes salía solo a pasear por las viñas gozando de la primavera que brotaba por doquier inundando el mundo de flores, perfumes y una variedad indescifrable de matices verdes. Era la vida renovada, el mundo sobreviviéndose a sí mismo a pesar de la guerra y de la muerte que los acechaban al margen de aquella isla inverosímil. Solía subir a una colina desde la que se divisaba el pueblo rodeado de viñas. Llegaba sofocado a lo alto del repecho y se sentaba a la sombra de un pino redondo y solitario. Mirando aquella extensión de tierra cultivada con esmero escribía cartas y pensaba en las viñas de la Camarga, en las excursiones en bicicleta hasta el Rhône con su hermano Miguel y el grupo de amigos, Jean Louis, Pierre, François y Antoine, los seis desnudos en el río, los seis gritando y chapoteando como críos. Pedro Toll se burlaba de él y lo llamaba el ermitaño huraño, pero José lo dejaba reír y por las noches, tendidos uno junto al otro, escuchaba pacientemente el minucioso detalle de las conquistas amorosas del catalán.

–¡No sabes lo que te pierdes, ermitaño! Este pueblo está lleno de muchachas que están deseando contribuir a levantar la moral del ejército republicano. Lleno, ermitaño, lleno. ¿Es que no has visto cómo te mira la modista de la fonda?

–¿Quién?

–La hija de los dueños de la fonda, hombre, la de los ojos negros, la que se cubre con el pañuelo rojo.

–¿A mí?

–A ti, sí, a ti, que pareces tonto. ¡Ay!, mi corazón late de pasión por ella y ella sólo te mira a ti. Si la tienes a tiro, si sólo tendrías que alargar la mano y la recogerías como a una fruta madura. ¡Si serás huraño!

Una tarde se presentaron unas mujeres de Valencia en dos carromatos que acamparon a las afueras de la ciudad. Aquella noche Pedro Toll no apareció por la plaza de toros y José echó de menos el rato de charla nocturna. Se había acostumbrado tanto a la compañía del catalán que se sintió traicionado y de mal humor. Si le ocurriera algo, pensó, qué sería de mí. Y se concentró en alejar aquel negro pensamiento que una vez formulado era imposible borrar y seguía descendiendo sobre él una y otra vez hasta que por fin logró dormirse.

Por la mañana Pedro Toll apareció pletórico y lo zarandeó para despertarlo. Estaba radiante. Había pasado la noche en los carromatos. Se había acostado con las cinco mujeres. No sabía José lo que se había perdido con su incomprensible fidelidad a una novia a la que apenas había besado una docena de veces. José, que era incapaz de enfadarse con las bromas del amigo, lo escuchaba sonriente, pensando que no habrían sido tantas sus conquistas en el pueblo cuando una noche de amores pagados lo tenía en aquel estado de exaltación. Tres días estuvo soportando el relato de sus heroicidades hasta que por fin se calmó.

Una semana más tarde, cuando ya habían abandonado Requena, la cola de los carromatos se repitió ante el hospital de campaña. La mitad de los soldados de la compañía tenían gonorrea y purgaciones.

José evitó reírse delante de Pedro, compadecido de su pésimo estado.

Con la edad Fufo había prescindido de sus escapadas amorosas y se había convertido en un cenobita que se conformaba con comer lo que cazaba, dormir caliente a los pies de Isabel o de Ramón y trepar al tejado de la casilla para acomodarse durante horas y oír los maullidos de las gatas jóvenes del vecindario, espiar las escaramuzas de los machos y observar el mundo con una atención estoica.

La tarde del treinta y uno de diciembre de mil novecientos treinta y seis se encaramó al tejado y se acomodó tranquilamente en el canalón. El espectáculo celeste era sobrecogedor. El sol había cruzado ya la línea brumosa de los montes que se perfilaban al oeste y la huerta aparecía cubierta en toda su extensión por un capa de nubes inflamadas en una combinación exquisita de rojos y morados. Las palmeras ofrecían su alto y oscuro contraste recortándose contra el cielo por encima de las casas, y las naranjas y limones colgaban de las ramas exhibiendo su intensa redondez madura. Un bullicio de alas revoloteaba frente a sus ojos exhibiendo una infinidad de círculos y voces, los murciélagos habían salido de sus misteriosas madrigueras, los gorriones se aprestaban a buscar refugio para la noche en árboles y tejas, las bandadas de palomos daban sus últimas batidas alrededor de las casas. De joven los había perseguido hasta la extenuación movido a medias por el deseo de jugar y por el ansia de procurarse una cena jugosa, pero ahora se limitaba a observarlos de lejos sintiendo, a su pesar, cómo se le hacía la boca agua. De las viviendas y campos cercanos llegaba un concierto de gatos en celo que despertaba en su menuda cabeza el recuerdo de antiguos placeres alcanzados en arriesgadas lides amorosas.

Había vivido muchos atardeceres como aquél. Le gustaba mirar hasta que el cielo se desprendía de la última luz del día y la noche se adueñaba lenta y oscuramente de todo. En otro tiempo aquello marcaba el momento inicial de una aventura nocturna, ahora indicaba, sin embargo, el instante de recogerse al amoroso calor de la lumbre que ardía en el interior de la casilla. Se incorporó y se desperezó lentamente dispuesto a descender del tejado, pero al darse la vuelta descubrió un resplandor desconocido que se alzaba contra la noche iluminando nuevamente el cielo. Era fuego. Las llamas provenían de Santa Gertrudis, la ermita de la huerta junto a la que estaba la pequeña escuela. Lo sabía bien porque algunas mañanas, si tenía ganas de pasear, seguía a Isabel hasta allí y luego regresaba tranquilamente a casa cazando algo de camino y mordisqueando un poco de hierba tierna. Se quedó embobado mirando cómo crecía la intensidad de aquel singular crepúsculo hasta que alcanzó a divisar las llamas más altas y se arrufó maullando de miedo y sorpresa.

La gente empezó a salir de sus casas y a reunirse en grupos escandalosos que se dirigían por el camino hasta la iglesia para ver con sus propios ojos el incendio. Todos hablaban y se llamaban a voces para advertir a los que aún no se habían percatado de lo que ocurría porque estaban cenando encerrados en sus casas. Llegó Juana la Tirita, alborotada, y golpeó la puerta con fuerza llamando a Isabel. Salió la madre seguida de los dos hijos y los cuatro tomaron el camino de la iglesia.

Por un momento, Fufo sintió el deseo de seguirlos, sin embargo se contuvo previendo las dificultades que tendría para moverse entre la muchedumbre que aparecía por todas partes y prefirió su lejano pero seguro observatorio.

La familia tardó más de dos horas en regresar. Todavía les brillaba en los ojos el resplandor del incendio y traían el corazón encogido. Isabelita lloraba por la pérdida de la escuela y Ramón no paraba de hablar preso de una gran excitación. La madre les ordenó que entraran en casa y Fufo bajó de un salto y se coló en el interior justo antes de que Isabel atrancara la puerta, por lo que pudiera pasar.

Cada noche, a eso de las diez, se oía por el camino del Ramblar el camión de Juan Rojo. Todos los vecinos de la Pulgara conocían bien aquel ronroneo mecánico que no auguraba nada bueno y aseguraban las puertas esperando que pasara de largo y desapareciera tragado por la lejanía hasta que antes del amanecer lo oían regresar desde la cama.

Juan Rojo había nacido en Calasparra en una familia de arroceros. A los veinte años se jugó todo el patrimonio familiar en una partida de cartas que perdió, quedando él y los suyos en la miseria. Sus hermanos emigraron a América y él se fue a Lorca con lo puesto y una baraja marcada. Vivió durante meses de las ganancias que lograba en partidas callejeras improvisadas en las esquinas de la Corredera o en el mercado de Santa Quiteria, donde nunca faltaban campesinos dispuestos a multiplicar con un golpe de suerte el capital que habían obtenido con la venta de un animal o de unas hortalizas. Había oído hablar de timbas organizadas por los señoritos de la ciudad en las que se jugaban verdaderas fortunas, pero sabía que a un pelagatos como él aquel territorio le estaba vedado. Comía en cualquier parte y dormía en una fonducha esperando una oportunidad que, estaba seguro, no habría de faltarle si se mantenía alerta.

Un jueves de mercado conoció a don Claudio Barnés de forma casual en un café, mientras se esmeraba en desplumar a un par de palurdos que acababan de cerrar un negocio y lo celebraban con unas copas de aguardiente. Los dejó sin blanca en un par de manos y los campesinos alzaron la voz exigiendo revancha. La algarabía llamó la atención del resto de parroquianos y Juan Rojo, contraviniendo sus propias reglas, tuvo que avenirse a echar una partida de desquite en la que él apostó lo ganado y uno de los campesinos una mula joven que había dejado en la puerta. Alrededor de la mesa se formó un corro de mirones entre los que estaba don Claudio. Juan ganó la mula y el palurdo se desesperó. Mientras recogía la baraja con parsimonia, haciendo caso omiso de las amenazas y maldiciones del perdedor, un señorito se sentó a su mesa y lo convidó.

–Reparte –le dijo, soltando sobre el mármol una baraja nueva–, que las cartas las pongo yo.

–¿Qué apostamos?

–Yo dos duros y tú la mula que acabas de robar a ese desgraciado. ¿Hace?

–Hace.

Jugaron sin hablar. Don Claudio, seguro de que esta vez las cartas no estaban amañadas, se rindió ante la buena estrella del muchacho. Juan ganó los dos duros y un trabajo de capataz en el molino de pienso.

–Zagal, necesito un hombre como tú. Preséntate mañana en el molino si quieres trabajar.

Con diez hombres a su mando Juan Rojo se sentía como un rey. Puso todo su empeño en demostrar al amo su valía y pronto don Claudio fue descargando en él nuevas responsabilidades. Nació así una relación que permitía al señor disponer de más tiempo libre y que a la vez alimentaba la ambición del capataz, quien no veía límite a sus aspiraciones.

Dormía en el molino, en un jergón instalado en un rincón del despacho, que enrollaba por las mañanas y desplegaba por las noches. Cuando se acostaba fumaba un cigarro y miraba la brasa brillar en la oscuridad pensando en el futuro. No tenía amigos. Sabía que despertaba desconfianza entre los hombres y que algunos lo odiaban porque se había interpuesto en sus esperanzas de medrar. Tampoco los aparceros le mostraban amabilidad, pero no le importaba. Ahorraba cuanto ganaba. Encubría los desmanes de don Claudio con ingenio y complicidad adueñándose de su voluntad y sus secretos. Velaba por los negocios como si fueran suyos y esperaba en lo más profundo de su corazón que algún día lo serían. No había hijos que le cerraran el paso e intuía que acercarse a la hija menor de don Claudio había de resultarle fácil. En cuanto a la mayor, la maestra, no había peligro porque ni ella ni el enclenque de su prometido mostraban ninguna inclinación por los negocios familiares.

La niña Pilar, dominada por su madre y acomplejada por su cojera, apenas salía de casa. Era joven, dulce y hermosa, pero dada su vida de enclaustramiento no tenía pretendientes ni atisbo de tenerlos. Era una solterona en ciernes y Juan Rojo comprendió que ésa, y no otra, era la oportunidad que andaba buscando. Pero no tenía prisa. En la oscura soledad de su jergón aprendió a buscar y valorar los encantos de la muchacha, a descubrir sus frustraciones, a adivinar sus sueños y a amarla en silencio. Se acercó a ella con un cuidado exquisito haciendo gala de una sutileza y una simpatía que él mismo ignoraba poseer. Impuso su presencia poco a poco y no habló hasta que estuvo seguro de no arriesgarse en balde porque no podía permitirse un paso en falso que echara al traste sus expectativas.

La ocasión se presentó sin buscarla una tarde de verano.

Don Claudio lo había mandado llamar a la casa y acudió, como siempre, de inmediato. Mas un compromiso imprevisto retuvo al amo en el Casino y envió recado por medio de un bedel para que no lo esperaran hasta la hora de la cena. Doña Agustina y la hija mayor habían salido. Así que Juan Rojo se supo, de pronto, solo con la niña Pilar, que leía en el jardín. Ahora o nunca, se dijo, y se acercó a ella temeroso, aunque dispuesto a terminar de una vez por todas con aquel suplicio que le torturaba el espíritu. Cuando notó su presencia, ella apartó el libro y le sonrió con timidez. Juan recogió su sonrisa y la miró a los ojos haciéndola ruborizar. Cómo se alegró entonces de su paciencia, de no haberse precipitado. Seguro de no serle indiferente, se sentó a su lado y empezó a hablar midiendo las palabras una a una, con miedo al principio pero con coraje creciente al ver que ella lo escuchaba temblorosa sin ordenarle callar y sin alejarse. Vació su corazón con una elocuencia desconocida. Él, que era de natural silencioso, habló de su soledad, de sus sueños, de cómo se había prendado de ella desde la primera vez que la viera, de cómo aquel secreto no lo dejaba vivir, alabó su gracia y su discreción, su belleza, la comparó a los ángeles, le prometió amor eterno si lo aceptaba o desaparecer para siempre si lo rechazaba. Y ella, embelesada, hechizada por aquel discurso inesperado que llegaba a sus oídos como un regalo divino que hasta entonces le había sido negado y con el que apenas osaba soñar en la soledad de su alcoba, se olvidó de su madre y de su cojera, se sintió transportada a un cielo dulce y flotante y, enajenada, asombrada de sí misma, cogió la mano del hombre y la besó llorando y dijo sí cerrando los ojos y sintiendo que el mundo desaparecía a su alrededor y sólo quedaban ellos, un hombre y una mujer tomados de la mano que se amarían para siempre.

La proposición de matrimonio tomó por sorpresa a don Claudio, que, sin negarse categóricamente, adujo que debía pensarlo con detenimiento y, por supuesto, consultarlo con su esposa. Doña Agustina, sin embargo, se cerró en banda desde el principio y no se mostró ni por un momento dispuesta a consentir la boda de su hija menor con aquel don nadie, un advenedizo que, a ella no le cabía la menor duda, sólo pretendía el dinero de la familia y haría de la hija una desgraciada.

De nada sirvieron los argumentos del padre defendiendo la

buena disposición del muchacho para el trabajo ni los llantos de la niña Pilar que había dejado crecer las ilusiones en su inexperto corazón. La madre fue inflexible e impuso su voluntad sin avenirse a razones. Bodas como aquélla nunca tendrían lugar en su casa y en cuanto a la hija ya se le pasaría el disgusto porque, estaba segura, aquél era un capricho de jovencita que se había dejado engatusar por la palabrería del capataz quien, como todos los hombres, no buscaba otra cosa que su propio interés y había osado jugar con los sentimientos de una muchacha enferma y soñadora, fácil de embaucar por el primero que pronunciara en su oído falsas palabras de amor. Porque el amor no existía, bien lo había aprendido ella en sus propias carnes, y pasado el encandilamiento inicial quedaba la difícil realidad del matrimonio en el que sólo se sobrevivía con dolor. No sería ella quien era si no fuera capaz de proteger a sus hijas de ese dolor. No necesitaba que la comprendieran, no le importaba que la considerasen cruel y despótica; obró como tenía que obrar, con firmeza, sin dejarse ablandar por llantos ni ruegos, sin explicar razones íntimas nacidas de su propia experiencia, que a nadie importaban y que nadie, salvo su confesor, sería capaz de comprender.

Despechado, Juan Rojo siguió trabajando para don Claudio, aunque en su ánimo empezó a crecer un deseo de venganza que retuvo en silencio, aguardando la ocasión propicia para desquitarse.

En la soledad de su jergón, donde antes había dado alas a su amor por la niña Pilar, le llegó la inspiración. Sabía, porque conocía al amo mejor que nadie, que don Claudio mantenía un romance con Angustias y que aquel amorío con la criada no era, como tantos otros, una aventura inocente. Don Claudio había transgredido sus reglas, se mostraba demasiado seguro de sí mismo atreviéndose a engañar a la esposa en su propia casa. La situación se haría insostenible, explotaría un día u otro y él estaría allí. Era incapaz de prever el final, pero algo le decía que si se andaba listo podría aprovecharse del tropiezo del amo.

Cuando estalló el escándalo del embarazo de Angustias don Claudio, acosado, se confió a él y Juan Rojo, oyendo a aquel hombre abatido, hizo sus cálculos. Le propuso una solución cara pero razonable que libraría discretamente a la familia del deshonor y a él de la servidumbre. La casa Barnés era un precio justo por cargar con un hijo ajeno, un desquite suficiente por el menosprecio de que había sido objeto. Quienes no habían querido que formara parte de la familia por derecho lo verían ahora cuidar a un bastardo de la sangre de Barnés, potencial heredero de los bienes del padre. Aquel niño sería su triunfo, el primer peldaño de su fortuna.

Angustias y él se instalaron en la casa Barnés dispuestos a empezar una nueva vida y a ir acostumbrándose el uno al otro.

La niña Pilar lloró en el secreto de su alcoba sus penas de amor, perdidas ya las esperanzas de vencer la intransigencia materna y poder casarse con el único hombre que la había mirado como mujer.

Juan Rojo se sentía satisfecho, miraba su hacienda complacido y olvidado de sus amores por la hija del amo pensaba que el cambio no había sido malo.

Angustias, viéndose por primera vez en la vida dueña de su casa y de su destino, se esmeraba en complacer al marido y darle cuanto antes un nuevo hijo, todo suyo, que estrechara la unión y cimentara el nacimiento de una verdadera familia.

Don Claudio, fatalmente herido en su orgullo por los acontecimientos y vigilado de cerca por su mujer, entró en una etapa de letargo amoroso y decidió dirigir sus ansias de aventura a la política, más rentable y menos comprometida. Se afilió a la CEDA y pronto escaló puestos en el partido que le auguraban una vejez dorada.

A los cuatro meses de matrimonio Angustias anunció pletórica a su marido que estaba encinta y cuando el embarazo llegó a su término dio a luz una niña pequeña y rubia como el padre a la que bautizaron con el nombre de Obdulia. El pequeño Juan tenía un año y ya gateaba por la casa mostrando una curiosidad desmedida por cuanto lo rodeaba.

Una tarde, mientras la madre cosía en la placeta, el niño despertó de la siesta y bajó solo de la cuna. Se arrastró hasta la cocina con intención de buscar a su madre y en su paseo por el suelo encontró una cesta llena de artilugios extraños en la que frecuentemente había fijado su atención pero que nunca antes había estado, como ahora, al alcance de su mano. Se sentó cómodamente y examinó, una a una, las maravillas del tesoro recién hallado. Aparecieron a sus ojos botones redondos y brillantes perforados por incomprensibles agujeritos, hilos de colores con los que formó un ovillo abigarrado y esponjoso, pequeños trozos de tela que se deshilachaban entre sus dedos, agujas agudísimas que rechazó tras probar en el pulgar lo afilado de sus puntas, y una pieza única, blanca y quebradiza, que se llevó a la boca y mordisqueó ávidamente. Era un jaboncillo de sastre que Angustias utilizaba para dibujar los patrones y que a él le alivió el dolor de las encías inflamadas por los dientes que presionaban por salir. Cuando la madre entró en la cocina advertida por los balbuceos del niño lo encontró sonriente con la boca blanca y pastosa. Al sentir que lo alzaban del suelo con inesperada energía Juan se quejó llorando por el sobresalto y por el tesoro perdido. Angustias le lavó la boca con agua y jabón hasta que logró eliminar los restos de mineral y le dio unos azotes en el culo.

–¡Malo! Eres un niño malo y se lo diré a tu padre.

Juan, viéndose injustamente zarandeado y maltratado, lloraba desconsoladamente y se debatía en vano. Tenía la lengua blanca y unos gruesos lagrimones rodaban por sus mejillas encarnadas.

Dos días después del incidente el niño amaneció con una fiebre altísima y a media mañana arrojó un vómito azul que sobresaltó a la madre. Llamaron al médico, que se demoró en llegar hasta después del almuerzo. Cuando por fin apareció, restó importancia al caso y se limitó a recetar una purga y manzanilla hervida que, sin duda, ayudarían a limpiarle el estómago y la panza aliviando la indigestión en poco tiempo.

–No asustarse –dictaminó al despedirse–. Los zagales siempre comen cosas extrañas, pero el cuerpo es sabio y expulsa lo que no puede digerir. En cuanto haga cacas veréis como le baja la fiebre. Mientras, tenedlo arropadito para que no coja frío y no le deis de comer hasta mañana.

Pero el remedio no surtió el efecto esperado. Al día siguiente el niño estaba visiblemente peor y lloraba retorciéndose entre vómitos y diarreas que los padres no sabían si atribuir a la purga o al jaboncillo.

–Este niño se ha envenenado –diagnosticó Juan Rojo y salió azorado a caballo en busca del médico.

El pequeño Juan alcanzó a vivir tres días más ante la constante vigilia de sus padres, que trastornados por el dolor rezaban para que se produjera un milagro y veían impotentes cómo la vida huía de sus ojos y el pequeño se iba apagando como la luz de un candil al que faltara aceite.

Angustias lloraba junto a la cuna acariciando la cabecita de aquel hijo malogrado, culpándose por su descuido imperdonable.

Juan Rojo vagaba por la casa maldiciendo a Dios y a los médicos sorprendido de que la muerte de aquel niño, que al fin no era su hijo, pudiera causarle tanta aflicción y en su dolor concibió una idea absurda que se le antojó indispensable. Comprendió que el niño desaparecía, que el tiempo lo cubriría con un velo hasta borrarlo de su memoria. Olvidaría primero el brillo de su mirada y luego, paso a paso y sin darse cuenta, la forma de su cabeza, la gracia de su risa, el calor de sus manos, todo lo olvidaría y quedaría sólo el sueño lejano de haber tenido una vez un hijo que se llamaba Juan y no era su hijo.

–Hay que hacerle una fotografía para poder recordarlo –dijo, sorprendiendo a Angustias con lo descabellado de la idea. Y partió al galope decidido a traer hasta su casa al mejor fotógrafo de la ciudad aunque fuera por la fuerza.

El estudio fotográfico de don José Rodrigo ocupaba los bajos de un inmenso caserón en cuya fachada maltratada por el tiempo lucía aún un antiguo escudo de armas que el retratista, aunque nada tenía que ver con él ni con su familia, usaba como logotipo del negocio considerándolo el colmo de la distinción.

Cuando le propusieron retratar a un niño moribundo, al fotógrafo le pareció que se trataba de una broma macabra. Era viejo y en sus muchos años de profesión nunca había recibido un encargo similar. Por su estudio había pasado lo mejor de Lorca, se preciaba de no tener rival y agotaba la paciencia de los clientes escogiendo minuciosamente los fondos, decorados y complementos más adecuados a cada retrato porque en los detalles, decía, se demostraba la sabiduría del oficio y la calidad del retratista. El lugar parecía un carnaval de telones pintados con escenas bucólicas, fuentes fantásticas y cisnes deslizándose sobre aguas de ensueño. Se acumulaban columnas de yeso que habían servido de apoyo al brazo de soldados de reemplazo que pretendían pasar a la posteridad vestidos con uniforme de mariscal; sillas y sillones variados que se usaban para componer artísticos cuadros de familia, jarrones barrocos junto a los que habían posado lánguidas jovencitas en edad de merecer; balaustradas de cartón piedra utilizadas para las escenas de amor entre parejas de novios o de recién casados en actitud romántica, las manos entrelazadas, las miradas perdidas en el cisne incansable que vagaba a lo lejos, dos angelotes mofletudos y una virgen de Murillo que aparecían, según conviniera, en todos los retratos de primera comunión tras el niño o la niña que posaba siempre arrodillado en un reclinatorio con aire místico, sosteniendo un misal y un rosario de nácar. Un cúmulo de objetos conseguidos con el paso de los años que eran el orgullo de su dueño y que sorprendió por lo extravagante y suntuoso a Juan Rojo, acostumbrado a vivir en espacios elementales.

A punto estuvo don José Rodrigo de negarse a acometer el absurdo encargo que se le hacía al cabo de sus años, pero aceptó movido por la compasión y por el miedo a que una negativa pudiera enturbiar su buena reputación privándolo de trabajos posteriores. Se trataba, a la postre, de un reto y la idea de vencer la dificultad espoleó su imaginación. Pidió diez minutos para preparar la cámara, el trípode, las placas y otros enseres que pudiera haber de menester, porque poco habituado a trabajar fuera de su casa no quería verse en la desagradable coyuntura de no tener a mano algo indispensable. Agarró uno de los angelotes previendo que podría ser un buen complemento para suavizar tan trágico retrato y, ayudado por Juan Rojo, a quien el angelote le pareció un bulto prescindible, se acomodó en la tartana rodeado de su improvisado estudio portátil.

Dispusieron al niño en la cama del matrimonio porque, según consejo del fotógrafo, el retrato del infante resultaría así menos sobrecogedor que en su cuna y porque la luz solar que penetraba por la ventana proporcionaría una iluminación lateral muy adecuada. La madre, entre afligida y emocionada, escogió sus mejores sábanas bordadas y vistió al hijo con una camisa de algodón blanco cuyas puntas rodeaban lujosamente el cuello y las manitas del moribundo.

Colocar el angelote de modo que apareciera en el encuadre sin cobrar excesivo protagonismo fue un problema que al fin se solventó separando la cama de la pared para poder situarlo detrás, justo a la izquierda del crucifijo que colgaba de un clavo, subido en una silla que no se veía oculta por el cabezal de la cama. Pidió luego don José a Juan Rojo que cortara unas flores y las pusieron en un jarrón sobre la mesilla de noche para alegrar un poco el ambiente. Empezaba el padre a ponerse nervioso con tanto preparativo y las lágrimas amenazaban con vencer el aplomo de la madre, que sentía estar cometiendo una terrible injusticia al violar la paz que su pequeño requería. Al fin, todo pareció del gusto del fotógrafo, que levantó la mano con gesto sublime. Un tremendo fogonazo estalló en la habitación dejando en el aire un profundo olor a magnesio y completamente deslumbrada a Angustias, que había fijado la mirada en el extraño aparato para no llorar y pasó el resto del día viendo extrañas lucecitas plateadas ante sus ojos.

Murió el pequeño Juan en aquella misma cama dos horas después de posar para el retrato que había de llevarlo a la posteridad. El propio don José Rodrigo acudió personalmente al entierro a dar el pésame a los padres y entregarles orgulloso la pequeña obra de arte, de la que había guardado previsoramente una copia para su colección particular, negándose en redondo a cobrar su trabajo, sin imaginar que años después aquel gesto de compasión y desprendimiento había de salvarle la vida, cuando en una reunión del Tribunal Popular de milicianos se le juzgó por actividades subversivas contra la revolución y Juan Rojo, enfrentándose a sus camaradas y poniendo en peligro su propia reputación, alzó la voz en defensa del viejo fotógrafo logrando, a fuerza de argumentos contradictorios y de puñetazos en la mesa, librarlo de la pena de muerte que él mismo hubiera debido ejecutar al mando de su patrulla nocturna.

La tarde del once de agosto del treinta y ocho Miguel recibió carta de su hermano José que estaba en el frente de Lérida. La leyó acuclillado contra una pared y sintió que lo embargaba una profunda tristeza. Se estaba librando la gran batalla del Ebro y el mando republicano quería distraer a las fuerzas nacionales que los estaban haciendo retroceder en Gandesa. Su brigada había recibido orden de atacar desde el frente de Levante.

Tras varios días y noches de un durísimo entrenamiento, aquella mañana les habían repartido unos panfletos arengándolos a dar la vida por la patria si era preciso y al atardecer fueron cargados en camiones y emprendieron una marcha hacia el frente que duró toda la noche y parte del día siguiente.

A Miguel, que tenía claustrofobia, lo aterraban las marchas en camión.

En cada vehículo subían todos los hombres que cabían derechos, cada uno con su correspondiente equipo de guerra encima, pero cuando los invadía el sueño llegaba el suplicio. Uno a uno se iban dejando caer al suelo hasta formar un doloroso apilamiento que castigaba cruelmente al que quedaba debajo. Recordaba con angustia su primera experiencia en este tipo de marchas. De pronto despertó aprisionado bajo otros cuerpos. No podía cambiar de postura, no podía respirar, una punzada aguda le perforaba el pecho y el brazo derecho, no sentía los dedos y tenía las piernas inmovilizadas, reinaba una oscuridad opresiva, se ahogaba, entonces comprendió que estaba en una fosa, enterrado vivo y cubierto de muertos, y gritó, gritó con todas las fuerzas de que fue capaz para que lo dejaran salir de allí, para que supieran que todavía estaba vivo.

Ahora prefería no dormir a pesar del agotamiento inhumano que la vigilia le producía. Se acurrucaba contra una de las paredes de la caja del camión y pasaba todo el tiempo de pie, arropado por sus compañeros que, mayores que él y conocedores de su pánico, lo dejaban permanecer junto a la lona trasera para que pudiera respirar el aire fresco nocturno y ver el sol de la mañana.

Iba a cumplir diecinueve años. Su quinta había sido movilizada en octubre del treinta y siete. Llevaba diez meses en el ejército y hasta entonces había tenido suerte. Cuando recibió la orden de incorporarse estaba en Rubí y tuvo que ir a Lorca para hacer la instrucción militar que duró tres meses. Éste fue un tiempo agradable, cerca de los suyos. Luego, en un momento de inspiración en que tuvo la idea de presentarse voluntario para trabajar en la cocina, empezó su suerte. El oficio de ranchero lo había librado de la instrucción, de las guardias y del hambre, y lo había mantenido alejado de la línea de fuego.

Las más de las veces su único trabajo diario era acompañar al furriel a repartir la comida en frío para todo el día. Lo hacían siempre antes del amanecer, de modo que al salir el sol ya estaban de vuelta y su tarea había terminado hasta la siguiente madrugada. Cierta mañana en que habían hecho el reparto más tarde de lo habitual, durante el regreso hacia el puesto de intendencia oyeron los motores de la aviación y vieron aparecer los aviones en formación de tres dirigiéndose a las montañas donde tenían instalado el campamento. El furriel y Miguel se tendieron cuerpo a tierra y fueron viendo de lejos cómo los aparatos dejaban caer las bombas sobre los compañeros que habían quedado allí. Ellos mismos hubieran sido atrapados por el bombardeo de haber cumplido el horario habitual. El campamento quedó destruido, al llegar encontraron muertos y heridos por doquier. Miguel comprobó con horror que, donde estaba la chabola en que solía pasar el tiempo despiojándose, había un gran agujero.

Sin embargo esta vez las cosas eran distintas, se dirigían a una gran batalla y él ya no era cocinero.

Habían acampado cerca de las líneas nacionales y durante todo el día estuvieron pasando heridos que relataban horrores. Al atardecer un cabo mandó a Miguel a que buscara agua. Cogió cuatro cantimploras y echó a andar. Al poco rato de abandonar la compañía se presentó la aviación nacional y bombardeó las líneas republicanas. Él, junto con otros soldados que andaban por allí, se metió en unas trincheras para guarecerse del fuego enemigo. Entonces oyó que algunos hablaban de largarse. Ya había comprobado con anterioridad que en cada retirada faltaban muchos soldados, no por muertos, sino porque huían. Y sin pensarlo dos veces emprendió la marcha cargado sólo con las cuatro cantimploras, sin arma, sin macuto, sin manta y sin la bomba de mano que llevaba en el macuto.

La hora que anduvo hasta que anocheció fue la más peligrosa. Tenía que pasar por entre las tropas que estaban en la retaguardia y si lo detenían lo hubieran entregado a su propio batallón en calidad de desertor. Miguel sabía, porque lo había visto en alguna ocasión, que a los desertores se los fusilaba, pero procuró no pensar en eso.

Los que lo vieron pasar a su lado cargado de cantimploras ni siquiera imaginaron que lo que él buscaba era salvar la vida.

Al oscurecer se acostó entre unos matorrales y allí pasó la noche oyendo el estruendo de la guerra que se hacía al otro lado de las montañas. Con el nuevo día reemprendió la marcha. Ya no veía a nadie, el frente iba quedando atrás.

Hacia las diez de la mañana se topó de cara con un soldado y el corazón le dio un vuelco. Permanecieron mirándose durante unos segundos. Tuvieron miedo el uno del otro. Pero como estaban solos se fueron acercando hasta que el otro, viendo a Miguel desarmado, habló y se reconoció también como desertor. Miguel pensó que la suerte no lo abandonaba. El soldado se llamaba Estanislao Cortina y se dirigía a Valencia, cerca de la provincia de Alicante; así que había encontrado un compañero de viaje que, además, llevaba un fusil y emprendieron juntos la marcha hacia el sur.

Andaban campo a través, evitando los pueblos y las carreteras, y mayormente de noche llevando como única guía la dirección que les había indicado el sol del mediodía. Si se acostaban lo hacían con la cabeza hacia donde deberían marchar, si caminaban, calculaban qué posición ocuparía el sol en el cielo de ser las doce del día.

Estanislao Cortina, que era el mayor e iba armado, tomó el mando ordenando a Miguel que caminara siempre unos pasos detrás de él. Si les daban el alto, Miguel debía echarse al suelo y procurar escapar por todos los medios sin preocuparse del compañero.

El cuarto día de marcha desde la cima de una montaña pelada y pedregosa vieron la huerta valenciana. Era un oasis verde que se extendía hasta el mar, de un azul tan intenso que inundaba el espíritu de paz. Empezaron a bajar hasta llegar al río Júcar, pero como todos los puentes estaban vigilados tuvieron que permanecer escondidos hasta que anocheció. Con la noche volvieron a andar. A la luz de la luna encontraron un vado. El río se ensanchaba hasta parecer un embalse y su superficie brillaba como un espejo de plata. Cruzaron ayudándose con una caña con la que iban tanteando la profundidad antes de avanzar cada paso.

De pronto se encontraron en un paraje distinto. Había campos de arroz y agua por todas partes, no sabían por dónde andar y decidieron meterse en un melonar a comer.

A las tres de la madrugada alcanzaron la carretera general de Valencia a Albacete. Había llegado el esperado y temido momento de separarse. Se detuvieron en la cuneta y comieron el último melón. Estanislao Cortina estaba ya cerca de su casa y quería llegar antes del amanecer. Se abrazaron y se despidieron deseándose suerte y prometiéndose cartas para informarse mutuamente del curso de sus vidas al final de la guerra, pero con la emoción del momento olvidaron darse las direcciones.

Al verse solo, Miguel perdió las ganas de andar. Adónde iba a ir él, un desertor que se dirigía a casa de su familia para ponerlos en peligro y aumentar el hambre que sin duda ellos estaban pasando. Ya todo le daba igual. Durmió durante horas y bien entrado el día empezó a caminar de nuevo siempre algo apartado de la carretera. Desde un coche le hicieron varios disparos, pero no se detuvo. Los del coche, al ver que no les hacía caso, siguieron su camino y dejaron de dispararle.

Al ponerse el sol, se acostó bajo un árbol guardando la precaución de poner la cabeza en la dirección que debía seguir. De madrugada, emprendió nuevamente la marcha. Anduvo durante horas por entre montañas sin encontrar a nadie hasta que a media tarde se topó con un campesino que montaba un mulo. Al preguntar dónde estaba descubrió acongojado que había vuelto al mismo pueblo del que salió por la mañana. Aquel hombre le advirtió que aquellas montañas estaban muy vigiladas, a algunos desertores que habían cogido los habían fusilado allí mismo.

–No es por desanimarte, chiquet, pero pienso que es mejor que lo sepas, así te andarás más listo y no te dejarás coger así como así.

El campesino se echó a llorar al hablar con Miguel. También él tenía un hijo en el frente y el encuentro con aquel muchacho había acarreado de golpe a su memoria la imagen de su Pepet sufriendo sabía Dios dónde en una guerra que ya estaba perdida.

Al día siguiente entró en la provincia de Murcia. A mediodía, agobiado por el calor y el cansancio, se echó bajo unos olivos. Cerca de allí había dos campesinos labrando y, después de descansar un rato, se acercó hasta ellos para preguntarles la dirección de Murcia. Vestía camisa militar y pantalón de paisano porque en el ejército republicano no era obligatorio el uniforme, uno podía ponerse cualquier tipo de prenda si tenía la suerte de tenerla o encontrarla.

–Si tienes intinción de ir a Murcia, mejor será que duermas ahí hasta la noche –le respondió un hombre desdentado que le recordó a su padre–, que esto es una ratonera y está tó lleno de guardas de asalto que te detendrán en cuantico que te vean asomar.

A la hora de comer los hombres lo llamaron para que se fuera con ellos. Ambos parecían igual de viejos aunque uno de los dos debía de serlo más porque llamaba al otro hijo. El más joven era delgadísimo y muy moreno, tenía la piel requemada por el sol, arrugada y reseca, y no le quedaba ni un diente en la boca. Fijándose bien en su mirada azul, se notaba que había envejecido prematuramente. También él tenía dos hijos en la guerra según dijo mientras andaban campo a través por una tierra yerma.

Vivían cerca, en una casa de campo rodeada de limoneros y palmeras que parecía presidir un vergel en el desierto.

Al ver que sus hombres regresaban con compañía, las mujeres salieron a la placeta a recibirlos.

En aquella casa Miguel se sintió cuidado por primera vez en mucho tiempo. Al sentarse a la mesa, frente a un plato humeante de potaje, lo estremeció una antigua sensación olvidada en los recónditos túneles de la memoria y lloró sin que nadie le preguntara por qué lloraba. Todos entendían y las preguntas estaban de más.

Sólo cuando comprendió que el muchacho se había serenado y había comido hasta hartarse, la madre, instigada por la abuela, osó pedirle que les leyera una carta que habían recibido hacía dos días. Ninguno de los cuatro sabía leer y aquel papel escrito alzaba una barrera enigmática entre ellos y la necesidad de tener noticias del frente. La carta era del hijo mayor y era como todas las epístolas que a diario miles de soldados escribían a sus familias. A Miguel le pareció estar leyendo una de las cartas que él mismo mandaba una vez al mes a su familia. Sólo unas líneas plagadas de fórmulas vacías y de faltas de ortografía para decir que estaba bien, que no se preocuparan, que se las arreglaba como podía, que tenía bastante suerte, que había recibido noticias del hermano que a su vez también estaba bien, que deseaba verlos y regresar pronto a casa. El ausente preguntaba por los olivos, por la mula, por la tierra, por ellos. Ninguna noticia sobre la muerte y las calamidades que lo acechaban, sobre los amigos heridos, mutilados o desaparecidos, sobre el sufrimiento y el miedo aterrador en la batalla, en los bombardeos, en las largas noches a la intemperie, en las marchas interminables, nada sobre la angustia estremecedora con que se vivía minuto a minuto, sobre las dudas que imperaban sobre la propia vida, sobre el futuro e incluso sobre los recuerdos que se iban anquilosando lentamente hasta llegar a parecer irreales.

Oyéndolo, la abuela no pudo contener las lágrimas. Se frotaba los ojos grises y hundidos con un pañuelo de batista blanca de bordes delicadamente repulgados con una bastilla minúscula, imperceptible. Los hombres fumaban absortos en el discurso que confirmaba su esperanza de que todo estaba bien. La madre miraba a Miguel aprendiéndose de memoria las palabras misteriosamente escritas en aquel papel que había escrutado con impotencia una y otra vez, que había manoseado y hasta olido para intentar percibir el olor del hijo, de la carne de su carne; al terminar le pidió a Miguel que la leyera de nuevo y él volvió a leerla totalmente identificado ya con aquel Eusebio de letra insegura que no decía nada concreto, pero mandaba a sus seres queridos la noticia de que seguía vivo, que era, al fin y al cabo, lo único que ellos necesitaban escuchar.

Después de la lectura le prepararon una cama en el granero para que se tumbara hasta la noche, pues no convenía que siguiera caminando de día y era peligroso que permaneciera en la casa, expuesto a la llegada de alguna visita inoportuna. Durmió durante tres horas. Pero con el anochecer se desató una tormenta espectacular. Empezó a llover y a tronar con estrépito. Violentos relámpagos iluminaban el cielo desplegándose como raíces de fuego. Miguel agradeció que no lo dejaran marchar. Lo trasladaron a la casa y después de cenar le tendieron un colchón en la cocina para que pasara la noche.

Al día siguiente amaneció un sol radiante y el campo lucía limpio, con un brillo distinto. Era domingo y los días de fiesta la familia los pasaba en una casa que tenían en Yecla. Así que aquel domingo por la mañana le dieron una blusa de campesino para que se desprendiera de su camisa militar y lo llevaron con ellos a Yecla en el carro.

Pasó el día escondido en una habitación con los postigos cerrados, durmiendo y comiendo, olvidado de todo hasta que a la caída del sol llegó el momento de partir. La madre y la abuela se empeñaron en acompañarlo hasta las afueras del pueblo. Miguel caminaba entre las dos como si lo llevaran en andas. A cada instante se cruzaban con soldados vendados que convalecían en el hospital militar y lo miraban viendo lo que parecía, un muchacho muy joven acompañando a su madre y a su abuela a un paseo o tal vez a una visita, y envidiaban la corta edad que lo había librado de la guerra. Cuando las últimas casas quedaron atrás hubo que despedirse. Las mujeres le rogaron encarecidamente que anotara sus señas y que les escribiera, lo abrazaron y le entregaron un saco terrero que contenía un pan y una bola de queso. Miguel echó a andar de nuevo y ellas quedaron allí, viendo entre lágrimas cómo se alejaba hasta que desapareció de su vista.

Al quedarse solo en la carretera se sintió más aburrido que nunca. Andaba sin esconderse. Se cruzó con dos carros cuyos carreteros iban a pie conversando tranquilamente seguidos de un perro.

–Éste va huyendo –oyó que decían.

Hacia la medianoche se acostó un rato en una alcantarilla hasta que encontró ánimos para seguir. Al salir el sol se hallaba cerca de Pinoso. Para evitar el pueblo dio un rodeo por entre unas viñas y al volver a la carretera se topó con una patrulla de guardias de asalto. Al verlos, decidió sentarse en la cuneta. Había una cuesta pronunciada y los guardas se detuvieron para preguntarle si quería subir al camión. Naturalmente dijo que no. Tenía el corazón en la garganta y las sienes le latían como si fueran a estallarle. Pero no sospecharon de él. Iba vestido de paisano y era muy joven.

Desde que huyó del frente nunca había marchado por carretera, siempre lo había hecho a través de campos y montañas, pero ahora le daba igual que lo detuvieran o no. Llegar a Lorca era difícil y, además, para qué iba a llegar. Si lo lograba debería esconderse hasta el final de la guerra con grave peligro para sus padres. Así que decidió seguir por carretera y entregarse al primer guardia que le diera el alto.

La ocasión se presentó pronto. Primero vio aparecer la bicicleta a lo lejos, la conducía un hombre gordo vestido de uniforme que sudaba y resoplaba considerablemente debido al esfuerzo. Al llegar a su altura el ciclista se detuvo, lo observó con atención y le pidió la documentación. Miguel no tenía papeles, pero aunque difícilmente aquel gordo hubiera podido seguirlo de haber decidido correr hacia el campo, no intentó huir. Sabía que en la provincia de Murcia era improbable que lo fusilaran porque estaba muy lejos del frente. Eran las once de la mañana del veintidós de agosto, llevaba diez días andando y estaba agotado y desanimado.

El gordo resultó ser un guardia municipal de Albanilla que se dirigía a una aldea donde tenía que cumplir un encargo. Le dijo a Miguel que se diera preso y que lo acompañara a la aldea. Llegaron a mediodía bajo un sol de justicia. Mientras el guardia hacía su servicio, dejó a Miguel en una casa que era un taller de costura. Había varias mujeres y el preso fue para ellas una fiesta, lo acribillaron a preguntas y le dieron de comer un plato de judías guisadas que le supieron deliciosas.

Cuando el guardia regresó emprendieron la marcha hacia Albanilla. Miguel había prometido que no intentaría escapar, caminaban uno junto al otro, charlando y deteniéndose de vez en cuando para que el gordo tomara aliento y compartiendo incluso el acarreo de la bicicleta. Antes de llegar al pueblo descansaron en una casa de campo colectivizada donde estaban recogiendo almendra y les ofrecieron un vaso de vino dulce. Al atardecer llegaron a Albanilla. La gente miraba con curiosidad al preso que acompañaba al municipal, algunos salieron a las puertas alertados por los vecinos ante la novedad que la falta de acontecimientos les proporcionaba.

Miguel fue entregado en el ayuntamiento, donde se hicieron cargo de él, y tras unas preguntas de rutina lo encerraron en una habitación con una ventana enrejada y una colchoneta sobre una cama de cemento. Como la ventana daba a la plaza y estaba abierta, muchos curiosos se acercaron a comprobar con sus propios ojos la presencia del desertor que había logrado capturar el municipal. Algunas mujeres formaron corrillo en la plaza.

–Pobretico –comentaban–, es tan joven.

La primera vez que se abrió la puerta le llevaron un plato de patatas guisadas que Miguel comió con su habitual apetito. Ya de noche, volvieron a abrir. Esta vez entró un hombre a cuya espalda la puerta quedó nuevamente cerrada. Era un carnicero de la aldea que el guardia y Miguel habían visitado, al que acusaban de vender carne de estraperlo. Más tarde llegó un tercer preso, era otro desertor. Se llamaba Massó y era de Vilanova i la Geltrú.

Massó no paraba de hablar y relataba una y otra vez en catalán cómo él y los cuatro soldados que lo acompañaban se habían enfrentado a la patrulla de guardias de asalto con bombas de mano y piedras. Sus compañeros habían logrado escapar, pero él tuvo la mala suerte de torcerse un tobillo y no pudo correr, así que se rindió no sin oponer resistencia y defenderse a patadas, puñetazos y hasta a mordiscos cuando querían cogerlo. Mientras hablaba, el catalán ilustraba la escena con profusión de gestos y brincos extraños, imitaba el lanzamiento de las bombas y las piedras, se tendía en el suelo para mejor mostrar las patadas y puñetazos, saltaba sobre la cama de cemento y se agarraba con furia a las rejas de la ventana gritando hacia la plaza sumida en una profunda oscuridad.

–Agafeu-me si teniu collons! Agafeu-me, fills de puta!

La cuarta vez que iniciaba el florido relato de sus hazañas, el carnicero se levantó y lo encaró enfurecido.

–¡Que te calles o te pego una hostia que no te encuentran! ¡Ponte a dormir, coño! Y si no quieres dormir, deja que la gente decente duerma. ¡Coño con el mierda catalán este!

Massó se quedó petrificado y se acurrucó en un rincón a punto de llorar. Miguel pensó que el chico estaba mal de la cabeza y no había que gritarle así; pero no dijo nada, se acostó en la cama de cemento y mientras se dormía empezó a darle vueltas a aquello de la gente decente que se enriquecía con el estraperlo.

Durante la mañana Miguel y Massó fueron transportados a Murcia en un camión de milicianos. Los entregaron en el cuartel de Garay y los encerraron juntos en una celda. Les habían guardado algo de rancho, pero no tenían platos, así que Miguel cogió un cubo que había en un rincón e hizo que se lo sirvieran allí. Mientras tragaba el último bocado cayó en la cuenta de que aquél debía ser el cubo de la basura, pero no le importó demasiado. Massó, por su parte, no quiso comer.

Aquella misma noche los trasladaron a una prisión militar instalada en un antiguo convento de las Agustinas. Allí había setecientos presos, la mayoría desertores. Los que tenían familia en Murcia vivían como unos privilegiados porque sus madres y hermanas les llevaban comida diariamente e incluso podían entrar a la prisión y comer con ellos a cambio de entregar algo a los centinelas.

Una tarde Massó se presentó brincando, loco de alegría, seguido de tres presos más. Venía eufórico porque los tres nuevos eran catalanes y ahora podría hablar en su lengua con alguien más que con Miguel. Con la monotonía de los días los cinco se hicieron grandes amigos. Pasaban largas horas contándose sus respectivas peripecias, recordando sus pueblos y buscando conocidos y lugares comunes, admitiendo a veces con cansancio, pero siempre con cariño, la presencia perturbada de Massó, soportando las burlas inocentes del resto de compañeros que los llamaban los catalanes inseparables.

Cuando lo llevaron ante el tribunal militar que había de juzgarlo, Miguel se sorprendió de que los mismos que le tomaban declaración le dijeran que no se preocupara demasiado, que no le pasaría nada porque allí no fusilaban a nadie. Entonces comprendió por qué circulaba por el frente aquel chiste según el cual el general Queipo de Llano decía que la provincia de Murcia la tomaría por teléfono. Después de todo, pensó, quizá no sea un chiste, cómo se puede ganar una guerra con un ejército así, quizá fuera mejor que me fusilaran, que me castigaran sin piedad, quizá entonces tuviéramos un ejército como Dios manda capaz de ganar la guerra.

Miguel escribió a Lorca para informar dónde estaba y no tardó en recibir la visita de su madre acompañada de su hermana Isabel. Durante los dos meses que pasó en esta prisión las vio una vez por semana, aunque para ello tuvieran que andar distancias inhumanas y subirse a los trenes sin billete escondiéndose del revisor porque no tenían dinero para un billete ni para comida. Llegaban con un cesto que contenía higos, melones, pan, tomates; lo que podían encontrar y hurtar a su propia hambre para intentar paliar el hambre del hijo que estaba bien porque estaba cerca.

Ver a su madre lo conmovió y sorprendió. Estaba vieja y delgada, empezaba a tener el pelo cano, amarillento, sus pequeños ojos verdes se hundían en las cuencas y tenía el rostro surcado de profundas arrugas y tostado por el sol. Recordó que al despedirse en la estación de Molins de Rei él y José habían tenido una sensación similar, pero sin duda ahora estaba mucho más estropeada, más incluso que cuando él estuvo en Lorca haciendo la instrucción premilitar. Sin embargo, seguía mostrando la misma vitalidad que siempre la había caracterizado. Intentó calcular la edad que tendría, pero no consiguió estar seguro, quizá fueran cincuenta, quizá menos. Su hermana Isabel había crecido poco, tendría trece años y aparentaba apenas diez, estaba extraordinariamente flaca y le habían desaparecido las pecas, se había cortado las trenzas y llevaba el pelo recogido atrás en una cola diminuta.

Lejos de la calma y el aburrimiento que presidían los días de cárcel, a muchos kilómetros de allí, seguía librándose y perdiéndose día a día y noche a noche la gran batalla del Ebro. Los presos devoraban los periódicos atrasados que caían en sus manos y se entretenían matando piojos de día y chinches de noche en vez de hombres, ésa era su principal ocupación. Por la noche mojaban las patas de la cama para que las chinches no subieran y los dejaran dormir, pero era una batalla imposible, aquellos bichos parecían caer del techo y los acribillaban a picotazos.

El diez de octubre Miguel y sus amigos catalanes aparecieron en una lista y les ordenaron presentarse en el patio. Allí formados, los fueron nombrando uno a uno para que subieran en los camiones fuertemente vigilados por guardias de asalto armados que ocupaban la calle. Subieron, cerraron las cajas y los transportaron a la estación, donde los amontonaron en un vagón de carga. Nadie les dijo adónde los llevaban.

Veneranda se sentó junto a la lumbre y encendió un cigarrito. A pesar de la guerra y del racionamiento nunca le faltaba tabaco porque algunos milicianos conocidos de toda la vida y sabedores de su afición le proporcionaban de vez en cuando alguna cajetilla hábilmente distraída en los sótanos de la intendencia militar, que ella conduraba cuidadosamente hasta que llegaba el deseado repuesto. Uno después de comer y otro después de cenar, ésa era su ración excepto los raros días de abundancia en que juntaba dos o tres paquetitos nuevos y enteros, entonces se concedía el lujo de saborear uno a media mañana y otro a media tarde y, si no podía contener las ganas, uno más después del de la cena, antes de acostarse, que le sabía a gloria porque transgredía las normas y al placer de fumar sumaba el maravilloso placer de lo prohibido.

Estaba preocupada y le costaba tomar una decisión. El caso que se le había presentado tenía mucho de extraordinario y excedía los límites del razonamiento humano. Así que para pensar mejor se permitió romper la norma, a pesar de la escasez, y cogió una brasa con las tenazas para encender otro cigarro inmediatamente después de apagar el que debía haber sido el único de la noche.

Hacía justamente una semana que María Antonia se le había aparecido por primera vez. Ella estaba en la cocina, acababa de recoger el plato de la cena cuando la vio junto a la puerta. Al pronto pensó que la mujer había entrado sin llamar y tal impertinencia la molestó y asustó, porque en aquella casa solitaria de la sierra las visitas, y además nocturnas, eran un suceso fuera de lo común. Iba a increparla violentamente cuando percibió sorprendida que la mujer flotaba y se quedó muda. Sus pies descalzos no tocaban el suelo, tuvo que mirarlos una y otra vez hasta lograr convencerse de que era cierto. Por otra parte, la noche estaba fría y ella venía vestida con un camisón blanco de algodón como si acabara de salir de la cama. Llevaba el cabello suelto sobre los hombros, un cabello extraño que prometía haber sido hermoso pero que ahora lucía totalmente falto de brillo, enfermizo. A la escasa luz del candil no logró verle los ojos y lo tomó en la mano para iluminarla mejor, pero ni aun así los ojos se mostraban normales, parecía más bien que en su lugar tuviera un lejano recuerdo de lo que deberían ser, una sombra débilmente luminosa, ni negra, ni azul, ni de ningún otro color, sólo una sombra compactamente blanquecina.

–Tú eres un fantasma –dijo.

La mujer no respondió.

Veneranda se sentó y buscó tanteando el paquete de cigarros que tenía en el suelo, junto a la silla.

–¿Se supone que debo conocerte?

La mujer siguió sin responder y ella empezó a sentirse incómoda.

–Pues ya me dirás a qué has venido si es que no piensas hablar. –El cigarrillo se le había consumido entre los dedos y se quemó, lo soltó instintivamente y se quejó chupándose la yema dolorida del índice.

Entonces el espectro se acercó levitando a la lumbre.

–Hace frío esta noche –fue lo primero que dijo–, se está bien aquí con este fuego; por eso he entrado.

–Pues ya me dirás qué más quieres, no creo que hayas venido sólo a calentarte.

–No, en realidad he venido a pedirte un favor.

Se llamaba María Antonia Capito y no la conocía, pero conocía a su prima Manuela, ella podría decirle quién era si se lo preguntaba. Había muerto de tuberculosis hacía seis meses, pero no conseguía el descanso eterno que la Iglesia promete a los difuntos y andaba desde entonces vagando por el monte como un alma en pena. Necesitaba que sus padres mandaran decir tres misas por ella, sólo así alcanzaría la gracia santificante y podría marchar en paz de este mundo. Había muerto sin recibir la extremaunción y la habían enterrado sin oficios porque todas las iglesias estaban cerradas o quemadas debido a la guerra y los curas andaban desaparecidos. No culpaba a sus padres, qué otra cosa podían hacer ellos, no culpaba a nadie, pero necesitaba aquellas misas para poder librarse de la prisión errante en que se hallaba, de aquel calvario cruel que la ataba a los vivos, sin serlo, y le impedía entrar en el mundo de los muertos.

Llevaba semanas vagando por los alrededores de la casa sin decidirse a entrar por no asustarla. Pero aquel fuego la llamaba noche tras noche y tenía frío, un frío profundo del que no se desprendía ni con el sol del mediodía, cuando se sentaba en la era, acurrucada contra la mula que dormitaba plácidamente.

Veneranda la escuchaba pensando en cómo no la había visto antes si, como decía, hacía tanto tiempo que andaba por allí. Pero no dijo nada.

Sin apenas darse cuenta había acabado con todas sus existencias de tabaco, lo descubrió al sentir en la mano el paquete vacío y lo arrojó al fuego enojada. La cajetilla ardió instantáneamente y quedó convertida en un rebujo ceniciento en el que todavía podían distinguirse las letras, más oscuras, que nunca había podido leer y la silueta violácea de una flor que siempre identificaba con una dalia. Tendría que pasar sin fumar al menos durante dos días, que era cuando tenía previsto bajar al pueblo, y eso si tenía suerte y Juan Rojo u otro amigo le habían conseguido suministros; si no, a saber cuánto tiempo de abstinencia le aguardaba. Esta idea la molestó y sintió que repentinamente se le mudaba el estado de ánimo.

Cuando alzó la vista del fuego, el espectro había desaparecido.

–Ayer noté que te enfadaste, por eso me fui –dijo al presentarse por segunda vez.

–No fue culpa tuya, fui yo quien se fumó todo el paquete. No debí hacerlo. Bien sabía que los cigarros habían de durarme al menos hasta mañana.

El fantasma se acercó al fuego.

–Veo que no te falta la leña.

–Por estos alrededores abunda y no me falta tiempo para recogerla, además la gente no suele acercarse hasta aquí a buscarla; está demasiado lejos para venir a pie y los pocos que lo hacen no son problema, hay suficiente para ellos y para mí.

–¿No tienes miedo de vivir aquí sola?

–Estoy acostumbrada. Ya te he dicho que se acerca poca gente y la que lo hace es buena gente. Tú eres la primera que viene en tres meses. Nunca he tenido problemas. Creo que me tienen miedo, se dice por ahí que soy rara porque vivo sola y me han visto fumar. Cuando bajo al pueblo los niños me siguen en pandilla remedándome pero sin acercarse demasiado. Tú lo sabrás, que eres de la huerta.

–Algo había oído. Alguna vez te había visto pasar envuelta en una manta, pero de eso hace mucho tiempo. Sé que una vez mi prima estuvo a verte aquí.

–Estuvo. Pero los aguadores ya no le dan fiesta. La guerra no sólo ha cerrado las iglesias, ha acabado también con los domingos, ha acabado con todo lo bueno.

–Pero aquí parece mismamente que no hubiera guerra.

–Está demasiado lejos, ya te lo he dicho. Pero no creas, de día se ven los aviones y de noche se los oye. Lo peor son los bombardeos de Cartagena, cuando caen las bombas no se puede dormir, parece que las soltaran aquí mismo. Desde ahí arriba se ve el mar y tengo un catalejo. Cuando acaba el ataque a veces me asomo a ver el puerto, todo arde. Es una pena tanto destrozo. Pienso en los muertos.

–Alguna vez he visto pasar a los marineros que no encuentran su casa. Andan perdidos porque no saben dónde están, algunos no han sabido que están muertos hasta que yo se lo he dicho. No son de aquí y no saben irse. ¡Hay tantos muertos por todas partes buscando amparo!

–¿Y tú cómo quieres que yo me presente en tu casa y les diga que has venido a verme y que quieres tres misas?

–Tres misas en la ermita de la Cruz del Campillo, no lo olvides. Tú sabrás hacerlo.

–Tendremos que aguardar a que se acabe la guerra.

–No me importa. Ahora que puedo hablarte ya no me importa esperar y además que la guerra no durará siempre, tengo tiempo de más. Cuando acabe todo volverá a ser como antes.

–Eso ya lo veremos. Si pierden los nuestros ya veremos cómo son las cosas. Las guerras nunca acaban cuando acaban las batallas, siguen mientras dura el odio. Y aquí hay mucho odio.

Por primera vez desde que falleciera su madre Veneranda no vivía sola y a veces echaba de menos su independencia. Le costaba compartir la casa con otra mujer, aunque esa mujer fuera tan discreta como Pilar. Eso sin tener en cuenta al fantasma de María Antonia que ahora entraba y salía cuando le apetecía, de día y de noche, y las llegadas súbitas de Abundio García que en cuanto podía escapar de sus obligaciones venía a ver a Pilar. Llegaba en coche, se le oía desde la cuesta porque el automóvil siempre se paraba en el último repecho y al ponerlo de nuevo en marcha el motor sonaba como una caja de truenos. Entonces ella desaparecía sin decir nada para permitirles que se amaran sin presencias molestas. Les dejaba la cama grande y les daba tiempo porque el amor, para crecer, necesita tiempo y soledad, y ellos tenían tan poco de ambas cosas que terceras personas siempre estaban de más en sus escasos y furtivos encuentros.

Imaginando el ardor de los cuerpos que retozaban en su propio lecho, recogía leña, cuidaba la huerta, subía a ver el mar, cazaba, arreglaba el gallinero u ordeñaba la cabra, y cuando comprendía que no iba a estorbar regresaba a la casa.

Abundio siempre les llevaba tabaco y comida, alguna vez se había presentado con café y hasta había traído una botella de aguardiente que todavía duraba porque la bebían con sumo comedimiento, sólo para celebrar sus venidas, que no eran muchas.

Los tres juntos fumaban y charlaban de la vida. La pareja de enamorados solía hacer planes para después de la guerra que Veneranda escuchaba con tristeza mientras intentaba convencerse de que el futuro sería realmente tan simple y hermoso como ellos lo soñaban, pero nunca vertía sobre ellos sus dudas porque no estaba bien desbaratar las ilusiones ajenas con los propios temores. Luego él debía marcharse con la misma premura con que había venido y ella debía consolar a Pilar que quedaba sumida en una melancolía sin palabras.

Cuando estalló la guerra Abundio García decidió que debía incorporarse a la milicia y regresar a Lorca.

–La guerra ha de pasarla uno con los suyos –le argumentó al señor Pepito para despedirse–. De más sabe usted que aquí yo estoy bien, que no me falta de nada y que nunca me he quejado. No es por eso que me voy. Es que no viviría tranquilo trabajando y durmiendo como si nada, mientras la República lucha contra esa peste de fascistas malnacidos –evitó decir también católicos, por respeto al amo– que quieren acabar con la libertad del pueblo. No estaría bien quedarse de brazos cruzados y yo soy hombre de principios, así que me voy a Lorca que algo habrá para mí. Nadie sobra en una guerra.

El señor Pepito no dijo nada. La masía se estaba quedando sin hombres y también la tierra necesitaba brazos, pero calló porque las opiniones sobran cuando las decisiones ya están tomadas de antemano. Ahora sólo quedaban Miguel y Pepe Díaz. Se limpió las gafas con el pañuelo de algodón azul que siempre llevaba en el bolsillo del pantalón y miró con sus diminutos ojos miopes a aquel hombre adulto que sentía una ilusión pueril por participar en la guerra.

–Espera –lo llamó al ver que ya echaba mano a la bicicleta–, ven a la masía que te daré la semanada.

Tras guardarse el dinero en el bolsillo interior de la faja fue en busca de Miguel para despedirse. El muchacho estaba en la cuadra arreglando las bestias y ya conocía las intenciones de Abundio.

–Cuídate, zagal. Tú aún eres muy joven, pero, quién sabe, si esto dura a lo mejor aún te alcanza la suerte de que te llamen a filas.

Vaya suerte, pensó Miguel y le tendió una mano que Abundio zarandeó entre las suyas con efusión. Luego montó en la bicicleta.

–Ésta se viene conmigo que para algo me servirá –fue lo último que le oyó decir Miguel y permaneció mirándolo mientras pedaleaba con fuerza para subir la cuesta del pinar por donde el camino se alejaba de la masía hacia Rubí.

Fue Juan Rojo quien, una de las numerosas noches que pasaban juntos patrullando, le habló de Pilar. Habían detenido la camioneta para bajarse a orinar y aprovecharon la parada para convidarse a un cigarrito. El cielo iba ganando luz rápidamente y ya se podían distinguir con claridad los montes pelados de la loma de Aguaderas cerrando la huerta hacia levante.

–Es una pena que esa mujer no tenga un hombre que la quiera bien –se lamentó Juan.

Abundio ya no lo escuchaba. Andaba con la mirada perdida en la silueta rojiza de los montes y en su pensamiento había surgido el ensueño de una virgen blanca, coja y delicada que lo esperaba.

Puso todo su empeño en conocerla y conquistarla, y no cejó hasta conseguirlo.

Ingeniaba para sus patrullas rutas inverosímiles que siempre acababan pasando por la calle Leones o se apostaba frente a la casa durante horas con la esperanza de que ella saliese, aunque lo único que logró fue aprenderse de memoria el estúpido escudo de armas que figuraba sobre la puerta donde uno de los angelitos se había quedado tuerto por el desafortunado acierto de una bala perdida.

Cuando lo nombraron comisario de abastos ordenó requisar un caserón vacío cuya cuadra daba pared con pared con la casa de don Claudio para instalar una caserna dedicada mayormente a almacén, establo y cochera, lo que le permitía pasar allí casi todo el día más atento al movimiento de la casa vecina que al de la caserna. Pero en vista de que su amada parecía vivir enclaustrada y no alcanzaba el don de verla y mucho menos el de poder hablarle de su pasión, decidió cambiar de táctica y pasar a la acción.

Dadas las inclinaciones políticas de don Claudio no fue difícil obtener una orden de registro contra él y Abundio entró en la casa una tarde de abril esmeradamente aseado, perfumado y uniformado, al mando de un piquete de tres hombres que, mientras él recorría como loco la planta y el primer piso buscando a su soñada cojita, encerraron a doña Agustina y a la hija mayor en sus respectivas alcobas y dejaron el despacho patas arriba. En el esbelto reloj de antesala que presidía el vestíbulo eran las tres y media de la tarde. A esa hora don Claudio Barnés, que al ver frustradas sus ambiciones políticas había recuperado sus promiscuas inclinaciones amatorias, se dirigía muy ufano y olvidado de la guerra hacia el Esparragal al volante de su Hispano-Suiza. Abundio García lo sabía.

La niña Pilar dormitaba en la cama cuando vio entrar como una exhalación al apuesto y maduro militar que rondaba la calle espiando las ventanas sin disimulo. Al sentir los poderosos brazos masculinos alzándola por los aires, ni gritó ni opuso resistencia, tal como se hubiera esperado de ella; sino que se agarró con todas sus fuerzas, para no caerse, al cuello de aquel hombre que le repetía que no tuviera miedo y, cerrando los ojos para no despertar si aquello era un sueño, se dejó llevar flotando en una nube de agua de colonia.

Desde la calle Leones se dirigieron dando un intrincado rodeo a la casa Barnés. Abundio García conducía con el corazón a punto de perforarle la caja torácica, la niña Pilar iba tendida en el asiento trasero, cubierta con una manta, sin moverse y casi sin respirar, tal como se le había ordenado.

Cuando el automóvil se detuvo por fin y pudo sacar la cabeza de la manta que empezaba a asfixiarla, Pilar vio sorprendida el rostro de Angustias observándola al otro lado de la portezuela e invitándola a salir con una sonrisa. Hacía años que no se veían. Luego, reconoció la hacienda. No había estado allí desde que Isabel y Pedro Ponce habían sido despedidos y de repente percibió el aroma del café con que Isabel solía obsequiarlas cuando su madre, argumentando que había que tratar a los aparceros con familiaridad, las llevaba de visita a ella y a su hermana a la casa Barnés.

Había sido Angustias quien, tras conocer las intenciones de Abundio, aconsejó a su marido que la llevaran allí porque sería bueno que la niña Pilar encontrara caras conocidas al verse arrebatada de su mundo. Pero el lugar no era seguro. Los vecinos podían percatarse de la presencia de la mujer e incluso reconocerla y denunciarlos.

Había que trasladarla y Juan Rojo pensó en Veneranda y su pequeño cortijo de la sierra. Aquel aislamiento sería, sin duda, idóneo. La niña Pilar podría salir de la casa cuando le apeteciera y Abundio podría visitarla sin temor a ser descubierto.

Veneranda, traicionada por una vena romántica que le ofuscó el entendimiento, desoyó los dictados de la razón y sacrificó su independencia en aras de aquel amor apasionado que infundía un hálito de esperanza en un tiempo habitado por la muerte y el dolor.

Estaba acostumbrada a vivir sola y, aunque no se arrepentía de su decisión, en ocasiones la asaltaba la pesadumbre de sentir su mundo invadido por extraños que le robaban la intimidad sin compasión.

Primero fue la llegada de María Antonia, que, perdida la timidez inicial, se había instalado en la casa sin el menor recato; aunque al fin el fantasma, que sólo pedía conversación y compañía, daba pocos quebraderos de cabeza.

Peor eran las peculiaridades de Pilar, que, acostumbrada a vivir protegida y entre algodones, conservaba una fácil predisposición a dejar que los demás hicieran su trabajo y le solucionaran la vida; aunque su discreción era encomiable y saltaban a la vista sus esfuerzos por intentar adaptarse y no ser una carga para su anfitriona.

Compartir el espacio, la mesa, la comida, los cubiertos, la lumbre, el día y la noche con otras dos mujeres resultaba arduo para quien llevaba años regalándose con la relajación que la soledad produce en los hábitos del vivir.

Con la colaboración de Abundio recuperaron un camastro polvoriento de patas desvencijadas que yacía olvidado en la cuadra y lo instalaron para Pilar en la cocina.

El acoplamiento entre las tres fue complejo y lento, aunque al final una armonía envidiable y un clima de amistosa complicidad acabó por presidir su convivencia.

Veneranda prescindió de privilegios y adoptó horarios y comportamientos más sociables. Pilar aprendió a fumar y a cocinar y acabó colaborando en todas las tareas del cortijo. Y en cuanto a María Antonia, aunque costó convencerla, al fin comprendió que debía respetar la intimidad y el pudor de los vivos evitando ciertas apariciones importunas, muy especialmente cuando los enamorados se quedaban solos.

Tras el cruel desengaño que siguió al destello de ilusión que la declaración amorosa de Juan Rojo había abierto en la insignificancia de su mundo, Pilar se había hundido en la penosa aceptación de que su vida quedaba reducida al vacío y nunca gustaría las mieles del amor, prohibido por su madre. No esperaba nada. Había aprendido a no soñar y a dejar que pasaran los días acumulando monotonía y rezos sin apenas salir de casa, siempre bajo la seguridad de las órdenes maternas. Había dejado incluso de envidiar el eterno noviazgo de su hermana que se desvanecía lentamente sin futuro. Y cuando ya no abrigaba más que el consuelo de envejecer tranquila entre oraciones, Abundio irrumpió en su alcoba arrebatándola, arrojándola a una pasión desconocida.

El rapto provocó en Pilar un embelesamiento que la mantuvo durante semanas en un estado de ensoñación que le impedía percatarse de cuanto sucedía a su alrededor y percibir la realidad. Aquel hombre imprevisible irrumpió en su letargo, despertándola violentamente a la vida, enajenándola. La pasión de Abundio la devoró como el fuego devora un trigal seco, y ella se entregó sin límite al incendio del alma y los sentidos como las heroínas de novela que poblaban sus noches solitarias en la casa cerrada y sombría. Borracha de sol y libertad, descubría el mundo a ráfagas que la deslumbraban desvelando misterios nunca hasta entonces imaginados incluso en las cosas más simples. Salía al campo y regresaba encandilada por el afanoso ajetreo de un hormiguero, por el vuelo de los pájaros, por las formas de las nubes, por el sabor cálido de la leche de cabra, por el milagro de las gallinas ponedoras, por el aullido de un perro oído en la distancia, por el brillo de una gota de rocío, por la contemplación de una flor, por el secreto de la hierba que crecía en silencio ante sus ojos vírgenes arrastrados de pronto a la vida intensa.

Las visitas de Abundio se convirtieron en la medida del tiempo. Sus ausencias la ahogaban en la insoportable agonía del deseo. Sus llegadas desataban torrentes de pasión. Se arrojaban en la cama de Veneranda y se perdían en la locura de los cuerpos. Su partida era un cataclismo devastador y la tristeza manaba de las sábanas que los habían cobijado, del suelo que había pisado o del vaso en que había bebido el amado.

Las juiciosas palabras de Veneranda aconsejándole mesura sonaban siempre en vano.

Sólo a los tres meses del rapto la niña Pilar escribió un escueto mensaje a sus padres para comunicarles que estaba bien y no tenía intención de volver ni añoranza de verlos. Fue Abundio quien, oculto por la oscuridad de la noche, dejó el papel en la puerta de la casa, sujeto a la argolla de la aldaba, tal como lo encontró por la mañana doña Agustina.

En El Huerto el ajetreo matutino se calmaba hacia las ocho, cuando toda la familia salía en la tartana hacia sus respectivas escuelas.

La primera en levantarse era Olalla, que, todavía con los ojos semicerrados, se echaba sobre los hombros un pañuelo de lana y abandonaba sin hacer ruido la habitación donde Isabel seguía durmiendo hasta las siete en la misma cama caliente que ella había dejado. Envuelta en el pañuelo y tapándose la boca con la mano para no constiparse salía a oscuras de la casa para ir al retrete y de regreso aprovechaba para traer un balde de agua de las tinajas. El perro salía de la cuadra en cuanto la oía y se plantaba ante ella meneando el rabo hasta que lo acariciaba.

Ya en la cocina encendía lumbre en el hogar con las cañas y las matas de esparto o con la roza que había dejado preparadas la noche anterior y ponía a calentar el agua para el aseo de doña Bernarda. Mientras el agua se calentaba en el gran caldero de vientre tiznado que pendía del gancho de la chimenea, ella se vestía y preparaba un buen puchero de malta en el infiernillo de carbón que había sobre el poyo, junto a la pila del fregadero. Luego se servía una taza de aquel mejunje claro y amargo y lo bebía sin azúcar y con una pintita de leche de cabra añorando el delicioso aroma y el sabor del café, del cual hacía ya tiempo que habían prescindido porque no había y el de estraperlo era un lujo carísimo que no estaba al alcance de la precaria economía de los maestros.

Cada mañana doña Bernarda se esmeraba en su aseo personal disfrutando íntimamente del tiempo que en ello empleaba. Olalla entraba en la alcoba acarreando un cubo humeante en una mano y un candil encendido en la otra. Dejaba la luz sobre la cómoda, sacaba del cajón superior dos toallas pequeñas y una grande, vertía la mitad del agua en la palangana, y la dejaba sola. Primero se frotaba la piel con la toalla húmeda y caliente previamente enjabonada, demorándose en los pechos, la barriga, la entrepierna y las nalgas. Para poder sentirla siempre cálida, humedecía y escurría la felpa una y otra vez en la jofaina de agua caliente. Concluida esta primera parte, utilizaba la segunda toallita para enjuagarse el jabón con el agua que había quedado en el cubo, y de vez en cuando se olía los brazos buscando el reconfortante aroma del jabón de coco, su pequeño tesoro celosamente guardado entre las sábanas del segundo cajón de la cómoda, las pastillas blancas como la leche envueltas en papel de celofán transparente y ruidoso. Las había comprado en el mercado negro al estallar la guerra, previendo escaseces futuras, y las conduraba celosamente porque si le faltaran se sentiría la mujer más desdichada del mundo. Por último, se secaba con la toalla grande y se vestía aprisa, sorprendida del frío porque hasta ese momento de tan ensimismada no lo había notado. Aquellos instantes de la mañana eran su único tiempo privado y le proporcionaban una paz esencial e irrepetible a lo largo del día. Ya vestida, llamaba a don Blas, que seguía durmiendo en la amplia cama del matrimonio, aparentemente ajeno al rito del agua y el jabón que su esposa había oficiado desnuda y en silencio durante casi media hora. El marido nunca se levantaba antes que ella, porque no precisaba tanto tiempo ni tantos preparativos para enfrentarse al nuevo día; pero sobre todo porque sabía que, de haberlo hecho, sus idas y venidas por la habitación se hubieran convertido en un incordio y hubieran acabado de un plumazo con el embeleso de la esposa. Por eso, si alguna mañana se despertaba acariciado por el sonido del agua o el fresco aroma del jabón, permanecía en silencio, sin moverse, gozando de la belleza de la mujer apenas iluminada y recreándose en sus propias sensaciones.

Ya en la cocina, doña Bernarda, sentada en una silla baja y luciendo sobre los hombros un delicado peinador cuyos dobladillos ella misma, en su juventud, había rematado con finísimas vainicas, dejaba mansamente que Olalla le cepillara el cabello con esmero para acabar recogiéndoselo en un moño alto. Mientras, se levantaban don Blas, los niños e Isabel, e iban apareciendo ruidosamente en la cocina. En aquel momento la maestra sentía cómo la paz lograda durante el íntimo lavatorio la abandonaba irremisiblemente para todo el día y se le desataban los nervios por obra y gracia del bullicio de voces y movimiento que en un instante se adueñaba de la casa.

Don Blas se aseaba rápidamente con el agua que había dejado su mujer, buscaba en los cajones una muda limpia, se abotonaba la camisa, se ponía la corbata que colgaba del cabezal de la cama con el nudo hecho, se enfundaba en un traje de franela gris bastante raído en los puños y codos, pero cepillado a diario por Olalla, se anudaba los zapatos, les daba brillo con un pañito que para tal fin guardaba en una caja de cartón debajo de la cama, y aparecía sonriente en la cocina dispuesto a sentarse y disfrutar del huevo pasado por agua que cada mañana comía con una cucharilla. A don Blas, cuando empezó la guerra, se le había declarado una úlcera de estómago y este luctuoso acontecimiento le proporcionaba algunos privilegios gastronómicos no generalizables para el resto de la familia. El hombre, consciente del beneficio que la enfermedad le regalaba, procuraba no sentirse culpable y saboreaba el huevo evitando las miradas furtivas de los que se sentaban a la mesa con él.

Los niños gritaban y se peleaban, y siempre se demoraban demasiado encendiendo las iras de la madre, que debía acudir a poner orden y a terminar de vestir a la pequeña Engracia cuyo jersey nunca estaba del derecho y cuyas medias habían desaparecido misteriosamente de donde las hubiera dejado, debidamente ordenadas, la noche anterior.

Isabel, que tras el incendio de Santa Gertrudis había visto llegar el fin de sus días de colegiala y se había puesto a servir, se vestía aterida de frío con la misma ropa de toda la semana y acudía también a la cocina, donde ayudaba a Olalla con el desayuno. Isabel trabajaba por la comida y la cama, aunque la comida fuera escasa y la cama, compartida.

Todos juntos desayunaban pan migado con leche y un chorrito de malta para dar color.

A las ocho Pedro ya tenía el caballo enganchado a la tartana y dispuesto en la puerta. Flit ladraba y brincaba por la placeta como un loco. Los maestros y sus tres hijos salían abrigados, montaban y partían hacia el pueblo. El perro los seguía hasta Santa Quiteria y luego se volvía solo, corriendo. Como el trayecto era corto y el viejo Trotón conocía el camino con los ojos cerrados, el padre dejaba que Miguel, Blas y Engracia, en orden estricto de edad, condujeran turnándose diariamente el coche, lo que hacía las delicias de los zagales, especialmente de la niña, a quien esta responsabilidad le parecía poco menos que una heroicidad digna de ser relatada con pelos y señales a sus compañeras de clase.

El camino de la Pulgara acababa en el puente de Santa Quiteria, demasiado estrecho para admitir el paso de carruajes. Llegados allí, dejaban la tartana en el patio de una de las casas preparadas para acoger la afluencia de animales y carros que llegaban a la zona para el mercado semanal de los jueves. Don Blas desenganchaba el caballo y lo llevaba al establo, donde el animal quedaba esperándolos pacientemente hasta mediodía, deleitándose con un saco de alfalfa fresca atado al pescuezo. Desde Santa Quiteria la familia seguía a pie hasta la Corredera, donde se dispersaban y cada uno enfilaba hacia su propia escuela. Miguel, al instituto; doña Bernarda, con Engracia de la mano, a la escuela de niñas, y el padre, con Blas, a la de niños.

La guerra se notaba en las aulas por la escasez de alumnos.

Los mayores ayudaban como podían a sus padres y faltaban con frecuencia si algún menester, siempre más indispensable que la instrucción para las menguadas economías familiares, los requería. En las colas descomunales del racionamiento era fácil ver a los pequeños acompañando a sus madres, que confiadas en su diminuto tamaño, albergaban la esperanza de que para ellos fuera más fácil colarse sin ser vistos, aligerando, así, el diario suplicio de las desesperantes horas perdidas para conseguir el suministro de pan o la miserable ración de legumbres que les correspondería de no agotarse antes de que les tocara el turno. A don Blas, el papel secundario que la escolarización de los hijos ocupaba en la vida lo exasperaba.

–Me sacan de quicio –solía quejarse a su mujer–, ¿no se darán cuenta de que la cultura es necesaria?, ¿cuándo comprenderán que sus hijos no pueden vivir sólo de pan, como ellos, que en el mundo que se avecina les será indispensable saber leer y escribir correctamente, que no es suficiente con conocer a medias las cuatro reglas, que la cultura los hará más libres y capaces cuando sean adultos? Pedro Luis Jiménez, mi mejor alumno, el mejor alumno que quizá haya tenido nunca, no va a volver a la escuela. Tiene doce años y no volverá a la escuela porque ha de cuidar un hato de cabras. Su madre ha estado esta mañana a decírmelo. ¿Qué te parece a ti?

–No te procupes tanto, hombre. Es la guerra y la gente no lo entiende.

–Pero yo tenía planes para ese chico. Había solicitado en el instituto que lo admitieran en el examen de ingreso. Ese muchacho podría llegar a ser lo que quisiera y ha de dejar la escuela para cuidar cabras. Estoy seguro de que hubiera podido conseguirle una beca y no volverá a la escuela. Es terrible. ¿Cómo no voy a preocuparme, Bernarda?

Cuando su marido sufría una crisis depresiva a causa del trabajo, algo frecuente en los tiempos que corrían, doña Bernarda se preocupaba, sabía que más tarde o más temprano los problemas siempre acababan atacándole el estómago.

En El Huerto, la partida diaria de la familia inauguraba un periodo de tranquilidad que se prolongaba hasta mediodía, cuando todos regresaban a comer.

Isabel recogía la mesa del desayuno y fregaba la loza con agua que sacaba en un cubo de una tinaja. Al acabar, hacía las camas y barría toda la casa.

Olalla se tomaba otra taza de malta, ponía la comida al fuego y la dejaba cociendo. Mientras la olla borboteaba lentamente en el hogar, ella salía de visita a charlar con alguna vecina.

Doña Ana, que desde que había enviudado vivía con los sobrinos, se quedaba en cama toda la mañana pensando en sus cosas y recordando. Doña Ana ya no hacía otra cosa que recordar. De noche, despierta; de día, sentada en una silla al sol o frente a la lumbre. No hablaba y apenas se movía, ya no sentía nada que la impulsara a luchar contra el torpor del cuerpo y del alma.

Al verse sola, Isabel necesitaba buscar alguna cosa que le aliviara el hambre que siempre tenía. Un pedazo de pan o un trozo de torta dura como una piedra, nada que pudiera ser echado en falta, nada que la saciara definitivamente. Lo comía a escondidas, con miedo, y por eso, pensaba, no le aprovechaba. El temor a ser descubierta en aquello que consideraba una falta terrible se le había instalado en el cuerpo una mañana en que su minúsculo hurto la dejó en evidencia. Desde entonces se debatía con angustia entre la tiranía del estómago y el pánico a una inesperada entrada de Olalla, a que la mujer clavara en ella su mirada al pillarla in fraganti.

Todo había sucedido por culpa de su osadía infantil. Olalla estaba, como siempre, poniendo la comida mientras ella terminaba de recoger la mesa; entonces llegó su madre. Era día de amasar. La criada al oír a Isabel dejó la olla sobre el poyo y salió a a la placeta a charlar con ella. Olalla no perdía ocasión de hablar si tenía con quien. Isabel las oía desde la cocina y no pudo vencer el impulso de agarrar un pedazo de pan que había quedado en la mesa. Lo escondió con ligereza bajo el pañuelo que la abrigaba y pensó en llevarlo a la habitación. Lo dejaría allí, como tantas veces, hasta encontrar el momento adecuado para comerlo a solas. Pero su madre la llamó asomando la cabeza por la puerta.

–Isabel, ¿qué haces? Ven aquí con nosotras.

–Ahora no puedo, madre, espere un momento.

–Isabel, ven aquí –insistió también Olalla asomándose–, ya tendrás tiempo de hacer lo que sea.

De repente, ambas mujeres habían entrado y la estaban mirando. Toda la sangre del cuerpo se le agolpó en las sienes y apretó el pan contra el pecho ocultando la mano bajo el pañuelo de lana. Tenía el corazón en la garganta, ahogándola. Sentía que el pañuelo era transparente.

–Isabel, ¿que tienes ahí? –preguntó la madre curiosa.

–Nada.

–¿Cómo que nada? Algo tienes. A ver la mano.

–Que no tengo nada, madre. –La voz apenas le salía del cuerpo.

Pero la madre no se conformaba y su insistencia desarmó a la cría, que tuvo que mostrar el pan roja de vergüenza. Las mujeres, abochornadas por su indiscreción, no dijeron nada; sin embargo, Isabel se sintió morir mientras dejaba nuevamente el pan en la mesa.

Desde aquel día el tamaño de sus hurtos quedó reducido a la miseria y sólo cogía lo que pudiera ser tragado en dos bocados. Visto y no visto. Siempre superando el pánico que casi le impedía tragar.

El pan para toda la semana se amasaba de una sola vez. El trabajo duraba un día entero y lo hacía la madre.

El martes por la noche Isabel dejaba la cena preparada para Pedro y Ramón y se iba a El Huerto a empezar el trabajo del día siguiente. Se ataba un pañuelo a la cabeza, se arremangaba, enjuagaba la artesa, deshacía en el agua una bolita de levadura, añadía la harina y comenzaba a hundir las manos una y otra vez en la pasta pegajosa y blanca que olía a moho, añadiendo poco a poco nuevos puñados de harina hasta que la mezcla estaba a punto para formar una masa de textura blanda y lisa que quedaría reposando y creciendo durante toda la noche, cuidadosamente cubierta con un trapo húmedo de algodón. Antes de regresar a casa, Isabel se echaba siempre tres o cuatro puñados de harina en el bolsillo del mandil que servirían para amasar el pan propio. La cogía sin alterarse, con la tranquilidad de quien sabe que está en su derecho. Demasiado les debían a todos en aquella casa como para que a ella le importara llevarse un poco de harina. El saco de cien kilos que compró con el dinero que Pedro trajo de Guadalajara había durado un año entero, pero hacía ya tiempo que se había agotado. Ahora la harina era mucho más cara y no tenían dinero. Aunque Pedro trabajaba también en El Huerto, nunca cobraba. Era ella quien tenía que ir a pedirle un duro a doña Bernarda cuando no tenía más remedio. Si lo pedía, la maestra se lo daba; pero ni una sola vez había tenido la cortesía de pagar al marido sin tener que reclamárselo. Pedro era incapaz de hacerlo, así que lo hacía ella. Por qué iba a darle vergüenza pedir lo que era suyo cuando a doña Bernarda no se le daba no pagar lo que debía. Bien sabía Isabel que el sueldo de los maestros era miserable, pero su familia no podía vivir del aire; si Pedro no cobraba el trabajo, nadie cobraba.

Al menos las hijas tenían la comida asegurada. Poco, pero comían. Todo el mundo comía poco en estos tiempos. Pero los hijos, ¿qué comerían los hijos?, ¿dónde estarían ahora mismo?, ¿cómo estarían? A Miguel, al menos, lo había visto. Era mejor estar en la cárcel muerto de hambre, comido por las chinches y los piojos, pero vivo y a salvo. José, en cambio, estaría sufriendo mil calamidades en el frente. José escribía poco y nunca contaba nada serio en sus cartas. Estoy bien, no preocuparos por mí. ¿Por qué nunca hablaba de la guerra en sus cartas? De la guerra real, del sufrimiento, del hambre y de las desgracias que estaría viendo y pasando. La masa se le pegaba a los dedos, se agarraba como lapa aprisionando las manos dentro. Le dolían los brazos del esfuerzo continuado, de la lucha contra el agua y la harina, y había que seguir bregando, trabajándola hasta que ligara completamente, suelta y lisa, hasta que ya no se pegara y estuviera a punto para reposar hasta el día siguiente, creciendo durante toda la noche. Y a la otra mañana, vuelta a amasarla, vuelta a pegarse, vuelta a bregar con ella hasta formar los panes y dejarlos reposar de nuevo hasta la tarde, hasta el momento de abrir la puerta ardiente del horno para introducirlos en el centro de las brasas rojas y brillantes que harían el milagro del pan dorado y oloroso que todos comerían durante una semana seguida, hogaza a hogaza; las primeras de corteza crujiente y molla blanda y esponjosa, las otras cada vez más duras, más correosas, pero aún sabrosas. No había que olvidarse de apartar unas bolitas de masa para la levadura de la siguiente hornada, las bolitas que deshacía en agua y formaban un caldo blancuzco y espeso en el fondo de la artesa oliendo a agrio. Tampoco debía olvidarse de probar un pellizco de masa para ver si estaba bien de sal aunque no le gustara probarla porque luego se le quedaba en la boca aquel sabor a harina cruda enmohecida que le duraba horas y le revolvía el estómago porque apenas había comido nada a mediodía. Las gallinas habían vuelto a poner poco, sólo tres huevos entre las seis. Dichosas gallinas que se estaban volviendo perezosas. Había que verlas cuando volvían con el papo lleno de granos de avena. Dichosas ellas que podían meterse en el campo de avena de los vecinos y comer cuanto quisieran, hasta que volvían hartas al gallinero. Qué ocurrencia la de ponerles nombre a las gallinas, la Jara, la Pinocha, la Bardaza, la Parda, la Capita, la Sorda, qué ocurrencias tenía su Isabel. La primera se la había regalado Josefa la Jara.

–La voy a llamar Jara –había dicho Isabel. Y la gallina se había llamado Jara.

–¿Y cómo es que te han regalado una pollita, Isabel?

–Pues no sé, madre, tenían muchas y la Josefa me ha regalado una; su madre la ha dejado.

Era una pollita rubia y menuda, apenas le apuntaba la cresta en la cabecica de tan pequeña, una cresta roja como sangre. Luego habían ido llegando las demás, todas regaladas, todas bautizadas con el nombre de quien se las había dado. Qué ocurrencias las de aquella criatura.

–Ésta se llamará Pinocha porque me la ha dado la tía Pinocha.

¿Qué le habría dado a la tía Pinocha para ponerse a regalar pollitas?

–Ésta será la Bardaza porque la tía Anica vive en Los Bardazos, ¿verdá, madre?

–Verdá.

Tendría que acercarse a lo de la tía Anica, estaba muy vieja ya la pobre y hacía mucho que no la veía.

–Ésta es la Parda, me la ha dado la mujer del tío Camilo Pardo.

–¿Y tú de qué conoces a esa gente para que te regalen una pollica?

–Conozco a su hija, madre, iba conmigo a la escuela en Santa Gertrudes.

Todavía se le ponía la piel de gallina cada vez que se acordaba del incendio de la iglesia. Toda la gente allí mirando, con aquel fuego que daba espanto y sin poder hacer nada.

–¿Ha visto usted, madre, qué suerte tengo? La tía María me ha regalado hoy otra pollita. Se llamará Capita. ¡Está tan triste la tía María de que se murió la prima María Antonia! Ya no me gusta ir a esa casa porque me acuerdo de la prima y me entra mucha pena.

¡Pobre María Antonia! ¡Tanto sufrir para morirse una! ¡Qué joven era! ¡Y qué guapa cuando estaba buena! ¿Cómo habría sido que María la había visto muerta tanto tiempo antes? Años hacía que la hija lo había dicho.

–Madre, ¿cuándo se ha muerto la prima María Antonia?

–Pero qué dices, niña, cómo se va a haber muerto la prima María Antonia. No empieces con tus muertos, María, que aquí no se ha muerto nadie. ¿No te dije el otro día que había escrito el primo Francisco que todos estaban bien?

–Pues yo la he visto, madre, la prima venía toda vestida de blanco a pedir una misa, muy delgada estaba, tan delgada y blanca que daba grima mirarla, a pedir una misa venía; y tosía, tosía tanto que parecía que se fuera a descoyuntar la pobre, que hacía tres años que se había muerto me dijo y que no descansaba, por eso pedía una misa en la Cruz del Campillo.

–Anda y no digas más tonterías, María, cómo se va a haber muerto la prima María Antonia hace tres años si el otro día la carta de Francisco decía que todos estaban bien, lo habrás soñado. Y que no se entere padre de que andas diciendo estas cosas.

Estaban en Molins de Rei. Eso le había dicho ella a la hija y la había reñido por aquella manía suya de andar viendo a los muertos. Y ahora se había muerto de verdad, se había muerto tosiendo y echando sangre, tuberculosa. La Sorda fue la última. Seis habían juntado. Todas regaladas. Menos mal de los huevos que ponían las gallinas, al menos podía dejarle revoltillo de tomate a Ramón para comer. Pedro les había arreglado un corralico con cuatro palos y unos alambres alrededor del gallinero de tablas mal rejuntadas donde se recogían de noche. Ella se ocupaba de alimentarlas con la avena de enfrente mientras se sentaba al sol a hacer calceta. Los animales pasaban el día mirando el grano que crecía al otro lado del camino y al verse libres corrían como un rayo a perderse en el campo. Las iba soltando de una en una para que no las vieran las vecinas. Cuando una volvía con el buche lleno de avena, la encerraba y soltaba otra que no tardaba nada en perderse entre las espigas que ya estaban altas. En la campaña de Tamarit había un gallinero de obra, pero las gallinas preferían poner en nidos improvisados que a veces no se encontraban, entre los juncos que rodeaban los canales o sobre el hielo, y muchos huevos se echaban a perder, aunque no importaba porque había muchas gallinas y muchos huevos. En invierno los canales se helaban. A veces, mientras los niños patinaban encontraban un nido de gallina, si tenían suerte recogían los huevos, si no los chafaban con los patines. Los que no tenían patines, como Isabel y Manuela, se ponían unos trapos de lana envueltos en los pies y atados con cuerdas, y así apañados se deslizaban como los demás haciendo carreras por los canales helados. En verano los canales estaban llenos de culebras. Un día la tía Manuela mató una que había trepado hasta una tabla donde los críos estaban jugando. Se acercó con un palo y la mató de un golpe sin que ninguno se enterara. Luego todos se liaron a gritar asustados, pero la culebra ya estaba muerta. Las vecinas le encargaban jerséis y le daban la lana para que los hiciera. Pasaba todo el tiempo que podía haciendo calceta. Pedro hacía cestas y esteras de esparto. Salía con un saco a recoger matas de esparto por el monte y volvía con el saco lleno. A los vecinos les gustaban aquellos cestos y él se los daba. No les cobraba nada, ella tampoco cobraba los jerséis.

–Ya pasaremos en Navidad por el aguinaldo –les decían a todos.

La gente del campo no tenía dinero, pero tenía comida. Muchos todavía hacían su matanza y siempre les daban algo.

La última Navidad, antes de que se muriera María Antonia, la tía María y el tío Capito habían matado una cerda y no los habían convidado. Sólo avisaron a Pedro porque era su hermano y no podían convidar a tanta gente, dijeron. Pero ella bien que se presentaba a comer con toda la familia cuando estaban en la casa Barnés y ellos tenían de todo. Cada vez que le parecía se presentaban. Venían todos, sin avisar ni nada, y comían juntos lo que hubiera. Pedro sacaba el jamón y se sentaba con el tío Paco y venga a comer jamón y a beberse vasicos de vino. Pero ahora no podían invitarlos a la matanza porque eran muchos. Pedro no quería ir, pero ella le dijo que no fuera tonto, que se aprovechara y comiera lo que pudiera. María, la pobre, también pasaba hambre. Aquella doña Elvira era una lagarta, la mataba a trabajar y luego, cuando se puso mala, la mandó a la casa para que la cuidara ella. Tuvo que matar una gallina para hacerle caldo y que comiera. No podían ni tocarla del dolor que tenía la pobre. Se le cogió el reúma a los huesos de tanto hacer colas a la intemperie y no fueron capaces de cuidarla. Si no hubiera sido por la guerra y por el hambre, anda que su María hubiera vuelto a la casa de doña Elvira cuando se puso buena. Don Andrés no era como su mujer, si hubiera sido por él la hija se hubiera quedado en la casa, pero ella era una lagarta, una señoritinga acostumbrada a la buena vida y a que no le faltara de nada. Manuela era la que estaba mejor. Los aguadores la trataban bien. Manuela no le preocupaba, pero era tan callada. Aquella zagala no tenía amigas, en nada se parecía a su Isabel que se hacía amiga de todo el mundo. Cómo lloró su Isabel cuando quemaron la escuela, no había forma humana de consolarla. Su Manuela era como José, trabajadora y callada, y muy seria. De Miguel, al menos, sabían que estaba en la cárcel y estaba bien. Isabel y ella habían ido ya tres veces a verlo a Murcia. Le habían llevado higos secos, tomates, pan, hasta un poquitico de tocino le habían llevado para que comiera. Estaba seco y se le notaba que había crecido. Iban en tren, sin billete, cuando la hija veía venir al revisor, cambiaban de vagón. Pero él tenía suerte. Primero lo habían mandado a Lorca a hacer la instrucción. Estaba en el cuartel todo el día y venía a dormir a la casa, le daban el rancho en frío y por la noche llegaba con una bolsica de garbanzos que ella ponía a remojo para el día siguiente, así que de su ración comía toda la familia un buen plato de arroz con garbanzos; poco buenos estaban esos arroces que se hacían con nada, un poquitico de pimiento, ajo y tomate para el sofrito, y lo que hubiera para acompañar al arroz. Si garbanzos, garbanzos; si habas, habas; si acelgas o espinacas, pues acelgas o espinacas. Luego lo mandaron al frente y entró de cocinero. Al menos podía comer más que los otros, más que José seguro que comía. En la última carta decía que estaba bien, siempre decía lo mismo en las cartas. No preocuparos por mí, que estoy bien. Cuando un hijo se moría también llegaba una carta para decirlo a la familia, pero eran unas cartas distintas, ella conocía bien la letra del hijo aunque no pudiera leerla. Pedro había visto una de esas cartas. Andaría por allí. Al pasar lo había visto en la huerta, regando. O quizá ya habría acabado de regar y se hubiera ido para la casa y estaría cenando con Ramón. Ella cenaría después, lo que quedara. Primero tendría que amasar también en casa. Cogería harina para dos panes pequeños, como siempre. Trabajando en El Huerto Pedro estaba mejor que en Aguaderas aunque no cobrara. Y ella también. Al menos no tenía miedo de noche. En El Huerto siempre había trabajo y estaban juntos. Pero mira que no pagarle nunca si no iba ella a pedirle un duro a doña Bernarda. Regaban con el agua del aljibe. El agua para la casa iba a buscarla Pedro con el carro a Lorca, llenaba todos los cántaros y la cuba de madera. Pasaba casi un día entero llenando agua en el pueblo. Cuando llegaba vaciaba la carga de agua en las tinajas, de allí bebían y guisaban, y se lavaban todos, sobre todo doña Bernarda, que cada mañana era lo primero que hacía. En esto la sobrina se parecía a doña Ana. Pero en casa de doña Ana, en vida de don José, el agua la compraban. Una vez por semana venía un aguador con una carga de agua y él mismo la vaciaba en las tinajas de la entrada. Doña Ana tenía un tinajero precioso en la entrada, lleno de platos y fuentes de colores, y de paños blancos con encaje de bolillos. Daba gloria ver aquel tinajero. Doña Ana, la pobrecica, se estaba muriendo de pena y silencio. No había dicho palabra desde que murió don José. Qué susto le dieron los dos en la cama, como muertos, cuando llegó aquella mañana. Hasta que vio que doña Ana lloraba. En eso doña Bernarda se había portado como debía, como una hija, que es lo que siempre había sido la sobrina para ellos. Don José le regaló El Huerto cuando se casó y le pagó la carrera, la quería como a una hija don José a doña Bernarda. A los hermanos le parecía a ella que no los quería tanto don José. Aunque don Andrés, si no fuera por la mujer que tenía, no era mala persona. Don Paco, en cambio, era de otra pasta. Don Paco era un vividor y su mujer, la doña Paca, otra que tal. Ésos siempre buscaban la manera de vivir sin trabajar y en cuantico podían se instalaban en El Huerto a que los mantuvieran doña Bernarda y don Blas. Gracias que a doña Bernarda y don Blas no les importa tener gente a comer. Don Andrés le había buscado un trabajo al hermano en el banco, don Andrés tenía influencias. ¿Y cómo le pagó? Pues llevándose todo el dinero que pudo y dejando avergonzado a don Andrés y a doña Elvira presa de un odio por el cuñado que la reconcomía. Eso había hecho don Paco justo antes de empezar la guerra. Lo echaron del banco y gracias que don Andrés, que tenía influencias y conocidos, habló por él y consiguió que no lo metieran en la cárcel avalándolo con su propio dinero y con su nombre. Don Andrés tuvo que pagar y doña Elvira se puso como una fiera. A ella se lo había contado María que los oyó pelearse a gritos. A saber por qué don Paco se había metido ahora en la Falange. Para vivir de un trabajo honrado no; eso seguro. Doña Bernarda se había portado bien con doña Ana. Como debía se había portado. Después de todo lo que los tíos hicieron por los maestros, qué otra cosa podían hacer sino traerse a vivir aquí a doña Ana. No iban a dejarla sola en aquella casa. ¿Dónde iba ahora el perro? A ver si iba a meter los hocicos en la masa, como aquella vez que metió las patas llenas de barro en la artesa y hubo que tirarlo todo. No estaban los tiempos para tirar nada y hubo que tirarlo todo y volver a empezar.

–¡Isabel!, ven y llévate al perro de aquí. No vaya a hacer un estropicio como la otra vez.

Era un buen animal aquel perro grandote, y cariñoso con todo el mundo. Menos mal que la conocía; si no, no se hubiera atrevido a colarse por el roto de la cerca cuando volvía del pueblo. Del pueblo a la casa había un buen trecho, sobre todo de noche. Al llegar a la casa Lavi siempre atrochaba para ahorrarse un trocico de camino, por allí iba a parar a la parte de atrás de El Huerto y se metía en la huerta por el roto de la cerca, aprovechaba el viaje para coger algo, acelgas, habichuelas, tomates, habas, lo que hubiera. Lo llevaba en el mandil. El perro parecía que la oliera de lejos. En cuantico que ella se metía por la cerca ya aparecía Flit trotando y haciéndole fiestas. ¡Qué guardián estaba hecho! Claro que a ella no le hacía nada porque la conocía, que si se metía alguien que no conocía bien que le ladraba. Una noche cogió a un vagabundo por la pernera del pantalón y no lo soltó hasta que apareció don Blas y le mandó que lo dejara. El pobre hombre estaba blanco, Isabel se lo había contado. El perro había formado tal escándalo que acudieron hasta los vecinos al oír cómo ladraba. El hombre no sabía ni qué decir y don Blas le dio un pedazo de pan y un tomate para que se le pasara el susto y comiera. Don Blas era un buen hombre. Ni cuando el amo se lo ordenó Flit quería soltarlo. Se ve que el animalico recelaba. Y cuando al fin lo dejó no se apartaba de él, gruñía y enseñaba los dientes que daba miedo. Don Blas tuvo que cogerlo por el collar y atarlo por miedo a que hiciera una desgracia. Pero cuando el perro se plantó de manos en la artesa y llenó la masa de barro, ésa sí que fue buena. Ella quiso apartarlo y le gruñó, no la dejaba acercarse. Cada vez que se acercaba para echarlo le enseñaba los dientes levantando el labio y gruñendo. Asustaba verlo y hubo que dejarlo hasta que se cansó y se fue con las patas blancas llenándolo todo. Ahora se había tendido en el suelo mirándola con cara de lástima, como pidiéndole algo. Pero no se fiaba de dejarlo allí. Mira que si le daba la idea de meter el hocico en la masa. A Isabel nunca le había dicho que se metía en la huerta para robar, no quería que la hija pensara en eso y se preocupara. No valía la pena asustarla por tan poca cosa. Pedro nunca se llevaba nada, Pedro prefería que lo hiciera ella.

–¡Isabel! –gritó de nuevo–, ven a sacar el perro, ¿es que no me estás oyendo?

El miércoles por la mañana, cuando Isabel llegaba, la masa ya había crecido. Entonces, añadía más harina y volvía a bregar pacientemente hasta lograr la mixtura deseada. Las manos se le quedaban en carne viva, pero ser generosa con el tiempo y el cansancio era el precio indispensable para conseguir una molla esponjosa. Luego, formaba siete u ocho panes redondos, les dibujaba una cruz con un cuchillo y los dejaba reposar hasta la tarde para que volvieran a crecer. Fue doña Ana quien le enseñó de niña que el pan debía bendecirse con una cruz antes de cocerlo, como lo santiguaba con el cuchillo antes de empezar una hogaza. Eso lo había aprendido de su madre.

Después de comer volvía a El Huerto, con sus panes crudos en una cesta, y encendía el horno con la leña que Pedro había acarreado. Mientras se hacían las brasas, Isabel se sentaba con doña Ana en la cocina y le hablaba. La vieja pasaba toda la semana esperando aquel ratito de compañía que la ayudaba a vivir y, aunque ni siquiera entonces abandonaba su mutismo, sonreía dulcemente y parecía recuperar la luz. A Isabel se le partía el alma viéndola así. Aquella mujer emprendedora y malhumorada que la había enseñado a amasar, a coser y a discutir, que la había visto enamorarse y casarse, que la había acogido tantas veces dándole trabajo, cariño y disgustos, se estaba dejando morir y nadie podía impedirlo. Isabel relataba recuerdos y anécdotas comunes, fatigas y alegrías compartidas en las que doña Ana hallaba la memoria quebradiza de su propia vida, el hilo perdido de la presencia de don José, aquel hombre que la había dejado completamente huérfana al morirse sin avisarla.

Tras la charla, Isabel dejaba a doña Ana sumida en sus nostalgias y reemprendía la labor. Barría las brasas amontonadas en el centro hacia las paredes del horno, cuya boca abierta arrojaba un calor voraz que le enrojecía la cara y las manos, cogía uno a uno los panes con la pala y los introducía en el corazón ardiente del horno, donde los dejaba cocer durante el tiempo justo con la puerta sellada por un saco húmedo que empezaba rápidamente a humear. Para saber que ya estaban cocidos, no precisaba relojes; el olor y la costumbre bastaban. Abría entonces la portezuela protegiéndose con un paño para no quemarse, dejaba caer el saco al suelo y retiraba con la pala las hogazas doradas y aromáticas, cuya corteza aparecía hendida por una cruz intensa de bordes estriados. Dentro, el calor duraba horas, hasta que se consumía la última brasa.

Al anochecer la madre llegaba a casa agotada, pero con tres panes en la cesta cuidadosamente protegidos del polvo del camino con un trapo; los dos que había amasado con la harina hurtada y el que doña Bernarda le entregaba como pago.

Pedro y Ramón nunca podían resistir la tentación de pellizcar una hogaza y saborear a medias la miga aún caliente. Incluso Fufo acudía relamiéndose al aroma de gloria que inundaba toda la casa y se apostaba junto a la mesa, mirando al cielo, esperando el sabroso premio a sus zalamerías.

A mediodía, la familia se reunía en las cuadras de Santa Quiteria para regresar juntos a comer. Cuando llegaban a El Huerto, Olalla ya tenía la mesa dispuesta. Doña Ana, don Blas, doña Bernarda y los tres hijos se sentaban a la mesa grande; las criadas comían aparte, en un velador. Doña Bernarda vertía el cocido en una fuente y la llevaba a la mesa para servir los platos. Primero servía siempre al marido un plato rebosante que causaba la envidia de Isabel. Luego servía a la tía, poquito porque doña Ana comía como un pajarito. Después llenaba los platos de los hijos, y por último se servía ella. Isabel miraba aquel rito sufriendo, calculando que la fuente se agotaba y no quedaría nada para ellas. Doña Bernarda se ponía poco porque después de llenar los cinco primeros platos apenas quedaba comida para un plato colmado y aún tenían que comer tres. Isabel pensaba que a doña Bernarda le daba vergüenza y por eso comía tan poco, para disimular la miseria que ofrecía a las criadas.

Isabel y Olalla comían directamente de la fuente con la cuchara porque de la menguada ración ya no hubieran podido salir dos nuevos platos. Así, pensaba Isabel, no se nota tanto que no queda comida ni para una. Olalla cogía la cuchara y atacaba la fuente con fruición; aunque la comida hirviera no le importaba, no se quemaba nunca. Al principio de vivir en El Huerto, Isabel se abrasaba por conseguir su parte; llegó a cambiar el pellejo de la boca varias veces hasta que logró acostumbrarse a comer directamente del fuego si era menester. Si no se andaba lista, si esperaba a que la comida se enfriara, se quedaba in albis porque Olalla acababa con todo en un santiamén. Lo peor era cuando la mandaban a buscar algo, entonces Isabel se levantaba enfurruñada, sufriendo porque a su regreso la fuente estaría casi vacía. Olalla no dejaba de comer porque ella no estuviera, Olalla nunca pensaba en el hambre ajena.

Sin embargo, si se exceptuaban los atropellos de la comida, Olalla se portaba bien con la cría. No abusaba de su poder en la casa y no se excedía en las órdenes. De hecho, Isabel trabajaba poco. Hacía las camas, barría, fregaba la loza y ordeñaba la cabra. Ésas eran sus obligaciones diarias y sólo si la propia Olalla se ocupaba en alguna labor extraordinaria como la limpieza general que muy raramente se hacía, a ella le correspondían faenas nuevas como sacudir las colchas o tender las mantas para que se airearan al relente de la noche. La mayor parte del tiempo no tenía nada que hacer y si su madre la necesitaba para que la acompañara al pueblo o a Murcia, siempre recibía permiso para irse y la mujer cargaba con la faena de Isabel sin pronunciar una sola queja ni mostrarle enojo. Olalla cocinaba, planchaba y cosía; el día de colada era siempre la madre quien acudía a ayudar a cambio de un poco de verdura o de unos huevos.

Durante el verano y los domingos, y por las tardes, cuando los hijos regresaban de la escuela, Isabel solía entretenerse con el hijo menor o con Engracia. Aunque Miguel era casi de su misma edad, era con Blas, tres años menor que ella, con quien Isabel se entendía mejor.

El hijo mayor, tan serio y estudioso, era casi un misterio para Isabel, que lo miraba de lejos, como con respeto, y lo veía como a una especie de sabio siempre con la cabeza entre sus libros, leyendo o estudiando. Alguna vez Miguel había intentado acercarse a ella invitándola a que cogiera sus libros sin reserva, incluso había logrado que la muchacha se aficionara a la colección de novelitas rosas heredadas de doña Bernarda y que a él tan poco le gustaban; pero su vida en común no pasaba de ahí. Isabel lo admiraba en secreto, especialmente cuando el muchacho estaba enfrascado en sus exámenes y se encerraba durante horas incontables empapándose de la sabiduría que emergía de los libros de texto que a ella le parecían indescifrables cuando, valiéndose de que sus obligaciones en la casa le daban acceso a todas las habitaciones, dejaba la cama a medio hacer y metía las narices en el incomprensible galimatías de signos extrañísimos que llenaban las páginas y elevaban su admiración por Miguel a límites inhumanos. Había que ser muy inteligente para codearse con aquellos libros y Miguel, sin duda, lo era, pues así lo demostraban las notas excepcionales que recibía en el instituto y que merecían elogios públicos del padre al final de cada trimestre. Pero era esa misma admiración lo que alimentaba la falta de confianza entre ella y el primogénito. Isabel se sentía inferior, tonta, a su lado y este sentimiento abortaba la franqueza y la complicidad que una amistad necesita para llegar a ser.

Con Blas era distinto, con él sí podía Isabel tratarse de igual a igual y compartir juegos y secretos que los mantenían durante horas olvidados del mundo.

Juntos investigaban la vida de las hormigas. Calculaban cuánto tiempo tardaban los animalicos en acarrear hasta el agujero el grano de trigo que por arte de magia había aparecido en la ajetreada carretera que unía el gallinero y el hormiguero. A la sorpresa del obstáculo encontrado de repente, como caído del cielo, seguía el ritual del reconocimiento. Las hormigas empezaban a rodear el grano, subiendo y bajando por él, deteniéndose a una distancia prudente que les permitiera abarcarlo con la mirada, tocarlo con la punta de las antenas, olerlo, lamerlo incluso, hasta identificarlo y comprobar que era objeto comestible, digno del esfuerzo del traslado. Acto seguido, una de ellas tomaba el mando de la operación. Se erguía orgullosamente sobre el botín, pasaba revista al pelotón que se había formado alrededor del cereal y pronunciaba en silencio la mágica orden que ponía en lento movimiento la semilla. El transporte hasta la entrada del hormiguero era concebido por Blas como una operación militar milimétricamente calculada. Así, explicaba a Isabel, transportan nuestras tropas los cañones rusos que acabarán con los fascistas. Cuando alcanzaban la boca del hormiguero, el trasiego habitual se volvía locura. Individuos negros emergían a la superficie desde las entrañas de la tierra y ocupaban posiciones estratégicas para colaborar en la última y más delicada maniobra: introducir la semilla por el agujero hasta las despensas de la colonia. Aquí terminaba generalmente la paciencia de los niños, que abandonaban el pasivo papel de observadores y se ponían manos a la obra. Unas veces ayudaban a las hormigas agrandando el boquete de entrada con un palito para que el grano cupiera mejor y se deslizara sin dificultad hacia las angostas galerías subterráneas que lo ocultarían, por fin, a su mirada, sin tener para nada en cuenta que aquella rápida y sencilla intervención de ingeniería humana, que hubiera costado horas de excavación a las hormigas, causaba estragos irreparables en la estructura de la colonia. Otras veces, movidos por la incontenible curiosidad de ver la reacción de los insectos, agarraban la semilla con la punta de los dedos y la alejaban unos centímetros dejando a las hormigas como locas con la inesperada desaparición del objeto de su esfuerzo. Entre las posibilidades más divertidas estaba la de darles el cambiazo a las hormigas. Consistía esta operación en sustituir el grano de trigo por un hueso de aceituna a las puertas mismas del hormiguero. Los animales se disponían ya a coronar con éxito su ingente empresa introduciendo la semilla por el boquete cuando eran sorprendidos por el repentino crecimiento de las dimensiones del botín. La sustitución se realizaba con extrema rapidez, Blas cogía el grano del que siempre quedaba pendiendo alguna hormiga que, al sentirse separada del suelo y transportada por los aires, pataleaba desconcertada y frenética; Isabel dejaba en su lugar un hueso de aceituna cuyo tamaño era visiblemente mayor que el del grano. Las hormigas quedaban paralizadas, estupefactas ante el imperdonable error de cálculo cometido. Pero tras la breve calma que seguía a la sorpresa, la actividad de la colonia se reemprendía de una forma febril. La tropa oscura y diminuta se multiplicaba. Encaramados sobre el milagro de la abundancia hecho hueso de aceituna o dando vueltas en círculo a su alrededor, los nuncios llamaban a rebato. Suspendiendo arriesgadas misiones de exploración, llegaban trotando individuos de abdomen rojo y brillante y negras mandíbulas batientes. Abandonando en el camino una miga de pan o un ala de mosca que serían debidamente recuperadas una vez superada la emergencia, acudían minúsculos seres rubios. Interrumpiendo un sueño subterráneo justamente merecido tras el agotador transporte de un grano de maíz o del cadáver entero de una mariquita, surgían de la tierra criaturas negras dispuestas a horadar, apretar, tirar, morder, escupir, mandar, obedecer, minar, patear, sudar y llorar para que la prodigiosa vitualla pudiera ser trajinada hasta los graneros y despensas donde se acumulaban las provisiones para el invierno. Imposible. Isabel y Blas observaban entusiasmados el frustrante esfuerzo de aquellos seres, hasta que los llamaban para la cena y tenían que abandonarlos a su suerte, seguros de que, al fin, se rendirían a la evidencia y el hueso de aceituna sería apartado de la entrada y repudiado por los insectos. Pero no. A la mañana siguiente, el hueso había desaparecido en las entrañas del hormiguero, engullido por el boquete de entrada que, a la vista estaba, había sido agrandado durante la noche y mostraba una abertura notablemente mayor.

Sus juegos preferidos transcurrían, sin embargo, en la barraca de cañas que Pedro les había levantado al fondo de la huerta, donde apenas llegaba nunca el agua del riego y podían espiar a su gusto el camino de la Pulgara cuya vista se dilataba hasta el horizonte. Allí jugaban, sobre todo, a Enrique Líster y la Pasionaria. Líster ordenaba un ataque sorpresa, ella encabezaba las tropas y juntos sorprendían al enemigo durmiendo en las trincheras. Líster pensaba en la retirada, hundido por las bajas y derrotas de su ejército, ella lo convencía de que no debía rendirse al desánimo, enarbolaba la bandera y el fusil, y las tropas la seguían contagiadas por su arrojo y valentía; lograban una nueva victoria sorprendente que alzaba la moral de los combatientes, los soldados los vitoreaban y ellos pasaban revista juntos, condecorando a los que se habían distinguido por su valor. Líster calculaba los movimientos estratégicos sobre un mapa de España que había requisado en el despacho de sus padres, ella proponía y defendía movimientos inverosímiles de las divisiones acorazadas a lo largo de la Península; otra victoria impensada los coronaba con la gloria y el gobierno de Valencia los condecoraba a ambos por haber salvado a la República. Día a día movían al ejército republicano sin lógica geográfica, llevándolo de parte a parte del mapa y de victoria en victoria, recuperando posiciones perdidas, aplastando al enemigo, ganando solos la guerra; y la contienda terminaba y eran aclamados por toda la nación, que se había salvado del fascismo gracias a ellos exclusivamente y eran declarados héroes de la patria y recibían agasajos y muestras de afecto y admiración por doquier. No daban abasto a acudir a las fiestas y homenajes que en su honor se organizaban. Hasta el Congreso de los Diputados se reunía en sesión extraordinaria para recibirlos, el gobierno en pleno los vitoreaba y viajaban de ciudad en ciudad y de pueblo en pueblo –viajaban en avión militar, por supuesto– recibiendo el fervor popular; aunque ellos tan sólo repetían desde los balcones de todos los ayuntamientos de España –empezando, naturalmente, por el de Lorca–, debidamente engalanados para la ocasión, que no habían hecho nada extraordinario, que únicamente se habían limitado a cumplir con su deber. Los alcaldes les imponían bandas rojas, los generales les colgaban del pecho medallas brillantes, los ciudadanos arrojaban flores a su paso y les dedicaban canciones. Su nombre y su fotografía aparecía en todos los periódicos del país y hasta en los del extranjero, porque su fama superaba las fronteras y su nombre estaba ya en los libros de historia que los niños estudiaban en las escuelas. Sus padres y hermanos, que los acompañaban en todos los homenajes, lloraban de emoción y orgullo al pensar que aquéllos eran sus hijos y hermanos. Los vecinos acudían en peregrinación a El Huerto sólo por el honor de verlos de cerca y poder repetir a sus familiares y conocidos que los habían visto, que los habían tocado, que los conocían de veras.

Las batallas más difíciles se libraban en la acequia de riego, casi siempre seca y oportunamente convertida en trinchera. Allí se parapetaban contra el fuego fascista, agachando la cabeza para burlar las balas y bombas enemigas que los buscaban sólo a ellos dos, porque los nacionales –no les gustaba ese nombre y evitaban decirlo en la medida de lo posible porque consideraban que nacionales, lo que se dice nacionales, eran ellos, ya que los otros eran unos fascistas y unos traidores a la nación; ¿dónde se había visto que los traidores fueran los nacionales?– sabían que sólo si acababan con ellos podrían vencer. Líster y la Pasionaria, armados con sendos fusiles de caña gorda y seca cortada en una expedición a los cañares de la rambla Biznaga, se defendían como jabatos hasta que conseguían romper las líneas enemigas con alguna estrategia sabiamente hurdida como lanzar un tomate maduro podrido que estallaba contra las baterías de cañones enemigos salpicando de pulpa roja y semillas –a la sazón sangre y metralla– el campo de batalla, o reptando como culebras hasta el mismo puesto de mando fascista y tomando prisioneros a Franco y sus capitanes que, sorprendidos in fraganti, se rendían como unos cobardes sin oponer la más mínima resistencia. Líster llevaba, además del fusil, un cinturón viejo de su padre del que colgaban tres panochas verdes robadas a un vecino y debidamente convertidas en granadas de mano, sólo para ser utilizadas en caso de emergencia, es decir, nunca, porque de arrojarlas hubieran podido destrozarse y sustituirlas por otras hubiera sido poco menos que imposible. La Pasionaria llevaba, encajada en la punta de una caña, la bandera republicana pintada sobre un cartón requisado a don Blas, la ondeaba –aunque no ondeara– antes de los ataques y la cuidaba con esmero para que no se soltara de la caña y fuera a caer en el barro de los bancales, cosa que hubiera sido catastrófica porque el cartón era un lujo y, de romperse, mancharse o reblandecerse en la tierra húmeda, se hubieran quedado sin aquel símbolo imprescindible para la guerra y nada fácil de reponer.

Desde la barraca controlaban el paso de vehículos y de gente a pie o montada por el camino. Si no los conocían, disparaban sobre ellos, y si los conocían pero no gozaban de sus simpatías, disparaban también. El camino de la Pulgara estaba bajo su control. Camuflados tras la barda de El Huerto, cobraban derechos de portazgo, requisaban mercancías sospechosas, levantaban barricadas, establecían controles y exigían salvoconductos y papeles debidamente sellados para permitir el paso por el territorio que les había sido confiado por la autoridad militar. A quienes no cumplían los requisitos o simplemente no merecían su confianza se les confiscaba lo que transportaran, se les amenazaba con encarcelarlos y se les ordenaba volver por donde habían venido. Llevaban la cuenta de sus acciones en una libretita de caligrafía que Blas había encontrado en los cajones de doña Bernarda. Allí anotaban con lápiz los cobros en metálico, la cantidad y calidad de lo embargado y el número de viajeros, detallando si iban a pie, en mula, en burro, en carro o motorizados.

Como los automóviles y camiones eran excepcionales, merecían un trato aparte. La cuenta de éstos se llevaba en unas hojas exclusivas, cuyo borde estaba marcado en rojo, donde se anotaban día y hora –una hora siempre calculada a ojo porque no disponían de reloj–, marca, matrícula, color, número de pasajeros, características especiales, categoría militar o civil y, a poder ser, la carga. El que más veces aparecía en las hojas era el camión de Juan Rojo. Cuando oían su motor, se precipitaban ambos a la cerca interrumpiendo cualquier otra operación, incluidas las batallas, y salían corriendo hasta el mismo camino para poder seguir con la mirada la nube de polvo que levantaba tras de sí. Era emocionante pensar en el miliciano que lo conducía y hablar de sus hechos. Volvían entonces a la barraca y, tras pactar una tregua con el enemigo, se relataban y repetían entre asombrados y atemorizados todo lo que de él habían oído decir a los mayores. Blas lo admiraba en secreto y no comprendía muy bien por qué, en las charlas nocturnas que solían acompañar a las partidas de cartas familiares, los padres lo criticaban reprochándole su crueldad y lo consideraban un exponente pernicioso y fanático de la incultura y la irracionalidad del pueblo que se tomaba la justicia por su mano, arruinando la reputación del Estado democrático, minando su credibilidad y alimentando deseos de odio y venganza. De hecho, Blas no comprendía muy bien el significado de palabras como pernicioso, fanático, incultura o irracionalidad, ni qué eran la reputación y credibilidad de un Estado. Si Juan Rojo mata a alguno, pensaba, será porque es un traidor fascista y se lo merece; Juan Rojo era su héroe de carne y hueso, el único que conocía y podía ver; pero, como había comprobado que a Isabel el miliciano le inspiraba miedo, evitaba compartir con ella el secreto de su corazón. Juan Rojo es un hombre de una pieza, decía el niño para sí, y a los hombres como él sólo otros hombres podemos comprenderlo.

Uno de los recuerdos más emocionantes que Isabel tenía de la guerra era el día en que todos los alumnos de las escuelas de Lorca salieron a la calle para hacer una cuestación popular en favor de las tropas republicanas. Blas le había comunicado la noticia emocionado y la invitó a participar.

–Da igual que no vayas a la escuela –había asegurado el niño–, ¿quién lo va a notar? Le pediremos a mis padres que te dejen ir y puedes compartir mi hucha. Si quieres, te dejaré llevarla a ti. Será divertido, ya lo verás.

Aquél fue un día memorable. Isabel sacó de la caja de sus tesoros el brazalete rojo que había guardado una noche de intensas emociones, cuando la guerra no existía y se vio envuelta con su madre y su hermano en una manifestación que cruzaba la Alameda. Por recomendación de Blas, descosió con cuidado de no romper la tela las iniciales de la CNT y se puso el brazalete fijándolo con un par de puntadas a la manga del vestido de rayas para que no se le cayera.

–Pareces la Pasionaria de verdad –opinó Blas al verla preparada–. ¡Mira, yo también tengo uno! –dijo luego pletórico, metiendo la mano en el bolsillo del pantalón y sacando un brazalete igual al de Isabel, cuidadosamente doblado en tres pliegues–, me lo hizo Olalla ayer por la noche porque le dije que tú tenías y yo no.

Olalla era una costurera primorosa. Para la cuestación Isabel se había puesto un vestido de rayas blancas y verdes que la mujer le había hecho con la tela de un colchón. Había quedado precioso. El día que lo estrenó acompañó a Olalla al pueblo a visitar a una conocida. Isabel lucía su vestido con todo el orgullo de que era capaz. De vuelta para El Huerto pasaron por una tienda a comprar un poco de malta y se encontraron con una vecina del campo que las conocía. Mientras esperaban su turno, la mujer dejó de hablar con Olalla y miró a la muchacha.

–Isabel –preguntó la tía Benita con sorna–, ¿de qué te han hecho ese vestido?

–Pues de ropa –contestó ella muy digna, pero con ganas contenidas de sacarle los ojos.

Al salir de la tienda Olalla festejó con una carcajada la respuesta de la cría.

Aquella mañana, al ponerse el vestido, Isabel pensó en la tela de colchón; pero no podía ponerse el vestido rojo, que Olalla le había cortado y cosido aprovechando una bandera que doña Bernarda trajo de la escuela, porque el brazalete rojo no hubiera destacado sobre la manga colorada.

Blas y ella recorrieron el pueblo durante horas turnándose la hucha que al niño le había entregado el maestro y repitiendo con entusiasmo y perseverancia el par de frases que habían escogido para apelar a la solidaridad de los lorquinos.

–Dénos algo para las tropas republicanas que luchan heroicamente en el frente de batalla –declamaba enfáticamente Blas escogiendo a la víctima que caminaba por la calle, en dirección a ellos.

–Dénos un donativo para los soldados que luchan y mueren por nosotros y por la República –entonaba persuasiva Isabel, mirando fijamente a los ojos del viandante.

Si los ciudadanos se quejaban de que ya los habían asaltado otros niños con huchas semejantes, la pareja los dejaba en paz; pero la mayoría sacaba el monedero y daba algo, generalmente poco. Una perra chica o una perra gorda eran los donativos más frecuentes. Algunos metían una peseta de papel mugriento que entraba dificultosamente por la ranura. Sólo un par de hombres de aspecto pudiente colaboraron con un duro que a los niños les pareció un dineral. A los que se negaban a dar, Blas los catalogaba inmediatamente de fascistas y antirrepublicanos, e Isabel les dedicaba algún improperio por lo bajo cuando se alejaban. A cada momento se detenían y hacían sonar la hucha para oír el sonido de lo recaudado y comprobar que no estaba vacía, como si quisieran asegurarse de que el dinero que habían visto entrar con sus propios ojos no se había volatilizado dentro del bote. De vez en cuando, se aseguraban también de que sus respectivos brazaletes seguían bien colocados en el antebrazo y reemprendían la marcha ufanos del cometido que se les había confiado, orgullosos de participar en la guerra aunque fuera de lejos, persuadidos de que la victoria final dependía del dinero que ellos pudieran conseguir en una mañana.

A las dos regresaron a la plaza del Ayuntamiento exhaustos. Sentados en la escalinata de San Patricio y correteando por las puertas del Pósito había ya muchos colegiales que se habían hartado antes que ellos de andar y pedir, y habían entregado antes de tiempo sus huchas en la mesa pomposamente presidida por la alcaldesa.

Un maestro compañero de don Blas recogió la hucha de manos de Isabel, quien se sintió importantísima al recibir el agradecimiento público de aquel hombre. Cuando el secretario de la mesa rompió ceremoniosamente el lacre, la abrió y vació su contenido sobre el tapete, a los niños les pareció que el montón de monedas y papel abultaba poco o había menguado. En su imaginación había ido creciendo a lo largo de la mañana una idea exagerada de lo que el bote contenía, las dimensiones mismas de la hucha se habían agigantado, y al comprobar la evidencia de aquella vergonzosa escasez, se miraron recelosos y sorprendidos, desilusionados del diminuto fruto de su colecta. El maestro hizo el recuento con parsimonia y al finalizar dictó en voz alta el resultado al secretario que, pertrechado con una pluma cuya punta mojó sonoramente en un tintero, lo anotó en una hoja.

–Blas García e Isabel Ponce: treinta y siete pesetas con quince céntimos –anunció a los cuatro vientos.

Los niños se miraron hundidos, incrédulos. A su alrededor bullía una algarabía de gritos y carreras, los colegiales jugaban olvidados ya de la guerra y de las huchas. Blas se sintió traicionado por la insolidaridad ciudadana y defraudado por el comportamiento de sus compañeros de clase en momentos tan trascendentales. Estaba a punto de llorar.

Con la hija pequeña Isabel nunca se había llevado tan bien como con Blas porque, pensaba, era una niña mimada y consentida; con todo, desde el día de las plumillas no la podía tragar.

Engracia tenía siete años y era una marisabidilla y una caprichosa. A Blas y a Isabel no les gustaba jugar con ella y cuando la veían rondándolos solían escabullirse para no tener que aguantarla. Pero si doña Bernarda mandaba a Isabel a algún recado, la niña siempre quería acompañarla; por eso fueron juntas a vender las plumillas.

Doña Bernarda había traído de la escuela una caja de cien plumillas nuevas. Era una caja de latón verde y rojo con una gran plumilla dorada pintada en la tapadera, que se abría quedando fija a un costado. La maestra se las había llevado hacía años para ir usándolas, igual que se llevaba pastillas para hacer tinta y papel secante, pero lo cierto era que la caja seguía estando por empezar. Daba gusto mirar aquella ordenación de plumillas brillantes rodeadas por un papel de seda blanco que se doblaba sobre sí mismo en la parte superior. Isabel se quedó embobada viendo aquella armonía. Las plumillas se disponían en seis hileras perfectamente regulares que repetían una y otra vez su forma combada y alargada, ligeramente dividida en la punta por una estría oscura que acababa en un pequeño ojo redondo, como la cabeza de un alfiler. Doña Bernarda sacó la caja de un cajón del escritorio y la entregó a Isabel para que fuera a vender las plumillas por la huerta.

–Toma lo que te den, cualquier cosa que se pueda comer será buena –le aclaró.

Olalla le preparó una cesta grande, con asa, para que pudiera llevar cómodamente lo que le dieran a cambio de las plumillas. A Isabel le pareció imposible que la gente de la huerta fuera a querer plumillas, pero obedeció sin decir nada. Cuando ya se iba, Engracia se empeñó en acompañarla y hubo que dejarla y darle otra cesta para evitar uno de sus berrinches descomunales.

Anduvieron durante toda la tarde tragando polvo por los caminos de la huerta y practicando el trueque de casa en casa. Aquí les daban unos tomates por dos plumillas, allá tres cebollas por una; hubo quien se quedó hasta cinco y ofreció, a cambio, un buen pedazo de tocino magro; algunos dieron garbanzos, pimientos, ajos, habichuelas, huevos; otros, un manojo de cebolletas, cerezas, un bote de olivas, zanahorias, una ristra de bolas, una navaja, patatas, arroz, panochas, una morcilla y hasta un arenque. A Isabel le parecía extrañísimo que los campesinos necesitaran escribir tanto. Era como si medio mundo estuviera esperando conseguir una plumilla para escribirse con el otro medio. En casi todas las puertas a las que llamaron las recibieron como a quien porta un objeto de primerísima necesidad cuya falta se ha hecho ya insufrible, así que quien al fin viene a sacarlos de la escasez es agasajado y tratado con suma afabilidad, a pesar de que –a Isabel le constaba con certeza absoluta– en muchas de aquellas familias no había nadie que supiera escribir.

Aquella tarde Isabel comprendió por qué se decía en su casa y en casa de doña Bernarda que había gente que con la guerra estaba amasando verdaderas fortunas. Si una cosa tan simple y superflua como una plumilla metálica se vendía con tanta facilidad, no cabía duda de que lo verdaderamente necesario como el jabón, el café, el aceite y otros productos de los que había oído decir que sólo se podían conseguir en el mercado negro enriquecieran a quienes podían traficar con ellos.

En cierto modo, era una suerte que Engracia se hubiera emperrado en acompañarla porque lo acarreado con el negocio de las plumillas no hubiera cabido en una sola cesta. El problema se presentó de improviso al final de la tarde. Cuando en la lata quedaban ya apenas media docena de plumillas, Engracia dijo, sin venir a cuento, que la caja era para ella. Isabel no respondió aunque sintió rabia contra la cría porque también ella había albergado la ilusión de guardar para sí aquella cajita tan preciosa en la que sus tesoros lucirían más.

Antes de emprender el camino de regreso le cambiaron las dos últimas plumillas a una mujer por unas alubias. Entonces una vecina se asomó por la ventana y dijo que ella lo que quería era la caja con el papel de seda y a cambio les daba una torta de anís y un rosco. Engracia dijo que no, que la caja era para guardarla; pero Isabel aceptó y ofreció, sin pensarlo dos veces, la cajilla a la mujer, en parte porque le parecía un buen trato y en parte para librarse del resquemor que le provocaba la sola idea de que la niña se quedara con aquel objeto al que ella ya había hallado mil ocupaciones y utilidades en su mente.

Engracia montó en cólera y formó una rabieta tan exagerada y vergonzante que a Isabel le dieron ganas de abofetearla y estrujarle los sesos en público, pero se contuvo, dio las buenas tardes a las dos mujeres, salió de la casa y echó a andar haciéndose la sorda y sin vigilar si la cría la seguía, deseando que se quedara allí para siempre. Sólo al cabo de un rato volvió disimuladamente la cabeza para mirar con el rabillo del ojo cómo la niña caminaba detrás de ella, esforzándose por alcanzarla pero sin pedirle que se detuviera, sorbiéndose los mocos y arrastrando cogida con ambas manos la cesta rebosante de comida. Anduvieron así todo el camino de vuelta, profundamente resentidas la una con la otra. Cuando llegaron a El Huerto, Engracia soltó la cesta en medio de la placeta y se arrojó desolada en brazos de doña Bernarda para contarle lo ocurrido y reclamar la razón de boca de la madre. Isabel entró en la casa sin decir nada, esperando una reprimenda que, sin embargo, no llegó porque a través de la ventana abierta pudo oír, mientras descargaba su cesta sobre la mesa de la cocina, cómo doña Bernarda acallaba el llanto nuevamente desatado de Engracia con palabras dulces pero contundentes que aprobaban el cambio de la dichosa caja por comida, que era, al fin y al cabo, lo que se les había dicho que hicieran.

–Llora cuanto quieras –fue lo último que dijo la madre– y cuando acabes lávate la cara y ven que te peine, que pareces un adefesio.

Isabel recibió aquella frase sintiendo un profundo contento por su triunfo.

Doña Bernarda se levantó y dejó a la niña hipando y tragándose las lágrimas hasta que ella misma se cansó de su rabieta y calló. Pero la paz sólo duró hasta que Blas, que había presenciado toda la escena medio escondido tras el horno, se le acercó mofándose.

–¡Adefesio! –le gritó junto a la oreja provocando de nuevo la llantina de la cría que, ante la incomprensión de todo el mundo, se sintió la persona más desgraciada de la tierra.

El cuerpo sin vida pendía de una viga colgado por el cuello, meciéndose al ritmo que le infería el suave viento que penetraba por la puerta entreabierta de la cuadra. Iba vestido de domingo, con un traje negro de paño, camisa blanca con el cuello desabotonado, corbata de seda gris y zapatos también negros minuciosamente anudados con un lazo sobre el empeine. Debajo de él, una banqueta tumbada sobre la paja delataba el útil servicio que había proporcionado a quien se subió a ella aún con vida y la había apartado de una patada en su último acto de voluntad.

Ante la puerta de la cuadra, el Hispano-Suiza negro mostraba una delicada capa de polvo que no disimulaba el brillo de la carrocería, tratada con mimo por su dueño durante casi veinte años. Aquel automóvil que había sido el mudo confidente de innumerables excursiones amorosas, que lo había llevado y traído sirviéndole de refugio y delatando su paso incansable por los caminos de la huerta, había albergado también la soledad y el vacío que transportaron hasta la casa Millana a don Claudio Barnés en su última noche.

El primer día, el hallazgo inesperado del automóvil sorprendió y enfadó al pastor, obligándolo a mudar el rumbo del ganado hasta el cauce seco y pedregoso de la rambla Biznaga, donde sólo crecían alzavaras y chumberas y apenas había pasto.

Zacarías Donate solía pastar el rebaño en el erial que rodeaba la casa Millana, donde sus cabras y ovejas rozaban libremente hasta hartarse porque la hierba crecía a placer, adueñada incluso de los senderos y tejados, denunciando un abandono desolador. A uno se le encogía el ánimo al recordar lo que aquella hacienda había sido en vida de don José Millán.

La segunda tarde al acercarse de nuevo al lugar y ver otra vez el coche, en el mismo sitio exacto, no lo pensó dos veces y dejó que el perro condujera el rebaño hasta el campo habitual mientras él se acercaba a indagar quién era el dueño del automóvil.

–¡Buenas! –gritó con ánimo de ser oído.

El silbido del viento y el lejano ladrido del perro que ya se acercaba trotando ahuecaron el silencio que envolvía el lugar.

–¿Hay alguien ahí?

La falta de respuesta y los ladridos del perro que, menos discreto que su amo, ya se había colado en la cuadra abierta y ladraba nervioso, indujeron a Zacarías a entrar sujetando fuertemente la cayada con la mano, por si las moscas.

La impresión fue tremenda. Esperaba encontrarse con un gato o con cualquier alimaña que hubiera endemoniado al perro, y se encontró con un cuerpo colgando de una soga. Al pronto, embargado por el susto y la impresión, no reconoció al muerto. Se quedó como petrificado mirando la cara del hombre que se balanceaba con la lengua fuera. Luego reconoció a don Claudio y echó a correr hacia el camino deseando encontrar a alguien que le certificara que el ahorcado no era el malsueño de una insolación.

Tras la extraña desaparición de la niña Pilar, don Claudio Barnés y su mujer movieron Roma con Santiago para averiguar el paradero de la hija, pero el fracaso de todas sus pesquisas y la breve nota remitida por ella al cabo de los meses, un papelillo que doña Agustina encontró sujeto a la aldaba de la puerta donde la hija decía que estaba bien y no quería verlos ni volver porque era feliz junto a un hombre que la quería, acabaron por convertirse en una pesada losa que deterioró definitivamente las ya imposibles relaciones del matrimonio desde el asunto del marido con Angustias.

Culpaba don Claudio a doña Agustina de que lo hubiera privado del disfrute de su único hijo varón y de la posterior muerte del niño. La culpaba de que la hija no se hubiera casado con Juan Rojo, de su fuga con un miliciano y de que le hubiera impedido buscarla y traerla de vuelta a casa aun a costa de aceptar a un yerno indeseado. La culpaba de sus propios amoríos a los que ella, tan beata y casta, lo había empujado en busca de cariño y alegría. La culpaba de la tristeza de la niña Agustina, que iba ya para cuarentona y se estaba volviendo un calco de la madre. La culpaba de la pérdida de la casa Barnés, de la mengua de su fortuna, de las malas cosechas que arruinaban el molino, de la sequía del cielo que parecía una prolongación de su carácter, de su afición al juego en el que perdía noche tras noche importantes sumas de dinero sólo por huir de su presencia, de su creciente falta de apetito carnal, del fracaso de sus últimas conquistas amorosas porque las emprendía con desgana, con la misma desgana que ella le contagiaba sólo con mirarlo. La culpaba del conciliábulo particular que parecía tener con Dios, de que aquel crucifijo de marfil que pendía de la pared, sobre el reclinatorio y la capilla instalados en la habitación conyugal desde que no podía asistir a la iglesia, la escuchara, la consolara, le infundiera valor, le indicara siempre el camino correcto, le otorgara aquella seguridad con la que tras sus rezos cada vez más frecuentes, cada vez más dilatados, asumía sobre sus hombros todos los pecados del mundo y perdonaba a todos menos a él y a los rojos, en una identificación absurda y que a don Claudio le parecía completamente vejatoria y fuera de lugar. La culpaba de que siempre, desde que se casaron, Dios y sus capellanes de manos delgadas y sonrisa fruncida hubieran ocupado en su vida el lugar que según la ley de los hombres le correspondía a él, e incluso de la vejez inmisericorde que lo atenazaba y de la guerra culpaba don Claudio a su mujer.

Culpaba doña Agustina a su marido del pecado mortal en que vivía la niña Pilar, de las inmerecidas e incontables vergüenzas que soportaba sin quejarse, del vía crucis en que había convertido su vida, de la relajación con que administraba la hacienda común, de sus humillantes aires de tahúr, de que no la hubiera convertido en diputada, de que él y los políticos como él no hubieran sabido impedir el avance de los rojos ateos, de que hubiera ardido lo mejor y más sagrado de Lorca, de que fuera un viejo verde y fullero, de que no hubiera matado al miliciano que le robó a su hija, de que hubiera entregado la casa Barnés al hereje de Juan Rojo, de que le hubiera dado trabajo y alentado sus deseos de casar con la niña Pilar, de que no le hubiera dado un hijo a ella en vez de dárselo a una criada, de que no le hubiera bastado nunca la abnegada resignación con que aceptaba sus desahogos carnales, de que hubiera dejado de tocarla, de que no la mirara y apenas le hablara, de que pasara las noches en garitos inmundos escudándose en que el toque de queda le impedía regresar a casa hasta la mañana, de que ya nunca la subiera en el coche, de que ya nunca la acompañara a las visitas, de que ya nunca se dignara rezar con ella aun sabiendo el consuelo que esto le proporcionaría, de que menospreciara al prometido de la niña Agustina, que era maestro y católico ferviente, y estaba en la guerra defendiendo a la patria del comunismo, del libertinaje y del ateísmo, de que no disimulara el desapego que sentía por ella, de que no la quisiera y de que no pareciera importarle que ella tampoco lo quisiera ya.

Cuando sus cualidades viriles empezaron a disminuir por culpa del mal de ojo que doña Agustina había echado sobre él, don Claudio se refugió como nunca en el juego, pero también ahí lo alcanzaba el maleficio. Jugaba sin ilusión, como preso de un desencanto que le roía el estómago, erraba las cartas, se confundía, en vano intentaba sobreponerse y recuperar la fe en sí mismo, apostaba y perdía, perdía aunque tuviera una mano insuperable, perdía aunque fuera imposible perder.

La noche de su muerte acudió a la partida con esperanzas renovadas. Aquella misma tarde había tanteado a una muchacha que no lo miraba mal y que, debidamente cuidada y regalada, acabaría, no le cabía la menor duda, por entregársele. Su instinto no le mentía nunca, nunca había fallado una ocasión tan clara, tan evidente, tan diáfana como aquélla. En cosa de cinco o seis días, menos acaso, alcanzaría su propósito. Llegó a la partida sonriente, seguro de sí mismo por primera vez en meses, eufórico. La suerte amorosa tenía, a la fuerza, que traducirse en las cartas. Había perdido mucho en los últimos meses, pero la mala racha se había agotado. Lo sabía. Lo notaba hasta en el tacto de los naipes que parecían haber recuperado su suavidad y se movían con soltura entre sus dedos nuevamente ágiles. Hacia la medianoche se vio dueño de una mano de oro; había ganado ya dos partidas insignificantes, de las que hacían para entonarse y abrir boca. Para cubrir la apuesta de quinientos duros hecha por el único contrincante que seguía en la brecha, apostó su coche, con la misma ilusión de un niño que apuesta su bolsa entera de canicas en una partida callejera y que arrambla con las bolsas de sus desconcertadas víctimas, que lo verán retirarse ufano y endiosado, alejarse silbando calle abajo mientras quedan ellos arruinados y envidiosos, incrédulos aún de la mala suerte que por unos milímetros les ha arrebatado su preciado tesoro de cristal ganado en semanas, en meses y acaso en años. Apostó el automóvil y cien duros, y pensó en la muchacha que pronto, quizás al día siguiente, lo regalaría con la miel de sus besos por estrenar. Jugaban un remigio cerrado y don Joaquín Robles tenía un farol, don Claudio lo sabía, lo notaba en la forma nerviosa que tenía el hombre de retorcerse el bigote con la punta de los dedos. Lo había visto comportarse así en muchas ocasiones cuando el miedo a perder lo volvía vulnerable a las miradas de los compañeros que, más cuidadosos del dinero y menos ricos, se retiraban y de los que por el contrario confiaban en el abanico de cartas que se abría entre sus dedos y lo retaban poniendo sobre el tapete una fuerte suma de dinero. Don Joaquín Robles apostó y don Claudio cubrió la apuesta con el Hispano-Suiza sin pensarlo dos veces. Cuando su contrincante cerró la partida dejándolo a él con todas las cartas en la mano el mundo entero se desplomó sobre las sienes de Barnés. Sintió un ahogo punzante oprimiéndole el pecho y el sabor de un llanto infantil y olvidado le llenó la boca, pero contuvo las lágrimas al borde mismo de los ojos al pensar en su mujer, y la maldijo al ver su mirada dolida y virulenta, perdonándolo desde su pétrea altivez de mártir humillada, arrojándolo a años luz del nimbo de su arrogante santidad. Ofuscado por la sarta de reproches pronunciados en tono de oración piadosa, se puso en pie, se dirigió a la percha donde había colgado pulcramente la chaqueta y buscó en el bolsillo derecho las llaves del automóvil. Luego volvió a la mesa y las depositó consternado sobre el tapete verde junto al pagaré de los cien duros.

–Aquí tiene usté las llaves de lo que es suyo. Puede llevárselo ahora mismo si gusta. Mañana a primera hora le haré llegar los papeles para que pueda proceder al cambio de nombre.

–No corre tanta prisa, hombre, mañana me trae usted las llaves con los papeles.

Al poner en marcha el Hispano-Suiza don Claudio lloró y dejó que su cabeza cayera sobre el volante que aferraba con fuerza, como para que sus manos no olvidaran nunca el tacto suave y duro de aquel objeto donde con el paso de los años se había incrustado la forma de sus dedos. El motor roncaba y percibía su temblor en los pies, en los muslos y en el vientre. Era la voz de un animal conocido que se quejaba de su mala cabeza con palabras de doña Agustina. Estuvo así, llorando como un niño, envuelto en una extraña sensación de ausencia y lejanía, durante quince minutos, hasta que por fin se decidió a introducir una marcha y levantando la cabeza dejó que el coche empezara a moverse.

La oscuridad de la noche lo fue tragando hasta los abismos de un pozo sin fondo. El automóvil circulaba con los faros apagados, invisible. Don Claudio se dejó llevar por el amigo traicionado hasta que de pronto reconoció la cuesta de la calle Leones, la puerta de su casa y el brillo de la aldaba de bronce a la luz de la luna. No pudo parar y pasó de largo. Desde la cama, doña Agustina oyó el motor y pensó en el marido, pero quedó desorientada al percibir que el automóvil no se detenía.

Dobló una esquina y enfiló inconscientemente las calles que se dirigían a los límites de la ciudad, a la huerta. No sabía adónde iba, cualquier lugar sería mejor que su casa y la mirada de su mujer.

La huerta dormía envuelta en silencio, iluminada por la luna que dibujaba siluetas oscuras de árboles contra el cielo. Los que desde sus lechos oían el motor frente a su puerta se encogían atemorizados por la amenaza de un paseíllo y respiraban hondo al comprobar que el sonido seguía adelante, liberándolos de la pesadilla propia, alejándose hacia los miedos ajenos que dormían o velaban en otras camas, en la casa más cercana o a leguas de distancia. Don Claudio conducía hipnotizado por la noche. Reconoció el cruce de Santa Gertrudis y tomó el camino de la izquierda. La acequia que bordeaba el camino relucía en los trechos donde el agua se había encharcado y las ranas formaban un concierto escandaloso alteradas por el paso de aquel animal negro y desconocido. Al llegar a la altura de la casa Millana giró el volante a la derecha y pasó el puente que cruzaba la acequia. Don Claudio pensó en don José Millán, muerto hacía ya un año de un tiro en el corazón frente a las tapias del cementerio, en el orgullo con que aquel hombre había levantado la hacienda que heredó de su padre hasta convertirla en una de las más prósperas de la huerta, en el abandono que se había apoderado de la tierra tras su muerte, y detuvo el coche frente a la puerta de la cuadra. Hacía más de dos años que no pasaba por allí y no sabía por qué había ido a parar a aquel lugar al que no lo ligaba nada, ni siquiera el recuerdo de un hombre que no había sido su amigo. Apagó el motor del coche y abrió la portezuela para descender, pero en su lugar arrojó las llaves lejos de sí, con furia, rompiéndose una uña contra el canto metálico de la puerta en un golpe que le produjo un dolor agudo, y cerró de nuevo la portezuela para permanecer sentado en la oscuridad. El ruido de la puerta despertó a los pájaros, que dormían en las ramas de los álamos, y se quejaron del intruso revoloteando y alertando a un gato que empezó a maullar sobre el tejado.

La noche fue larga y densa, y el hombre, con la mirada fija en el punto del horizonte por donde lentamente fue llegando el amanecer, no se movió ni una sola vez. Cuando el cielo empezó a clarear, cuando las formas que lo envolvían fueron por fin visibles y la tierra fue cobrando un tono rosado que devolvía la vida a la huerta, don Claudio descendió del automóvil, cerró la portezuela acariciándola, miró la chapa negra que relucía brillante contagiada también del rojo universal que lo teñía todo con su intensidad creciente, posó los dedos sobre el disco redondo del sol que se reflejaba en el vidrio de la ventanilla trasera y, llevándose los dedos a los labios como para besar al sol en el tacto frío que el cristal le había dejado en las yemas, se encaminó hacia la cuadra, empujó la puerta y entró. No pensaba en nada. Miró a su alrededor y sobre la paja sucia y polvorienta descubrió una banqueta que debía de haber servido a alguien para sentarse mientras ordeñaba a las cabras y una soga larga de las que se usaban para embridar a las mulas. El techo era bajo y mostraba un esqueleto de vigas oscuras y nudosas. Don Claudio escogió la del centro y colocó la banqueta frente a sus pies, se desabotonó el cuello acartonado de la camisa y, mientras sentía sobre la piel del gaznate el tacto rugoso de la soga, pensó en la niña Pilar que, según decía en un breve papel, estaba siendo feliz.

El aire levantaba un polvo invisible que se posaba sobre cualquier superficie dejándolo todo cubierto por una finísima capa blanca que robaba el brillo a las frutas de los árboles, el color a las flores y el verde a las hojas, infiriendo al mundo un aspecto viejo, como de abandono y dejadez. Hacía meses que no llovía y de seguir así se auguraba un verano de sequía y escasez que sumaría la crueldad de la naturaleza a los males de la guerra, que ya iba a cumplir el tercer año. El camino de la Pulgara tenía dos palmos de polvo en el que se hundían los pies de los transeúntes, las ruedas de los vehículos y las patas de los animales que lo transitaban, y amenazaba convertirse en un lodazal impracticable de caer una de las tormentas que todos los habitantes de la huerta deseaban.

La vida seguía sumida en una lentitud como de sueño interminable y los días eran exactamente iguales entre sí.

Isabel pensaba en sus hijos y trabajaba en lo que podía. Doña Bernarda preparaba ejercicios de caligrafía para sus alumnas, que cada vez eran menos. Don Blas seguía atentamente las noticias que llegaban sobre la guerra y su final inminente, profundamente afligido por la derrota que ya parecía inevitable. Blas escuchaba a su padre sin querer creerlo, soñando con victorias devastadoras y batallas imposibles. Olalla hablaba durante horas con las vecinas sentada en la placeta. Doña Ana se iba volviendo invisible detrás de su silencio. Miguel estudiaba con ahínco preparándose para los exámenes finales. Pedro sufría por la cosecha viendo cómo se agotaba el agua del aljibe. Ramón pasaba los días solo, jugando por el campo en compañía del perro Chumbo, que lo seguía a todas partes, y a mediodía regresaban juntos a la casilla a comerse a medias el revoltillo de tomate que la madre le había preparado antes de irse. María estaba harta de doña Elvira y sus hijas. Manuela tenía cada vez menos trabajo porque la gente apenas compraba agua y prefería guardar su propia cola ante la fuente. A Isabel la asaltaba con frecuencia el recuerdo de la prima María Antonia y de las noches que habían pasado durmiendo en la misma cama, cuando la prima ya estaba enferma y tosía hasta descoyuntarse cubriéndose la boca con un pañuelo que por la mañana estaba siempre manchado de sangre, y ella le daba la espalda, procurando no oírla ni respirar su mismo aire, presa de pánico por contagiarse.

La huerta se moría de sed esperando la lluvia y la tierra se abría en grietas resecas que semejaban laboriosas filigranas de encaje. En otro tiempo hubieran sacado los santos en procesión, pero ahora estaba prohibido y la mayoría de imágenes habían ardido devoradas por las llamas. Todo el mundo miraba al cielo y las familias rezaban reunidas después de la cena por la llegada del agua y el final de la guerra.

Todos, menos el tío José y la tía Dolores, los dos viejos que vivían en el Ramblar y habían visto caer la desgracia sobre su casa. El matrimonio no tenía hijos. Años atrás, cuando la vida les sonreía, no les faltaba de nada. Las mejores matanzas eran siempre las suyas, comían lo que querían, gastaban y disfrutaban como pocos. Iban a los baños de Águilas en verano y a Carraclaca en primavera y otoño a tomar las aguas. Su prosperidad despertaba envidias entre el vecindario y rivalidades entre la colección de sobrinos que a diario acudían a aquella casa de la que nunca salían con las manos vacías. Pero la guerra y la vejez habían llegado a la vez como dos aliados inclementes. El tío José, cada vez con menos fuerzas, dejó de trabajar la tierra. Malvendieron los muebles, se comieron todo lo que tenían y la miseria se apoderó de la casa. Los sobrinos dejaron de acudir. La tía Dolores se trastornó de hambre y hubo que llevarla al manicomio de Murcia, donde murió a los tres meses, sola y desvariando, soñando que era verano y preparaba el equipaje de unas vacaciones inalcanzables. El tío José acudía a diario a Lorca a comer el rancho de los pobres montado en su burrita, también el animal en los huesos. Quienes lo veían pasar hundiéndose en el polvo del camino de la Pulgara, cada vez más viejo y delgado, sin afeitar, con la ropa sucia y harapienta, lo recordaban en tiempos de abundancia y suspiraban, tampoco ellos tenían ya lo que tuvieron por poco que fuera lo que habían tenido.

Una mañana de primavera, mientras recogía habas, Pedro comprendió que hacía tres días que no veía al viejo en su burrita camino del pueblo. Su silueta triste y polvorienta se le había hecho tan familiar que de pronto la echó de menos. Por la noche habló de ello con Isabel y con el tío Jara, y por la mañana fueron los tres a casa del viejo. La burra andaba suelta por la placeta, al verlos el animal rebuznó de alegría y se acercó trotando hasta ellos. Llamaron varias veces pero nadie abrió la puerta cerrada. La casa parecía envuelta en un silencio irreal. Siguieron llamando al viejo y golpeando cada vez con más fuerza hasta que presos de un mal presagio optaron por derribar la puerta. De la profundidad oscura de la casa surgió un tufo espeso, irrespirable. Entraron como sabiendo lo que iban a encontrar y al abrir la ventana para que penetraran el aire y la luz vieron al tío José muerto, sentado en una silla, apoyado en la mesa con la cabeza sobre los brazos. Tenía los ojos cerrados y la boca abierta. La burrita entró y se acercó hasta él con los belfos levantados, olisqueándolo como para asegurarse de que aquél era el olor de la muerte. Aquella misma tarde, mientras el cielo se oscurecía con impresionantes nubes de tormenta y empezaban a caer sobre el polvo de los caminos, sobre la tierra estriada y sobre los sembrados sedientos los primeros goterones de una lluvia benefactora que con las horas derivaría en torrencial, corrió por la huerta la noticia de que la guerra había terminado.

Desde días antes de que terminara la guerra, todo el mundo empezó a esperar el retorno de los hombres que estaban en el frente. La noticia de que el ejército republicano iba a la desbandada y los trenes circulaban cargados de soldados que habían abandonado las armas y regresaban a casa corrió como la pólvora y las mujeres tomaron posesión de las estaciones de ferrocarril para recibir a los suyos, para verlos llegar con sus propios ojos o para preguntar por ellos a cualquiera que quisiera escucharlas y pudiera responderles.

De repente la esperanza viajaba en largos trenes de carga con vagones descubiertos, repletos de soldados derrotados cuyo pensamiento no estaba en la guerra que habían perdido sino en el hogar que los aguardaba.

En cada estación del recorrido algunos soldados saltaban de los vagones sin esperar a que el tren se detuviera por completo, eran los más afortunados, los que habían divisado un rostro conocido en el andén, una mirada que los atrapaba confirmándoles que habían llegado a casa. Otros, los que vivían en pueblos y pedanías perdidos en la sierra, muy lejos de todas las rutas del ferrocarril, descendían con mayor parsimonia pensando en las horas de caminata y fatiga que aún los separaban del hogar. Algunos se abrazaban llorando a los compañeros inseparables que se quedaban en el tren y se prometían visitas y cartas inmediatas porque era tanta la costumbre de compartir la vida y la muerte, el pan, las mantas, el miedo, el barro, el cansancio, la risa y el desánimo, que les parecía imposible tener que separarse, y un ahogo de pena y desamparo se adueñaba de ellos al despedirse del hermano del alma encontrado en una trinchera, en un barrizal, en un bombardeo, en un permiso o en un campamento Dios sabía cuándo. Aquel amigo por el que habían aprendido a velar como por sí mismos y que había velado por ellos más que ellos mismos se quedaba en el tren alejándose hacia un futuro desconocido, parecido al pasado del que tanto se habían hablado pero que tampoco habían compartido; porque la vida era así de incomprensible y la guerra, conforme se acercaban a sus casas, iba empezando a ser un extraño paréntesis inolvidable con el que deberían aprender a convivir el resto de sus días.

En la estación de Lorca era imposible saber el horario de los trenes que llegarían e incluso el número de trenes diarios que lo harían. Isabel se acercaba a la estación cada mañana y cada tarde, y esperaba durante horas con una paciencia agotadora hasta que se convencía de que era inútil seguir allí soportando empujones, gritos, llantos y aquel dolor de pies y de riñones que se apoderaba de ella conforme pasaba el tiempo. Había tanta gente, tanto ajetreo y tanto ruido que a Isabel le parecía que si sus hijos acertaban a llegar en uno de los trenes le resultaría imposible verlos o llamarlos entre la multitud y el alboroto, pero no desistía y mañana y tarde acudía a aquella estación en la que su padre y sus hermanos habían emprendido un viaje sin retorno, en la que ella misma había empezado y terminado su vida de emigrante, en la que había aprendido a subir sin billete a los trenes de Murcia escapando al acecho de los revisores cuyo único trabajo parecía consistir en perseguir a gente como ella, y en la que ahora esperaba un tren que le devolviera a los hijos sanos y salvos, o a alguien que pudiera darle razón de su paradero.

Los camiones salieron del convento en plena noche escoltados por guardias de asalto y una vez en la estación vomitaron su carga en vagones que hedían a lana y a excrementos de oveja fermentados. Los prisioneros subieron a empellones y se sentaron sobre la paja espalda contra espalda y miedo contra miedo. No sabían adónde iban y apenas osaban especular para no atraer sobre sí la mala suerte. Tres guardias armados subieron al vagón y se situaron junto a la puerta que fue cerrada por fuera con una balda. Miguel sintió que un pánico oscuro y una infecta mezcla de olor a ganado y a sudor humano se apoderaban de él. Era el vértigo recobrado del primer camión en que lo encerraron, de la primera noche que se sintió morir sepultado por hombres que le robaban el aire y la libertad de movimiento, de la larga marcha hacia el frente esperando la luz de la mañana para verse las manos y las piernas y poder comprobar que seguía teniendo un cuerpo aunque no pudiera sentirlo. Tuvo que morderse los labios para no gritar y apretó la mano de Massó con todas sus fuerzas. El catalán se volvió y lo abrazó con una lucidez que no era común en él.

–Plora, home, no tinguis vergonya.

El tren empezó a moverse como una bestia renqueante y pesada hasta que ya fuera de la estación ganó una marcha regular y los hombres dejaron de tambalearse, entonces los guardias les desvelaron por fin su destino: un batallón disciplinario en Huelma, provincia de Jaén.

Miguel sintió que la crisis pasaba y se puso en pie para que el aire frío que entraba por las ventanas enrejadas le aliviara los pulmones y le refrescara la cara. Hacía una noche clara, el cielo lucía cuajado de estrellas y una luna rojiza, casi llena, dominaba el horizonte iluminando la silueta de las montañas, de los árboles y de algunas casas que se deslizaban al otro lado de los barrotes. Era un espectáculo hermoso y olvidado que despejaba el espíritu. El mundo parecía nuevo y distinto.

De madrugada se detuvieron en Lorca y escribió a su familia una postal que llevaba doblada por la mitad en la cartera, con el carnet militar; una postal de Valencia, con una vista en blanco y negro del ayuntamiento, y tres palmeras, hallada en el catre del convento, perdida o abandonada por alguien que había dormido allí antes que él. Escribió con prisa algunas palabras, las justas para informar a la familia de que ya no estaba en Murcia, para evitar a su madre un viaje inútil a la capital, y guardó otra vez el lápiz que había comprado en el estanco del tío Juan el día que partía hacia el frente. Antes de que el tren se pusiera de nuevo en marcha llamó a un chiquillo que rondaba por el andén y alargando el brazo por los barrotes le dio una peseta y le tendió la postal encargándole que la echara en un buzón. Había gastado su último sello, pero le tranquilizó la idea de que sus padres supieran dónde estaba. El chiquillo miró la peseta arrugada, leyó el texto y se quedó embobado viendo cómo lo envolvía la nube de humo arrojada por la locomotora.

El tren circulaba lentamente, deteniéndose con frecuencia para dejar vía libre a otros convoyes que tenían preferencia de paso.

Los hombres estaban agotados. La segunda madrugada, en la estación de Guadix, los hicieron descender y les dieron la primera comida, un plato de arroz hervido frío y apelmazado.

Cuando ya habían subido nuevamente al vagón, los guardias los hicieron bajar otra vez y formar en el andén porque faltaban tres cucharas y un plato; los tuvieron allí, en camisa, helándose, hasta que los cubiertos y los graciosos aparecieron. Miguel, en mangas de camisa, tenía unas ganas inmensas de llorar y de regresar al calor fétido del vagón de carga, estaba tiritando y no podía contener el castañeteo de los dientes.

El campamento estaba a las afueras de Huelma. Llegaron tras una marcha a pie desde la estación. Los hicieron caminar como a un rebaño de corderos, en formación de a dos por el centro de la carretera, escoltados por guardias armados a ambos lados de la fila que tenían orden de disparar a matar si alguno de los presos intentaba darse a la fuga. Antes de la cena les entregaron una pastilla de jabón, una colchoneta de esparto y ropa limpia, y los obligaron a darse un baño en una balsa de agua turbia.

A pesar del frío y de las condiciones del agua, a Miguel el baño le supo a gloria. Llevaba meses sin bañarse y no se había quitado la ropa ni siquiera para dormir. Mientras flotaba en la balsa cerró los ojos e intentó olvidarse de todo hasta recobrar el tiempo perdido, cuando él aún no era él. Ya no estaba en la guerra, ya no era un desertor, un cobarde cubierto de mugre y de picaduras de pulgas, piojos y chinches. Tenía trece años y la corriente del Rhône lo arrastraba río abajo mientras oía los gritos y los chapuzones de su hermano José y de los amigos. Nadaba hacia la orilla, desnudo, alcanzaba la tabla y se lanzaba en plancha al río para librarse del sol y el sudor del camino. Las bicicletas estaban todas juntas, apoyadas bajo los árboles, con los radios de las ruedas brillantes y adornados con papelillos de colores.

–¡Miguel! Sal ya, vamos, que Jean Louis ha traído las cañas de pescar.

Pero él no salía y practicaba el recién descubierto placer de la masturbación bajo el agua con un truco que le había enseñado el hermano, apretando muy fuerte los dientes y cerrando los ojos para no sentir nada más que el agua y su cuerpo adolescente, eufórico.

–Nosotros nos vamos al puente, ya vendrás si quieres.

Y él los dejaba ir. Abría un poquito los ojos para ver cómo se alejaban con los torsos desnudos, brillantes de agua y de sol, y volvía a cerrarlos y a zambullirse, dejándose llevar deliciosamente por el río.

La orden de que se dieran prisa en vestirse y formar para la cena lo asaltó por sorpresa. Tomó la pastilla de jabón y se frotó las ronchas rojas y las costras que le cubrían el cuerpo, y enjabonó la camisa de campesino que vestía desde que huyó del frente. No quería quemarla, como algunos compañeros se habían apresurado a hacer con la ropa sucia y vieja que llevaban; no quería separarse de ella, todavía no.

Un domingo estaba preparándose para el paseo de la tarde cuando recibió la orden de presentarse en el despacho del comandante junto con dos compañeros más, uno de ellos era Massó. Mientras caminaban por el patio central del campamento en dirección al cobertizo de las oficinas, el catalán especulaba, preocupado, sobre el motivo de la llamada.

–Què cony voldran, ara? Cada cop que criden algú és per encolomar-li un paquet o arrestar-lo. Has fet alguna cosa tu? Quan anàvem a escola, si et cridava el director, cagada. Una vegada...

–Calla i camina! Hòstia, Massó, no comencis! –Miguel lo cortó en seco.

Luego, como siempre que sucedía, le supo mal haber perdido los nervios con el amigo y recordó su miedo en el vagón.

–Perdona, noi, no volia cridar-te.

A Massó, cuando estaba nervioso, se le disparaba la cabeza y empezaba a hablar y a repetir lo mismo hasta que lo paraban.

El comandante Lede los recibió fumando entre un montón de papeles. En los calabozos de la prisión uno de los soldados arrestado por la broma de las cucharas en la estación de Guadix se había ahorcado. Massó, Miguel y otro soldado catalán llamado Jaume Masana al que apenas conocían recibieron la orden de ocuparse del suicida. A Miguel le pareció el colmo del absurdo morir en la guerra por una cuchara.

El improvisado trío salió cabizbajo de la oficina y cruzó el patio en dirección a los calabozos. El cuerpo del suicida seguía aún colgado de los barrotes de la reja de la ventana que había usado para ahorcarse con el cinturón.

Los centinelas estaban nerviosos y se echaban la culpa unos a otros por haber incumplido la normativa que ordenaba claramente requisar a los prisioneros, en el momento de su entrada en prisión, cualquier objeto o pertenencia susceptibles de ser usados como arma contra terceros o con los que el preso pudiera atentar contra su propia seguridad. La lista era larga y clara, la palabra cinturón figuraba entre las primeras; pero ellos hacía tiempo que habían prescindido de esta formalidad por parecerles absurda. El comandante los había citado en su despacho con la orden tajante de presentarse en cuanto el cadáver fuera retirado de la celda. No tenían otra escusa que la costumbre y la evidencia de que nunca, hasta entonces, había pasado nada. La vida en los calabozos era relajada, algunos soldados incluso cometían pequeñas transgresiones para ser arrestados y poder librarse de la instrucción por unos días. Todo el mundo lo sabía. Quién iba a pensar que aquel imbécil se ahorcaría. La noche anterior habían estado jugando a cartas con él y con otros dos arrestados, se habían gastado las bromas de costumbre, habían hablado de mujeres, todo estaba bien; cómo iban a imaginar que el soldado amanecería colgado de la ventana con el cinturón.

El muerto estaba morado y tenía el cuello desgarrado, como si hubiera estado forcejeando, tirando una y otra vez para acabar de morirse. Massó empezó a dar brincos por la celda. Ninguno de los tres se atrevía a tocar el cuerpo del ahorcado. Habían visto mucha muerte a su alrededor, pero nunca hasta entonces se habían enfrentado a una situación similar. Aquel muerto era distinto, no era un muerto de guerra, no podían enfrentarse a él maldiciendo al enemigo y alegrándose por su propia suerte, contando los centímetros que los habían separado de la bala fatal o del cráter dejado por la bomba, calculando los minutos, segundos acaso, que hubieran necesitado para estar ellos mismos en el punto exacto escogido por el destino para dar en el blanco; reconstruyendo sus propios movimientos, buscando la causa de que se hubieran agachado, de que se hubieran apostado sobre una piedra y no sobre otra, medio metro más allá, donde luego yacería el cadáver que bien hubiera podido ser el suyo. Aquel muerto no era como todos los muertos, era una víctima de la soledad, de la desesperación, de la noche y del tiempo, de la estupidez humana que inventaba las guerras y las cucharas, los cinturones y las rejas, que convertía a los campesinos en soldados y les daba armas para matar y calabozos donde las noches eran oscuras y largas.

Fue Masana quien, ordenando a Miguel que sostuviera el cadáver por las piernas, levantándolo, cogió el cinturón y desabrochó la hebilla. El cuerpo, liberado, cayó a plomo sobre Miguel, que se tambaleó, sorprendido por el peso, y perdió el equilibrio. Massó seguía brincando de parte a parte del calabozo, emitiendo grititos de pájaro enjaulado. Sin saber cómo, Miguel se vio en el suelo abrazado al cuerpo sin vida, luchando por liberarse de aquellos brazos y piernas inertes que lo envolvían. El rostro morado y desencajado del ahorcado rozó su mejilla y lo apartó de un empujón violento, la cabeza del muerto fue a dar contra el catre de cemento y se oyó un crujido. Massó se detuvo en seco. Masana le ordenó que trajera la camilla que habían dejado a la puerta y le tendió una mano a Miguel para que se levantara.

Llevaron al suicida a la enfermería para que el doctor le hiciera la autopsia. El médico los estaba esperando. Su uniforme de capitán apenas si se veía detrás del enorme delantal blanco, manchado de sangre reseca, que le cubría el pecho hasta los pies. Los tuvo allí, firmes, mientras cumplía su misión con la calma y la habilidad propias de quien repite la misma operación por milésima vez, con movimientos y ademanes exactos que surgen de la costumbre más que de la atención.

Miguel lo vio tomar con la mano derecha el bisturí y rasgar el cuerpo pálido y desnudo de aquel muchacho cuya edad no debía de sobrepasar los veinte años y nunca más podría llevarse una cuchara a la boca de labios blancos y finísimos. Vio brotar la sangre inundando la mesa de operaciones, vio al médico empapando una toalla, separando con ambas manos los bordes perfectos de la fisura, colocándose unos anteojos de alambre para escrutar mejor el interior del cuerpo, vio los intestinos y el estómago sobre la mesa y se desmayó. El resto se lo contó Massó por la noche emocionado y delirante, dilatándose lujosamente en los detalles, reproduciendo sonidos, describiendo colores, comparando olores e imaginando sabores. Y lo estuvo contando infatigablemente durante treinta noches seguidas.

Tras el incidente del ahorcado, Masana salía algunas tardes con el grupo de catalanes de los que Miguel no se separaba desde los días de Murcia. Masana era un tipo peculiar que a Miguel le inspiraba cierta desconfianza por su propensión a la grandeza. Católico fervoroso y militar de carrera por tradición familiar, al estallar la guerra tenía el grado de teniente y se sublevó por su cuenta y riesgo contra la República con intención de unirse a las tropas fascistas. Apresado y condenado a muerte, tuvo la suerte de que le conmutaran la pena y en lugar de al paredón lo enviaron al batallón disciplinario de Huelma donde había pasado toda la guerra a cuerpo de rey y sin pisar el frente ni una sola vez. Masana se consideraba un prisionero político y esperaba, tranquilamente, que los suyos ganaran la guerra y lo liberaran. A Miguel, Masana lo tenía harto y, si podía, lo evitaba; Massó, en cambio, estaba fascinado por su palabrería.

En los últimos días de la guerra, cuando ya el ejército republicano huía a la desbandada y los mandos abandonaron el campamento de Huelma dejando en la estacada a los soldados, Masana se encerró en la oficina del batallón, buscó su expediente personal y esperó fumando y comiendo a que llegaran los suyos. El comandante de los nacionales que tomó Huelma sin disparar un tiro, nombró a Masana alcalde del pueblo.

A la tropa, el batallón disciplinario más que un castigo les parecía un regalo. Pasaban las mañanas haciendo instrucción y por las tardes tenían permiso para pasear por el pueblo y gastarse la peseta semanal que cobraban como soldados del ejército de la República española. Aunque el jornal oficial era de diez pesetas, a ellos sólo les daban una; las nueve restantes eran enviadas directamente a las familias.

Un litro de aceite de estraperlo costaba en Huelma tres pesetas, pero juntando capitales y negociando sabiamente con las pastillas de jabón que les entregaban para su aseo personal los soldados conseguían fácilmente que las mujeres del pueblo les cocinaran una sartén de migas con que aplacar el hambre. Para las mujeres el jabón era un lujo. Por las tardes, en las puertas de las casas, se exhibían enormes sartenes tiznadas apoyadas contra la pared que ejercían de reclamo para los hambrientos soldados que paseaban las calles arriba y abajo sin otra cosa que hacer que escoger la casa donde pudieran comer más y más barato.

Tres meses después de su llegada a Huelma, Miguel y Massó aparecieron en una lista de reclutas destinados al puesto del batallón número nueve en Castillo de Locubín, cerca del frente.

Desde las ventanas del puesto de mando del batallón, que ocupaba las dependencias del antiguo cuartel de la Guardia Civil de Locubín, se divisaba a lo lejos una montaña cubierta de olivos redondos perfectamente ordenados en hileras. A Miguel le parecía imposible que al otro lado de aquella montaña tan primorosamente cultivada estuviera el frente. La montaña misma y el pueblo más cercano, Alcalá la Real, pertenecía ya a los nacionales.

En el batallón número nueve todos los mandos eran voluntarios y los soldados, corrigendos; pero reinaba una camaradería absoluta y apenas había disciplina. Cada noche, después de la cena, se nombraba a uno de los quinientos soldados que debía volver a Murcia para enfrentarse al juicio que tenía pendiente. Miguel cenaba siempre con un nudo en el estómago esperando oír su nombre.

Un mes después de su llegada, Miguel vio descender de un camión a los tres amigos catalanes que habían quedado en Huelma. Massó se puso como loco de alegría y a Miguel le pareció que aquello era un buen presagio y que no lo abandonaba la suerte, pero seguía sin acostumbrarse a la lotería nocturna que podía dictar su nombre, o el de uno de los amigos, en cualquier momento. Algunos soldados, una vez juzgados, regresaban y contaban los años que les habían caído y las peripecias del juicio. Los años eran lo de menos, la guerra se acababa, se le veía el final; lo peor eran las noticias que los reincorporados traían sobre los que no volvían porque habían sido condenados a muerte o fusilados inmediatamente después del juicio.

Una noche de marzo, después de la cena, los hicieron formar. Cuatro compañías emprendían la marcha hacia el frente. Anduvieron durante un día. Miguel calzaba unas botas compradas a un soldado en la prisión de Murcia que le iban pequeñas y pesaban un quintal. Tenía los pies llagados. Cuando se detenían, se sentaba en el suelo y se quitaba las botas. Massó le lavaba los pies con agua que acarreaba en los lugares más inverosímiles y se los envolvía con trapos que robaba en los camiones de intendencia. A Miguel las habilidades de Massó para sobrevivir siempre lo sorprendían. Cuando volvía a ponerse las botas para seguir andando, los pies se le habían hinchado y no le cabían dentro del calzado. Era un suplicio.

La compañía de Miguel se quedó en la reserva y los alojaron en un cortijo rodeado de olivos cuyas ramas cortaban para encender fuego en el interior de la casa. Fuera hacía mucho frío y, además, no paraba de llover. Una de aquellas noches a Miguel le tocó el último turno de guardia, pero como nadie tenía reloj lo engañaron. Lo llamaron a medianoche e hizo casi tres turnos completos agobiado por la helada, la lluvia y la sensación de que nunca se haría de día. En su destino de ranchero no había hecho ni una sola guardia.

Los soldados pasaban el tiempo comentando las noticias que aparecían en los periódicos atrasados que los de intendencia les hacían llegar. La batalla del Ebro se había perdido y los nacionales galopaban hacia la frontera francesa. Los hombres estaban nerviosos y acribillaban a preguntas a los catalanes, que conocían el terreno, para que los informaran de la situación geográfica de aquellos pueblos cuyos nombres sonaban tan remotos y desconocidos. El día que leyeron el avance de los nacionales desde Sabadell a Vic en una sola jornada, todos comprendieron que aquello tocaba a su fin. Si caía Cataluña, la guerra acabaría en días. Los embargaba el sentimiento contradictorio de que iban a perder, de que ya habían perdido; pero se alegraban de que todo fuera tan deprisa para que terminara cuanto antes. Los soldados que volvían del frente contaban historias desoladoras. Si a unos se les agotaba la munición, las otras compañías se negaban a proporcionarles más, aunque a ellos les sobrara. Luchaban en el mismo bando y sin embargo parecía que el enemigo fueran ellos mismos.

Desde su acuartelamiento la montaña de los nacionales parecía estar a un tiro de piedra. Cuando recibieron orden de tomarla, a Miguel se le estremeció el corazón pensando que iba a la batalla. Massó brincaba de alegría; preso de un repentino patriotismo, prometía matar a mil fascistas él solo y darle la vuelta a la tortilla. Formaron bajo la lluvia y el comandante les dirigió una arenga animándolos al combate y a entregar sus vidas por la patria. Dadas las noticias que llegaban de Cataluña, parecía imposible que aquello les estuviera pasando a ellos. El comandante, pertrechado con una inmensa capa bajo la que apenas le asomaban las manos y la cara, hablaba y hablaba mojándose, chorreando y con las botas hundidas en el barro. Las cuatro compañías marcharon bajo la lluvia torrencial y se apostaron al pie mismo del monte. Nadie supo lo que pasó. Estuvieron allí durante más de dos horas, tiritando, empapándose de lluvia y miedo; de pronto les dieron la orden de regresar al cortijo donde acabaron de pasar la noche y los dos días siguientes siempre mirando la montaña y temiendo que se repitiera la orden de tomarla; pero la orden que llegó no fue ésta, sino la de regresar a Castillo de Locubí, al puesto de mando del batallón número nueve.

Durante la marcha de regreso Miguel se quedaba atrás. Aunque los pies se le habían curado seguía sin poder arrastrar las pesadas botas. Esta vez Massó lo perdió de vista. Caminaba solo, a cada momento más distanciado de la columna. Nadie se preocupaba por los rezagados. Al entrar al pueblo, agotado, Miguel pidió agua a unas mujeres. Le sacaron una gran jarra llena hasta los bordes que se bebió de un tirón, sin respirar. Las mujeres lo miraban sorprendidas. Cuando acabó de beber dio las gracias y se sintió inmediatamente enfermo. Un frío intensísimo se estaba apoderando de él, nunca había sentido tanto frío, ni siquiera en la noche inenarrable en que estuvo de guardia. Era mediodía. Consiguió llegar al campamento a duras penas, el sol le hería los ojos, sudaba y tiritaba, el fusil le temblaba en las manos y las piernas no lo sostenían. Cuando Massó lo vio llegar, corrió hacia él llamándolo. Miguel no lo veía, aunque podía oírlo. El amigo lo abrazó y lo llevó en volandas hasta la colchoneta donde lo arropó con todas las mantas que pudo acarrear. Luego salió corriendo y volvió con un plato de alubias; las alubias eran pocas, pero el plato rebosaba de un caldo espeso y caliente que Massó le hizo tragar como a un niño. El peso de las mantas y el caldo obraron un milagro. Massó lo observaba dando vueltas sin parar alrededor de la colchoneta.

Mientras Miguel entraba en calor, en el puesto de mando del batallón los oficiales peleaban entre sí. Tres capitanes querían llevarse las compañías a Madrid para sumarse a la resistencia de la capital que estaba a punto de caer en manos de los nacionales, los otros eran partidarios de esperar tranquilamente a que el gobierno republicano firmara la rendición.

El veintiocho de marzo, después de la cena, hicieron formar a las compañías en el patio del campamento. La tropa estuvo allí más de una hora hasta que alguien se dio cuenta de que todos los mandos habían desaparecido.

Aquella misma noche, en grupos, los soldados abandonaron el campamento y el pueblo.

Miguel se unió a unos compañeros que eran, como él, de la provincia de Murcia y juntos emprendieron la marcha en la dirección que el instinto les dictaba. Llevaban una hora caminando cuando de pronto recordó que en la desbandada general, llevado por la emoción y la incertidumbre, se había olvidado de Massó. Lo había visto por última vez en el barracón de la compañía, hablando con los otros catalanes, brincando como un loco mientras los demás calculaban sobre un mapa cuál sería la forma más rápida y menos peligrosa de cruzar la península para volver a casa. Y luego, mientras él mismo planeaba su regreso con el grupo de murcianos, sin saber cómo, se había olvidado del amigo.

Una culpa pesada y asfixiante le retorció el estómago. Se quedó paralizado, clavado al suelo, hasta que uno de los compañeros lo llamó.

–¡Eh, Miguel, no te quedes atrás! ¡Espabila!

Llorando, arrojó el fusil a un barranco y movió las piernas sin sentirlas. La figura menuda de Massó brincando le golpeaba las sienes.

El camino era largo. De noche, inmersos en una oscuridad que encogía el ánimo, cruzaron la sierra y llegaron a Valdepeñas de Jaén. Uno de los murcianos, Pepe Cernuda, conocía allí a una familia que los acogió y les cedió el pajar para que descansaran y durmieran un poco. En el hospital del pueblo las enfermeras les dieron un plato de cordero con patatas que les supo a gloria; era la primera carne que probaban en semanas.

Siguiendo siempre la carretera, dejaron atrás Huelma y alcanzaron la vía del ferrocarril en Torre-Cardela. El grupo caminaba unido, delatando su origen y condición, pero no les importaba; estaban demasiado agotados para esconderse y el desorden general era tan evidente que nadie se preocupaba por seis soldados desarmados cuyo único pensamiento era llegar a casa. Los nacionales los adelantaban en trenes y camiones, haciendo caso omiso de ellos. Los compañeros de Miguel andaban con la vista fija en el suelo buscando colillas: Pepe Cernuda sufría más por no poder fumar que por la falta de comida. Como Miguel no fumaba, las que encontraban las repartían solidariamente entre los cinco restantes que las conduraban milagrosamente para que, al menos, les alcanzara una calada a cada uno. Entraban, por turno, a pedir comida en cada casa por la que pasaban, pero les daban poca cosa. Todo el ejército republicano iba a la desbandada y eran muchos los soldados que habían llamado ya a las mismas puertas antes que ellos. Los nacionales, interesados exclusivamente en seguir su propio avance, no detenían a nadie.

En la estación de Gobernador había un tren cargado de tropas nacionales e intentaron subir con ellos, pero los oficiales no se lo permitieron y siguieron a pie hasta Huélago, donde decidieron pasar la noche en un pajar. Algunos vecinos les llevaron comida y les informaron de que de vez en cuando pasaban trenes de mercancías. Antes de la salida del sol se apostaron en la diminuta estación dispuestos a probar suerte por segunda vez. A media mañana llegó su oportunidad. Un tren formado por una infinidad de vagones se detuvo y saltaron a una plataforma descubierta abarrotada de gente, la mayoría soldados como ellos. Nadie supo decirles adónde se dirigían con seguridad, pero, al menos, podrían llegar hasta Guadix. Una vez allí, ya verían.

Al llegar a Guadix, el tren se detuvo un instante y tomó la dirección de Murcia. Miguel pensó que estaban de suerte y recordó la última ocasión en que había pasado por aquel mismo lugar. El asfixiante hedor del vagón de ganado, el plato de arroz hervido comido de pie en el andén, el intenso frío de la madrugada, la oscuridad, el altercado de las cucharas y la imagen del soldado ahorcado en el calabozo de Huelma, se apoderaron de él con tanta fuerza que cerró los ojos y respiró profundamente para librarse del vómito agrio que le alcanzó la garganta.

El viento y el humo producidos por la marcha del tren lo devolvieron al presente.

En las estaciones la gente se apiñaba esperando los trenes cargados de soldados. Las mujeres, vestidas de negro, se acercaban a las plataformas para ver si en alguna de ellas viajaban sus hijos y preguntaban por ellos con los ojos llenos de lágrimas y de esperanza.

Miguel llegó a Lorca el primero de abril hacia las tres de la tarde. Abrazó con todas sus fuerzas a sus compañeros de fatigas, se desearon suerte y saltó a tierra. Ya en el andén, zafándose de la muchedumbre que lo apretujaba, siguió despidiéndose de ellos agitando los brazos hasta que el último vagón desapareció de su vista. Estaba en casa y aquella sensación tan deseada lo llenó incomprensiblemente de congoja. A su alrededor las madres abrazaban llorando a los hijos, los besaban, los acariciaban como para comprobar también con las manos que estaban vivos, pero él no vio a nadie conocido porque Isabel, cansada de esperar inútilmente durante horas, había abandonado la estación unos minutos antes.

Mientras tanto, las tropas del otro ejército ocupaban victoriosas el último pedazo del territorio español y en su cuartel general de Burgos el general Franco firmaba el último parte oficial de guerra: «En el día de hoy, cautivo y desarmado el ejército rojo, han alcanzado las tropas nacionales sus últimos objetivos militares. LA GUERRA HA TERMINADO.»

El bando de las autoridades ordenando que todos los excombatientes del ejército rojo se presentaran en la plaza de toros tardó dos días en llegar. Miguel se presentó a media mañana solo, sin comer, sin nada.

La plaza se convirtió en un superpoblado e improvisado campo de concentración.

La vieja mula Torda que habitaba solitaria el coso no daba crédito a sus ojos. Asomando la cabeza por encima de la barrera, parapetada tras un burladero, masticaba plácidamente un manojo de hierba tierna que su cuidador le había proporcionado durante la diaria visita matinal. Cuántas tardes añoradas de gloria y miseria habían compartido. Ella conocía bien su cometido, se dejaba guiar dócilmente por el hombre hasta el toro muerto y arrastraba al animal por la arena dejando un rastro de sangre, recibiendo las palmas o los pitos del público según se terciara, según la faena del torero, según el trapío del bicho, según el espectáculo visto; ella con la cabeza bien alta, envuelta en una nube de campanillas y pasodoble, luciendo, algunas tardes de mucha fiesta y autoridades, un sombrero de plumas coloradas y blancas.

Atraída por las voces se había acercado a presenciar el espectáculo soñando una corrida nueva que le devolviera la juventud, pero el espectáculo la sorprendió por incomprensible. La puerta de toriles estaba abierta, sin embargo no había toro, ni toreros, ni la banda municipal atacaba un pasodoble, ni aquello tenía aire de fiesta. Un río de hombres cabizbajos, con el pánico en los hombros y en las piernas, desembocaba en el ruedo como en un paseíllo interminable. Se quedó allí, por curiosidad y porque no la echaron –no había tiempo ni motivo para fijarse en ella– y se acomodó en el callejón con los ojos bien abiertos.

Los hombres se apiñaban en círculos de incertidumbre, se sentaban derrotados en la arena, se apoyaban en las barreras como para soportar mejor el peso del cuerpo hambriento y agotado; iban mal vestidos, algunos aún con el uniforme militar gastado en meses de combate, guardias, marchas y campamento, sucios, mal afeitados, harapientos, abandonados a su suerte, agobiados por los presagios funestos que se cernían sobre su futuro, nerviosos por los rumores que corrían de corro en corro y los bulos que crecían en tragedia mientras circulaban de boca en boca. Las noches eran peores que los días, sin mantas, sin nada, quemaban todo lo que fuera susceptible de ser quemado y se amontonaban junto a las hogueras para robar un poco de calor al fuego y a los compañeros. La plaza de toros lucía un aspecto descarnado, las barreras y las puertas habían desaparecido y hasta los mástiles de las banderas, los portones de los chiqueros, las sábanas de la enfermería, las varas, las garrochas, los bancos de la banda de música, las sillas de los caballos y los capotes olvidados durante años en rincones inverosímiles acabaron nutriendo las hogueras nocturnas.

Al verse de nuevo entre la multitud, encarcelado, hacinado entre otros mil soldados, Miguel fue presa de un atroz sentimiento de desamparo y desolación. Otra vez empezaban el calvario, la incertidumbre y el miedo. La idea del juicio pendiente por deserción se le clavó en el ánimo. No sabía qué pensar. La posibilidad de ser fusilado por desertor o por traidor lo aterrorizaba. No podía dormir, se sentía enfermo y cogió sarna; con el cuerpo cubierto de vesículas supurantes, la picazón era tan intensa que se rascaba con fruición hasta levantarse la piel con las uñas sucias.

A Pedro e Isabel, preocupados por la suerte de José, del que seguían sin tener noticias, el encarcelamiento de Miguel los sumió en una negra pena, aligerada sólo por la certidumbre de saberlo cerca. La dicha de tenerlo en casa había durado tan poco que la nueva separación les pareció una tremenda injusticia. Isabel viajaba dos veces al día a Lorca con comida para el hijo, una comida escasa que a veces recibía de los vecinos o que hurtaba escondida en los huertos cuando no la veían, una comida para el hijo que mermaba las raciones del resto de la familia.

Quince días después de su encarcelamiento lo soltaron. Don Paco, el hermano de doña Bernarda, lo había avalado a petición de la maestra. Al verse libre Miguel corrió como un niño hasta quedar sin aliento, cruzó la ciudad y llegó a la huerta respirando un aire nuevo que le hería los pulmones. Se metió en un campo de habas y sentado en un bancal comió con desespero dejando a su alrededor un círculo de vainas verdes desgarradas. Luego se desnudó y se sumergió en una acequia de riego que corría junto al camino rebozándose en el lodo del fondo, restregándose como un animal en celo contra las piedras, la hierba y la tierra de los bordes.

En la casilla del Ramblar no había sitio para él. Dormía en el pajar de unos vecinos, acompañado siempre por el perro Chumbo que se acurrucaba a su lado y le lamía las manos, y a veces por Ramón, que insistía y bregaba hasta conseguir el permiso materno para dormir en el pajar con el hermano que había vuelto de la guerra. En Lorca no había trabajo para Miguel ni para nadie. La inactividad resultaba insoportable y sólo soñaba con volver a Rubí. Escribió al señor Pepito, quien le respondió ofreciéndole su antiguo puesto de mozo en Can Pi. Con la carta en la mano anunció que se iba y nadie, ni siquiera la madre, pudo hacerlo cambiar de opinión. El dinero del billete de tren lo consiguió Isabel malvendiendo la cerda que criaba desde hacía meses para la matanza de invierno, un lechoncillo que la tía Juana la Tirita le había regalado en Navidad.

Manuela se fue con él. El negocio del agua se había acabado. Acusados de rojos y demasiado viejos para andar peleando y para meterse en papeleos interminables, los aguadores se habían recluido en su casa viendo cómo les quitaban la concesión del agua y otras manos más fieles al nuevo régimen explotaban la fuente del Negrito de la que tantos años habían vivido.

En una celda minúscula Juan Rojo esperaba junto a otros cinco hombres, Abundio García entre ellos, el fallo de una sentencia que ya sabía de antemano. Habían ido por él a altas horas de la madrugada sin darle tiempo a escapar, aunque estaba prevenido y conocía bien los métodos. Lo habían arrastrado maniatado hasta el camión, lo habían subido a empujones, lo habían cubierto de patadas y puñetazos, lo habían escarnecido e insultado, le habían apoyado en la sien el frío cañón de un fusil riéndose mientras accionaban el gatillo y oía con los dientes apretados y los ojos cerrados el chasquido metálico del arma descargada, mientras Angustias gritaba histérica que lo soltaran, mientras pensaba que tenía cierta gracia que su suerte acabara precisamente allí, maniatado en un camión, de noche, en un viaje sin retorno posible. Tenía en la mano la fotografía del hijo moribundo en una copia color sepia, pequeña y arrugada, que no abandonaba nunca, porque aquel zagalillo rubio, de ojos desorbitados, como asustado por la inmensidad de la muerte que se le venía encima a su pequeñez indefensa, había acabado por ser su único hijo, su niño muerto.

Aterrada por la detención del marido, Angustias adelgazaba un poco cada día. Había movido cielo y tierra, había andado como loca llamando a todas las puertas conocidas y desconocidas suplicando clemencia para su hombre, pero todas las puertas se cerraron ante ella hasta que ya no quedó nadie a quien acudir. Quienes la recordaban gorda y oronda, con aires de señorona bien comida y mejor relacionada, la veían embeberse en los interminables trayectos de la casa Barnés al pueblo y del pueblo a la casa Barnés, la cabeza hundida entre los hombros, los pies hundidos en el polvo, cada vez más pequeña, más invisible, más derrotada, siempre con su niña de la mano.

Lo sacaron de la cárcel a culatazos al despuntar el alba. Había rehusado ver al capellán y este último gesto de orgullo y desprecio le valió una paliza mortal. Con la cara ensangrentada y las costillas rotas lo subieron de nuevo al camión. La oscuridad de la noche de junio se rompía suavemente mientras el cielo cobraba un hermoso tono rosado. A través de las rejas, Juan Rojo vio la luz nueva de la mañana y respiró profundamente pensando en su vida y en la mala pasada que le jugaba el destino. Una punzada aguda le recorrió el pecho, se llevó la mano al pómulo izquierdo, abierto en una herida ardiente. Había realizado tantos viajes como aquél, que conocía perfectamente el desenlace, sólo que esta vez los papeles se habían invertido.

Llegaron a las tapias del cementerio con los primeros rayos del sol. El aire cálido que llegaba de la huerta anunciaba un día sofocante. Juan Rojo pensaba en el calor de la siesta cuando sintió que el pecho se le abría en un pozo de fuego y cayó al suelo con los ojos abiertos. Un instante después oyó la voz de mando ordenando descanso al pelotón y aún alcanzó a ver cómo el sol irisaba el cabello y el diminuto bigote del sargento que acercaba a su sien el cañón de una pistola negra y pequeña. Después, se hizo la noche en plena mañana.

Dos días después Abundio García había de correr la misma suerte que Juan Rojo; estaba preparado, pero de espaldas contra la tapia del cementerio sufría por la niña Pilar. Qué sería de ella abandonada por todos. Al oír la terrible detonación se dejó caer de bruces golpeándose la cara contra una piedra. Sin embargo, al fragor de la explosión siguió una algarabía de voces y gritos que lo desconcertaron. Sin abrir los ojos se palpó el cuerpo pensando que la muerte era más dulce de lo esperado y maldijo a los curas porque al fin parecían tener razón: estaba muerto, pero seguía sintiendo la vida, aunque fuera la otra; pero ¿para qué quería él una vida eterna sin Pilar? Como el alboroto crecía y se oían también carreras y órdenes desordenadas, decidió mirar. Estaba solo, los tres soldados del pelotón y el cabo que los mandaba corrían hacía una nube de humo que se alzaba detrás de un cañar, a unos cien metros de donde él se hallaba tendido boca abajo.

Lo habían dejado solo sin llegar a dispararle. Los soldados, sorprendidos por la violenta explosión que se había producido en el cañar, perdieron de vista al hombre maniatado al que apuntaban fijamente con un ojo guiñado y miraron atrás. Era una bomba, tenía que ser una bomba, pero qué hacía allí. Inmediatamente surgieron de las cañas tres chiquillos corriendo y gritando, ensangrentados, llamándolos a voces desesperadas; el pelotón, confundido por lo inesperado de la situación, salió a la carrera en auxilio de los zagales olvidando la misión que los había llevado al cementerio. Al llegar al cañar el espectáculo era desolador, destrozado por la bomba, abrasado, un crío yacía humeante en el suelo con las manos segadas y la cabeza vaciándosele en el polvo; y otro, desesperado, gritando, brincaba retorciéndose de dolor y miedo con una herida en el pecho.

Habían encontrado la granada la tarde anterior, entre un montón de ropa militar abandonada en unas alzavaras, y forjaron un plan estratégico para guardarla hasta la mañana y hacerla explotar donde nadie los viera. Echaron a suertes quién sería el encargado de custodiarla durante la noche, burlando las suspicacias paternas. Era una prueba de hombría, una misión delicada y osada que todos deseaban para sí aunque sólo a uno podía corresponderle. Cuando se despidieron, el afortunado se la echó en el bolsillo del pantalón, donde siempre llevaba mil artilugios diversos que abultaban desmesuradamente, costumbre útil contra la que la madre había dejado de luchar hacía tiempo, resignada. Devoró la cena en dos bocados, palpándose a intervalos regulares la pernera del pantalón para asegurarse de que el tesoro seguía en su sitio, y se acostó dejándola bajo la cama, aunque con la emoción apenas logró conciliar el sueño. Al amanecer salieron los cuatro de sus casas como almas que lleva el diablo, desoyendo las reprimendas por las labores que abandonaban y sin responder a las preguntas que, extrañados por el ansia de madrugar que los embargaba, les lanzaban los padres mientras ellos ya corrían por el camino dejándolos con la palabra en la boca. Se encontraron, como habían previsto, en los cañares del cementerio. Llegaron sofocados y nerviosos, ávidos de aventura, rezando para que les cupiera en suerte la hazaña de arrojarla porque sólo uno, otra vez solo uno, sería el escogido por el destino para sostenerla en la mano, sintiendo el tacto frío del metal, y tirar fuertemente de la anilla antes de contar hasta tres y lanzarla con ímpetu y furia lo más lejos posible ante la mirada envidiosa de los demás. Pero se les torció el destino o Antoñico el Pelao se demoró contando, porque no sabía mucho de números, o la granada era defectuosa o con los nervios la bomba se le pegó a la mano sudorosa; el caso es que el Pelao saltó por los aires sin saber qué le había ocurrido a su cuerpo, mientras Pedro Puentes, que estaba muy cerca de Antoñico para no perder detalle de la operación, sentía el fuego en el pecho y los otros dos empezaban a gritar y a llorar trastornados por la imprevista catástrofe.

Abundio no podía creerlo, se quedó inmóvil un instante, como atontado, hasta que un resorte se disparó en su interior y alzándose del suelo echó a correr, saltó la tapia del cementerio y siempre a la carrera llegó sin aliento a una tumba cuya verja estaba milagrosamente abierta invitándolo a guarecerse en su húmeda oscuridad. Como pudo, cerró por dentro la puerta del panteón, luchando contra la cuerda que le inmovilizaba las manos hiriéndole las muñecas, y se acurrucó, salvado de la muerte, entre los muertos de verdad, con el oído atento a lo que pudiera pasar en el exterior cuando los soldados volvieran a por él y lo buscaran entre las tumbas, que era el sitio, de eso estaba seguro, donde primero lo buscarían. Sin embargo, no pasó nada, sólo el tiempo.

Ya de noche, extenuado por la tensión y agarrotado por la humedad y la falta de espacio, se decidió a abrir la tumba para regresar al mundo de los vivos al que ya no estaba muy seguro de pertenecer. El chirrido de la verja le pareció estrepitoso y el corazón le dio un vuelco. Si los soldados seguían buscándolo lo habrían oído y no tardarían en acudir, pero tampoco esta vez pasó nada. Sumergido en la oscuridad, respirando el aire fresco de la vida, guiado por la luz del corazón y la costumbre de la tierra, emprendió la marcha hacia la sierra donde su niña Pilar estaría llorando por él.

Desde la sierra hasta el Ramblar el camino era largo y daba para pensar mucho. Veneranda salió de madrugada en la mula, envuelta en su manta campera porque, a pesar de que el mes de junio andaba ya muy avanzado y los días eran calurosos, siempre sentía el aire fresco de la mañana como una amenaza. María Antonia iba a la grupa, sentía su mano helada en la cintura agarrándola para no caerse. Le molestaba, aunque se había acostumbrado a ella, el tacto de la muerta, y no comprendía por qué temía caerse de una cabalgadura en la que, en realidad, no iba montada. Manchado por los primeros rayos del sol y las sombras proyectadas de los montes, el paisaje parecía un sueño. Con un fantasma pegado a su espalda y una encomienda absurda que cumplir, ella misma parecía un sueño, pensaba Veneranda mientras se dejaba guiar por la mula que conocía de sobra el camino.

María Antonia hablaba por los codos recordándole una y otra vez lo que debía decir y hacer, pero ella no la oía preocupada por encontrar sus propias palabras de loca irrumpiendo en una casa desconocida para decir que llegaba en nombre de la prima muerta hacía casi dos años a pedir tres misas por su alma en la Cruz del Campillo porque la difunta no hallaba la paz en el otro mundo y seguía en éste, instalada en su casa.

Al llegar a la loma de Aguaderas, con toda la huerta soleada y polvorienta a sus pies, sintió deseos de darse media vuelta y mandar a la muerta al infierno. Ya tenía ella suficiente fama de rara como para presentarse ahora con semejante encargo ante la gente.

–¡Ni lo pienses! –la increpó el espectro.

–¿Que no piense el qué?

–Que ni se te ocurra volverte a la casa sin haber hecho lo que tienes que hacer. Estaría bueno que ahora me dejaras plantada con el tiempo que llevo esperando este día.

–Lo que estaría bueno es que una ya no pueda ni pensar sus cosas sin que tú te entrometas.

Veneranda arreó a la mula sujetando la rienda con firmeza porque la pendiente bajaba muy pronunciada y el camino era peligroso. Se había quitado la manta y la llevaba doblada sobre el cuello del animal. Era imposible razonar con esa muerta egoísta y cabezona incapaz de pensar en otra cosa que en sus misas. En los huertos, los campesinos andaban a sus labores y levantaban la vista al verla pasar, algunos la saludaban llevándose la mano a la visera de la gorra o moviendo ligeramente la cabeza. Veneranda devolvía el saludo dudando si veían o no a su pasajera. Al fin y al cabo, se decía, sólo verán a una mujer cabalgando a mi grupa, una mujer rara, eso sí, pero sólo una mujer.

–No te preocupes que no me ven.

–¿Y eso cómo lo sé yo? Si yo puedo verte, quizá otros también puedan.

–Porque sólo me ve quien yo quiero y puede, no te lo dije.

–No sé qué pensar, la verdad.

–Fíjate, ¿ves allí, donde aquel hombre que riega?

–Sí.

–¿Ves al soldado que está sentado bajo el olivo, frente a él?

–Sí.

–Pues ése está tan muerto como yo, pero su padre no lo ve. Lo mataron en el frente de Cataluña el mismo día que acabó la guerra. El hijo quiere hablarle pero el padre no puede verlo ni oírlo. El viejo está que no vive desde que llegó la carta ¿Crees que estaría regando tan tranquilo de saber que su hijo muerto anda siguiéndolo a todas partes?

–¿Y yo qué sé? ¿No voy yo tan tranquila en mi mula contigo a cuestas? Mira, ¿sabes qué te digo?, que no me calientes la cabeza con más historias de fantasmas que bastante tengo ya con la tuya. ¡Será posible lo que me ha ido a caer a mí contigo!

Cuando avistaron la casilla María Antonia dio un brinco sobresaltando a Veneranda. Su tía estaba sentada ante la puerta haciendo calceta con las gallinas sueltas a su alrededor. Más allá Ramón correteaba jugando con un perro negro.

–Quizá fuera mejor que se lo dijeras tú misma.

–No seas cabezota. Ella no puede verme, ¿por qué crees si no que te necesito a ti?

–¡No te digo la suerte que tengo!

–Mira, si a estas alturas te vas a arrepentir de ayudarme, nos volvemos y en paz.

–¿Qué significa nos volvemos?

–Pues que nos volvemos a tu casa y ya vendrán tiempos mejores.

–¿Y seguir contigo pegada a mis faldas hasta el fin de mis días? De eso ni hablar.

En realidad la entrevista resultó más fácil de lo que Veneranda había imaginado. Isabel comprendió enseguida y la dejó hablar sin interrumpirla más que para decir que ya se barruntaba algo raro por cierta manía que le había entrado a su hija María con la prima desde antes incluso de que se muriera.

–Mi María –dijo– andaba viéndola muerta desde hace años, yo no sé qué rarezas tiene esta hija mía con los muertos, pero mi suegra también se le presentó cuando estábamos en Francia. Llegó diciendo que había visto a la abuela meciéndose entre unos juncos porque estaba muerta, y mi marido le pegó una bofetada. Pero era verdad, pocos días después llegó la carta. A mi Pedro siempre le ha dolido aquella bofetada. No preocuparse por lo de las tres misas que yo hablaré con mi cuñada para que se las digan. Iremos todos, no preocuparse por eso.

Cuando la mujer de la sierra se fue, Isabel se quitó el mandil y llamó a Ramón.

–¡Ramón! Vente para acá, que tenemos que acercarnos a lo de la tía María con un recado.

El niño corrió hasta su madre seguido por Chumbo que creía que la carrera formaba parte del juego.

–¡Qué perro este! –se quejó Isabel cuando el animal se abalanzó sobre ella con ánimo de lamerle la cara plantándole sus manazas en el pecho con tanto ímpetu que le hizo dar un traspiés.

Fufo, que había presenciado la conversación con la mirada fija en el fantasma y sin perder palabra, se erizó soltando un bufido contra el perro loco que invadía su casa sin el menor recato.

Las misas se celebraron en la Cruz del Campillo durante tres miércoles seguidos a las ocho de la tarde. La ermita, que no había sido tan castigada como otras iglesias, estaba, sin embargo, sin sillas ni santos, y en las paredes se percibían los lengüetazos del fuego y las máculas del humo.

Veneranda asistió a las tres por decoro, discretamente presente al fondo de la iglesia, de pie. Soportó con orgullo las miradas descaradas de algunas beatas y los comentarios indiscretos pronunciados al oído, y agradeció las cariñosas atenciones que le prestaba Isabel. No rezó ni comulgó porque, a pesar de que el más allá le había dado pruebas feacientes de su existencia, había dejado de creer en la Iglesia y sus curas hacía años y era mujer de una sola palabra; además, pensaba, qué tenían que ver una retahíla de oraciones y un pedazo de pan ázimo con lo que ella supiera de la vida de los muertos.

El camino de regreso lo hacían casi todo de noche. Veneranda fumaba sin advertir la creciente levedad del espejismo de niebla que montaba a su grupa. A trechos, cuando el sendero era de fiar, cerraba los ojos y se sumergía en el balanceo de la mula disfrutando el aire cálido y la luz de las estrellas como puntas de alfiler sobre el rostro. Pilar nunca había comprendido su pasión nocturna cuando salía sola de la casa y paseaba envuelta en el aire oscuro y denso de olores lejanos que venían del mar y de la tierra, perfumes redondos y crujientes que traían recuerdos desconocidos que le agrietaban el alma y la hacían llorar. Pilar nunca la había visto llorar y acaso creía que las lágrimas no tenían lugar en su mundo.

El tercer miércoles, al desatar la mula sintió la ausencia como un aguijonazo en la nuca. María Antonia había desaparecido como había llegado, sin avisar. Emprendió el regreso dolida y vacía, añorando una despedida y preguntándose cómo podía echar de menos a un fantasma que le había robado el silencio sin pedirle siquiera permiso. Al fin y al cabo, se dijo, no era más que una muerta loca, tan loca como los vivos.

Ahora que había recuperado a Abundio, Pilar también se iría. Veneranda sentía su partida como una amenaza demasiado certera. Las dos mujeres y el hombre habían irrumpido en su vida como un torbellino, desbaratándola. Su carne sosegada hacía tanto tiempo había recobrado la memoria del amor y el futuro, su amada soledad, se cerraba en una incógnita amarga sobre sus sienes blancas. Intentó no pensar en nada concentrándose en el paso de la mula y la brillante inmensidad del cielo, pero una nube de pesadumbre le amordazaba el corazón.

Aunque estaba terminantemente prohibido por la autoridad, todo el mundo sabía que algunas campesinas iban a Murcia a vender por las casas huevos, pollos, conejos o fruta que las mujeres de la ciudad compraban fácilmente porque la comida escaseaba allí más que en el campo.

Por un extraño misterio de la naturaleza, las gallinas de Isabel, tan parcas en la puesta que a menudo la invadía la tentación de matarlas y guisarlas para darse al menos un banquete de carne, empezaron a poner descontroladamente y en una semana juntó tres docenas y media de huevos que llenaban de abundancia la alacena de la cocinica. Como las dos conejas habían parido en enero y las crías no podían ni rebullirse en las conejeras, el día del Corpus Isabel mató cuatro machos hermosos. Dejó uno para guisarlo con arroz y envolvió los otros tres en los paños blancos que usaba para las hogazas de pan. Por la noche preparó los conejos en una cesta y dispuso otra con paja donde fue colocando los huevos con sumo cuidado, luego los cubrió también con un paño para que no quedaran a la vista y se acostó.

El viernes se levantó temprano y con una cesta en cada brazo salió de la casilla mientras Pedro y Ramón aún dormían. Al instante apareció Chumbo trotando, como solía hacer cada mañana, y se plantificó en medio de la vereda meneando alegremente el rabo. Temiendo que el perro metiera los hocicos en la cesta de los conejos, dejó los huevos en el suelo y le ofreció la mitad de los higos secos que llevaba en el bolsillo del delantal para desayunar. Chumbo le lamió la mano agradecido y, como si comprendiera que la carne fresca cuyo olor le desataba ríos de saliva no era para su boca, decidió caminar por delante de la mujer guardando una distancia de seguridad entre él y la tentación que viajaba en la cesta.

De camino recogió a Isabel, que la esperaba medio adormilada, sentada en una piedra junto a las bardas de El Huerto. El perro, que nunca la acompañaba más allá de la casa de doña Bernarda, se desvivió en fiestas con la muchacha y, tras la ceremonia de brincos y caricias, emprendió el regreso a la carrera a la vez que ellas seguían hacia el pueblo.

Isabel ofreció a su hija el resto de los higos, recibiendo a cambio la mitad de un mendrugo de pan. Comieron mientras andaban. La madre estaba preocupada. Aquella zagala pasaba tanta hambre que no se desarrollaba. Aunque iba a cumplir los catorce años, apenas representaba once de tan flaca y menuda como estaba. A su edad, ella ya había tenido las primeras reglas y le estaban creciendo los pechos bajo la blusa. Claro que aquéllos eran otros tiempos y en casa de doña Ana nunca hubo escasez sino todo lo contrario.

En la estación madre e hija esperaron durante más de una hora a que pasara el primer tren de Murcia. Como no tenían dinero, subieron sin billete escabulléndose de la vista del revisor que recorría arriba y abajo el andén atareado en controlar a los que como ellas pretendían viajar de balde. Ya después de que sonara el silbato, vieron cómo reconvenía a gritos a un viejo, trajeado de domingo, y lo hacía apearse justo en el momento en que el tren emprendía la marcha. Cuánta miseria, se dijo Isabel instalándose con los cestos en un banco de madera mientras la hija, de pie junto a la puerta, espiaba al hombre uniformado que, empeñado en cumplir a rajatabla su cometido policial, podía subir al vagón en cualquiera de los innumerables apeaderos y estaciones en que el tren tenía parada o incluso en los trayectos en que la velocidad era tan lenta que permitía a los viajeros subir y bajar sin problema del convoy en marcha.

Al llegar a Murcia se dirigieron hacia el barrio de la catedral, cada una con una cesta al brazo. Por las calles había montones de dinero de la República que la gente tiraba porque ya no era de curso legal. Isabel se detuvo a recoger un billete de quinientas pesetas y lo miró con pena y curiosidad antes de metérselo en el bolsillo del vestido de rayas que tiempo atrás había sido la tela de un colchón. Aquella enorme suma de dinero que nunca antes había sostenido entre las manos engrosaría los tesoros de su caja de cartón y le permitiría soñar que era rica.

Frente al teatro Romea una pareja de la Guardia Civil les dio el alto.

–Enseñarme lo que lleváis en esas cestas –les ordenó el guardia más viejo, un hombre con aire cansado y cara de haber vivido mucho.

Isabel destapó la cesta de los huevos y su frágil redondez resplandeció blanca y rubia ordenada entre la paja al sol de la mañana.

–A ver esa otra –ordenó de nuevo.

Allí estaban los tres conejos, pulcramente envueltos en los lienzos blancos que mostraban aquí y allá manchas de sangre rosada. Sin saber por qué, Isabel pensó en lo difícil que sería devolver a los paños su blancura original lavándolos sin jabón.

El guardia joven observaba la escena sin intervenir, aferrado a su fusil como temiendo que la pareja de estraperlistas pudiera sorprenderlos con un arma oculta oportunamente sacada de entre la ropa o del fondo mismo de uno de los cestos.

El viejo las miró rascándose la nuca por debajo del tricornio.

–Anden y váyanse. No sabe usté que si quisiera podría quedarme con todo eso y encima ponerles una multa –advirtió a la madre.

–Eso sería robar a los pobres –respondió Isabel alargándole un par de huevos y una sonrisa de agradecimiento.

–Gracias, mujer. Y no vayan por la calle Trapería, que hay allí otra pareja que me paece a mí que no es tan buena gente como yo y éste. Y tú, hombre, toma el huevo que nos ha regalao esta mujer y no lo aprietes tanto como al fusil que se te romperá en la mano. Vayan ustedes con Dios y no se metan en líos, que no está la cosa para que a una mujer vayan deteniéndola por ahí con una cría.

–Queden ustedes con Dios y gracias –dijo la madre atareada en envolver de nuevo los conejos y vigilando que Isabel tapara bien los huevos.

Se alejaron deprisa evitando la calle que el guardia viejo les había advertido.

Los civiles se colgaron los fusiles al hombro y las miraron alejarse. El viejo pensaba en su Juana que estaba en el pueblo y quizá también vendiera comida de estraperlo para sobrevivir a la miseria de sueldo que él le mandaba una vez a la semana con un giro. Dos meses sin ir por la casa era demasiado tiempo. Al firmarse el armisticio su capitán le prometió un permiso de dos semanas que por culpa de los intrincados mecanismos de la burocracia no acababa nunca de llegar.

–¿Sabes qué te digo?

–¿Qué?

–Que estoy hasta las mismísimas pelotas de tanto papeleo y de tanto reglamento. ¿Es que un hombre que ha cumplido con la patria toda su vida no se merece que la patria cumpla con él? ¿Dónde está la patria, eh, dónde está la patria cuando un hombre quiere ir a ver a su mujer?

–Ten cuidao Manolo, que un día te va a caer a ti un paquete con toa la patria encima. Que paece mentira que seas tan viejo y tan bocazas. Y luego que ties un corazón que está por ver que no acabe metiéndonos en un fregao. Que mira que el reglamento es el reglamento y a esas mujeres no habíamos de haberlas dejao ir, que tú lo sabes eso más que yo.

–Anda y a la mierda con el jodío reglamento. ¿Es que no sabes tú que los reglamentos no tienen hambre y los que los hacen tampoco? La justicia no está en los papeles sino en los hombres que la aplican, eso decía siempre mi padre, que era guardia civil como nosotros y se murió de viejo, y en toa su vida le faltó a nadie.

Cuando vieron que las mujeres torcían por la calle san Bartolomé, los guardias rompieron con la uña la cáscara de los huevos por los extremos y los sorbieron ruidosamente mirando al cielo.

Tras el susto, Isabel sentía las cestas como un peligro y atisbaba las calles previendo otro encuentro menos agradable que el primero. Para una vez que se me ocurre hacer lo que otras hacen a diario, pensaba, a ver si vamos a tener un disgusto.

Por suerte se desprendieron pronto de la carga. De la primera puerta a la que llamaron se fueron dejando un conejo y una docena de huevos. La mujer les dio cinco duros por todo y a Isabel le pareció que hubiera dado más. La mujer, gorda y alta, le recordó a doña Ana en vida de don José. Se notaba enseguida que no estaba acostumbrada a la escasez ni a la falta de dinero. Dos puertas más abajo vendieron otro conejo. El resto se lo compraron entero por ocho duros y dos cafés con leche en un bar donde hacían comidas. El dueño estuvo todo el tiempo pendiente de una cazuela y una olla que humeaban en una cocinica que se veía detrás del mostrador. Hacía tanto tiempo que no probaba el café que a Isabel aquel sabor recuperado le trajo nuevamente a la memoria la casa de doña Ana y sus charlas en la gran cocina donde nunca faltaba de nada. No sabía ella que en aquellos tiempos todavía pudiera conseguirse café. La hija miraba las magdalenas doradas que se amontonaban en pirámide en un plato y la madre llamó al dueño para que le vendiera una. El hombre acudió sin soltar la cuchara de palo y les dio dos, no quiso cobrárselas.

Cuando hubo apurado el último sorbo de café con leche, condurado hasta lo imposible, Isabel entró en el retrete, un cuartucho sin ventilación que olía mal y tenía el suelo cubierto de serrín húmedo. Después de orinar metió todo el dinero en una bolsita de tela, la abotonó y se la sujetó con un imperdible a las bragas, sobre la barriga. Se ordenó la ropa con esmero y antes de salir se palpó la bolsa para comprobar que estaba en su sitio. Al tacto de los dedos el papel crujió débilmente y ella sonrió pensando en lo que diría Pedro cuando la viera aparecer con aquel dinero que sobrepasaba en mucho al que solían tener en casa cuando tenían alguno.

–Anda a hacer un pipí antes de irnos –le mandó a la hija que picoteaba aún las migajas de magdalena que habían caído sobre el mostrador de zinc.

Isabel no estaba dispuesta a gastar ni una peseta de las ganancias de la venta antes de llegar a casa, así que tomaron el tren de vuelta también sin billete. Pero esta vez no tuvieron tanta suerte, en la estación de Totana el revisor subió al vagón donde madre e hija viajaban sentadas entre una veintena de pasajeros más. Como sabiendo de antemano a lo que iba, apenas puso el pie en la plataforma, el hombre caminó derecho hacia el banco que ellas ocupaban. Isabel lo vio acercarse con el silbato meciéndosele sobre el pecho, prendido de una cadena en un ojal de la chaqueta. Bajo la gorra manchada de sudor y brillantina se adivinaba la lisura apelmazada y casposa de un peinado de chulo que llovía en escamillas sobre los hombros de la guerrera. Un bigote pringoso de restos de comida y requemado del tabaco le cubría media boca. Los dos dientes que conservaba en la encía superior se veían amarillos y enormes al hablar.

–A ver señoras, si son tan amables de mostrarme ustés sus billetes –siseó.

–Pues ya ve usté, es que no llevamos –respondió Isabel sin inmutarse, la mente fija en toda la mugre que aquel hombre era capaz de juntar en la cabeza.

Los viajeros trastabillaron sorprendidos cuando, al accionar el revisor la palanca del freno de emergencia, las ruedas del tren se agarraron chirriando a los raíles.

–Lo siento muchísimo, señoras, pero habrán ustés de seguir a pie –siseó de nuevo, al tiempo que abría la portezuela invitándolas con un gesto del brazo a descender–. Tengan cuidao que están los peldaños muy separaos del suelo.

El sol era tan intenso que el aire deslumbraba y había que andar con los ojos entornados mirando al suelo. Isabel, para evitar que la caminata fuera a acabar en una insolación, se ató un pañuelo a la cabeza dejándolo caer prolongado sobre la frente a modo de visera y le puso otro a su hija. El viento levantaba remolinos de polvo blanco que se posaba suavemente en las hojas de los naranjos y limoneros, y en las matas de pasto seco, impregnándolo todo de un aspecto de vejez y desaliño.

Cruzando un erial calizo de tierra agrietada que crujía bajo los pies, se alejaron de la vía del tren en busca de la carretera general.

Llevaban más de hora y media caminando bajo aquel sol inclemente cuando Isabel cayó en la cuenta de que tenían que andar cerca de la hacienda de San Julián y, presa de una repentina nostalgia y de una intensa sensación de hambre, recordó el exquisito huerto de frutales que la finca tenía y los deliciosos días veraniegos que el lugar le había regalado en su juventud.

Distinguió desde lejos el oasis verde que rodeaba la casa y los ojos se le humedecieron recordándose en la tartana con doña Ana, ambas abanicándose para aliviar el calor de la siesta, la vista fija en la calesa que, guiada por don José, iba delante levantando una ligera estela de polvo. Ante la verja, Antonio el Cojo y Fernanda, listos para recibirlos deshaciéndose en zalamerías y agasajos.

Pero hacía más de veinte años que no acudía a San Julián y el tiempo y la vida no habían pasado en vano.

La verja estaba abierta y nadie salió a recibirlas. Al penetrar con la hija en la avenida de acacias sintió que todo había cambiado. Los árboles seguían creciendo frondosos, pero las cinco palmeras mostraban un abandono desolador. Las palmas más bajas caían hacia el suelo resecas porque nadie las había cortado en años, y las hojas altas y nuevas se veían enfermas, faltas de vida y de brillo. Los racimos de dátiles pendían como fósiles marchitos, acumulados inútilmente de año en año sólo para el placer de pájaros y hormigas que, unos deteniendo sus vuelos para picotear los frutos tiernos y otras trepando en hileras oscuras por los troncos cenicientos, se habían adueñado de los árboles, libres de la diligencia de Antonio el Cojo que antaño les impedía disfrutar de aquel paraíso con toda clase de artimañas. A Isabel el mundo se le vino encima de golpe con toda su tristeza.

En la extensa galería de arcos que dominaba el lado sur de la casa, la buganvilla había crecido formando una maraña que ocultaba la arquería, se enredaba por los balcones del primer piso y subía hasta el tejado dañando el reboque de las paredes, que caía a pedacitos arenosos y se veía levantado en todas partes. Sin embargo, entre aquella desolación, Isabel percibió el aroma azul de las flores y, cerrando los ojos para contener la pena, dejó que su perfume la envolviera penetrando hasta los rincones más lejanos de su mente y se sentó a la sombra en la amplia escalera que daba acceso a la puerta principal, cerrada a cal y canto.

Oyó entonces, con una nitidez pasmosa, la voz de Pedro llamándola desde la ventana entreabierta de su cuarto de criado en la planta baja mientras ella cosía al fresco de la tarde. Corría una aire insolente que le erizaba el vello de los brazos y dejó la labor en el cestillo, al pie de la silleta.

En la penumbra del cuarto descubrió al hombre joven que la requería de amores invitándola a compartir su siesta y, sorprendida de sí misma, olvidó el pudor tendiéndose a su lado en el camastro. Nunca antes habían compartido el lecho, nunca antes había dejado ella que él acariciara su cuerpo libremente, nunca antes había sentido sus manos de hombre deslizándose suavemente por sus pechos vírgenes y por su vientre liso y asustado. Se besaron con tanta intensidad que el mundo giró con velocidad de vértigo sobre sus bocas y allí, arrullados por la tarde de verano, el sonsonete de las chicharras y el canto de un canario que entonaba sus trinos con vocación de cupletista universal, unieron sus vidas y sus cuerpos en un estallido de luz y de ternura irrepetible.

La ventana estaba ahora cerrada y uno de los postigos, salido de los goznes, caía sobre el otro. En la alcayata, la jaula del canario, oxidada y con la puerta abierta, era refugio de hojas secas y avisperos zumbantes.

–¡Ea! Entremos en el huerto y que cada uno coma toda la fruta que quiera para refrescarse del camino –oyó la voz amable de don José, y repitió sus palabras pronunciándolas para la hija que andaba correteando por el pórtico sumida en el asombro que tan imprevista maravilla ofrecía a sus ansias de exploración.

El vergel de frutales seguía allí, pero, olvidados del esmero con que Antonio el Cojo los regalaba y mimaba, los árboles habían crecido desaliñadamente produciendo a quien pretendía adentrarse en ellos una impresión desapacible. Las ordenadas hileras de copas redondeadas y menudas eran apenas perceptibles. En su lugar, se cerraba una espesura de formas confundidas y una densa maleza cubría el suelo. Albaricoqueros y nísperos mezclaban sus ramas, melocotoneros y ciruelos se abrazaban; naranjos, cerezos, manzanos y perales se enredaban en una greña verde y polvorienta salpicada de ramas secas y frutos podridos o comidos por los pájaros y las abejas. Caída entre las hierbas, que alcanzaban la altura de un niño, Isabel adivinó la silueta oscura de una cruz de palo que antaño había sido el esqueleto erguido del espantapájaros, un muñeco que ella misma había contribuido a reparar en ocasiones, rellenando de paja la camisa y los pantalones, recuperando el sombrero que el vendaval había hecho volar, pegando un botón o zurciendo la vieja chaqueta negra, roída por jornadas de soles y de lunas.

No fue sencillo meterse en la maleza. No tanto por la altura de la hierba como por el pánico a las alimañas y bicharracos que allí pudieran esconderse, madre e hija estuvieron tentadas de desistir; sin embargo, el hambre y la sed pudieron más que la aprensión. Entraron y comieron hasta hartarse. A pesar del abandono, los árboles seguían siendo generosos.

El sabor áspero y dulzón de los nísperos le llenó la boca de soledad y evocó nuevamante la imagen de Pedro apareciendo tras los árboles y convidándola a morder el hueso brillante y húmedo que sostenía entre los dientes.

Más de veinte años atrás, cuando ella aún podía imaginar el futuro impunemente, la vida y hasta el aire eran distintos.

Cogió un melocotón y lo sintió caliente y redondo en la palma de la mano. Se miró el pulgar para ver la cicatriz morada de aquella herida que se hiciera en el pajar por culpa de la mula Chata y su manía insufrible de escarbar y esparcir la paja por todo el establo. La Chata se murió de pena cuando la dejamos, pensó. Frotó la piel del melocotón con el mandil y lo mordió. Estaba un poco verde, pero era tan dulce como la miel. Pedro siempre escogía los melocotones un poco verdes porque le gustaba oír cómo crujían al morderlos. Ahora ya no podría comerlos porque apenas le quedaban dientes. Pedro estaba envejeciendo, desde que no oía casi nunca cantaba y se le veía triste. Qué deprisa había pasado el tiempo. Parecía que los hijos todavía fueran pequeños y sin embargo habían crecido y hasta habían ido a una guerra.

Miguel y Manuela no escribían desde hacía dos semanas. Qué empeño el de aquel muchacho en irse otra vez a Rubí arrastrando a la hermana detrás. Manuela siempre se dejaba llevar por los demás, se ilusionaba tanto con las ideas de los otros que acababa creyendo que eran suyas.

–Podrías encontrar trabajo en una fábrica –le había sugerido Miguel.

–Encontraré trabajo en una fábrica y no tendré que volver a servir a nadie nunca más –había asegurado ella viéndose ya en la fábrica y encandilada con la idea–. No quiero ser la criada de unos señoritingos, no quiero a ninguna doña Elvira que me mate a trabajar y encima no me dé de comer, como a María.

Y sin embargo, ahí estaba, sirviendo en una tienda de comestibles porque era muy difícil entrar en una fábrica. Haciendo el trabajo de la casa y el de la tienda, soportando a la dueña y a las clientas. Aunque, al menos, comía. Isabel se acordaba de la tocinería de Molins de Rei y adivinaba la vida que estaría llevando su hija.

Cuando llegó la carta de José desde Cádiz, el corazón se le encogió. Como no podía leerla corrió hasta la casa de doña Bernarda para que la hija se la leyera. Qué angustia por el hambre que el hijo estaba pasando, por lo que estaría sufriendo en aquella celda húmeda, pero qué alegría por saber que estaba vivo; y cuánta impotencia por no poder hacer nada por él, ni llevarle comida como hacía con Miguel cuando estaba en Murcia o en la plaza de toros, ni ir a verlo, ni preguntar a nadie por la suerte que le esperaba en el penal, ni conocer a nadie que pudiera sacarlo de allí. Nada, sólo rezar y esperar que Dios la oyera y cuidara de su hijo mayor, aquel hijo al que ella quería tanto aunque no tuviera mucho apego a la familia porque tenía una novia en Rubí que se lo arrebataba, una novia que se llamaba Teresa y a la que ella ni siquiera conocía. Pedro también pensaba en él aunque no lo dijera. Hubo que leerle la carta a gritos para que oyera las noticias del hijo, costó una eternidad que se enterara de que estaba en Cádiz.

–¿Pero dónde dices que está? –preguntaba.

–En Cádiz, padre, está en Cádiz –le repetía Isabel a gritos y despacio.

–¿Dónde dices? –insistía una y otra vez mirando a la hija y poniendo cara de no saber lo que le decían.

–Déjalo ya, no vas a pasarte toda la noche repitiéndole que José está en Cádiz –susurró la madre desde el otro lado de la cocina, como para ella–, con que sepa que está vivo es bastante.

–¿Así que está en Cádiz? –dijo entonces Pedro que no oía las voces de la hija y, sin embargo, había entendido a su mujer como si oyera perfectamente.

–Será posible la sordera de este hombre –exclamó Isabel–, yo, a veces, no sé si está sordo de verdad o se lo hace. Cómo puede haberme oído a mí si no te estaba oyendo a ti que le gritabas en la oreja.

El padre se quedó callado acariciando al gato que se le había subido al halda y pareció que lloraba porque se pasó la mano por los ojos y se sonó la nariz con fuerza.

–José está preso en Cádiz –le comunicó al gato rascándole la cabecita entre las orejas–, el pobre no la estará pasando bien.

E Isabel, que andaba haciendo la cena, sintió una profunda tristeza por haberle gritado a su hombre sordo.

Al día siguiente pasó por casa de doña Bernarda a pedir tres duros del sueldo de Pedro para ponerle un giro al hijo. No sabía lo que José podría hacer con tres duros en la cárcel, pero seguro que eso era mejor que no tener nada. La maestra se los dio a regañadientes, como si en lugar de pedirle lo que le debía le estuviera pidiendo un favor. Isabel se sintió violenta. Si no fuera por la necesidad que estaban pasando y porque el duro que pedía de vez en cuando para poder comprar era mejor que nada, el trabajo que le hacían el padre y la hija, y el que ella misma hacía lavando y amasando, se lo iba a hacer doña Bernarda ella sola, pensó; pero no dijo nada, qué podía decir, los maestros también andaban escasos de dinero, ganaban un sueldo miserable e Isabel lo sabía.

El encargado de correos la miró con pena cuando oyó adónde iban dirigidos los tres duros. Cada día lo mismo, caviló. Las familias consiguen dinero privándose de comer y vienen aquí para que yo se lo mande a los hijos, para aliviarles un poco la miseria que estarán pasando. Cuánto mejor sería que disfrutaran de ese dinero en la casa, alimentando a los hijos que ven en lugar de a los que no ven. Pero cómo quitarles la esperanza, cómo decirles que no había ninguna seguridad de que el dinero llegara a su destino, cómo decirles que él sabía, porque se lo decían sus amigos y él mismo lo había visto en la oficina de Lorca, que el dinero solía acabar en manos de los jefes de correos o de un cartero espabilado o de los mandos de las prisiones o hasta de los guardias de las celdas. Todo el mundo andaba necesitado en estos días y ése era un dinero fácil porque nadie podría nunca reclamarlo. Cómo iba un preso a reclamar nada. El hombre rellenó el impreso con los datos que Isabel le proporcionó en el remite de la carta y tramitó el giro. Por un momento imaginó el alivio que aquellos tres duros llevarían a su propia casa, pero evitó la tentación con un movimiento de cabeza recordando que él había jurado desempeñar su cargo con honestidad y no podía robarle a una pobre mujer. El servicio de correos era sagrado, como un sacerdocio, aunque no le gustó nada la comparación porque era republicano y ateo. El hombre se estremeció al pensar que cualquier día podía verse sin trabajo. Se decía que el nuevo gobierno iba a remodelar el servicio y a librarse de los rojos en favor de los falangistas. Esperemos que no sea verdad, se consoló incrédulo, mientras estampaba los sellos sobre el papel con golpes secos de rabia.

Después de aquella carta no volvieron a saber de José. Si no hay buenas noticias, al menos tampoco las hay malas, se decían los padres para conformarse.

Una mañana de viernes Isabel pasó por el estanco de Juan. El lugar era en realidad una tienducha donde se vendía de todo para la gente del campo. Isabel tenía una cuenta y pasaba a pagar tres pesetas cada viernes. Los dueños le fiaban como a todo el mundo. Mientras estaba allí entró un guardia civil a comprar tabaco. Llevaba el fusil al hombro y sudaba a mares bajo el tricornio. Su pareja lo esperaba en la puerta, sentado a la sombra.

–Buenos días –saludó–, dame un paquete de picadura y apúntamelo, Juan.

El dueño dejó de atender a Isabel y sirvió al guardia, que se apoyó en el mostrador y se quitó el tricornio para enjugarse el sudor con un pañuelo oscuro y arrugado como los que usaban los hombres del campo.

–Acércame el botijo, haz favor. Con este sol paece que vaya uno a dirritirse.

Juan le alargó el botijo que lloraba por los poros y el guardia bebió sin respirar un trago largo, descomunal, engulliendo ruidosamente el agua anisada que le rebosaba de la boca y le caía por la barba hasta la pechera verde.

–¡Ah! Qué bendición de Dios –exclamó al fin, devolviendo el botijo al plato.

–Oye, Matías –dijo el estanquero dirigiéndose al guardia–, ¿no podrías tú hacer algo por el hijo de esta mujer que está preso en Cádiz?

El guardia Matías miró a Isabel como quejándose de que todo el mundo creyera que por ser guardia civil tenía influencias, pero se tragó las palabras de protesta y en su lugar sacó una libretita del bolsillo de la guerrera, pidió todos los datos de José que la madre pudiera proporcionarle y los apuntó cuidadosamente.

–Señora, usté comprenderá que yo no puedo prometerle nada. Se hará lo que se pueda, eso sí, pero seguridad no le doy ninguna porque no está en mi mano dársela. Por suerte tengo un conocido en el puesto de Cádiz, hablaré con él y veremos qué pasa. Siendo que su hijo es un soldado raso es más fácil que si fuera sido oficial, pero prometerle ya le digo que no le puedo prometer nada.

A Isabel le pareció obra de Dios haberse encontrado con el guardia. De regreso a casa pasó por El Huerto para ver a Pedro y darle la noticia. Lo encontró vaciando una carga de agua en las tinajas que acababa de acarrear desde el pueblo. El marido se alegró de verla y comprendió las palabras de Isabel a la primera a pesar de que ella, sobresaltada por la emoción, se había olvidado de gritarle. Realmente, reflexionó Isabel, no hay quién entienda la clase de sordera de este hombre, a veces se diría que tiene más cuento que otra cosa.

Muchos días después, a través de los indescifrables caminos del poder y de la electricidad, la llamada telefónica del guardia Matías a un amigo del puesto de la Guardia Civil en Cádiz dio su fruto. El amigo del guardia Matías habló con su sargento, que habló con un amigo destacado en la Comandancia de Marina en Cádiz, que habló con su cabo, que habló con un capitán del penal que casualmente era su suegro. Y la petición de gracia en favor de José Ponce, un completo desconocido para todo el mundo, acabó convirtiéndose en un indulto que, junto al correspondiente salvoconducto, fue firmado y sellado por el mando militar entre otro montón de papeles oficiales una mañana temprano, mientras un soldado de intendencia servía café con leche humeante en el despacho de oficiales y éstos se quejaban amargamente de que aquello no parecía café con leche ni nada.

Isabel y su hija, hartas ya de comer, llenaron de fruta los dos cestos en que habían transportado los huevos y los conejos. A fin de cuentas, el viaje a Murcia, aunque había tenido sus riesgos, había valido la pena. No sólo volverían a casa con dinero sino que además llevaban fruta abundante para días.

El camino hasta Lorca era largo desde San Julián y no podían demorarse más. El sol comenzaba a estar bajo y en dos horas habría oscurecido. Isabel no podía calcular cuánto tiempo de camino tenían por delante, pero con toda seguridad no llegarían a la casilla del Ramblar antes de la medianoche. Salieron de la hacienda y siguieron por una vereda hasta la carretera, desde allí Isabel se volvió para mirar el lugar por última vez. Una luz de oro caía sobre la casa y los árboles que la rodeaban envolviéndolo todo en una aureola de irrealidad y paz. Sintió que una lágrima le humedecía la mejilla y un nudo de ahogo se le apretaba en la garganta.

–¿Está llorando, madre?

Pero Isabel no respondió y la hija, impresionada, pareció comprender el inexplicable cúmulo de sensaciones, recuerdos, nostalgias y sinsabores que caían del cielo y del tiempo sobre la madre que ya se secaba los ojos con un pañuelo blanco y, dándose la vuelta, empezaba a caminar con paso ligero. La niña trotó para ponerse a su lado y no preguntó más. Anduvieron en silencio, doradas también ellas por el sol de la tarde, acompañadas después por un cielo tan cuajado de estrellas que parecía que pudieran alcanzarse con la mano. Luego salió la luna, diminuta, y como una raja de melón maduro fue subiendo hasta la mitad del cielo.

Llegaron a la casa pasada la medianoche. Pedro y Ramón las esperaban tomando el fresco en la placeta. El gato, subido a una silla, bufaba cada vez que el perro se le acercaba con ánimo de jugar. Qué perro pesado este, se quejaba Fufo desde su cómoda tranquilidad, pero de vez en cuando atendía los ruegos caninos y saltaba de la silla para darse una carrera y dejar así que Chumbo lo persiguiera hasta tumbarlo en el suelo, entonces, panza arriba, Fufo le daba unos manotazos en el hocico sin sacar las uñas, se levantaba, se atusaba y volvía lentamente a instalarse en la silla desatendiendo por completo los amagos, carreras y ladridos de aquel can grandullón que se desesperaba al sentirse totalmente ignorado. Cuando las vio aparecer por el camino Pedro respiró tranquilo. No estaban los tiempos para caminatas nocturnas. Ramón corrió hacia ellas gritando y preguntando dónde habían estado, qué habían hecho y qué traían, y el perro lo siguió a zancadas ante la atenta mirada de Fufo, que se había encaramado al respaldo de la silla como para observarlo todo mejor.

Pedro Ponce tiró suavemente de las riendas para que el caballo se detuviera. Hacía calor, mucho calor, y los eucaliptos, erguidos, magníficos bajo el azul del cielo, ofrecían una sombra densa y apetecible; el aire era tan caliente que al respirar resecaba la nariz y la garganta. Se pasó el pañuelo por la cabeza de pelo escaso y se caló nuevamente la gorra procurando que no le oprimiera demasiado la frente.

Entonces miró la casa desde el pescante, y mientras sus ojos paseaban del tejado a los cebaderos y al pozo, cuyo brocal seguía tan blanco como siempre, notó que lo invadía la nostalgia. No había flores y la hierba seca inundaba los arriates y el borde de las paredes. Sin oírse, empezó a canturrear y dio una orden al caballo para que reemprendiera la marcha dirigiéndolo hacia el camino de entrada. El animal obedeció con su mansedumbre habitual, la vista fija en el cubo caído al pie del pozal, atado aún a la soga que pendía de la garrucha.

El hombre soltó las riendas y dejó hacer al animal. Olvidado de su sordera, tomó en sus manos callosas la sandía acercándola a la oreja para oír retumbar en su interior los golpes con que comprobaba que el melón de agua estaba maduro. Apenas pudo intuir la vibración hueca que recorrió la redondez oscura de la carne roja, sin embargo el tacto y la mirada le bastaban para saber, con certeza, que la fruta estaba en su punto.

Se estaba quedando sin dientes y la sandía, toda agua y pipas, resultaba un alivio para sus encías y un regalo para el estómago, aunque luego tuviera que pasarse la tarde orinando.

Casi siempre que cruzaba un melonar se concedía el gusto de robar un fruto hermoso y comerlo en una sombra del camino lo suficientemente alejada del lugar del hurto como para no levantar suspicacias si alcanzaba a pasar alguien.

Detuvo el caballo frente a la puerta de la casa, en el centro de la placeta, y lo desenganchó. El animal se encaminó al pozal bufando y mostrando bajo los belfos una dentadura fuerte y amarillenta. Pedro le subió un cubo de agua para que se refrescara. Como la soga estaba podrida y casi rota, la manipuló con cuidado. Si se partía, el cubo se perdería en las profundidades del pozo.

Después de atender al caballo, se acomodó en una sombra al pie de los cebaderos, vacíos como la cuadra y la casa.

Los recuerdos de la propia vida y de las vidas ajenas se agolpaban en la mente de Pedro Ponce formando un alboroto de nombres y sentimientos que el hombre se sacudió de un manotazo al tiempo que espantaba una mosca que se le había parado en el labio superior.

Sacó la navaja y sonriendo rajó la sandía de un solo tajo. El fruto le regaló a la vista dos redondeces rojas y jugosas salpicadas de semillas negras con pintas blancas. Con el dulzor de la fruta Pedro Ponce pensó en su mujer, tan resuelta y llena de empuje, tan distinta de él, que con los años se había ido volviendo más apocado, y ya todo comenzaba a asustarlo y a exigirle un esfuerzo excesivo. Cerrando los ojos determinó que se estaba haciendo viejo y que el tiempo se había burlado de él pasando sin avisar sobre todos los sueños. No le gustaba estar solo en la casilla, sin Isabel, sin los hijos, sin las hijas, sin el pequeño Ramón.

La segunda tajada le supo aún mejor que la primera. La certeza de que ellos hubieran seguido siendo felices en aquella casa si don Claudio no los hubiera echado de allí se apoderó de él y se le humedecieron los ojos. Hacía cuatro semanas que Isabel se había marchado a Barcelona con Ramón para ver a Miguel y Manuela. Para pagar los billetes de tren había vendido las gallinas y los conejos. La madre, que se fue de visita, ya había encontrado un trabajo en Rubí y estaba sirviendo en casa de un juez que tenía una hija tonta. La jueza estaba enferma de los nervios y necesitaba una mujer mayor que la ayudara con la niña y el trabajo del hogar. Con la ayuda del señor Pepito, Isabel había encontrado también una casa de alquiler barato donde vivir. Todas estas noticias habían llegado hacía dos días en una carta escrita por Miguel donde la madre le pedía a Pedro que se fuera también él a Rubí con las dos hijas que quedaban en Lorca. Hacía demasiado calor para pensar en emprender otro viaje tan largo, pero Pedro Ponce no tenía fuerzas ni razones para oponerse a los deseos de su mujer, así que mordió nuevamente la tajada de sandía y sintió que su dulzor le aliviaba la pena de abandonar Lorca quizá ya para siempre.

La casa Barnés, que había sido una bendición de Dios, se iba a perder en el abandono. Pedro recordó a Juan Rojo llegando de madrugada en busca de los cerdos que habían de ser llevados a Murcia en tren. Ahora Juan Rojo estaba muerto y enterrado, y doña Agustina había recuperado la posesión de la hacienda valiéndose de papeles y escrituras antiguas y de que los suyos habían ganado la guerra. Los ricos volvían, como siempre, a ser dueños de todo y a imponer su voluntad. Una madrugada habían llegado a la casa cinco hombres armados en un camión. La mujer de Juan dormía con su hija cuando irrumpieron dando voces y golpes en su sueño. No hubo puertas que las protegieran ni gritos, ni súplicas, ni llantos que ablandaran el corazón de los cinco asaltantes pagados por la beata viuda de don Claudio. Los sicarios las arrancaron de la cama sin mediar razones, las desnudaron y las violaron a ambas por turnos, una y otra vez. La hija, una niña de nueve años, no pudo soportar tanta violencia y se murió la cuarta vez que la forzaban ante los ojos desencajados de la madre que, atada a una silla, apenas encontró fuerzas para gritar ni lágrimas para apartar de sí tanto horror. Los cinco hombres arrojaron el cuerpo sin vida de la niña en la placeta y la dejaron allí, con el sexo desgarrado y el cuello roto, hasta que la dulce luz del amanecer se apiadó de ella y el ladrido de los perros alertó a los vecinos. A la madre la sacaron a rastras de la casa y la metieron desnuda y sin sentido en la caja del camión. Nadie había vuelto a verla, nadie sabía qué había sido de ella.

El caballo pacía adormilado. Pedro cortó el resto de la media sandía en tres pedazos procurando que el caldo no le mojara los pantalones. Aquella navaja era una buena herramienta. La había llevado en el bolsillo durante diez años, desde que la comprara en Candillargues, allá en Francia, y la había usado para todo. Un cuervo viejo, posado en el alero del tejado, lo miraba atentamente con ojos diminutos y oscuros, como pretendiendo participar del banquete que el hombre saboreaba. Lo espantó con la gorra y el ave levantó el vuelo hasta el brocal del pozo, desde donde volvió a clavarle la mirada.

Tres de sus hijos habían nacido aquí. El jugo de la fruta le llenaba las mejillas y el mentón, y le corría por los brazos hasta los codos. Ramón era el único que no había conocido esta casa. El olor de los sacos espumeantes de caracoles le invadió el estómago. Las pipas, escupidas con fuerza, iban formando una alfombra moteada en la espesa capa de polvo y el reguero de gotas rosadas que le chorreaba por las manos y brazos punteaba la tierra como una lluvia oscura y dulce. Los pedazos de corteza que arrojaba al suelo hervían de hormigas ansiosas de aprovechar lo que las desdentadas encías del hombre no habían podido apurar. José estaba preso, llevaban mucho tiempo sin noticias y Pedro no estaba tranquilo. Quizá doña Bernarda querría hablar con su hermano don Paco para que éste, que era un hombre tan influyente, mediara en favor de José, como ya hizo por Miguel. Sin embargo, Pedro Ponce desconfiaba de don Paco y de todos los hombres poderosos como él. La guerra había terminado, pero la victoria había enloquecido a los vencedores desatando en ellos un odio infinito contra los vencidos que afloraba día a día en venganzas cruentas alentadas y legitimadas por las autoridades. Y don Paco era ahora una autoridad. Los señoritos, los ricos, todos los que habían pasado los tres años de la contienda escondidos en graneros subterráneos o en habitaciones tapiadas, habían salido nuevamente a la luz y paseaban su prepotencia humillando y castigando a los que habían soñado que el mundo podía cambiar. Los poderosos habían recuperado el poder y, preñados de él, se sentían invulnerables. Al tío Eusebio Jara, y a otros muchos conocidos de Pedro considerados rojos, les habían confiscado la cosecha y sus casas estaban siendo saqueadas. Además de las cosechas, los fascistas se estaban llevando animales, muebles antiguos, comida, colchas y sábanas bordadas, vajillas, y relojes y joyas donde los hubiera. Pero más que estos robos a Pedro Ponce le dolía en el corazón la crueldad y la vejación a que estaban siendo sometidos los seres humanos. Algunos rojos estaban siendo detenidos y apaleados, y sus mujeres violadas y escarnecidas. Pedro recordaba con amargura la escena que lo asaltó hacía dos semanas en plena calle cuando regresaba a El Huerto con una carga de agua para la que estuvo haciendo cola durante medio día. Tuvo que detener el carro porque se topó de bruces con una procesión de mujeres rojas. Les habían rapado la cabeza y las paseaban por la ciudad desnudas de cintura para arriba y maniatadas a una soga que hacía las veces de tiro. Se quedó atónito mirándolas y sus ojos se toparon con los de una de las mujeres rapadas cuya fisonomía le resultó familiar, aunque al pronto fue incapaz de reconocerla. Sentado en el pescante, mudo de horror, se quedó pensando en aquel rostro hasta que la comitiva desapareció calle abajo. Buscaba amargamente un nombre para aquella cara grotesca y trágica, pero su memoria estaba embotada. De pronto lo acongojó una certeza como un puñal, aquella rapada era Veneranda, la mujer que bajó de la sierra a pedir unas misas para su sobrina María Antonia.

Las moscas acudían al dulzor de sus dedos o se le posaban en la comisura de los labios haciéndole cosquillas.

Decidió guardar media sandía para la noche y por protegerla de moscas y polvo la cubrió con un pañuelo limpio que llevaba en el bolsillo. Mientras limpiaba la navaja en la pernera del pantalón, pensó que en septiembre la usaría para vendimiar en las viñas de Rubí y miró a su alrededor como para llevarse con él la imagen nítida del lugar. Sin embargo, los ojos de Veneranda se interpusieron entre él y el paisaje. Cuánta mierda, se dijo.

De repente alguien lo empujó y tuvo tal sobresalto que se quedó sin aliento. Era el caballo, que se había acercado por la espalda y le estaba dando cabezazos.

Isabel se colocó junto a la ventanilla para poder contemplar el mar porque no recordaba cómo era. Sentada frente a ella, doña Paca dormitaba con la cabeza apoyada en una mano, el codo contra la barriga que subía y bajaba al ritmo lento de la respiración, los pies colgando porque desde el banco de madera no alcanzaba el suelo. Entre ambas se amontonaban tres cestos rebosantes de pimientos, tomates, huevos, melones y panes. Sin embargo, a mediodía, el tren, envuelto en una nube de humo, entró chirriando en la estación de Águilas antes de que el mar apareciera por ninguna parte.

En el andén, Miguel las esperaba agitando la gorra con la mano derecha para que lo vieran. Blas se había quedado afuera con la tartana.

Doña Bernarda, los tres niños y doña Ana llevaban todo el verano en el mar con una prima a la que el caserón se le había quedado demasiado grande desde que enviudó y se consolaba invitando a la familia a tomar los baños.

Para ayudar en el trabajo de la casa la maestra se había llevado consigo a Olalla y a Isabel la había dejado en El Huerto para ocuparase del marido. Pero a finales de agosto, cuando faltaba una semana para que todos regresaran, don Blas decidió que a la chiquilla le vendría bien un cambio de aguas y, aprovechando un viaje de doña Paca, que se invitaba sola cuando le parecía, la mandó a Águilas junto con tres cestas de provisiones.

Doña Paca no cabía en sí de gozo desde que el marido ocupaba un despacho en la primera planta del ayuntamiento sobre cuya puerta un letrero de porcelana blanca ostentaba en letras negras, brillantes, la inscripción: Secretaría local del Movimiento.

Cada mañana, cuando vestido con la camisa azul recién planchada y almidonada veía a don Paco salir de la casa con paso marcial, doña Paca sentía el poder de su marido y se reconocía como la más feliz de las mujeres.

A Isabel doña Paca le parecía presuntuosa y falsa. Todavía los recordaba, a ella y a don Paco, comiendo en El Huerto después del desfalco. Llegaban con la mesa puesta y se sentaban en la cocina hasta que los invitaban a quedarse. La muchacha la había odiado profundamente por eso y porque luego, cuando don Paco se alistó en las JONS y empezó a medrar, él y su mujer desaparecieron y se olvidaron de la familia. En las charlas nocturnas Isabel oía a don Blas hablar de la Falange y de los humos que se daba el cuñado desde que había ingresado en el glorioso Alzamiento Nacional –don Blas pronunciaba estas palabras con retintín– y lucía pavoneándose la camisa azul con el yugo y las flechas bordados en rojo en el bolsillo. Doña Bernarda sufría estoicamente los reproches del marido hacia su hermano y le dolía el tono de desprecio que brillaba en las palabras del maestro.

Por la mañana Isabel se levantaba al amanecer y tras el desayuno acompañaba a doña Bernarda y a su prima al puerto, a la subasta del pescado. Era un espectáculo formidable. Las barcas llegaban al muelle como en procesión y descargaban cajas rebosantes de sardinas boqueantes que se curvaban brillando como cuchillos de plata bajo los rayos del sol. El muelle se llenaba de voces y ajetreo. Los brazos peludos de los pescadores movían como plumas los pesados cajones ordenándolos junto a los montones de redes, en las que siempre quedaban pequeños pececillos olvidados que al pudrirse atraían enjambres de moscas irisadas cuyo zumbido era perceptible aun entre las voces de los hombres. En las barcas, los marineros más jóvenes baldeaban las cubiertas calzados con pesadas botas de goma que les llegaban a las rodillas. Todos fumaban y se convidaban a gritos a una copa de matarratas. Isabel se perdía embobada entre aquel trajín ruidoso recibiendo golpes y empujones que apenas percibía. La intensidad de los olores le levantaba el estómago y el colorido la mareaba hasta perder el sentido del tiempo. Doña Bernarda tenía que acudir en su busca y zarandearla para que volviera al mundo y cargara la cesta de sardinas vivas que ella y doña Vicenta habían comprado a buen precio.

Ya en casa, las sardinas se disponían en dos amplísimas bandejas de lata requemadas por el uso y se rociaban con aceite, esparciendo aquí y allá rodajas de tomate maduro, hojitas de laurel y ramitas de perejil que se mantenía fresco en un vaso de agua sobre la piedra de los fogones. Luego, mientras los demás se preparaban para el baño de la mañana, Olalla cubría las bandejas con sendos paños blancos y las llevaba al horno de la esquina donde la panadera las asaba, a la una y media en punto, por dos reales. Al regresar de la playa recogían las sardinas y el pan y llegaban todos a la casa como hipnotizados por el rastro aromático que la comida caliente desprendía por la calle.

Aunque la ración era abundante, el mar y el sol le abrieron tanto el apetito que Isabel nunca tenía suficiente, y mientras fregaba la loza del almuerzo ya pensaba en las sardinas del día siguiente.

Después de comer ya no volvían a la playa, pero acabado el trabajo, mientras doña Bernarda y Engracia se acostaban a la siesta, Isabel salía con Blas a corretear por las calles y no regresaban hasta el anochecer para no tener que cargar con la cría. Vivían ambos con la sensación de que el tiempo era extraordinariamente largo, como si los días no fueran a tener fin, y en su esfera no había espacio para una niña pesada y mimada como Engracia.

Isabel no recordaba tanta felicidad desde sus días en Molins de Rei, cuando al salir de la escuela se perdía con Montse y Rosario por los campos que flanqueaban el río y leían en voz alta novelas de amores desbordantes y personajes vehementes que las tres encarnaban con apasionamiento.

La tarde del domingo Blas la invitó a los toros. Había conseguido las entradas gracias al primo Vicente que, a su vez, las había recibido de mano de un pariente de su madre.

Eran apenas las cuatro cuando tomaban asiento en lo más alto de la gradería, a pleno sol, muy peinados y endomingados, y pertrechados con sendos cucuruchos de cacahuetes salados y garbanzos tostados adquiridos en los carritos que se habían apostado a la entrada del coso. Durante la hora que tardó en dar comienzo la corrida comieron y sudaron ebrios de ilusión y fantasía. Las banderas ondeaban sobre sus cabezas, tan cerca que casi podían alcanzarlas con la mano si se ponían de pie. Cada persona que tomaba asiento, cada vestido, cada peinado, cada bigote, cada mantilla, cada abanico, cada frase que llegaba a sus oídos era motivo de risas y comentarios sin fin. Pero cuando los clarines anunciaron por fin el comienzo de la fiesta, ellos estaban ya tan agotados por la espera, el calor y la sed, que se les había desvanecido toda la ilusión y una desazón mortal se les había instalado justo en medio del pecho, donde una hora antes el corazón les brincaba de alborozo. Luego vino la vista de la sangre como una fuente roja que brotaba de la piel oscura del toro inundando la arena, el capote, el traje y las manos del torero; la vista del rostro del animal con la boca abierta, con la lengua morada asomándole jadeante, intentando beberse el aire que le faltaba; la vista de aquellos ojos oscuros y doloridos mirando justo hacia donde estaban ellos sufriendo con el estómago encogido. Y ya no pudieron mirar más y se volvieron de espaldas rogando a las banderas que el tiempo volara, que llegara el final, que los clarines dejaran de sonar y la gente de aplaudir. Pero la mirada ensangrentada del toro los perseguía por las banderas y no hubo forma de arrancarse aquel suplicio que se les había clavado en los ojos.

Al llegar a casa después de la corrida encontraron a doña Bernarda atareada preparando el equipaje.

Ya estaban en la estación cuando Isabel, preguntando al empleado de una ventanilla, descubrió que el padre se había confundido de hora. Se lo dijo a María, que puso cara de enfado.

–¡Vaya con padre! ¿Qué vamos a hacer ahora?

–Pues esperar –anunció Pedro como si nada. Y se sentó en un banco embrazando la cesta de la comida y sacando la navaja.

Las hijas, sorprendidas y enojadas por la actitud del padre, a quien no parecía importarle pasar un día entero en el andén, lo miraban comer despreocupadamente temiendo que acabara con las escasas provisiones que habían preparado para el viaje.

–Se lo va a acabar tó –se quejó María a su hermana previendo las horas que faltaban para la partida y el largo trayecto en el tren hasta Barcelona.

–No se lo coma todo, padre, piense que ha de durar –sugirió Isabel. Pero Pedro no la oyó y cortó otra rebanada de pan. Junto a él, dos maletas de cartón contenían todo cuanto tenían o habían podido llevarse.

Isabel se sentó en el suelo y sacó de una maleta la caja de los tesoros. La noche antes, llorando, había llevado a Fufo a casa de Josefa la Jara, quien prometió cuidarlo como si fuera un hijo. Era un gato viejo, seco y pelón, y no era precisamente un animal para regalar. Al verla marchar dejándolo allí, Fufo maulló con intención de seguirla, pero desistió al recordar una escena similar acontecida años atrás. Luego, trepó al tejado y se lamió con mimo exquisito el feo pelaje a la luz de la luna. Estaba hecho a todo, una vida tan larga como la suya enseñaba mucho y ayudaba a entenderlo casi todo, pero su cerebro de gato viejo no alcanzaba a comprender ese extraño afán que movía a los humanos a marcharse de los sitios para empezar de nuevo en un mundo desconocido.

Días antes del inicio de curso llegó una carta al Huerto. Al abrir el sobre y leerla, la noticia de que tanto él como doña Bernarda habían sido cesados como Maestros Nacionales dejó a don Blas sin habla. La carta venía en sobre y papel oficiales y el escrito, pulcramente mecanografiado a dos espacios, no contemplaba el derecho a recurrir. Los motivos eran simples y categóricos. Se les acusaba, según la Ley de Responsabilidades Políticas promulgada el nueve de febrero, de rebelión contra el Alzamiento Nacional al haber colaborado con la República ejerciendo de maestros al servicio de la España roja, de ser conocidos votantes del partido socialista, de no ser católicos practicantes y, a don Blas en particular, de haber pervertido las mentes juveniles difundiendo abiertamente en sus clases ideas comunistas, antipatrióticas y anticlericales.

La misiva venía firmada de puño y letra por don Francisco Fernández Arbós, Jefe local del Movimiento en Lorca. A don Blas le costó tiempo y esfuerzo reconocer el nombre de su cuñado don Paco bajo ese título tan rimbombante.

Al principio caminaban de noche para protegerse de las patrullas armadas que circulaban por la carretera. Aunque llevaban salvoconductos que atestiguaban su condición de liberados, no se fiaban de los papeles. Luego, viendo que los camiones pasaban de largo, como sin verlos, decidieron avanzar también de día.

Se acercaba el día de la Asunción y un sol terrorífico castigaba a los hombres y a la tierra. El polvo de los trillos flotaba en el aire con una densidad tan opaca que a José le costaba respirar, pero si se detenía para recobrar fuerzas perdía el paso de sus dos compañeros y el esfuerzo por alcanzarlos lo agotaba aún más. Aquella punzada clavada en el pecho no lo abandonaba hacía semanas. Primero fue la tos, una tos que lo martirizó durante los últimos meses de guerra provocando las carcajadas de Pedro Toll, que solía compararlo a un perro tísico. Hasta que el amigo comprendió que aquello no era cosa de risa. La sangre vino luego, en el penal y de noche, como final de unos arrebatos que lo convulsionaban durante minutos abrasadores y lo dejaban exhausto, al borde de la asfixia. Entonces la falta del amigo se hacía insufrible, hiriente como el estallido mortal que lo envolvió en el río dejándolo a él huérfano, perdido en una nada húmeda y rojiza que brotaba del pecho abierto de Pedro, alcanzando sus manos y su ropa, enturbiándole la vista hasta que bebió el agua fangosa con sabor a sangre que lo devolvió al mundo y a la necesidad urgente de seguir vadeando el río para alcanzar la orilla y salvar la vida bajo la lluvia de muerte que caía del cielo. Los aviones aparecían como una exhalación y vomitaban una y otra vez su muerte sobre el batallón indefenso, los estampidos levantaban volcanes de agua y fuego, y él tuvo que luchar con todas sus fuerzas contra la corriente que lo dominaba arrebatándole el fusil y el cuerpo flotante de Pedro Toll que se desvanecía río abajo entre cadáveres de mulos, mochilas, mantas, correajes, cuerpos sin nombre, latas, fango, bidones, cacerolas, platos, gritos y aullidos, todo ya sombra, todo ya agua.

Desde el castillo sólo se veía el mar. Un mar cambiante con las horas del día, plomizo al alba, espejeante y dorado a mediodía, rojo como una brasa al atardecer, negro como boca de lobo las noches sin luna, argentado y cabrilleante las noches de luna llena y viento. Un mar que estallaba en rosarios de espuma al pie de los acantilados que rodeaban el castillo o lamía como un animal sediento de arena la larga playa que se divisaba a la izquierda del torreón si uno pegaba el rostro a los barrotes oxidados de la ventana de la celda. Un mar compacto de oleajes escasos los días de bonanza y enfurecido hasta el pánico cuando bufaba el levante, surcado aquí y allá por las velas de los pescadores que enfilaban sus proas hacia el norte de África o venían de regreso con la popa hundida si la faena les había sido propicia. Un mar que fue el único consuelo de José durante los seis meses que estuvo preso en una celda tan húmeda que hasta los ojetes de las botas se oxidaban.

Cautivo allí, compartiendo el espacio con otros diez hombres día y noche, José soñó con ser marinero y emprender un viaje larguísimo hasta el otro lado del mundo, donde la vida debía ser mejor y los hombres felices.

Huérfano de su amigo, hablaba poco y adelgazaba tanto que para andar debía sujetarse los pantalones con la mano porque se le escurrían hasta los pies en cuanto se descuidaba.

Lo apresaron en Cataluña y lo encerraron en un tren cuyo viaje a traves del país se prolongó durante una semana, en la que no vieron la luz del sol ni una sola vez, porque sólo de noche los sacaban de los vagones para que hicieran sus necesidades y respiraran aire fresco. Llegaron al castillo de noche y nadie les dijo que estaban en Cádiz hasta que llevaban ya tres días en aquella celda que solamente abandonaban durante quince minutos diarios, cuando los llevaban a un patio de piedra negruzca cuya única salida era el cielo. El quinto día los afeitaron y les raparon la cabeza. José se sentía tan sucio y miserable que, al verse reflejado en el espejo picado que cubría casi por entero una pared de lo que debía ser la enfermería, tardó en reconocerse a sí mismo en la figura de rostro enjuto y cuerpo desaliñado y embebido que el espejo devolvía a sus ojos entre ronchas de moho y manchas de polvo sedimentado.

Comían sólo una vez al día. El carcelero abría la puerta y disponía directamente sobre el suelo dos docenas de sardinas crudas, luego arrojaba sobre ellas un cubo de agua hirviendo y ya estaban cocidas y listas para ser devoradas. Dos de aquellos peces crudos y viscosos eran toda la ración que les correspondía al día.

Cuando consiguió papel y lápiz, escribió a Teresa y a sus padres sendas cartas escuetas para avisar que estaba vivo y preso en un lugar desde donde veía el mar, y que pasaba hambre, mucha hambre. Tras entregar las cartas al guardia Pérez, el único contacto que mantenían con el resto del penal, ya se estaba arrepintiendo de haber hecho partícipes de su hambre a quienes no podían hacer por él más que sufrir.

José sentía lástima por el guardia Pérez, un andaluz de acento cerradísimo, un buen hombre tan desgraciado como él que siendo libre y habiendo ganado la guerra estaba también preso en el castillo día y noche.

La imagen de Teresa esperándolo se hizo entonces más intensa y real que nunca. Sólo el mar y ella lo ayudaban a sobrevivir mezclando sus figuras, sus voces, su luz y el color de sus ojos.

Ninguno supo nunca por qué los dejaron en libertad. Una mañana, el guardia Pérez recorrió el penal pletórico de felicidad. Portaba siete papeles en la mano que fue entregando a los siete hombres cuyo nombre figuraba escrito en ellos con letra redondilla. Eran salvoconductos especiales en los que se testimoniaba su condición de soldados republicanos liberados por la gracia de Dios y del Caudillo de España Francisco Franco, Generalísimo de todos los Ejércitos. José no podía creer que él fuera uno de los elegidos, incluso cuando ya habían salido por la puerta del castillo y andaban a paso ligero por las calles de la ciudad, todavía pensaba que se trataba de un error y volvía la cabeza al menor ruido suponiendo que lo llamaban, lo apresaban y lo devolvían a la humedad de la celda y a la vista del mar.

Tomaron la carretera general. Dos de los siete, naturales de Rota, se despidieron a la entrada del Puerto de Santa María; otros dos se quedaron en Jerez de la Frontera. El quinto se dirigía a Antequera. José y el séptimo llegarían juntos hasta Baza, desde donde él, incapaz de calcular los días que duraría el viaje, seguiría solo a Lorca.

Caminaban desfallecidos y atemorizados por la presencia de las patrullas, comiendo lo que los campesinos les ofrecían al verlos más hambrientos que ellos mismos, durmiendo en pajares abandonados o amablemente ofrecidos por sus dueños junto con un pedazo de pan y tocino, y un botijo de agua fresca.

El camión los adelantó dejando a su paso una humareda negra de gasoil y aceite requemados. Era una recta inmensa que espejeaba en la distancia como cubierta de agua. Ya lo habían casi perdido de vista entre los temblores que surgían del suelo abrasado duplicando la imagen del vehículo, cuando se percataron de que se detenía y maniobraba para dar la vuelta. Los alcanzó de nuevo en breves instantes en que los corazones de los tres hombres golpearon sus pechos con tanta intensidad que los latidos ajenos se mezclaban con los propios en un martilleo discorde y agónico. Los caminantes se detuvieron de golpe, echando mano instivamente a los bolsillos de las camisas para asegurarse de que los respectivos salvoconductos seguían donde debían estar. Tragando el aire a bocanadas secas sintieron sus papeles húmedos de sudor contra el pecho y cerraron los ojos ante la frágil seguridad que su nombre, escrito en una letra negra y hermosísima sobre el sello oficial del Ministerio de la Guerra, les tendía.

Pero no hubo ocasión de mostrar los papeles porque nadie los pidió. De las profundidades de la caja del camión surgió una bestia negra de metal que vomitó una ráfaga de fuego contra los tres cuerpos sudorosos y polvorientos, petrificados en la cuneta con la vista fija en la cabina del camión, donde dos soldados vestidos con el uniforme del ejército nacional reían a carcajadas señalándolos ostensiblemente.

José sintió que la punzada de su pecho de tísico se agudizaba robándole el aire y la luz. Cayó de bruces contra el polvo de la tierra intentando respirar y abrir los ojos. Con la mano derecha metida en el bolsillo del pantalón, aferró el botón azul que había sido un ojo de muñeca en Jérica, cuando aún estaba vivo, pero ya la muerte lo rondaba; y pensó en Teresa, la niña que habría jugado con aquella muñeca de trapo, una niña sonriente como su hermana Isabel en la escuela de la campaña francesa, cuando los días eran largos y azules y él pedaleaba jadeante por los caminos rodeados de viñas verdes de finales de agosto hasta llegar al Rhône para ver su inmensidad deslizándose hasta el mar. A su lado, el soldado de Antequera le tendía una mano que no pudo alcanzar porque su cuerpo era incapaz de esfuerzos tan sobrehumanos.

El camión se alejó entre risotadas de humo negro. En el cielo, un torbellino de golondrinas trisando cruzaba sus vuelos contra el brillo del sol que caía como plomo sobre los ojos de los muertos.